Das Buch

»Spanien war unser Traum. Wir wollten in einem ganz gewöhnlichen spanischen Dorf unter ganz gewöhnlichen Spaniern das echte Spanien kennen lernen.« Derek Lambert, seine Frau Diane und ihr vierjähriger Sohn Jonathan finden dieses »echte Spanien« im Hinterland der Costa Blanca, wo sie ein kleines, ziemlich heruntergekommenes Haus aufgetan haben. Dass dieses Spanien für eine englische Familie sehr merkwürdig und gewöhnungsbedürftig sein kann, merken sie recht schnell. Und ihnen wird bald klar, dass man in dieser Gesellschaft nur akzeptiert wird, wenn man sich wehrt und sich, wenn nötig, auch mal mit dem Priester anlegt. Lambert hat ein herrlich entspanntes und komisches Buch für Spanienfans und Aussteiger geschrieben. Fern von gängigen Klischees zeichnet er ein bezauberndes Bild südländischer Lebensart.

Der Autor

Als Journalist war der Engländer Derek Lambert Auslandskorrespondent in den USA, in Hongkong, Israel und Russland, bevor er begann, international erfolgreiche Thriller zu schreiben; er lebt mit seiner Familie in einem kleinen Dorf bei Alicante.

Derek Lambert

Unter südlicher Sonne

Ein neues Leben in Spanien

Aus dem Englischen
von Jobst-Christian Rojahn

DIANA VERLAG
München Zürich

Diana Taschenbuch Nr. 62/0293

Die Originalausgabe
»Spanish Lessons. Beginning a New Life in Spain«
erschien 2000 bei Broadway Books, New York

Das Vorbild für das spanische Dorf dieses Buches ist der Ort La Jara. Dieses Dorf liegt etwa drei Kilometer von der Costa Blanca entfernt bei Denia. Zur Wahrung der Privatsphäre und im Interesse des Erzählflusses habe ich die Lage einiger Schauplätze sowie die Namen von Einrichtungen und Personen geändert.

Taschenbucherstausgabe 11/2002

Der Diana Verlag ist ein Unternehmen
der Heyne Verlagsgruppe, München
Printed in Germany 2002

Umschlagillustration: Rene Stoeltie
Umschlaggestaltung: Hauptmann und Kampa
Werbeagentur, CH-Zürich
Satz: Filmsatz Schröter GmbH, München
Druck und Bindung: Elsnerdruck, Berlin
Gedruckt auf chlor- und säurefreiem Papier

ISBN: 3-453-21260-6

http://www.heyne.de

Für Ray und Julie Livett
sowie ihre Töchter Zoe und Maria,
die kamen, sahen und siegten.

Inhalt

... 1 ...

Ein Geschmack von Orangen

Die beiden Polizisten trugen jeder einen schwarzen Dreispitz, Umhänge und olivgrüne Uniformen. Und obwohl sie auf altmodischen Fahrrädern saßen, sahen sie so bedrohlich aus wie ihre Vorgänger zu Zeiten des Bürgerkrieges, der Spanien in den dreißiger Jahren zerrissen hatte.

Es war Ende Dezember, und die Zitrusbäume, welche den größten Teil der Ebene zwischen dem Mittelmeer und den Bergen der Costa Blanca bedeckten, hingen voller Apfelsinen, Zitronen und Pampelmusen. Die Bäume sahen derart verführerisch aus, dass Diane und ich uns ein paar Orangen klauten. Wir verzehrten sie gerade in unserem altehrwürdigen, schokoladenbraunen Jaguar, und der Saft lief uns übers Kinn, als die beiden Beamten der Guardia Civil neben uns hielten.

Vielleicht galt ja in Spanien der Diebstahl von Orangen als abscheuliches Verbrechen. Obwohl der Diktator, General Franco, tot war, erzählte man sich immer noch Geschichten von Ausländern, die wegen nicht näher bezeichneter Vergehen für Jahre eingesperrt worden waren. Ich sah uns schon Meilen weit voneinander entfernt auf Strohmatratzen in stinkenden Zellen liegen, wo uns die Ratten das Essen aus unseren Näpfen wegfraßen.

Oder wir würden vielleicht ausgewiesen und zu *persona non grata* erklärt werden, was zwar der ersteren Möglichkeit vorzuziehen, aber trotzdem ausgesprochen bedrückend war, denn das hieße dann wohl, dass die Vision, die wir seit unserer Begegnung in Afrika teilten, schon im Keim erstickt werden würde.

Diane, eine kanadische Stewardess mit blonden Haaren und Augen von der Farbe des Meeres vor einem Sturm, hatte mir bei unserem ersten Rendezvous in Nairobi gestanden, dass sie nach ein paar nicht ganz glatt verlaufenen Landungen ihren Beruf gern aufgeben und ein neues Leben beginnen würde. Ähnliches galt auch für mich. Ich war von Beruf Journalist, genauer Auslandskorrespondent, hatte die Vierziger erreicht und wollte Romanschriftsteller werden. Die Götter hatten Diane und mich zusammengeführt.

Aber was, wenn sich die Götter jetzt gegen uns verschworen und uns an die Guardia Civil verpfiffen hatten?

Diane bedachte die beiden Polizisten mit einem strahlenden *Please-fasten-your-seatbelt*-Lächeln, während ich die belastenden Apfelsinenschalen in eine Plastiktüte stopfte. »Was können wir für Sie tun?«, fragte Diane. Sie war in Paris und Rom aufgewachsen, hatte Spanisch gelernt und schnappte überhaupt Sprachen so leicht auf wie Kinder Masern.

Einer der beiden Polizisten, ein junger Mann mit einem flaumigen Bärtchen, stieg vom Fahrrad. »Haben Sie sich verfahren?«, fragte er auf Englisch und spähte in das Innere unseres aristokratischen, aber klapprigen alten Jaguars, dieweil ich bemüht war, die Plastiktüte mit den Füßen unter meinem Sitz verschwinden zu lassen.

»Nein«, antwortete Diane, »wir genießen nur gerade die Aussicht.«

Die war es tatsächlich wert, genossen zu werden. Echsengraue Berge auf der einen Seite der Zitrusplantagen und das in kaltes Sonnenlicht getauchte, zu uns herüber grüßende Meer auf der anderen. Hier und da ein Feld mit blattlosen Weinstöcken, auch Mandel- und Olivenbäume sowie Johannisbrotbäume mit Stämmen, die wie Märchenhexen aussahen.

Der Polizist, der anscheinend mit seinem Englisch am Ende war, zog ein zerknittertes Heftchen unter seinem Umhang hervor und las daraus ab. »Ich bin sehr beglückt, dass Sie Gefallen an unserem Gebiet finden.«

Diane versuchte es mit ein paar Sätzen in Valencianisch, das alle Touristen, die das eigentliche Spanisch gelernt haben, in Verwirrung bringt, aber er hob eine Hand und zog erneut sein Heftchen zu Rate. »Bitte, ich verstehe Sie nicht, ich bin aus dem Norden.« Sein Kollege, ein traurig dreinblickender *cabo* oder Korporal, der an Adolph Menjou, einen Hollywood-Schauspieler aus längst vergangenen Zeiten erinnerte, griff in die Unterhaltung ein.

»Haben Sie irgendwelche Papiere bei sich?«, verlangte er zu wissen, wobei das Wort »Papiere« immer verwirrend allgemein ist und von einem Visum bis zu einem Testament so gut wie alles bezeichnen kann.

Diane antwortete ihm auf Englisch. »Wir wollen uns vielleicht in dieser Gegend hier niederlassen.«

Das entsprach durchaus der Wahrheit. Wir suchten nach einem ganz gewöhnlichen Dorf, um mit Menschen in Berührung zu kommen, die mit dem Spanien der Klischeevorstellungen (Flamenco, Sangria und Stierkämpfe) nichts zu tun hatten, sodass die Veränderungen im Land seit Francos Tod für uns erlebbar wurden und ich vielleicht eines Tages über sie schreiben konnte.

Dianes Aussage wirkte auf den *cabo* verstörend. Er sprach jetzt mit der Hand, öffnete und schloss sie. Unendliche Schwierigkeiten, sagte die Hand. Bürokratie, Papiere …

Diane suchte im Chaos ihrer Handtasche nach so etwas wie einem Ausweis. Kugelschreiber, Lippenstifte, Münzen, ein Kamm, Schokoriegel … Der *cabo* meinte, wir sollten doch mal aussteigen. Wollten sie uns filzen, uns Handschellen anlegen?

Diane fand ihren Pass und reichte ihn dem Polizisten. Noch waren die Beziehungen zwischen beiden Ländern unbelastet von Streitereien um Fischfangquoten in internationalen Gewässern und ein kanadischer Pass flößte noch immer Respekt ein. Er blätterte den Ausweis durch, gab ihn zurück und salutierte. Dann zeigte er auf mich. »Ihr Mann spricht nicht allzu viel.«

Da Diane, wie ich zugeben muss, besser mit gereizten Polizisten umzugehen versteht als ich, hatte ich mich rausgehalten. Aber nicht nur deswegen – Diane sprach auch sehr viel besser Spanisch, und obwohl ich mich mannhaft um die Erlernung dieses Idioms bemühte, zog ich es doch vor, selbst mit den Spaniern Englisch zu sprechen, deren Sprachkenntnisse nicht über *»Me Tarzan, you Jane«* hinausgingen.

»Er ist sehr schüchtern«, sagte Diane und konnte sich ein Lachen nicht verkneifen. Zurückhaltung war noch nie meine Stärke gewesen.

Der jüngere der beiden Polizisten, der vielleicht glaubte, sie weine, legte ihr eine Hand auf die Schulter, während der *cabo*, der wohl argwöhnte, es mit einer labilen, neurotischen Frau und einem Taubstummen zu tun zu haben, einen Schritt zurücktrat.

»In den Plantagen«, sagte er auf Englisch, »ist eine Orange pro Person gestattet. Mehr …« – und er fuhr mit der flachen Hand über seinen Hals. »Wenn Sie eine gute

Mahlzeit zu sich nehmen möchten, so ist dieses Lokal sehr angenehm.« Er überreichte Diane eine schmuddelige Visitenkarte und die beiden Männer radelten mit wehenden Umhängen davon.

Wir umarmten uns, war doch unsere Vision eines trauten Heims in Spanien unversehrt geblieben. Dann fuhren wir zu einem Dorf zwischen den Hügeln weiter und blickten durch Zitrusbäume aufs Meer hinaus, wo Fischerboote auf der Horizontlinie hockten. Eine Kirchturmuhr schlug, und ihre Schläge hallten in engen Gassen wider, in denen es nach Tünche und gebratenen Sardinen roch. Der Hunger regte sich. Wir tranken in einer Bar, in der es so finster war, dass ich nicht zu sagen vermochte, ob mich ein Mann oder eine Frau bediente, ein Glas sauren Wein (aber wen schert das bei fünf Peseten pro Glas?) und machten uns dann zu dem Restaurant auf, das uns der *cabo* empfohlen hatte. Nach meiner Erfahrung waren es überall auf der Welt die Polizisten, die am besten wussten, in welchen Lokalen man was Ordentliches zu essen bekam.

Als wir die auf der Karte angegebene Adresse erreicht hatten, standen wir vor einer reetgedeckten Hütte, die an einem knöcheltief mit Seetang bedeckten Strand lag und verschlossen war. Wir beschlossen, ein wenig auszuharren, und nach einer Weile wurde die Tür geöffnet, ein Türvorhang auseinander geschoben. Heraus trat eine schwarz gekleidete Frau in Hausschuhen und mit so dicken Backen, dass ihre Augen zusammengedrückt wurden.

Was wir wünschten? Es klang so, als wollte sie sagen, dass sie ihre Miete bezahlt habe, auch weder Teppich noch Konversationslexikon zu kaufen gedenke.

»Wir sind sehr hungrig«, sagte Diane auf Englisch.

Der Gesichtsausdruck der Frau wurde sofort milder. Die Jahre nach dem Bürgerkrieg und dem Zweiten Weltkrieg, während derer Spanien von einem großen Teil der übrigen Welt geächtet worden war, weil im Land die Faschisten herrschten, hießen allgemein die »Hungerjahre«.

»Sind Sie Amerikanerin?«, fragte die Frau Diane. Nach dem Ende des Bürgerkrieges 1939 waren so viele spanische Familien in die Vereinigten Staaten und nach Großbritannien geflohen, dass englische Sprachkenntnisse – zu meinem großen Glück – nichts Ungewöhnliches waren.

»Kanadierin.«

Die Frau zuckte die Achsel. Was zählte, war allein die Tatsache, dass wir Ausländer waren und nicht abgewiesen werden durften. »Das Restaurant ist den Winter über geschlossen«, sagte sie. »Aber ich kann Ihnen Lammkoteletts und Reis anbieten.« Mein Magen winselte.

Nachdem sie uns an der Bar ein Bier eingeschenkt hatte, zog sie die Jalousien hoch. Sonnenlicht erhellte die verblichene Fotografie einer Fußballmannschaft und eine Statuette der Madonna, deren Gesicht beschädigt war. Eine dürre schwarze Katze wickelte sich um meine Beine. Weiße Plastiktische und -stühle mit einer Staubpatina standen noch da, wo sie am Ende des Sommers stehen gelassen worden waren.

Als der Duft der auf dem Bratrost gegrillten Lammkoteletts zu uns drang, spielte in meinem Bauch ein ganzes Orchester, und ich schüttete es mit Bier zu.

In einem Käfig sang ein Kanarienvogel, von der Katze durch gelbe Augenschlitze beobachtet.

Die Frau stellte große Scheiben getoastetes Brot auf den Tisch. Wir stürzten uns sofort darauf und bestrichen die Scheiben mit *alioli*, einer dicken Soße aus zerstoßenen Knoblauchzehen, Eigelb, Olivenöl und Zitronensaft.

Ganz schwach hörten wir das Plätschern bescheidener Wellen, die auf den tangbedeckten Strand liefen.

Nachdem wir die Lammkoteletts und den safrangelben Reis verschlungen hatten, servierte die Frau Kaffee und Walnußkuchen. Wenig später erschien ein Mann mittleren Alters in der Küchentür hinter der Bar. Er kam uns bekannt vor. »Hat's geschmeckt?«, erkundigte er sich.

Auch seine Stimme klang vertraut.

Als wir seine Frage mit heftigem Kopfnicken bejaht hatten, sagte die Frau: »Das ist Pepe, mein Mann. Er ist *cabo* bei der Guardia.«

Da wurde mir schlagartig klar, dass der Korporal, der uns angehalten hatte, offensichtlich ein vielseitig begabter Mann war – Polizist, Kundenwerber für das eigene Restaurant und Koch.

Ich warf einen Blick in die Küche – dort schälte der Polizist mit dem flaumigen Bärtchen Kartoffeln, wahrscheinlich für den Eigenbedarf des Hauses.

Pepe blinzelte uns zu und begann, den Tisch abzuräumen. Diane und ich wechselten einen Blick. Einer derart charmanten Verschlagenheit war schwer zu widerstehen.

Wir zahlten, nahmen uns bei der Hand und gingen zu unserem Jaguar. Ein alter Mann mit einer Mütze, die Ohren wie ein Spaniel hatte, sammelte am Strand Brennholz. Möwen schwammen auf dem sanft wogenden Wasser. Hinter uns zogen sich die Berge langsam in die Winternacht zurück.

Wir fanden vorn im Auto einen Papierteller mit dem Rest des Nusskuchens. Ich drückte Dianes Hand. Sie erwiderte den Druck. Ohne ein Wort zu wechseln, wussten wir, dass wir die Gegend erreicht hatten, in der wir uns häuslich niederlassen wollten.

Wir fanden das schlichte Dorf, nach dem wir gesucht hatten, hinter den Wohnblocks, Hotels und Stränden der Costa Blanca, der weißen Küste. Abgesehen vom öffentlichen Waschhaus, das immerhin Seifenblasen produzierte, verfügte der Ort über keine bedeutenden Sehenswürdigkeiten. Kein Kastagnettenklang, nirgends ein Krug Sangria.

In Meereshöhe gelegen und tief in den Zitrusplantagen verborgen, befand sich La Jara genau in der Mitte zwischen Valencia im Norden und Alicante im Süden – beide Städte waren knapp einhundert Kilometer entfernt.

Wir stießen eher zufällig auf diesen Ort, weil nämlich unser altersschwaches Auto auf der Straße, die um ihn herumführte, seufzend und stöhnend zusammenbrach. Es hatte uns trotz seiner Betagtheit von England aus durch ganz Frankreich geschleppt und war dann noch fünf Tage mit uns durch Spanien gehumpelt, wo wir uns nach einer dauerhaften Bleibe umsehen wollten.

Während der Mechaniker in einer kleinen, völlig von Öl verschmierten Werkstatt den Motor untersuchte, schlenderten wir durch Gassen mit nichtssagenden Terrassen vor weiß getünchten Häusern und winzigen Tante-Emma-Läden.

Die Straßen waren zwar eben und gepflastert, dennoch sah ich sie wie auf einem Gemälde der Jahrhundertwende voller Dreck und Schlamm. Vielleicht lag es daran, dass die Menschen noch in dieser Zeit zu leben schienen – finster blickende Frauen in ausgebesserten schwarzen Kleidern, Männer in kragenlosen Hemden und engen Jacken, die Gesichter von Sonne und Wind behauen.

Was wir noch nicht wussten, war, dass spanische Dörfer – von außen betrachtet – nur am Morgen und am Abend lächeln, und wir waren kurz vor der Mittagszeit angekommen. Von innen gesehen, lachen sie die meiste Zeit.

Wir fanden sieben Bars, eine Kirche mit einem Turm wie eine Weltraumrakete, ein Freilichtkino, vier Lebensmittelläden, eine Bank, drei Frisöre, eine Schule und einen Kiosk mit Tabakwaren und Zeitungen, der im ewigen Staub zu versinken schien. Das alles für eine Einwohnerschaft von etwa eintausend Seelen.

Das Dorf verfügte jedoch auch über ein paar feinere Attribute wie beispielsweise abgegriffene Türklopfer aus Messing, Hinterhöfe, in denen alte Frauen in allgegenwärtigem Schwarz aus Bast Lampenschirme flochten, oder mit Rosen bemalte Kacheln, die neben Türöffnungen angebracht waren und dafür sorgen sollten, dass der Sommer ein Gefangener des Winters blieb.

Wir begaben uns schließlich in die Bar Paraíso, wo uns ein höllischer Lärm empfing – das zischende Getöse einer Kaffeemaschine, das Gebell leidenschaftlicher, bei Kaffee und Weinbrand geführter Diskussionen, Rauchergehuste, das Klappern von Dominosteinen auf Plastiktischen.

Der Billardtisch war mit einer Schicht Zigarettenasche bedeckt, die vermutlich vom Vorabend stammte, und wies einen Schmutzfleck auf, der die Umrisse des australischen Kontinents hatte. Ein klein gewachsener Wirt fächelte der im Kamin qualmenden Wurzel eines Weinstocks Luft zu. Die Zeiger einer Wanduhr bewegten sich stotternd vorwärts – und manchmal, wie wir erst später bemerkten, auch rückwärts.

Wir bestellten ein Bier und setzten uns an einen der Tische. Bald gesellten sich ein kahl werdender Priester in schmuddeliger Soutane sowie ein Tischler zu uns. Letzterer sagte: »Ich heiße Emilio.«

Emilio hatte Arme, die so dick waren wie die Leibesmitte der meisten anderen Menschen, graumeliertes Kraushaar und eine Stimme, so rau wie eine Säge. Wie bei der Mehrzahl der Spanier, deren Familien 1939 in die Vereinigten Staaten geflohen waren (Emilio war dort geboren, und es bedurfte keines langen Drängens, um ihn zum Erzählen seiner Lebensgeschichte zu bewegen), hatte sein Englisch einen amerikanischen Akzent.

Sein Vater hatte nach der Rückkehr aus New York die kleine Spielzeugfabrik der Familie im nahen Denia wieder aufgemacht, aber dann war Holzspielzeug aus der Mode gekommen und er hatte sich zur Ruhe gesetzt. Der Sohn Emilio fertigte nun in einem kleinen Nebengebäude im Dorf Türen, Fensterrahmen und Särge.

»Wollen Sie sich hier niederlassen?«, erkundigte er sich. Als wir sagten, das könne wohl sein, schlug er mit einer Holzhammerfaust auf den Tisch und dröhnte: »Lassen Sie mich der erste sein, der Ihnen gratuliert. Ich weiß ein Haus, das genau richtig für Sie ist und das Sie kaufen können.«

Vorsichtig versuchte ich, mir über ihn klar zu werden. Meiner Erfahrung nach waren auf Rücken hauende, extrovertierte Menschen nicht selten Schwindler, und ich hatte gelernt, mich vor dem augenzwinkernden Blick, dem knöchelzermalmenden Händedruck in Acht zu nehmen. Aber Emilios Absichten waren so durchschaubar, dass es schon wieder entwaffnend war.

»Zunächst«, sagte ich, »möchten wir uns mal selbst umsehen.«

Er nickte verständnisvoll. »Das würde ich, wenn ich Sie wäre, auch tun. Aber es bringt nichts, denn keines der Objekte, die Sie zu sehen kriegen werden, kommt an das heran, das ich Ihnen zeigen will. Es ist erst heute Morgen auf den Markt gekommen, der liebe Gott muss Sie zu mir geführt haben.«

Zunächst kehrten wir mit Emilio zur Werkstatt zurück, um zu sehen, was mit dem Jaguar war. Der stand auf einer Rampe. Teile des Motors lagen auf dem schmierigen Boden, als handelte es sich um Bestandteile eines auseinander genommenen Gewehrs.

Aus der Grube erscholl eine Stimme – wir hätten Glück, der Fehler sei gefunden. »Wann wird der Wagen fertig sein?«, fragte ich.

»Mañana« – morgen. Aus der Grube kletterte jetzt ein o-beiniger Mechaniker, dessen engelhaftes Gesicht ölverschmiert war. Er könne uns bis dahin einen Seat 600 leihen – dieses kleine Lasttier, das im Spanien der 1970er Jahre überall anzutreffen war.

Wir verabschiedeten uns also von Emilio und fuhren mit dem Autochen, das kaum mehr als ein verbeultes Blechspielzeug war, zur Bäckerei des Ortes, wo wir vier große, knusprige Brötchen kauften, um uns *bocadillos* zu machen – jene die Kiefer stark beanspruchenden Sandwiches mit Thunfisch, Käse, *chorizo* (ein Verwandter der Salami) oder rohem Schinken. In einem der Lebensmittelgeschäfte kauften wir Manchego (ein Käse von einer so satten gelben Farbe wie Lederfett), geräucherten Schinken, Tomaten, Olivenöl, Plastikbesteck und -tassen sowie eine Flasche Rotwein aus Navarra.

Der Kauf all dieser kleinen Dinge gab uns ein Gefühl,

als gehörte das Dorf jetzt uns – wir kamen uns vor wie Pioniere in einem von unentdecktem Land umgebenen Außenposten.

Wir fuhren auf einem ungepflasterten Sträßlein durch eine Zitrusplantage, bis wir zu einer Lichtung kamen, auf der Orangenpflücker die Reste eines Feuers hinterlassen hatten – das Zentrum ihres *almuerzo*, ihres Vormittagsimbisses. Wir schürten die noch heiße Asche und kleine Flämmchen züngelten empor. Diane schnitt die Brötchen auf, bestrich sie mit Olivenöl und belegte sie dick mit Käse und aufgeschnittenen Tomaten.

Ein Stück von unserem Lagerplatz entfernt verrotteten auf der roten Erde Pampelmusen, die, wie man uns sagte, ein wenig aus der Mode gekommen waren.

Eine Herde Ziegen fraß sich an uns vorbei, gehütet von einem alten Hirten mit stoppelbärtigem Kinn und trüben Augen. Wir tranken gerade unsere zweite Tasse Wein, als uns plötzlich ein Geräusch wie Maschinengewehrfeuer in Panik hochfahren ließ – es handelte sich aber nur um ein Feuerwerk, das bei einer privaten Fiesta abgebrannt wurde.

Als wir zur Werkstatt zurückkamen, um einmal mehr nach unserem Auto zu sehen, erwartete uns dort Emilio. Die Zahl der Motorteile auf dem Boden hatte sich vergrößert. Der Mechaniker stand in der Grube und betrachtete mit finsterem Blick das Chassis.

Emilio teilte uns mit, er sei so frei gewesen, für uns in einem Hotel an der Hauptstraße, die von Valencia nach Alicante führte, ein Zimmer zu buchen, aber jetzt bleibe vor dem Dunkelwerden gerade noch Zeit genug, die Immobilie in Augenschein zu nehmen, die er für uns reserviert habe. Er wolle uns mit dem Seat hinbringen.

Warum auch nicht? Wir waren frei und ungebunden.

Ich hatte den Eindruck, als tauschten Emilio und der Mechaniker ein verschwörerisches Augenzwinkern. Steckten die beiden etwa unter einer Decke?

Emilio zwängte seinen massigen Leib hinter das Steuer des kleinen Wagens und los ging es.

»Sind Sie mit dem Mechaniker befreundet?«, erkundigte ich mich.

»Das Haus ist grad um die Ecke«, sagte er und überholte ein Motorrad, dessen Fahrer sein Gefährt schlingernd stoppte und Emilio den Stinkefinger zeigte.

»Ich habe gefragt, ob Sie mit dem Mechaniker befreundet sind.«

»Der ist nicht bloß ein Freund.« Der Seat kam rutschend vor einem schmiedeeisernen Tor zum Stillstand. »Er ist der Mann meiner Schwester.«

Eine kurze Zufahrt führte zu einer weißen *casita*, einem kleinen Haus mit vergitterten Fenstern, kaputten Dachziegeln und einer außen angebauten Wendeltreppe, die ein Seil als Geländer hatte und zu einer Dachterrasse hinaufführte. Den Garten umstanden hohe Zypressen. Ungefähr ein Dutzend Zitrusbäume wuchs neben der Zufahrt, die auf der anderen Seite des Hauses weiterführte – wahrscheinlich zu dem Teil des Grundstücks dahinter, das man nicht sehen konnte. Über dem Dach erhob sich wie ein gebieterischer Finger ein einzelner Schornstein (bei einem so bescheidenen Gebäude wirkte das schon ein wenig unstimmig), und eine Kletterpflanze überwucherte die Mauer, auf die wir blickten.

Wir warteten darauf, dass Emilio das Tor aufsperrte, aber er meinte: »Wir werden uns dem Haus von hinten nähern.«

»Und warum nicht von vorn?«

»Ich hab keine Schlüssel … hab sie zu Hause liegen lassen.« Er beklopfte die Taschen seines Blaumanns.

»Na gut, dann fahren wir zu Ihnen und holen sie.«

»Wenn wir zurück sind, wird es für eine Besichtigung des Hauses schon zu dunkel sein.«

»Dann machen wir's eben erst morgen«, sagte ich.

»Da ist es vielleicht schon verkauft.«

»Über Nacht? Jetzt machen Sie mal halblang, Emilio.«

»Dieses Haus ist etwas ganz Besonderes.«

Etwas ganz Besonderes? Im dahinschwindenden Licht sah es eigentlich nicht einnehmend aus, sondern eher so, als bäte es um Entschuldigung. Und doch winkte es uns zu sich heran, als enthielte es kleine Geheimnisse, die eines Tages für uns keine mehr sein würden.

Ich verscheuchte solche Gedanken. Warum hatte Emilio diese Dämmerstunde gewählt, um uns das Anwesen zu zeigen? War er ein Schlitzohr, das wehrlose Ausländer über den Tisch zu ziehen gedachte, oder trieb ihn echter Stolz auf das von ihm erwählte Dorf? Schließlich war auch er ein relativer Neubürger und suchte möglicherweise die Nähe anderer naiver »Zugereister«.

Als die Luft kälter wurde und sich der Umriss des Hauses nun schärfer von dem sich verdunkelnden Himmel abhob, bekam seine Stimme etwas Verschwörerisches, und mich durchzuckte ein höchst beunruhigender Gedanke: Vielleicht war er ja verrückt und mit einem Hammer oder einem spitz zugeschliffenen Schraubenzieher bewaffnet!

Er bugsierte uns zum Seat, fuhr ein paar hundert Meter und hielt am Straßenrand an. Dann führte er uns durch ein Wäldchen vernachlässigter Zitronenbäume, um deren verwilderte Äste sich Kletterpflanzen geschlungen hatten. Sterne funkelten kalt am Himmel, Fledermäuse huschten über uns hin.

Emilio blieb am Fuß einer etwa zweieinhalb Meter hohen Feldsteinmauer stehen. Sie stützte eine der früher landwirtschaftlich genutzten Terrassen ab, welche vor Jahrhunderten von den Mauren angelegt worden waren. Emilio deutete auf den oberen Rand der Mauer. »Dort ist das Ende Ihres Gartens.«

»Wollen Sie damit sagen, dass wir diese Mauer hochklettern müssen?«, wollte Diane wissen.

»Da oben ist das Paradies«, antwortete Emilio.

»Ein verlorenes, wenn uns die Guardia erwischt«, murmelte Diane vor sich hin.

Eine Vorahnung sagte mir, dass dieser Augenblick für unser zukünftiges Leben von entscheidender Bedeutung sein könnte. Vielleicht blieb es ja bei der schändlichen Ersteigung einer zerfallenden Mauer. Aber bestimmt hatten sich das Schicksal, ein altersschwacher Jaguar und ein Falstaff von Tischler zusammengetan, um uns etwas Großartigeres zu bieten als das bescheidene Gemäuer, das wir vorhin durch die Stäbe des schmiedeeisernen Tores gesehen hatten.

»Also los«, sagte ich zu Diane.

»Bist du sicher?«, fragte sie. Eine Ratte oder Echse huschte die Mauer entlang davon. »Wir wollen keine Entscheidung treffen, die wir später bereuen. Wir haben doch jede Menge Zeit.«

Aber Emilio war schon am Klettern. Steine polterten herab. Irgendwo in der Nähe hielt ein Auto kurz an, stand mit laufendem Motor – fuhr dann aber weiter.

Diane, die Jeans anhatte, zuckte die Schultern und suchte sich einen festen Halt. Ich stützte sie, sie setzte den anderen Fuß auf einen höheren Mauervorsprung und fasste die Hand, die ihr Emilio von oben entgegenstreckte.

Ich folgte und landete im Gras zu ihren Füßen.

Vor uns standen etwa fünfzig Zitrusbäume. Dahinter glitzerte im Licht des aufgehenden Mondes Wasser.

Wir schlichen darauf zu und zertraten dabei mit knirschendem Geräusch Schneckenhäuser. Das Wasser gehörte zu einem Schwimmbecken und eine leichte Brise zerschnitt das Mondlicht auf der Oberfläche in kleine Silberschnipsel. Hinter dem Schwimmbecken befanden sich eine Rasenfläche und eine *naya*, eine Terrasse mit Rundbögen, die von Bougainvillea-Büschen eingerahmt war. Rechts vom Haus konnte man einen kleinen Anbau mit schrägem Dach erkennen.

Emilio vollführte mit seinem dicken Arm eine ausladende Geste. »Nun?«, fragte er.

Das Haus sah so im Mondlicht sehr geheimnisvoll und irgendwie verzaubert aus. Aber es war klein – und wir hatten unseren Sohn Jonathan und Freunde aus grauer Vorzeit, die wahrscheinlich die Freundschaft erneuern würden, sobald sie erfuhren, dass wir einen Platz an der Sonne gekauft hatten. Ich hoffte fast, dass das Innere des Gebäudes von grünlichen Flechten überzogen war, denn nichts kann der Vernarrtheit in ein Haus ein schnelleres Ende bereiten als kriechende Feuchtigkeit und Fäulnis.

»Sieht interessant aus«, sagte ich zu Emilio, »aber wir würden uns das Haus gern auch mal von innen ansehen.«

»Natürlich.« Er stieg die Stufen zu der Terrasse hinauf und zeigte auf ein vergittertes Fenster. »Da!«

Ich deutete auf eine Tür aus massivem Holz. »Haben Sie auch dafür keine Schlüssel?«

»Schlüssel, Schlüssel, Sie reden immer nur von Schlüsseln! Was Sie brauchen ist Mumm.«

»Aber ich bitte Sie, Emilio!«, erwiderte ich. »Wir müssen uns doch auch mal im Haus umsehen. Vielleicht ist dort alles verrottet. Vielleicht sind Hausbesetzer drin. Oder eine Leiche, ein Skelett …«

Und vielleicht bist du ja ein Gauner.

Durch die Fenster ins Haus spähend, konnte ich nur eine offene Feuerstelle unter einer Kupferhaube und die verkohlten Reste eines Feuers erkennen. Der Fußboden war gefliest. Keine Flechten.

Ich sah vor meinem inneren Auge ein flackerndes Holzfeuer, davor verstreut Kissen und Diane und mich, wie wir auf ihnen ruhten und in die Flammen schauten.

»Das Haus ist gemütlich«, meinte Diane, »aber viel zu klein.«

Emilio kicherte. »Klein? Was ist schon Größe? Wir werden einen Bankettsaal bauen, Sie und ich.« Er versetzte mir einen freundlichen Stoß in die Seite, der mir fast die Rippen gebrochen hätte. »Und noch einen Kamin, große Balken, eine Galerie …«

Jetzt sah ich vor mir, wie ich in einer Kaminecke saß und ein Tonpfeiflein schmauchte, umsorgt von einer drallen Magd mit tief ausgeschnittenem Mieder, das dem scharfen Auge die schönsten Einblicke bot.

»Ich werde darüber nachdenken«, sagte ich.

»Think big, hombre«, meinte Emilio. »Und denken Sie schnell, denn morgen ist das Haus vielleicht schon weg.«

2

Erste Nacht, ernste Bedenken

Nachdem Diane und ich in Afrika beschlossen hatten, unsere Jobs an den Nagel zu hängen, schickte mich meine Zeitung nach Moskau. Und da die Aussichten, dort Material für Thriller zu finden, gut waren, blieben wir ein Jahr. Das russische Konsulat in Kanada hatte sich anfangs geweigert, Diane ein Visum auszustellen, aber als ich dann in Moskau durchblicken ließ, dass ihr Fernbleiben Auswirkungen auf meine Berichterstattung haben würde, rief ein Mann vom KGB, den ich kannte, zu mitternächtlicher Stunde in Ottawa an, und Diane bekam ihre Papiere noch am folgenden Tag.

Nach dem Jahr in Moskau hörte ich endgültig als Auslandskorrespondent auf und wir lebten in der Folgezeit in Israel, den Vereinigten Staaten, Kanada, Irland und Gibraltar. Überall arbeitete ich als freier Journalist, um das Geld zusammenzubekommen, das mich in die Lage versetzen würde, *den* Roman über die Sowjetunion zu schreiben.

Der erste Versuch missglückte. Verführt durch stereotype Vorstellungen von Irland (sanfter Regen, salatgrüne Weiden, bodenlos tiefe Guinness-Brunnen und der so eigene Charme der Iren), mieteten wir uns in der Ortschaft Ballycotton in der Nähe von Cork eine Wohnung mit Meerblick. Dort entdeckte Diane ihr malerisches Talent und ihre energische Gestalt mit dem im gelegentlichen Sonnenlicht aufleuchtenden Blondhaar vor der

Staffelei wurde zu einer Landmarke auf den Kliffs hoch über der Meeresbrandung.

Wir liebten Irland mit ungezügelter Leidenschaft und heirateten in Dublin (ich war zuvor mit einer Engländerin verehelicht gewesen, aber wie in so vielen anderen Fällen auch war die Ehe an den verräterischen Klippen des Journalismus gescheitert). Schließlich gingen uns die Ersparnisse und mir die Einfälle aus, weshalb wir nach Gibraltar zogen, der Meerenge vor der Südspitze Spaniens, wo es immer reichlich Nachrichtenschätze gab, die nur darauf warteten, geplündert zu werden.

An einem Sommertag fuhren wir über die Grenze nach Spanien hinein und wussten sofort, dass wir unsere zukünftige Heimat gefunden hatten. Wir fuhren in die im Nordwesten gelegenen Berge Galiciens und tranken ein Feuerwasser, das *crujo* genannt wurde. Wir fuhren in die Pyrenäen an der Grenze zu Frankreich, besuchten Paradeplätze von Weinstöcken, Plantagen voller silbriger Olivenbäume und bestaunten im Landesinneren ockerfarbene Ebenen. Wir schwammen vor den schimmernden Stränden der Mittelmeerküste und umfuhren das Sumpfgebiet der Doñana im Südwesten. Wir besuchten Städte, so elegant wie vornehme Herren, und Dörfer, so schäbig wie Bettler.

Da wir jedoch immer noch mittellos waren, mussten wir ein paar weitere Jährchen warten und uns vorübergehend in Kanada und in den Vereinigten Staaten aufhalten, bis wir endlich – den Vorschuss eines Verlages für meinen noch ungeschriebenen Roman im Portemonnaie – in den 70er Jahren in unserem schokoladenbraunen Triumphwagen nach Spanien fahren konnten, fest entschlossen, dort Wurzeln zu schlagen. Wir hatten inzwischen auch einen kleinen Sohn, Jonathan, den wir aber zunächst in Montreal zurückließen, wo er zur Welt gekommen war, während wir uns auf die Suche nach dem Paradies auf Erden machten.

Ich wurde in dem Hotel, in dem Emilio uns untergebracht hatte, um ein Uhr nachts durch Geschrei geweckt. Ich schüttelte meine Träume von einem Haus im Mondlicht und von gezackten Zitronenbäumen ab, kämpfte mich in den abgewetzten Bademantel, der mir schon überall auf der Welt an luxuriösen Wasserlöchern und in von Ungeziefer heimgesuchten Absteigen beste Dienste geleistet hatte, und trat zielstrebig aus dem Zimmer. Mir bedeuteten zwar nur wenige Dinge im Leben etwas, aber der Nachtschlaf gehört dazu.

Im Flur stand ein nackter Mann vor einer offenen Zimmertür und ohrfeigte eine vollständig bekleidete Frau. Die abschließende Mahnung meines Schuldirektors im Ohr (»Begegne dem schönen Geschlecht immer mit Ritterlichkeit«), packte ich den Mann bei den Schultern und stieß ihn durch die offenstehende Tür.

Als er – glatzköpfig und übergewichtig, aber stämmig – auf mich losgehen wollte, schlug ich ihm die Tür vor der Nase zu, entriss der Frau den Schlüssel und schloss ihn ein.

Ich gab den Schlüssel der Frau zurück, einer molligen Blondine mit gefärbtem Haar und einem zuschwellenden Auge. Sie spuckte mich an, schob eine Brieftasche vorn in ihre strassbesetzte Bluse und lief durch den Flur davon.

In den Zimmertüren erschienen nun weitere Damen und Herren in unterschiedlichen Stadien der Entkleidung. Ein kleiner Mann mit von Ohr zu Ohr reichenden, angeklebten Haarsträhnen, den ich für den Nachtportier hielt, kam herbeigeeilt.

Ich fragte ihn, ob er die Polizei verständigt hätte.

»Wieso sollte ich?« Er sah verwirrt aus.

»Weil ihm eine Frau gerade die Brieftasche geklaut hat«, sagte ich und deutete auf die Tür, die der Eingesperrte innen mit den Fäusten bearbeitete.

Der Portier schüttelte geduldig den Kopf. »Er *ist* die Polizei«, sagte er.

Als wir um halb acht Uhr morgens die Rechnung bezahlten, sorgte der Portier dafür, dass wir uns wieder halbwegs beruhigen konnten. Ja, wir hätten in einem Bordell übernachtet. Nein, wir bräuchten uns wegen des Polizeibeamten keine Sorgen zu machen. Sobald die Nutte dank des Inhalts der Brieftasche mitbekommen habe, wer ihr Freier gewesen sei, habe sie das Beutestück schnurstracks am Empfang abgegeben.

Ich wies jedoch darauf hin, dass ich den Polizisten tätlich angegriffen hätte. Der Portier zuckte nur die Achsel. Spanien sei schließlich ein Macho-Land, und kein Polizist würde jemals zugeben, dass er von einer Prostituierten beraubt und von einem *extranjero*, einem Ausländer, in ein Hotelzimmer gestoßen und eingesperrt worden sei. Und zudem stamme der betreffende Beamte nicht aus der Gegend, sondern von weither.

Unter dem flackernden Neonwort CLUB wartete der Seat auf uns – was wir am Vorabend noch nicht gewusst hatten, war, dass das Wort »Club« nicht selten eine euphemistische Umschreibung von »Puff« war.

Wie hielten bei einem Café, um zu frühstücken, aßen gewaltige Scheiben geröstetes, mit Olivenöl bestrichenes Brot, spülten alles mit *café con leche*, mit Milchkaffe, hinunter und fuhren dann zur Werkstatt.

Der Jaguar stand noch immer einsam und verlassen

auf der Rampe. Emilio harrte unser vor dem Tor und in der Tiefe seines Lächelns blitzte Sonnenlicht auf Goldzähnen.

»Sie geben natürlich ein Angebot für das Haus ab«, sagte er. »Zahlen Sie hier niemals einen geforderten Preis, denn dann denken die andern nur, sie seien *loco*. Verlangen Sie in den Läden immer einen *discuento*.«

»Wir haben uns noch nicht entschieden«, erwiderte ich. »Und warum haben Sie uns eigentlich in einem Puff untergebracht?«

»Der Besitzer ist ein Vetter von mir ... Wie auch immer, gehen wir mal in die Bar Paraíso und unterhalten uns über das Finanzielle.«

»Hören Sie endlich auf, uns zu bedrängen, Emilio. Wir wissen doch noch nicht einmal, was das Haus überhaupt kosten soll und wie der Besitzer heißt.«

Emilio tippte mit dem Finger gegen einen Nasenflügel. Es würde sich schon noch alles ergeben. »Kommen Sie.«

»Jetzt sehen wir uns erst einmal andere Objekte an«, sagte ich. »Und teilen Sie Ihrem Hausbesitzer mit, dass jeder Preis, den er nennt, zu hoch sein wird.«

»Aber Señor Derek, selbst ich weiß ja nicht, was er haben will.«

Als Diane und ich losfuhren, waren wir uns darin einig, dass das alles sehr seltsam sei. Sollte Emilio so etwas wie ein Scout sein, der Immobilien vermittelte und im Erfolgsfall eine Provison erhielt, dann müsste er doch wohl darüber informiert sein, was die Objekte jeweils kosteten.

Wir suchten im gut drei Kilometer entfernten Denia, einem Fischereihafen mit einer darüber thronenden Burgruine, mehrere Makler auf. Die Stadt hatte eine baumgesäumte Hauptstraße, die von einem bescheidenen Platz bis hinunter zum Hafen führte, wo zwei Molen wie Krebsscheren ins Mittelmeer hineinragten. Auf der einen Seite des Hafens lagen felsige Buchten, auf der anderen Sandstrände. Die Makler boten uns ein halbes Dutzend »begehrte Objekte« mit Blick aufs Meer an – den man auch tatsächlich hatte, wenn man auf den Schornstein kletterte.

Einige waren zwar ganz schön und hatten Swimmingpools, Obstgärten und verhandelbare Preise, waren jedoch dem Grauen des touristischen Spanien mit seinen Andenkenläden, aufgemotzten Bars und Wechselstuben zu nahe. Und mochte dem sein wie ihm wollte, mich verfolgte das Bild eines kleinen Hauses im Mondlicht, das nur darauf wartete, um einen holzverkleideten »Bankettsaal« erweitert zu werden.

Später am Vormittag kehrten wir zu eben diesem Haus zurück, wobei wir uns ihm äußerst vorsichtig näherten, bestand doch die Gefahr, dass Emilio dort auf der Lauer lag. Wir kletterten einmal mehr die Mauer hoch und durchquerten den Obstgarten. Apfelsinen lagen auf dem Boden, Amseln sangen.

Die Terrasse auf der Rückseite des Hauses war schwarz-weiß gefliest, die weißen Wände sahen stabil aus. Durch die vergitterten Fenster ins Haus spähend, sahen wir hohe Räume, Spinnennetze, die Generationen fleißiger Spinnen zwischen den Deckenbalken hinterlassen hatten, und Steinfußböden, jedoch (von dem winzigen Anbau abgesehen) nur zwei Schlafzimmer. Aber egal, wir würden eine ganze Armee von Gästen im »Bankettsaal« unterbringen können. Dieser Saal, der bislang ja nur ein Produkt von Emilios blühender Fantasie war, ließ das Haus in meiner Vorstellung bereits winzig klein erscheinen.

Diane erriet meine Gedanken. »Wir wissen nicht, was es kosten soll. Wir wissen ja noch nicht einmal, ob es wirklich zum Verkauf steht. Und die Küche gefällt mir überhaupt nicht, sie ist viel zu klein. Wie der ganze Rest auch. Und der Swimmingpool. Wenn Jonathan da reinfällt.«

Ich nahm mir vor, Dianes Eltern in Toronto anzurufen und sie zu bitten, den vierjährigen Jonathan zum Schwimmunterricht zu schicken.

Wir stiegen die Wendeltreppe zur Dachterrasse hinauf. Sie war von Jasmin überwuchert und die Aussicht beeindruckend. Vor uns lag der Montgo, ein eher breiter als hoher Berg. Zu seiner Linken sah man einige weißgetünchte Häuser und einen Weg, der sich durch die dicht bewachsenen, dunkelgrünen Zitrushaine voller Apfelsinen, Zitronen, Pampelmusen und Mandarinen wand und nach Denia führte, das man in der Ferne erkennen konnte. Zur Rechten des Berges befand sich eine Straße und an ihrem Ende das Dorf, sonnengebleichte Terrassen und Häuser, die sich um den raketenartigen Kirchturm drängten.

Hinter uns war das schmiedeeiserne Tor, vor dem wir am Vorabend gestanden hatten. Jenseits davon waren eine schmale Straße und eine hohe Feldsteinmauer zu sehen, hinter welcher ein Grundstück mit einem verlassenen Haus lag – laut Emilio der Wohnsitz des »Zitronenbarons«. Zu diesem Anwesen gehörten auch noch eine Kapelle, eine Reihe vom Wind bewegter Pinien und eine Remise mit einem Landauer darin, von dem es, wie Emilio erzählt hatte, hieß, er fahre in der Nacht der Sommersonnenwende auf den Straßen umher.

Wir erkundigten uns in der Nachbarschaft, ob »unser Haus« zum Verkauf stehe, und erfuhren, das sei schon seit einem Jahr der Fall – Emilios Aufforderung zu schnellem Handeln, um es uns zu sichern, hatte also nicht sehr viel mit den tatsächlichen Gegebenheiten zu tun. Auch deshalb nicht, weil Haus und Grundstück einem Bauunternehmer in Denia gehörten, Emilio also gar nicht befugt war, sie zu veräußern.

Emilio war also doch ein Ganove. Und trotzdem ... seine Begeisterung hatte etwas so Naives an sich. Als haute er bei allem nicht nur uns, sondern auch sich selbst übers Ohr. Auch wenn er nur auf eine schnelle Mark aus gewesen sein sollte, hatte er kaum Aussichten, an eine solche heranzukommen, solange er nicht wusste, wem Grundstück und Haus gehörten.

Dann erzählte uns eine Nachbarin, eine dicke Frau mittleren Alters, die einen Lattenzaun grün anstrich, Emilio, den der Zusammenbruch der väterlichen Spielzeugfabrik schwer getroffen habe, spreche oft davon, dass er eine Musikantengalerie bauen wolle. »Sie wissen schon, so eine Plattform mit Holzgeländer oben unter der Decke, auf der früher die Musikanten saßen.«

Da hörte ich doch tatsächlich Mandolinen, Lauten, Klavichorde klimpern und Troubadoure Balladen vortragen.

»Emilio liebt die Musik«, sagte die Frau. »Er hätte wahnsinnig gern die klassische Gitarre gespielt, aber seine Finger sind halt zu dick.«

Eine Musikantenempore über einer Kaminecke in einem großen Bankettsaal! Emilio war kein Abzocker, sondern ein Träumer, der in Diane und mir Werkzeuge zur Verwirklichung seiner Fantasien sah. Er war der Hufschmied, dessen Traum es ist, die tänzelnden Lipizzaner der Spanischen Hofreitschule in Wien beschlagen zu dürfen, war der Anstreicher, der in Madrid in den Sälen des Prado umhergeisterte.

Auch wenn er uns in einem Freudenhaus untergebracht hatte.

An jenem Abend quartierten wir uns in einer ordentlichen Herberge in Denia ein, wo wir das Tuckern der in den Hafen zurückkehrenden Fischkutter hören konnten. Nachdem wir uns häuslich eingerichtet hatten, gingen wir in eine alte Bar, genauer in Benjamins Bar, deren Wände alte Stierkampf-Plakate und Kalenderblätter mit den Fotos vollbusiger, nackter Mädchen zierten.

Wir tranken Ricard (die Bar verdankte ihr gallisches Ambiente den Algerienfranzosen, die als Emigranten in der Stadt lebten und wegen der preiswerten Getränke und der Kalenderblätter herkamen) und unterhielten uns über Emilio und das Haus.

»Ein Bankettsaal braucht eine Empore für Musikanten«, sagte ich.

»Wieso das?« Diane goß Wasser in ihren Ricard und sah zu, wie sich das Getränk trübte.

Ich versuchte es auf anderem Wege. »Emilio ist Handwerker. Diese Spielzeugsoldaten ...«

»Diese Särge!« Sie änderte ebenfalls den Kurs. »Wenn ich versuchen wollte, in dieser Küche auch nur ein Suppenhuhn zu kochen, wäre sie schon rappelvoll.«

»Wir könnten sie vergrößern.«

»Und mit welchem Geld?«

Da hatte sie nicht ganz Unrecht – der Vorschuss für mein noch nicht geschriebenes Buch war klein, maß man ihn an Dingen wie Bankettsälen, Musikantenemporen und Küchenerweiterungen.

»Wenn das Buch ein Erfolg wird, können wir uns sogar noch ein weiteres Schlafzimmer leisten.«

Sie trank ihren Ricard aus und legte ihre Hand auf die

meine. »Ich zweifle nicht an deinen Fähigkeiten, nicht eine Sekunde, aber du hast ja mit dem Schreiben noch gar nicht angefangen. Laß uns nichts überstürzen und eine Nacht darüber schlafen.«

In Wirklichkeit hatte ich sehr wohl schon angefangen zu schreiben, aber das war lange her, war vor Dianes Schwangerschaft gewesen, und deshalb musste ich nun wieder ganz von vorn anfangen. Durften wir da den Scheck des Verlages und unsere Ersparnisse für eine Fata Morgana zwischen Orangenbäumen verpulvern? Nein, Diane hatte Recht – wir mussten vorsichtig sein.

Schließlich hatten wir schon genug Probleme, von denen eines das Buch selbst war, handelte es sich doch um einen Thriller, dessen Schauplatz vor allem die eisige Ödnis Sibiriens sein sollte und den ich in Spanien bei immer größer werdender Hitze zu schreiben haben würde.

Wir verließen die Algerier in der Bar, deren Blicke sehnsüchtig an den Busen der Kalenderblattmädchen hingen, und kehrten in unser Hotel zurück, um unsere Möglichkeiten zu überschlafen – ein Haus mit Galerie, eines ohne, überhaupt keins.

• • • 3 • • •

Ein Schutzengel im Garten

Wir spürten den Besitzer des Hauses in seinem Büro in Denia auf. Der Mann war ein flotter Unternehmer mit glänzendem schwarzem Haar und einer etwas übertriebenen Liebenswürdigkeit. Er zeigte uns das Innere des Hauses und da gab es keine augenfälligen baulichen Mängel und auch keine Leichen.

Da wir beschlossen hatten, die endgültige Entscheidung erst einmal auf Eis zu legen, bat ich ihn, uns trotzdem im Kopf zu behalten, denn es konnte ja sein, dass unser Cash flow doch noch seine Richtung änderte. Er war einverstanden und vermietete uns erst einmal ein kleines, an einem Hang gelegenes Häuschen, von dem man auf ein Tal am Rande Denias blickte.

Wir informierten Emilio, dass wir sein Lieblingsprojekt im Auge behalten würden. Er saß in der Bar Paraíso und starrte in sein Bier. Als er aufstand, erhoben wir uns ebenfalls. Er schüttelte mir die Hand und küsste Diane auf beide Wangen. Dann verließ er gebeugten Hauptes die Bar. Als er die Straße hinunter ging, fiel mir auf, dass er seine riesigen Pranken zu Fäusten geballt hatte, als hielte er die Daumen.

Die Werkstatt war über Mittag geschlossen. Als ich am Abend wieder hin kam, stand der Jaguar davor, und sein frisch polierter Lack funkelte im Licht einer Straßenlaterne. Der Mechaniker ließ den Motor an und der lief mit surrendem Geräusch.

Ich zog die Brieftasche heraus. »Wieviel?«

Der Mechaniker bewegte einen gehobenen Zeigefinger hin und her. »Das ist bereits alles erledigt worden«, sagte er.

Ich versuchte, mein Buch zu schreiben, wobei ich das Ausbleiben jeglicher Inspiration erst dem Mangel an ehepartnerlicher Unterstützung zuschrieb, flog Diane doch nach Montreal, um Jonathan zu holen, und dann, nach ihrer Rückkehr von dort, der aufdringlichen Anwesenheit von Mutter und Kind.

Ich führte mich damit jedoch selbst hinters Licht, denn ich wusste sehr wohl, wo das eigentliche Problem lag – ich hatte die ideale Schreibwerkstatt, nämlich das Haus in den Orangenplantagen, gefunden, und die kreativen Säfte würden sich erst wieder anzapfen lassen, wenn ich dieses Haus bezogen hatte.

Es gelang mir, noch eine weitere Woche durchzuhalten. Ich tippte ein paar weitschweifige Sätze, starrte ins Leere und führte im Garten irre Zwiegespräche mit streunenden Hunden. Schließlich erklärte ich Diane, dass wir das Haus kaufen müssten, woraufhin sie meinte: »Ich weiß. Du bist schon die ganze Zeit unausstehlich und ich habe mit Miguel Ferrer für morgen einen Termin ausgemacht.« Miguel Ferrer war der hausbesitzende Baumensch.

Wir gaben ein Angebot ab und der Papierkrieg begann, dankenswerterweise jedoch ein überschaubarer, denn Miguel war ein aufrichtiger Mann, und mich hatte der Journalismus gelehrt, bei Immobiliengeschäften auf die Fallstricke zu achten. Wir unterschrieben ein paar Dokumente in seinem Büro, das sich recht bescheiden ausnahm für einen der ersten, wirklich Großen der Branche in dieser Gegend. Dann begaben wir uns in ein anderes Büro in der baumgesäumten Hauptstraße, wo wir vor einen Notar hintraten wie ungezogene Schüler vor ihren Lehrer.

Der Notar, ein weißhaariger, adretter Herr, las uns mit sonorer Stimme die Vertragsurkunden vor, und wir machten uns daran, weitere Unterschriften zu leisten, wobei jene des Anwalts mit ihren Schnörkeln, Bogen und Schmachtlocken eine eigene Kunstform darstellte. Schließlich kritzelte ich noch ein letztes Mal meinen Namen, nämlich auf einen Scheck, und das Haus mit seinem fiktiven »Bankettsaal« gehörte uns.

Bis zur Mittagszeit hatten wir uns in den Orangenhainen (oder, wie Diane es ausdrückte, in der »embryonalen Marmelade«) eingenistet. Im hellen Mittagslicht sah das Haus plötzlich hinfällig aus (da waren feine Risse im Weiß der Wände, eine Jalousie klapperte im leichten Wind), und wir stellten uns die Frage, ob wir wirklich das Richtige getan hatten.

Jonathan mit seinem – irreführenderweise – wie ein Heiligenschein wirkenden nordischen Blondschopf tobte schreiend im Garten herum, pflückte eine Tüte Apfelsinen, fiel fast in das Schwimmbecken hinein und bohrte sich den Dorn eines Yucca-Busches in seinen Fußball, dem daraufhin zischend die Luft ausging. Diane und ich wanderten in langsamerem Tempo umher und staunten immer mehr über das, was wir fertiggebracht hatten.

Ein früher am Tag gefallener Regen bewirkte, dass die neuen Orangenblüten, die schon wieder neben den reifen Früchten erschienen waren, ein intensives Parfüm verströmten. Wir schlenderten bis zum Ende des Obstgartens. Frische Düfte wehten von den Nachbargärten herüber – es roch nach Thymian, Rosmarin, Pfefferminz und Salbei. Wir hielten uns bei der Hand – die Nachmittage in Montreal oder London hatten nie so geduftet.

In der Morgendämmerung weckte uns das Gezwitscher der Vögel. Ich tappte in meinem Bademantel durchs Wohnzimmer in die Küche und preßte aus unseren eigenen Früchten einen ersten Krug Orangensaft, der so frisch war wie morgendlicher Tau. Dann goss ich in einer Tonkanne Tee auf – Schluss mit den Beuteln. Diane kochte braune Eier von glücklichen Hühnern und wir aßen Toast mit Honig.

Ich besetzte den engen Anbau und machte ihn zu meinem Büro. Diane übernahm anderswo im Haus das Regiment. Sie wischte und fegte, fing mit dem Besen Spinnweben ein, machte mit zersägten Ästchen, die wir bei einem Kaufmann in Denia erstanden hatten, Feuer im Kamin, bewegte mit großem Charme Behördenvertreter dazu, dass wir wieder mit Wasser und Strom versorgt wurden, machte den Abfluss der Spüle frei, bestellte drei Flaschen Butangas, mit dem der Küchenherd betrieben wurde, machte Wasser heiß und kaufte uns zwei Schlafsäcke, die sich allerdings, was spontanere Ausbrüche von Leidenschaft anging, als eher hinderlich erwiesen – einmal klemmte bei meinem der Reißverschluss, und als ich mich endlich freigekämpft hatte, war Diane schon vor dem verlöschenden Kaminfeuer eingeschlafen.

Was mir in den folgenden Wochen den größten Eindruck machte, war, wie problemlos Diane den Übergang vom Servieren abgepackter Bordverpflegung und zollfreier Getränke zu schlichter Zweckmäßigkeit schaffte. Sie war der Stoff, aus dem die Abenteurerinnen der Geschichte gemacht waren, war eher eine Amelia Earhart als eine Stewardess.

Während ich die erste Seite meines Romans immer wieder neu tippte, führte sie den Haushalt und kochte, wobei sie dem Zauberer glich, der Kaninchen aus seinem Zylinder zieht, wenn sie auf dem winzigen Herd mit größter Gelassenheit kulinarische Köstlichkeiten produzierte.

Sie kaufte in einem der Lebensmittelläden des Dorfes ein, gelangte jedoch auch zu der Ansicht, dass wir trotz des festen Daches über unseren Köpfen schon ziemlich lange wie im Zeltlager gelebt hätten, und bestand darauf, dass wir zu einem Möbelmarkt im hundert Kilometer entfernten Valencia fuhren, um wenigstens provisorisches Mobiliar wie Plastiktische und -stühle zu kaufen, die wir bis zur Fertigstellung unseres »Bankettsaals« benutzen konnten.

Des weiteren erstanden wir ein riesengroßes Bett. Schluss mit einer durch Reißverschlüsse behinderten Lustentfaltung. Einen triumphierenden Brunftschrei ausstoßend, warf ich mich auf die Matratze, was zur Folge hatte, dass der Holzrahmen der Lagerstatt auf beiden Seiten auseinander brach.

Der Garten, ein viereckiges, einen Morgen großes und durch Maschendraht von den wogenden Zitrushainen getrenntes Stück ungehemmter Fruchtbarkeit, war mein Reich. Jedenfalls glaubte ich das.

Ich hatte nicht mit Ángel gerechnet! Entweder hatte Emilio ihm zu verstehen gegeben, ich sei Freiwild, oder er ging einfach davon aus, dass Autoren generell unter Funktionsstörungen litten. Jedenfalls war er so schrullig und halsstarrig wie Kolumbus und fest davon überzeugt, dass ich seiner Dienste als Gärtner dringend bedürfe.

Ángel war ein munterer junger Mann aus Andalusien, hatte das blasse Gesicht eines Dichters und die drahtige Figur eines Langstreckenläufers und schien mit den Wolken kommunizieren zu können, denn jedes Mal, wenn er sich vor eine schwierige Frage gestellt sah, richtete er den Blick zum Himmel. Er trug einen Strohhut, der aussah, als hätten die Mäuse an ihm herumgeknabbert, und stellte schnell klar, dass für ihn das Haus nur ein bloßes Anhängsel des Gartengrundstücks sei. Ich sagte ihm, dass ich über sein Angebot nachdenken wolle, denn unser Haus lag ja wirklich recht verloren in einem riesigen Garten voller gut gepflegter Orangen-, Zitronen- und Pampelmusenbäume, neben denen es auch noch Pflaumen- und Aprikosenbäume gab, ferner junge Mandelbäumchen, Yucca-Büsche (mit ihren schwertartigen Blättern, welche ich mit einer Gartenschere stumpf gemacht hatte), Jasmin- und Hibiskussträucher (die, wie wir hofften, bald ihre roten Trompetenblüten öffnen würden), eine Palme, einen Feigenbaum und ein paar Beete, auf denen wilder Spargel wuchs – das alles vom Haus getrennt durch ein kleines Rasenstück, ein Schwimmbecken und einen Grillplatz mit einer Spüle und einer Bar. Der Boden unter den Obstbäumen war mit Sauerklee bedeckt, gelben, kleeblättrigen Blümchen, deren Blüten lange Stängel hatten, welche die Kinder abpflückten, um den süßsauren Saft herauszusaugen. Das Grundstück fiel leicht bis zu jener Feldsteinmauer hin ab, die wir bei unserer ersten Erkundungstour erklommen hatten.

Würde ich mit dem allen wirklich allein fertig werden? Es galt ja auch, die Obstbäume zu spritzen und zu beschneiden, den Boden darunter mit einem Kultivator zu pflügen; sich um exotische Gewächse zu kümmern, denen ich bislang nur auf meinen Reisen begegnet war; zu säen, zu hegen und zu ernten. Ich sagte Ángel, er solle später wiederkommen, und rang dann lange und schwer um meine erste Entscheidung in meiner Eigenschaft als Grundbesitzer in fremden Landen.

Ich besprach die Sache an einem kühlen, wolkenverhangenen Nachmittag mit Diane. Die mehr als voll hängenden Bäume sahen plötzlich beängstigend aus, die Früchte wie Granaten. Wir wanderten durch den stillen Hain und bemerkten auf den Blättern der Bäume einen klebrigen weißen Befall. »Kannst du den weg kriegen?«, fragte Diane.

»Ángel wüsste, wie man das macht«, antwortete ich.

Wir gelangten zum Ende unseres Gartens und schauten auf die überwucherten Zitronenbäume des darunter gelegenen Nachbargrundstücks hinab. Die Bäume waren voller toter Äste, von Kletterpflanzen erstickt. So würde es unserem Obstgarten ergehen, wenn uns kein geschulter Gärtner half. Wir sahen uns an und nickten.

»Die Wahl Ángels ist einstimmig erfolgt«, sagte ich.

»Für eine Probezeit«, sagte Diane. »Ich habe so den Eindruck, als wäre er eine rechte Primadonna. Du musst ihm gegenüber Festigkeit zeigen.«

So traf ich denn eine Management-Entscheidung. Erfüllt vom Gefühl der Macht, pflückte ich eine Apfelsine, schälte sie und biß hinein. Sie schmeckte so süß wie Honig.

An seinem ersten Arbeitstag winkte uns Ángel zu der frei stehenden Garage an der Zufahrt (diese Garage stand in einem solchen Winkel zu letzterer, dass man mit dem Jaguar sechsmal vor und zurück musste, bis man ihn drin hatte) und zeigte auf eine kleine Holzschachtel, die dort innen an der Wand hing und an einer Seite ein kleines Loch hatte.

Er hob die Klappe und forderte Diane auf hineinzuschauen. Sie trat vorsichtig hinzu, stellte sich auf die Zehenspitzen, spähte in den Kasten – und kreischte auf.

Sie stolperte rückwärts und ich gab ihr Halt. »Was ist das denn, um Himmels willen?«, fragte sie.

»Eine Fledermaus, die mit dem Kopf nach unten hängt. Ist noch ein Baby«, antwortete Ángel erklärend. Er sprach ein brauchbares Englisch, das er im Dienst anderer Arbeitgeber gelernt hatte.

Als Diane wieder im Haus verschwunden war, hob Ángel den Kasten von der Wand. Ich sah hinein – die Fledermaus war nicht viel mehr als ein mit Flügeln versehenes Stück Küchenkrepp und hing tatsächlich mit dem Kopf nach unten.

»Wo bringen Sie das jetzt hin?«, fragte ich Ángel.

»Zum Pumpenhaus hinter dem Grillplatz, dort wird sie den Kasten nie finden.« Das Pumpenhaus war eine Hütte, in welcher die Pumpe untergebracht war, mit der das Schwimmbecken gefüllt und – im Falle einer Reinigung – geleert wurde. »Im Frühjahr gibt es hier jede Menge Fledermäuse, die dann über dem Pool kreisen und daraus trinken. Aber erzählen Sie das bloß nicht der Señora.«

In unserem Garten hatte sich auch eine Art Baumratten eingenistet – eine ganze Schar von Bilderbuchtierchen mit grauem Fell und weißem Bauch, die in der großen, dunklen Zypressenhecke hausten. Sie fraßen die Schalen der Zitronen und ließen das Fruchtfleisch unangetastet, während sie bei den Orangen das Fruchtfleisch verzehrten und die Schalen liegen ließen. Sie waren so anmutig wie Eichhörnchen und so entwaffnend wie ihre gestreiften amerikanischen Verwandten. Ángel, der sich mit Eifer an die Arbeit machte, meinte, die Tiere seien eine rechte Plage, aber das nahmen wir ihm nicht ab.

Der Garten war außerdem Heimstatt von Igeln, Feldmäusen, Maulwürfen, Ringelnattern, schnellen grünen Eidechsen und Geckos, die an den weißen Wänden unseres Grillplatzes (der mit Dach und Schornstein so groß wie eine Almhütte war) umherhuschten. Hinzu kamen noch Amseln, Distelfinken und ein Wiedehopf, ein lustiger Vogel mit orangebräunlichem Gefieder, schwarzweißen Flügeln und einer Haube, die er indigniert aufstellte, wenn man ihn störte. In der Nacht übernahmen Füchse und Eulen die Herrschaft.

Die zukünftige Beschaffenheit der Beziehung zwischen Ángel und mir wurde durch ein Tütchen Ringelblumensamen bestimmt. Ich mochte diese gelben und orangefarbenen, wie übergroße Gänseblümchen aussehenden Blumen seit meiner Kinderzeit im Norden Londons, wo mein Vater unser winziges Gärtchen mit ihnen umsäumt und meine Mutter sich den Schmerz von Bienen- oder Wespenstichen dadurch gelindert hatte, dass sie Blütenblätter darauf zerrieb. Ich wollte sie in meinem Garten haben, Ángel jedoch nicht.

Er nahm seinen Strohhut vom Kopf, steckte einen Finger durch eines der Löcher, blickte auf das Samentütchen hinab und sagte: »Manche Unkräuter sind ganz hübsch, doch.«

Er stopfte die Tüte in die Brusttasche seines Hemdes, das er über seinen ausgebeulten blauen Hosen trug (dazu Sandalen, deren Sohlen aus alten Autoreifen gemacht waren).

»Wann können Sie sie aussäen?«, fragte ich ihn.

Er blickte versonnen auf die Gebirge der Kumuluswolken am Horizont. »Es ist noch zu früh.«

Vielleicht stimmte das ja, aber nach dem mitleidsvollen Ausdruck seines blassen Gesichts zu urteilen, würde, wenn es nach ihm ging, das Tütchen in seiner Brusttasche stecken bleiben, bis der Samen dort aufgegangen war.

»Und ich habe Prunkwindensamen gekauft«, sagte Diane und hielt ihm ein Tütchen hin, auf dem man ein Bild dieser kletternden blauen Blumen sehen konnte, deren Blüten so fragil und kurzlebig waren wie die des Klatschmohns – sie blühten in der Morgendämmerung auf und waren abends schon dahin.

Ángel lachte ungehalten.

»Was ist so komisch daran?«, verlangte Diane zu wissen.

»Gärtner verbringen viel Zeit damit, die da auszureißen, und Sie wollen sie anpflanzen.«

»Ich finde sie schön«, antwortete Diane entschlossen.

Mir gefielen sie auch. Ich hatte diese Blumen in Afrika bestaunt, wo sie wie blaue Wasserfälle von Hecken und Zäunen herabstrudelten, und sie waren dort zum Bestandteil unserer Vision eines neuen Lebens in Spanien geworden. Ich würde nicht zulassen, dass Ángel mit Füßen darauf herumtrampelte.

»Hören Sie, Ángel«, sagte ich deshalb, »wir beide werden nur gut miteinander auskommen, wenn Sie eine Bedingung zu erfüllen bereit sind. Ich weiß, dass Sie zu den besten Gärtnern der ganzen Gegend gehören.« Das hatten mir Nachbarn gesagt. »Und ich werde mich in den meisten Fällen Ihrem Urteil beugen.«

Ángel runzelte die Stirn. »Die Bedingung?«

»Dass Sie tun, worum ich Sie bitte.« Ich tippte auf das Samentütchen in Dianes Hand. »Säen Sie die aus, Ángel.«

»Aber –«

»Bitte.«

Ein andalusisches Klagelied summend, strebte Ángel der Garage zu, wo er seine Geräte verwahrte. Während Diane Kaffee kochte, ging ich ihm nach und fragte ihn, warum er eigentlich seine Heimat im Süden verlassen habe. Weil er, so gab er mir Auskunft, zwei Jahre zuvor seine zukünftige Frau in Granada kennengelernt habe, als sie dort Urlaub machte. Und sie habe ihn dann eingeladen, zu ihr zu kommen. Behext von seiner jugendlichen Selbstsicherheit, wie ich annahm (er war erst 26), und seiner Zartheit. Und Ángel verfügte wirklich über einen eigentümlichen Charme, dem ich mit gleicher Vorsicht würde begegnen müssen wie Emilios Überschwang.

»Außerdem gibt es hier mehr Arbeit«, fügte Emilio hinzu. »Ich bearbeite auch Land.«

Von den Stadtbewohnern abgesehen, lebten die meisten Menschen der Gegend von der Landwirtschaft – sie bauten Gemüse an, hatten ihre eigenen Apfelsinen, Oliven, Mandeln und *nisperos*, Mispeln, gelbe Früchte mit großen, glitschigen Kernen.

Wenn es nationale, regionale oder kirchliche Feste zu feiern gab, ließen alle ihre Gerätschaften fallen, betranken sich frohgemut und brannten Feuerwerke ab, die bei Tag den Touristen Angst und Schrecken einjagten und bei Nacht den Himmel mit Farbtupfern beklecksten.

Ich fragte Ángel, wie er unsere Gegend im Vergleich zu Andalusien sehe. Ich selbst zog das viele Grün um La Jara und den fröhlichen Fatalismus der Bewohner (mit einer gewissen Listigkeit durchsetzt) einer Region vor, die von Reiseschriftstellern gestaltet worden war, welche sich die Städte an ihr Image geheftet hatten wie Broschen.

Ángel war da anderer Ansicht. Er schärfte eine Sense mit einem Stein. »Es ist hier alles nicht so verfeinert wie in Granada und Córdoba«, sagte er.

Ich versuchte, mir Angel vorzustellen, wie er, mit einem eleganten Anzug bekleidet, in einem der schicken Cafés in der Umgebung der Alhambra saß, aber das Bild verblasste schnell wieder.

Ich wollte all die Gemüsesorten anbauen, die man auf spanischen Märkten aufgestapelt findet. Auberginen mit ihrer glänzenden, dunkelvioletten Schale, rote und grüne Paprika, *habas* (Saubohnen) mit ihren dicken Schoten, *acelgas* (Mangold) mit den sellerieartigen Stielen, Karotten, so klein wie Babyfinger, und Pastinaken, die lang genug waren, um in der Tiefe auf Öl zu stoßen.

Ich sah das alles vor meinem geistigen Auge in schönen grünen Reihen wachsen, umsäumt von den gelben Blüten der Kürbisse, Gurken und Melonen.

Ich sagte Ángel, wie ich mir die Sache vorstellte. Er nickte wissend. Alles exakt so, wie auch er es sich gedacht hatte. Diane und ich wollten für ein paar Tage nach Madrid fahren und so gab ich ihm grünes Licht.

Als wir zurückkehrten, musste ich feststellen, dass er auf der einen Seite des Gartens neben den beiden jungen Mandelbäumchen ein kleines Gefangenenlager von achtundzwanzig mal sieben Metern angelegt hatte. Etwa ein

Zehntel des Gartens war von Betonpfosten umstellt, zwischen denen bis in Brusthöhe reichender Maschendraht gespannt war. Was allein noch fehlte, war ein Wachturm mit SS-Leuten.

»Wozu denn das, Ángel?«, fragte ich entgeistert. »Wozu, um Himmels willen, soll das gut sein?«

»Damit keine Diebe drankommen«, antwortete er.

»Aber da kann doch jeder drüberklettern«, warf ich ein, auf den Zaun zeigend. In mir stieg die Wut hoch – das war das Irische in mir. Mein Vater war zwar Londoner, aber meine Mutter stammte aus Dublin. Sie war die Tochter eines Taugenichts, der seine Familie im Stich gelassen und sich auf Nimmerwiedersehen nach Amerika abgesetzt hatte. Ich war schon zu der Ansicht gelangt, meine bescheidenen Furien seien in den Ruhestand gegangen, aber da waren sie wieder und zerrten an der Leine, zu neuem Leben erweckt von einem exzentrischen Gärtner.

»Die Füchse können da nicht drüberklettern«, sagte Ángel. »Und auch die Katzen, Hunde, Karnickel und kleinen Kinder nicht.«

»*Hostia!*«, entfuhr mir der in Spanien wohl verbreitetste Fluch.

Am Abend saßen Diane und ich vor dem brennenden Kamin, sahen zu, wie sich die Funken im Schornstein nach oben jagten, und sprachen über Ángels Vorgehen.

Ich war stocksauer und wollte ihn rausschmeißen, während Diane, die ja nicht direkt mit ihm zu tun hatte, mitfühlender war.

»Warum starrt er jedesmal, wenn ich ihm eine Frage stelle, zum Himmel hinauf?«, verlangte ich zu wissen. »Er bekommt seinen Lohn schließlich von mir und nicht von Kumulus, Zirrus, Nimbus & Co.«

»Er ist halt ein nachdenklicher Mensch«, erwiderte Diane. »Er hat den Kopf in diesen Wolken. Das kannst du nicht verstehen.«

»Ich verstehe nicht, wie ein nachdenklicher Mensch dazu kommt, aus einem Garten einen Gefängnishof zu machen.«

»Er meint es gut.«

Wir einigten uns, die Frage von Ángels Zukunft offen zu lassen, aber insgeheim war ich entschlossen, ihn zu ersetzen – ich brauchte schließlich keinen Mystiker, sondern einen Gärtner.

Ein paar Tage später bot sich eine Lösungsmöglichkeit an, und zwar in Gestalt von Rodrigo. O-beinig und zu dick, erschien er am frühen Morgen und teilte uns mit, dass er gekommen sei, um die Obstbäume zu beschneiden. Er fügte hinzu, er habe das in den zurückliegenden zehn Jahren immer gemacht und jetzt sei es wieder soweit.

Um sein Können zu prüfen, ließ ich ihn mit einem alten Zitronenbaum vor der Küche anfangen.

Da Ángel gerade seinen freien Tag hatte, kam mir, als der Mann den Baum mit einem kleinen Beil anging, eine hinterhältige Idee. Ich fragte ihn, ob er auch andere Gartenarbeiten erledige. Er breitete die Arme aus – wenn es sein müsse, könne er auch den Garten Eden in Schuss halten.

»Rodrigo könnte unser Mann sein«, teilte ich Diane beim Frühstück im Vertrauen mit. Dabei überkam mich eine seltsame Gefühlsmischung von Erleichterung und Schuld – Ángel hatte es wirklich gut gemeint, als er den Gemüsegarten verbarrikadiert hatte.

»Unser Mann wofür?« Diane trank ihren Tee – vor der ersten Tasse war sie nie in der Lage, ihre Gedanken zu artikulieren. Von draußen drang das stete, dumpf schlagende Geräusch des Beils herein, mit dem Rodrigo den Zitronenbaum bearbeitete.

Auf der Straße knatterten Mopeds an unserem schmiedeeisernen Tor vorbei. Ein gelbes Sprühflugzeug war durch die Fenster zu sehen, wie es tief über die Orangenplantagen hinflog – und Diane nahm langsam die Tatsache in sich auf, dass ich vorhatte, Ángel zu feuern. Schließlich sagte sie: »Wie kannst du nur so heuchlerisch sein«, nahm ihre Tasse, verschwand im Schlafzimmer und schlug die Tür hinter sich zu. Stücke vom Verputz fielen von der Wand. Ungestüm und Leidenschaft waren tief in ihrem Herzen verwurzelt und wurden nur durch einen Sinn fürs Lächerliche gemildert.

Allein auf der Terrasse sitzend, versuchte ich, vernünftig über die Sache nachzudenken. Ángel hatte eine Umzäunung gebaut, die ich nicht haben wollte, wohingegen Rodrigo ein guter Arbeiter und nicht so temperamentvoll zu sein schien …

In diesem Augenblick kam überraschend Ángel in seinem kleinen Lieferwagen angefahren. Ich stellte mir die Frage, ob er vielleicht einen Hinweis erhalten hatte, dass ein Thronprätendent in den Garten eingedrungen sei, der ihm die Herrschaft streitig machen wollte.

Ángel kam auf die Terrasse. »Was macht denn der Rodrigo hier?«, erkundigte er sich.

Ich teilte ihm mit, dass Rodrigo behauptet hätte, er käme immer zu dieser Zeit des Jahres, um die Bäume zu beschneiden. »Kennen Sie ihn?«

»Ich habe ihn schon in so gut wie jeder Bar besoffen rumhängen sehen«, antwortete Ángel, der Abstinenzler war.

»Aber Sie haben nichts dagegen, dass er die Bäume stutzt?«

»Ermordet.« Ángel besah sich den Zitronenbaum vor der Küche, was er gefahrlos tun konnte, weil Rodrigo gerade in der Garage sein Mittagbrot verzehrte. »Mit Sicherheit bringt er den da um. Er hat die falschen Äste entfernt, sie an der falschen Stelle abgesäbelt und dazu auch noch eine stumpfe Axt benutzt.«

»Aber kommt denn Rodrigo nicht jedes Jahr her?«

»Unmöglich – die Bäume sind doch noch alle am Leben.«

»Sie könnten das besser machen?« Seine Dünkelhaftigkeit begann mich zu nerven.

»Was Besseres jedenfalls als das da», sagte Ángel und zeigte auf den Zitronenbaum. Dann machte er auf dem Absatz kehrt und fuhr in seinem Lieferwagen davon.

Nach dem Mittagessen fuhr ein Lastwagen rückwärts in die Zufahrt und lud einen großen Haufen Pferdemist ab.

Ich fragte den Fahrer, wer diese Lieferung veranlasst habe. »Ángel«, antwortete er kurz und fuhr mit quietschenden Reifen wieder weg.

Als Rodrigo seine Nachmittagsschicht begann, zog ich ihn vom Beschneiden der Bäume ab und bat ihn, Bauschutt, der unter der Zypressenhecke liegen geblieben war, zu einem Sammelplatz für Müll und Abfall zu karren, der sich dort befand, wo unsere Straße auf die Straße zum Dorf mündete.

Bereits kurz danach kam es zu einem ersten Unfall. Ich hörte einen Schmerzensschrei und lief dorthin, wo Rodrigo arbeitete.

Er saß im Schatten der Hecke, sein kahl werdender Schädel war schweißnass und er schnürte gerade einen seiner Bastschuhe auf. Er sagte mir, er habe sich einen Ziegelstein auf den Fuß fallen lassen. Wenn er gewusst hätte, dass er Schutt wegfahren solle, hätte er sich Stiefel angezogen, meinte er. Ich fragte mich, ob er vielleicht eine Schadenersatzklage in Erwägung ziehen könnte, und untersuchte seinen Fuß, ohne jedoch äußerlich sichtbare Zeichen einer Verletzung entdecken zu können.

Eine Stunde später klopfte er an die Tür des Anbaus, wo ich an meinem Buch arbeitete. Ob er mal nach Denia fahren könne, er müsse den Griff seiner *azada* ersetzen – ein Gerät, das wie eine große Hacke aussieht und mit dem die Spanier den größten Teil ihrer Feldarbeiten erledigen. »Er ist abgebrochen«, sagte Rodrigo, »als ich an der Stelle, wo der Schutt gelegen hat, das Unkraut entfernte.«

Er blieb zwei Stunden fort. Als er sein Tagespensum erledigt hatte, berichtete er mir, dass er einen Hundert-Peseten-Schein verloren habe – der müsse ihm aus der Brusttasche gefallen sein, als er den Schutt am Ende der Straße abgekippt habe.

Ich ging mit ihm zu seinem kleinen Lieferwagen. Einer der Reifen war platt, unterhalb der Lauffläche sah man eine ausgefranste Wunde. Als er sich daran machte, den Reifen zu wechseln, bemerkte ich dunkle Wolken am Horizont. Hatte Ángel etwa irgendwelche bösen Geister herbeigerufen?

Eine halbe Stunde später entlud der schon bekannte LKW-Fahrer ein Dutzend Säcke mit Kunstdünger in der Zufahrt. Ein paar Tropfen fielen.

»Was passiert mit dem Pferdemist?«, fragte ich Ángel anlässlich seines nächsten Kurzbesuches. Sollte es richtig zu regnen anfangen, würde der Mist ins Haus gespült werden.

»Er ist besser, wenn er feucht ist«, sagte Ángel. Ich argwöhnte, dass das seine Art und Weise war, mich wissen zu lassen, dass er nicht die Absicht hatte, den Mist anzurühren, ehe Rodrigo entlassen war. Jedenfalls fuhr er wieder davon.

Da saß ich nun mit einem zu Unfällen neigenden Muffel und einem Exzentriker, der eine Vorliebe für Maschendraht hatte. Ich stapelte die Kunstdüngersäcke fein säuberlich übereinander.

Gerade hatte ich den letzten Sack abgelegt, als ein Gewitter losbrach und die Wolken ihre Schleusen öffneten – der Haufen Pferdemist begann sich aufzulösen und sich als übelriechende Masse die leicht abschüssige Zufahrt hinunter in Richtung Küchentür zu bewegen.

Ich schnappte mir eine Schaufel und versuchte, den Strom aufzuhalten, bevor er unter der Tür hindurch ins Haus dringen konnte. Diane fand in der Garage drei Sandsäcke und baute einen kleinen Damm. Der Regen fiel immer heftiger, der Geruch des Pferdemists wurde immer beißender. Ich hatte als Reporter aus Überschwemmungsgebieten berichtet und wusste, wie wenig Sandsäcke oft gegen unerbittliche Wassermassen auszurichten vermochten. Wenn wir nicht sofort etwas unternahmen, würde sich unsere Küche in einen Stall verwandeln.

Ich hatte eine Eingebung. Ich zog die Säcke mit Kunstdünger, die neben der Einfahrt lagen, zur Küchentür und legte sie dort, Ángel verfluchend, den sich nähernden Fluten in den Weg. Diese schwappten dagegen, stockten, änderten dann die Bahn und flossen auf dem Weg weiter bis zu dem Rasenstück hinter dem Haus.

Als der Abend heraufzog, schlossen wir das Haus ab und setzten uns zum Essen – Diane ließ sich demonstrativ am Ende des Plastiktisches nieder, so weit von dem schwachen Stallgeruch entfernt wie möglich, den von mir abzuwaschen ich trotz zweimaligen Duschens nicht ganz geschafft hatte. Ich schlief in einem Schlafsack auf der Couch und träumte davon, dass ich Ángel in einem Jauchestrom ertränkte.

In Großbritannien, den Vereinigten Staaten, Kanada oder jedem anderen Land, dessen Sitten und Gebräuche mir vertraut waren, hätte ich jetzt mit größter Zielgerichtetheit gehandelt – ich hätte Ángel entlassen, weil er sich geweigert hatte, den Pferdemist in den Garten zu schaffen, hätte Rodrigo bezahlt und in die Wüste geschickt, als ich begriffen hatte, was für ein Drückeberger er war, und mir dann neue Helfer gesucht.

Aber weil ich ein Ausländer war, musste ich mich vorsehen. Die Stimmung konnte ja leicht umschlagen, wenn wir allzu selbstherrlich auftraten. Und das wäre Jonathan gegenüber nicht fair gewesen, der bald in die Schule kam und versuchte, sich anzupassen.

Vor allem aber war man hierzulande generell wohlwollender gesinnt als in den Städten, in denen Diane und ich bislang gelebt hatten. Das Dorf war eher eine Familie als nur eine Gemeinschaft, in seinen Mauern hatte das Verbrechen noch nicht Einzug gehalten (abgesehen von regelmäßigen Banküberfällen, bei denen das Geld aber in aller Friedlichkeit übergeben wurde), die Alten und die Kinder wurden noch geehrt und umsorgt, und die Bürokratie war dazu da, überlistet zu werden.

Es war unsere Sache, uns einzufügen – einige Ausländer, die ich anderswo in Spanien kennengelernt hatte und die diesen Versuch nicht unternahmen, hätten die heimischen Gestade gar nicht erst zu verlassen brauchen. Die größte Herausforderung war immer die Sprache – die Niederländer wurden hervorragend damit fertig, denn da so gut wie niemand ihre Sprache beherrscht, sind sie daran gewöhnt, sich die anderer Menschen anzueignen. Die Briten, Amerikaner und Deutschen mussten oft kämpfen. Sie errangen in den meisten Fällen den Sieg (vor allem die Frauen, welche die Einkäufe machten), aber einige gaben auch auf und kehrten nach Hause zurück.

Ich wachte bei Tagesanbruch auf, zog einen Morgenmantel an und ging vors Haus. Der Regen hatte aufgehört, die winklig geformten Pflastersteine der Zufahrt waren getrocknet und die Düngermassen kurz vor dem Rasen zum Stehen gekommen.

Das Sprühflugzeug war schon in der Luft. Ich winkte dem über die Hecken hüpfenden Piloten zu und er winkte zurück.

Die Lage schien sich wieder einigermaßen normalisiert zu haben, sah man von den Problemen mit Ángel und Rodrigo sowie Dianes Ansicht ab, ich sei der hartherzige Oberaufseher eines ausbeuterischen Betriebes.

Aber die genannten Probleme begannen sich ein paar Stunden später von selbst zu lösen. Rodrigo erschien nicht zur Arbeit. Statt seiner klopfte ein kleines, ganz und gar nicht schüchternes Mädchen an unsere Tür. Rodrigo fühle sich nicht gut, sagte die Kleine, und ob ich ihr das Geld für seine gestrige Arbeit geben könne, wobei ich daran denken solle, dass er hundert Peseten verloren und sich den Fuß verletzt habe.

»Wird er wiederkommen?«

Das Mädchen schüttelte heftig den Kopf, was so viel heißen sollte wie: Doch nicht, um für so einen fiesen Ausländer wie dich zu arbeiten. Mich überkam ein Gefühl großer Erleichterung – das eine Problem war gelöst, das andere dabei, sich zu erledigen.

Ich zahlte dem Mädchen Rodrigos Arbeitslohn und dazu eine Entschädigung aus. Sie nahm das Geld hastig an sich und rannte davon, um sich so schnell wie möglich meinem verderblichen Einfluß zu entziehen.

Als Ángel zur Arbeit kam, kratzte er mit seiner *azada* den trocknenden Pferdemist zusammen, lud ihn in eine Schubkarre und brachte ihn in den Gemüsegarten. Als er ihn dann untergrub, sang er ein Klagelied, das – wie es meinem ungeschulten Ohr scheinen wollte – durch ein paar frohlockende Töne aufgehellt wurde.

Ich sagte Diane, dass er bleiben könne. Vorläufig.

4

Wer hat was von Schnee gesagt?

Die Arbeit an unserem »Bankettsaal« begann Anfang Februar. Was wir uns ursprünglich erträumt hatten, war lediglich ein von der Sonne erwärmtes, charaktervolles Haus gewesen, weit entfernt von den Touristenfallen mit ihren wummernden Diskos und Sonnenölschwaden. Jetzt hatten wir glücklich das Haus und plötzlich drehte sich alles um einen Anbau. Eine hohe Balkendecke, der prunkvolle Raum im Winter vom Duft brennenden Orangenbaumholzes durchzogen, im Sommer von Brisen aus den fernen Bergen belüftet. Eine massive Holztür, alte Terrakottafliesen, eine Kaminecke, Emilios Musikantenempore ... klammheimlich hatte sich dies alles in jene Vision eingeschlichen, die Diane und mich nun schon so lange verband. Sollte mein Buch ein Erfolg werden, wollten wir auch noch einen Innenhof und ein daran angrenzendes Arbeitszimmer bauen und außerdem die Küche vergrößern.

Der »Bankettsaal« wurde von Peter Pateman, einem Lebemann und alten Freund, entworfen. Peter war ein bärtiger, aus England stammender Unternehmer, war Holzarbeiter in Kanada und Fernseh-Kameramann in Großbritannien gewesen und hatte ein Lagerhaus am Hafen von Denia zu einem mittelalterlichen Gasthaus umgestaltet.

Er beschaffte uns die Baugenehmigung – eine relativ einfache Sache, weil wir mehr als das geforderte Minimum an Land unser eigen nannten und die Bauarbeiten durch eine Firma ausführen lassen wollten. Der Vertrag zwischen Peter und mir wurde per Handschlag besiegelt. Arbeitskräfte und Material sollten jeweils nach dem Entwicklungsstand der Bauarbeiten bezahlt werden. Die Bürokratie war an sich die Geißel Spaniens, aber dem gesunden Menschenverstand gelang es, sie so säuberlich zu durchdringen wie ein Laserstrahl.

Jonathan war inzwischen mit Diane aus Montreal eingetroffen, noch unsicher, ob er nun ein Kanadier oder ein Spanier war, jedoch gewillt, es mit dem einen, dem anderen oder beidem zu versuchen. An einem sehr windigen Tag standen wir drei beisammen wie eine Familie in viktorianischer Zeit, die auf den Fotografen wartet, um der symbolischen Grundsteinlegung (es war ein bescheidener Tuffstein) beizuwohnen.

Der Vorarbeiter der aus acht Leuten bestehenden Kolonne legte den Stein in ein Bett aus weichem Beton, und ich drückte Dianes und Jonathans Schultern, wobei die Euphorie des Augenblicks ein klein wenig beeinträchtigt wurde durch Zweifel hinsichtlich der Weisheit dessen, was wir da zu unternehmen im Begriff standen.

Konnte ich mir diesen »Bankettsaal« überhaupt leisten? Angenommen, das Buch wurde ein Misserfolg? Würden wir den Zusammenprall der Kulturen aushalten können? War es gerechtfertigt, Jonathan unsere Wünsche aufzuzwingen?

Emilio, der vom Vorarbeiter als Hilfskraft angeheuert worden war (seine Fähigkeiten schlossen jetzt, wie es schien, auch das Mauern, Verputzen und die Erteilung guter Ratschläge in allen Fragen des Bauens ein), applaudierte, während Ángel die Löcher seines Strohhutes befingerte. Die beiden kannten sich seit ungefähr einem

Jahr, aber sie waren so verschieden, dass es irgendwann zu einem Zusammenstoß kommen musste.

Ángel, der (mit meinem Einverständnis) beschlossen hatte, fünf Tage in der Woche zu kommen, dafür jedoch pro Tag weniger Stunden zu arbeiten, und Emilio erschienen immer früher auf der Baustelle – sollten sie mit dem Versuch fortfahren, sich gegenseitig auszustechen, würden sie am Ende schon um Mitternacht zur Arbeit kommen. Oder, noch schlimmer, überhaupt nicht mehr nach Hause gehen.

Einmal fand ich, als ich bei Tagesanbruch zur Bäckerei ging, um noch warmes Brot zu holen, Emilio schlafend in seinem am Straßenrand stehenden Lieferwagen sitzen. Er hatte seinen Wecker eine Stunde zu früh gestellt und daraufhin beschlossen, noch ein kleines Morgennickerchen zu machen. Gerade, als ich ihn weckte, kam Ángel triumphierend vorbeigerauscht und stellte sein Auto in unserer Einfahrt ab.

Ángel beschäftigte sich jetzt immer so nahe wie möglich beim »Bankettsaal«, dass er jederzeit Instruktionen (im allgemeinen denen Emilios genau entgegengesetzt) geben konnte, die den Garten vor Ausschachtungen schützen sollten.

Emilio war nämlich, wo es um Fundamente ging, expansiv. So beschied er den Vorarbeiter: »Sie müssen die Mauer dort um einen halben Meter verlängern, damit sie sicher steht.«

Ángel schaltete sich ein: »Nur über meine Leiche.«

Emilio zum Vorarbeiter: »Wenn Sie schon dabei sind, dann heben sie gleich auch noch ein Grab aus.«

Um neun Uhr versammelte sich die gesamte Mannschaft bei der Garage zum *desayuno*, zum Frühstück – *bocadillos*, gefolgt von Apfelsinen, die mit der zarten Hingabe von Nagelpflegerinnen geschält wurden, und als Getränk Bier oder roten, mit *casera*, einer Limonade, verdünnten Wein.

Sie waren alle gute Arbeiter, aber manchmal führten wilde, durch Ausbrüche von Gelächter gemilderte Debatten dazu, dass sich die Mahlzeit in die Länge zog. Während wir im Haus beim Frühstück saßen, konnten wir die verschiedenen Akzente und manchmal auch einige der spanischen Regionalsprachen hören, wobei sich Diane größte Mühe gab, für mich zu dolmetschen.

Zu den Bauarbeitern gehörte Jordi, der so stämmig war wie der Friar Tuck in der Geschichte von Robin Hood und auch einen mönchsartigen Haarkranz hatte. Er stammte aus Barcelona, der Hauptstadt Kataloniens, dieser ausgedehnten, wohlhabenden Region im Nordosten. Er verzehrte zwei *bocadillos*, wo andere nur einen aßen, schüttete Wein in sich hinein, als fülle er einen Benzintank, und sprach von Katalonien als von einem eigenen Staat. »Barcelona ist die eigentliche Hauptstadt Spaniens«, pflegte er zu verkünden, um dann darauf zu warten, dass es zu Ausbrüchen von Entrüstung kam.

Die Andersdenkenden wurden von Chimo angeführt, einem Madrilenen mit eingefallenen Wangen, der so dürr war wie Jordi korpulent und dessen glattes, schwarzes Haar wie frisch gestrichen glänzte. Madrid sei, hielt er dagegen, nicht bloß die Hauptstadt Spaniens, sondern die Hauptstadt der gesamten zivilisierten westlichen Welt überhaupt. Und – das war noch viel provozierender – Real Madrid sei das Vorbild aller Fußballvereine von Weltrang (Real Madrid und der FC Barcelona waren Todfeinde). Sebastián, ein junger, mürrischer Mann aus Galicien mit wikingerhaftem Blondhaar, meinte, dass die beiden – vom Fußball mal abgesehen – Unsinn schwatzten. Der einflussreichste Teil Spaniens sei Galicien, die Bergregion im Nordwesten, denn auf Grund der dort herrschenden Not seien von seinen Gestaden Fluten von Auswanderern in die Vereinigten Staaten aufgebrochen – und die seien schließlich die einzige wahre Supermacht der Welt, oder etwa nicht?

Da habe er nicht ganz Unrecht, ließ sich Iñaki vernehmen, ein Baske mit steinernem Gesicht, der die Kopfbedeckung trug, die für seine Region (in welcher die ETA einen ähnlichen Krieg führt wie die IRA in Nordirland) typisch ist. »Wir sprechen unsere eigene Sprache und waren die ersten Bewohner Europas.«

»Na und?« Das konnte nur Emilio sein.

»Was na und? Warst du so lange in Amerika, dass dein Grips dort geblieben ist? Europa ist das Zentrum der westlichen Zivilisation und wir haben es dazu gemacht«, sagte Iñaki.

Neben den regionalen Unterschieden und Fußball ging es in ihren Gesprächen um Dorfklatsch, Sex und Politik. Von Zeit zu Zeit steuerte auch Ángel seine seltsamen Ansichten bei.

Nach dem Frühstück ging es beschleunigt weiter. Eine Wand des ursprünglichen Esszimmers wurde eingerissen, die Zufahrt in einen Bauhof verwandelt – und erstickender Staub füllte das Haus.

Die Wände des neuen »Bankettsaals« wuchsen bis zur Höhe des Daches empor und selbst das Wetter spielte mit. Raureif funkelte auf dem Rasen unter einem arktisch blauen Himmel, eine Wolke von Mandelblüten füllte eine Ecke des Gartens und dicht daneben blühte gelber Winterjasmin. Diane fütterte Rotkehlchen mit Brotkrümeln und Handelsvertreter mit pomadeglänzendem Haar breiteten ihre Waren neben Sandhaufen und Zementsäcken aus. Ich arbeitete im Anbau an meinem Buch, musste mir aber Wachs in die Ohren stopfen, um mich vor dem Lärm zu schützen.

Diane stellte eine träge Schönheit mit Namen María ein, die ihr bei der Hausarbeit helfen sollte. María arbeitete verträumt vor sich hin, auf ihrem Kassettenrecorder begleitet von Julio Iglesias. Einmal tauschten wir das Band gegen eines mit den Rolling Stones aus und da hüpfte sie umher wie die Polizisten in den Charlie Chaplin-Filmen. Und alles hätte reibungslos und schön so weitergehen können, wenn es nicht geschneit hätte.

Die Schätzungen bezüglich der seit dem letzten Schneefall vergangenen Zeit wichen stark voneinander ab. Einige Experten meinten, es seien fünfundzwanzig Jahre, andere Weise – im Dorf herrschte kein Mangel an ihnen – sprachen von hundert.

Der Schnee hatte zwar hin und wieder den Gipfel unseres kleinen Berges, des Montgo, weiß bepudert, aber was jetzt herunterkam, war wesentlich ernster zu nehmen. Es versah die Zitrusbäume mit weißen Kappen, Äste von Olivenbäumen brachen unter der Last des Schnees ab, Autofahrer fuhren ungebremst in Verwehungen hinein.

Bis zum Mittag war die Schneedecke im Dorf schon dreiundzwanzig Zentimeter dick. Katzen betasteten ihn voller Argwohn mit ihren Pfoten, kleine Hunde verschwanden darin. Die Schule gab den Kindern frei, damit sie ihn anfassen, schmecken und werfen konnten. Frauen fegten ihn in vergeblichem Bemühen von den Bürgersteigen. In der Bar Paraíso sprach man düster von Ruin und Untergang.

Vor allem aber war es unser dachloser »Bankettsaal«,

der den Schnee in sich sammelte und zu einem Schneesturm verdichtete. Die Haufen wuchsen an den Wänden in die Höhe, bis der Schnee aus den unverglasten Fenstern schwappte und die Bauarbeiter in die Garage trieb, wo sie Karten spielten.

Ich fragte Ángel, wie lange es seiner Meinung nach noch schneien würde.

»Bis es aufhört«, antwortete er.

Es schneite bis in den Nachmittag hinein. Wir zündeten zwei tragbare Gasöfen an, um das Holzfeuer im Kamin zu unterstützen, und die Wärme ließ das ganze Haus knistern. Jonathan, der bei einem Freund war, rief an und meinte: »Spanien ist gar nicht so anders als Kanada, was?«

Um vier Uhr klingelte das Telefon erneut – diesmal bat der Chef unserer Baufirma, mal mit seinem Vorarbeiter sprechen zu dürfen.

Fünf Minuten später kam ein Lastwagen angefahren und die Arbeiter stiegen auf die Ladefläche. Der Vorarbeiter sagte mir, sie wollten die Arbeiten im Inneren eines Hauses, das in der Nähe von Denia am Strand lag, zu Ende führen. Zeit sei Geld, erklärte er.

»Aber morgen ist doch der ganze Schnee wieder weg«, entgegnete ich. »Wir sind schließlich im sonnigen Spanien, oder nicht?«

Er zuckte die Achseln. *»No pasa nada.«* Machen Sie sich keine Sorgen – der Satz, der für alle Misshelligkeiten des Daseins galt.

Ein paar der Arbeiter sprangen noch einmal vom LKW herunter, holten Geräte aus der Garage und reichten sie mit resoluter Endgültigkeit ihren Kumpeln hinauf. Der Laster fuhr davon und seine Rücklichter verschwanden in der heraufziehenden Dämmerung.

Normalerweise mochte ich den ersten Schnee, vor allem zu dieser Tageszeit, wenn es schneidend kalt war und erleuchtete Fenster unter weißen Hauben einladend winkten. Aber an diesem Abend mochte ich ihn nicht. Er verhalf den Sandhaufen, den Ziegelsteinen und der skelettartigen Silhouette meines Irrsinns, dem »Bankettsaal«, lediglich zu einer weiteren verzweifelten Dimension.

Eine Stunde später wurde mir klar, dass wir von der Außenwelt abgeschnitten waren, unsere Vorräte nur aus einem Laib Brot, ein paar Kartoffeln und einer Flasche saurem Wein bestanden.

Ángel, der in der Garage Stöcke entrindete und anspitzte, um sie im Garten als Pflöcke zu verwenden, erbot sich, mich zu einem Lebensmittelladen zu fahren, aber ich misstraute seinem Lieferwagen – auf den Straßen in der Umgebung Denias waren schon überall Personen- und Lastwagen stehen gelassen worden. Dichter Schnee fiel vom Himmel, als Ángel davonfuhr.

Ich ging gerade die Zufahrt hinunter zum Haus, als dort und auch im Dorf alle Lichter ausgingen.

Ich versuchte zu telefonieren, aber die Leitung war tot. Ich suchte und fand eine Taschenlampe, aber die Batterien waren leer.

Ich häufte Scheite aufs Feuer und ließ mich dann Diane gegenüber nieder.

»Ich habe Hunger«, sagte sie.

»Meine Mutter hat oft aus Kartoffelbrei und Brot Kartoffelkuchen gemacht.«

»Deine Mutter ist nicht hier«, erwiderte sie, »und der Herd ist kaputt.«

»Dann lege ich eben ein Sinatra-Band ein, wir gehen ins Bett und lieben uns. *If music be the food of love …*«

»Ohne Strom? Außerdem ist mir nach Steak und Pommes zumute.« Dem fügte sie an: »Erst.«

»Ich gehe ins Dorf und kaufe was ein. Du bleibst hier und bereitest alles für unser Festmahl aus über dem Feuer gegrillten Würstchen und in der Schale gerösteten Kartoffeln sowie eine orgiastische Nacht vor, ja?«

»Vergiss den Wein nicht«, bemerkte Diane.

Sie zündete Kerzen an, während ich auf der Zufahrt durch knietiefen Schnee stapfte – angetan mit Gummistiefeln, einer Schaffelljacke und einer Strickmütze. Hinter mir sah ich die Fenster der Küche und des Wohnzimmers gemütlich von Kerzenschein erhellt.

Auf dem Weg, auf dem wir gekommen waren, als Emilio uns das Haus gezeigt hatte, war es zwar nicht weit bis zum Dorf, aber jetzt war es stockdunkel. Aus stillem Schneien war ein Schneesturm geworden, die Straße hatte eine leicht in die Irre führende Gabelung und auf ihrer einen Seite einen Bewässerungsgraben.

Ich kam an ein paar stehen gelassenen Autos vorbei. Irgendwo vor mir kreuzte meine Straße jene, die nach Denia führte. Diese Kreuzung war schon unter normalen Bedingungen höchst gefährlich, und ich machte mir aufrichtig Sorgen, wie das jetzt wohl dort aussehen würde.

Fünf Minuten verstrichen, aber von einer Kreuzung war nichts zu sehen. Vielleicht war ich ja bei der Gabelung in die falsche Richtung gegangen. Ich lief noch ein Stück weiter – und stürzte in den zweieinhalb Meter tiefen, mit Schnee gefüllten Graben. In meinem linken Bein fuhr ein stechender Schmerz aufwärts.

Ich versuchte, mich zur Straße hinaufzuziehen, fiel jedoch wieder zurück und schlug mit dem Kopf gegen einen aus der steilen Böschung des Grabens herausragenden Gesteinsbrocken. Mein Schädel füllte sich mit Kälte und Schmerzen.

Ich blieb einen Augenblick lang still liegen, und ein Teil meines Kopfes, in dem sich alles drehte, antizipierte Schlagzeilen.

Sonnesuchender Autor stirbt im Schneesturm. Seine Leiche bei kürzlich gekauftem Haus gefunden. Und den ersten Absatz: *Ein angehender Schriftsteller, der dabei war, einen Thriller und Bestseller über Sibirien zu schreiben, ist gestern in Spanien bei einem Schneesturm von sibirischen Ausmaßen ums Leben gekommen.*

Lächerlich. Ich hörte die Stimmen wohlmeinender Freunde aus der Vergangenheit herüberhallen. »Du willst in Spanien einen Thriller schreiben? Jetzt hör endlich auf zu spinnen.« Wenn ich als Toter nach England zurückgebracht würde, würden auf dem ganzen Weg zur Friedhofskapelle alle alles schon immer so kommen gesehen haben. Ich musste aus dem Graben raus!

Ich unternahm einen erneuten Versuch, aber die Böschung war aus Beton und mit Eis überzogen. Ich watete durch den Schnee vorwärts und der Schmerz zuckte vom Schienbein zur Hüfte hinauf. Ich spürte, wie aus der Wunde Blut sickerte.

Ein Traktor fuhr oben vorbei, das dicke Profil seiner Reifen verhinderte jedes Rutschen. Ich rief. Der Traktor rollte jedoch davon und verschwand hinter einem Vorhang wirbelnden Schnees. Panik ergriff mich – und dabei waren Diane und ein loderndes Feuer nur wenige hundert Meter entfernt …

Ich stieß auf einen weiteren aus der Böschung herausragenden Felsbrocken. Ich stellte einen Fuß darauf, aber die Sohle des Gummistiefels war so glatt wie das Eis und rutschte ab.

Ein Stück weiter wurde der Graben flacher. Es gelang mir, mich zum Straßenrand hinaufzuziehen, wo ich ein paar Minuten im Schnee liegen blieb. Jetzt eine Unterkühlung! Das wäre noch lächerlicher. Ich stand auf. Ich hatte Kopfschmerzen und mein Bein war völlig taub, soweit ich jedoch feststellen konnte, hatte ich mir nichts gebrochen.

Aber wo war ich? Auf dem Weg in Richtung Kreuzung – oder hatte ich an der Gabelung die falsche Straße genommen? Ich beschloss, den Rückzug anzutreten – so vorsichtig, als müsste ich ein Minenfeld durchqueren.

Da hörte ich ein metallisches Rattern, das an das Geräusch von Panzern in einem Kriegsfilm erinnerte. Scheinwerferlicht drang durch den wirbelnden Schnee. Ich winkte und rief. Ein Lieferwagen mit Schneeketten auf den Reifen hielt an und dem Fahrzeug entstieg Ángel.

Ich griente blöde.

Während wir in Richtung Dorf fuhren, berichtete er mir, dass er, kaum zu Hause angekommen, die Schneeketten aufgezogen hatte. Als überall das Licht ausging, war er zu unserem Haus zurückgefahren, um zu sehen, ob er irgendwie behilflich sein könnte.

Diane hatte ihm gesagt, dass ich mich auf den Weg zum Kaufmann gemacht hätte. Ich fragte Ángel, woher er die Schneeketten habe. »Als ich noch in Andalusien lebte, musste ich viel in den Bergen der Sierra Nevada herumfahren«, sagte er. Dann fragte ich noch, warum er bei der Straßengabel die – wie ich jetzt feststellte – falsche Abzweigung genommen habe. »Weil Sie sie genommen haben«, antwortete er.

Ich hatte daran gedacht, ihn rauszuschmeißen. Und ich würde einen solchen Schritt erneut in Erwägung ziehen, sollte er sich im Gemüsegarten eine weitere ungeheuerliche Freveltat zu Schulden kommen lassen. Aber über seine unergründliche Logik ließ sich eine Menge Gutes sagen.

Er brachte mich zu einer Krankenschwester, die eine fünfzehn Zentimeter lange Wunde an meinem Schienbein nähte, sie mit einem Desinfektionsmittel bestrich und dann mit einem Verband versah. Gegen meine Kopfschmerzen verordnete sie mir Aspirin.

Ich kaufte schwarze *butifarra*, Presskopf, und rote *chorizo*, diese mit Paprika und Knoblauch gewürzte Wurst, und eine Flasche roten Rioja.

Nachdem mich Ángel nach Hause gebracht hatte, grillte Diane die Würste über dem Kaminfeuer. Ich vergrub vier Kartoffeln in der glühenden Asche und machte die Flasche auf.

Noch nie war ein Feuer so erwärmend, eine Mahlzeit so wohlschmeckend gewesen. Durch einen Spalt in den Fenstervorhängen konnte ich sehen, wie tanzende Schneeflocken die Nacht füllten.

Ich schob einen unserer tragbaren Heizöfen ins Schlafzimmer, stellte eine brennende Kerze auf eine Untertasse, und diese dann auf den Nachttisch und stieg ins Bett.

Diane kroch zu mir. »Und was ist jetzt mit der Orgie?«, fragte sie.

Das Tauwetter am nächsten Tag kam so abrupt und heftig, wie zuvor der Schneesturm gekommen war. Vom Grundstück gegenüber, wo das Haus stand, in dem es spukte, strömte das Wasser über die Straße zu uns herüber und schwemmte Erde und Kieselsteine in unsere Einfahrt. Der Rasen verwandelte sich in einen See. Von den Ästen der Orangenbäume klatschte mit dumpfem Geräusch nasser Schnee herunter.

Die Sonne besetzte den schmelzenden Schnee mit funkelnden Diamanten. Der Garten füllte sich mit der Musik plätschernden Wassers und die Vögel fielen mit ihrem Gezwitscher ein.

Von den Bauarbeitern keine Spur. Immerhin erschienen wenigstens Emilio und Ángel zur Arbeit, obwohl es gar nichts für sie zu tun gab, bevor der Schnee nicht völlig weggetaut war. Dafür demonstrierten sie uns ihre charakterlichen Unterschiede. Emilio stapelte laut singend Teile der Musikantenempore, also die Holztreppe, Geländerstücke und Dielenbretter, auf der überdachten Terrasse auf, während Ángel im Garten umherwanderte und wehmütige Melodien aus dem Süden vor sich hin summte.

Am Nachmittag brach ein Sturm los und bespritzte die Außenmauern des Hauses mit Schlamm und Sand. Als ich mir die Schweinerei ansah, überkamen mich einmal mehr quälende Zweifel. Ich musste verrückt sein, dass ich mitten in Plantagen von Dianes »embryonaler Marmelade« einen »Bankettsaal« mit Balkendecke hineinsetzen wollte.

Ich fuhr an die Küste, fuhr zu einem Strand, der bis auf einen bärtigen Mann, welcher für seinen Hund einen Stock warf, menschenleer war. Mich gegen den Wind stemmend, sah ich zu, wie sich die Wogen weiter draußen in weißem Gischt an Felsen brachen.

Als der Wind ein paar meiner Zweifel davongeweht hatte, kehrte ich nach Hause zurück.

Emilio spritzte mit einem Schlauch die Hauswände ab, und Ángel starrte verträumt auf ein Fleckchen nackter Erde hinab, das in seinem eingezäunten Gemüsegarten zwischen dahinschmelzenden Schneehaufen sichtbar geworden war. Er zeigte auf den nassen Boden, durch den grüne Spitzen drangen.

Ich runzelte die Stirn. »Was ist das?«

»Neue Kartoffeln«, antwortete er. »Die hab ich gepflanzt, als Sie in Madrid waren.«

Ich klopfte ihm auf die Schulter. »Gut gemacht, Ángel. Sie sind ein Genie.«

Er nickte – es war nicht nötig, mit Worten zu bestätigen, was offensichtlich war.

Ich ging zum Haus zurück. Noch vor Anbruch des Frühlings Lammkoteletts, Erbsen und neue Kartoffeln im »Bankettsaal«? Das hörte sich gut an.

… 5 …

Eine Taubenplage

Ein schöner Tag, ein falscher Frühlingstag, die Art von Tagen, die erfüllt sind von Echos aus Kinderzeiten. Weihnachtssterne erhoben ihre sterbenden Blütenblätter, Büschel wilder Fresien und Narzissen blühten zwischen dem Sauerklee im Obstgarten, Schnecken überzogen die Zufahrt mit silbrigen Schleimspuren.

Gleichwohl wies der Tag einen Mangel auf – der »Bankettsaal« war noch immer nicht fertig. Die Wände hatten erst die Höhe von knapp zwei Metern erreicht, und das Ganze demonstrierte eindrücklich, zu welchen Verrücktheiten Ausländer fähig waren.

Was wir brauchten, war eine Abwechslung. Und eine solche bekamen wir auch, beziehungsweise gleich mehrere, und zwar in Gestalt eines Schwarms von Vögeln, deren Federn so bunt leuchteten wie die Hemden der Jockeys auf einer Rennbahn, ferner eines frühreifen Hundes und zweier Katzen, von denen die eine vier Beine hatte, die andere nur drei.

Der kleine Hund erschien und blieb zunächst unbemerkt, weil wir gerade auf der Terrasse hinter dem Haus zu Mittag aßen. *Empanadillas* (kleine, mit Thunfisch, Tomaten und Erbsen gefüllte Pastetchen), Avocado-Salat, Stücke eines kalt servierten Kartoffelomeletts und eine Flasche Weißwein.

Trotz der Frühlingsstimmen, des Gezwitschers der Vögel und des Summens der Insekten, nahmen Diane und ich unser Mahl in verzagter Stimmung ein. Obwohl wir am Morgen Tomás, den untersetzten Bauunternehmer mit seinem ungleichmäßig abgeschnippelten schwarzen Kraushaar, telefonisch mal umschmeichelt, mal mit Drohungen bedacht hatten, hatten wir nicht mehr erreicht als vage Zusagen. Die Anfangskapitel meines Romans wurden von Sorgen und dem Wetter sabotiert – als ich daran gegangen war, einen glühend heißen Tag in Moskau zu schildern, hatte es bei uns geschneit, und jetzt näherte ich mich mit der Transsib in einem Schneesturm Nowosibirsk und draußen schien strahlend die Sonne. Jonathans erster Tag im Kindergarten in Denia war auf gruselige Weise durch Geister und Skelette (Besucher einer Karnevalsveranstaltung in der Nachbarschaft) gestört worden und er war zur Zeit entschieden pro-kanadisch. Ich beobachtete ihn, wie er im Garten allein mit einem Fußball spielte, und wusste, dass er mehr brauchen würde als nur die Eltern, um behütet durch das hindurch zu gelangen, was vor ihm lag.

Als wir noch beim Essen saßen, kam Ambrosio, ein muskulöser junger Mann mit schurkischem Grinsen, die Zufahrt herunter gewandert, um den viereckigen blauen Swimmingpool zu warten, will sagen die Kacheln mit einem Sauger, dessen Schlauch sich wie eine verletzte Pythonschlange wand, zu reinigen und mit flüssigem Chlor der Bildung von Algen zuvorzukommen.

Ambrosio war von einer übertriebenen Ehrlichkeit und sagte mir des öfteren, dass ich ihm zuviel zahle. Ich verringerte den Lohn jedoch nicht, denn ich hatte den bescheidenen Etat bereits derart überzogen, dass ein paar hundert gesparte Peseten mehr oder weniger ein mögliches Konkursverfahren auch nicht mehr beeinflussen konnten.

Als aus einem Rohr an der Rückseite des Pumpenhauses kein Wasser mehr schoss (der Rückstrom zur Reinigung des Filters), brachte ich Ambrosio sein Geld und ein Bier. Er trank langsam, mit gefurchter Stirn.

»Was ist los, Ambrosio?«

»Sie könnten den Pool auch selber in Stand halten«, antwortete er.

»Wollen Sie sich kein Geld verdienen?«

»Das ist es nicht.« Er wischte sich den Bierschaum von der Lippe. »Ich dürfte es eigentlich nicht nehmen.«

Die Aussicht, die geheimnisvollen Hebel im Pumpenhaus bedienen und gleichzeitig die Entführung des russischen Präsidenten aus der Transsib planen zu müssen, verursachte mir Kopfschmerzen.

»Machen Sie sich deswegen keine Gedanken«, sagte ich also zu Ambrosio.

»Na schön«, sagte er und deutete damit indirekt auch an, dass es schließlich meine Sache sei, ob ich mein Geld zum Fenster rausschmeißen wolle oder nicht. Das Telefon klingelte, und Diane ging ins Haus, um das Gespräch entgegenzunehmen. Ambrosio trank sein Bier aus, machte aber keine Anstalten zu gehen.

In der Stille, die ausbrach, hörte ich von der Zufahrt her ein Jaulen. Ich ging mit Ambrosio, der die Stirn jetzt noch stärker gerunzelt hatte, ums Haus.

Das Jaulen kam aus seinem kleinen Lieferwagen. Er öffnete schüchtern die hinteren Türen. Zwischen den Rohren und Bürsten lagen drei khakifarbene junge Hunde mit Pfoten, die so groß waren wie die einer Dogge.

Ambrosio sagte: »Na, was meinen Sie?«

»Was meinen Sie mit was ich meine?«

Es war gang und gäbe, unerwünschte Tiere bei Ausländern abzuladen, und also nichts Ungewöhnliches, dass wir, wenn wir nach Hause kamen, vor unserer Tür zum Beispiel einen Wurf Kätzchen fanden. Ich konnte es den Besitzern nicht einmal verargen – viele von ihnen wohnten so beengt, dass einfach kein Platz mehr für Haustiere war, weshalb sie sich von diesen so gut, wie es ihnen eben möglich war, befreiten.

Ambrosio behauptete, er habe die Hundchen auf einer Müllkippe gefunden und Mitleid mit ihnen gehabt. Er habe sie zu den sympathischsten Ausländern gebracht, die er kenne, meinte er. Sein schurkisches Grinsen wurde angesichts dieser durchschaubaren Flunkerei ein bißchen unsicher. Er hob die Hunde aus dem Lieferwagen und setzte sie zu meinen Füßen ab. Sie waren schon nicht mehr ganz jung und ein Teil Boxer, ein Teil Jagdhund und ein Teil Esel.

»Sie brauchen doch Wachhunde«, sagte er.

»*Que no!*« wir hatten in Irland mal einen Boxer gehabt, einen wahren Entfesselungskünstler, der auch Gefängnismauern hätte überwinden können – er war aber dann vorzeitig an einer seltenen Leberkrankheit eingegangen und ich wollte all den Kummer nicht noch einmal erleben.

Die Hunde setzten sich hin, schauten mich mit ihren braunen Augen an und wedelten mit dem Schwanz.

Es war, als wären sie von Ambrosio zu Komplizen ausgebildet worden – von diesem Erzvertreter eines ganz bestimmten Charmes, der sich aus überbordendem Humor, Mitgefühl und der Fähigkeit, andere geschickt zu manipulieren, zusammensetzt. Ich wusste, dass er mich hinters Licht führte, er wusste, dass ich es wusste – und doch setzten wir das Geplänkel fort.

»Nein, danke«, sagte ich zu Ambrosio und seiner Meute. »Keine jungen Hunde.«

»Die mögen Sie.«

»Das ehrt mich, aber trotzdem nein.«

»Hunde machen keine Probleme«, meinte er.

»Wenn man keine Katze ist«, erwiderte ich.

»Nur einen?«

Nun ja, wenn man es recht bedachte, war ein Spaziergang ohne Hund eigentlich kein gar so großes Vergnügen …

Ambrosio, der merkte, dass ich wankte, stieß sofort nach. Er hob einen Hund vom Boden auf und gab ihn mir.

»Nicht den.« Es war eine Hündin und mich schauderte bei dem Gedanken an die vorherzusehende Geburt weiterer großpfotiger, khakifarbener Hunde. »Vielleicht den da.«

Er gab mir den Hund, auf den ich zeigte. Der drehte sich auf meinen Armen auf den Rücken und war fraglos ein Rüde.

Ambrosio hob die anderen beiden Tiere auf, sperrte sie wieder in seinen Lieferwagen und kam zu mir zurück. »Das werden Sie nie bereuen«, sagte er. Er lächelte. »Wir verstehen uns, Sie und ich.«

In diesem Augenblick kam Diane aus dem Haus und da fuhr Amrosio sehr schnell mit seinem Lieferwagen davon.

Diane zeigte auf den Hund auf meinem Arm. »Was ist das denn?«

»Das ist Jones«, antwortete ich. Ich weiß bis heute nicht, wo dieser Name plötzlich hergekommen war.

»Du hast doch nicht etwa –«

Ja, sagte ich, ich hätte.

»Aber wir waren uns doch einig …«

Waren wir? Ich konnte mich nicht erinnern. »Wir brauchen einen Wachhund.«

»Um uns vor wem zu schützen? In den Zitrusplantagen wimmelt es nicht gerade von Schurken und Vagabunden.«

»Und ich brauche einen Hund, der mir auf meinen Spaziergängen Gesellschaft leistet.«

»Ich bin dir wohl nicht gut genug?« Wir waren zusammen schon Hunderte von Meilen gelaufen, damals im Bundesstaat New York, als wir uns in Tomkins Cove am Hudson ein Haus gemietet hatten, und dann in den Birkenwäldern vor den Toren Moskaus, als ich dort Korrespondent gewesen war.

»Ich nehme euch beide mit«, sagte ich.

»Du fütterst ihn?« Wir waren jetzt eine vierbäuchige Familie.

»Selbstverständlich.«

»Und machst seinen Dreck weg?«

»Er ist noch zu klein, um viel Dreck zu machen.«

Das war der Augenblick, in dem Jones zu pinkeln begann – und das reichlich.

Wieder auf der Terrasse, stellten wir zu unserer Überraschung fest, dass wir auch zu einer Katze gekommen waren. Es handelte sich um ein übergewichtiges Tier, gescheckt und mit einem weißen Fleck auf der Brust, das wie ein Buddha auf der Treppe saß und sich von Jonathan streicheln ließ.

Ich setzte Jones ab und wandte mich an Jonathan. »Verdammt und zugenäht, wo kommt die denn her?«

»Sie war einfach da«, sagte Jonathan.

»Schön, aber sie soll gefälligst dahin zurück, wo sie hergekommen ist.«

»Vielleicht hat sie ja kein richtiges Zuhause«, gab Jonathan zu bedenken.

In diesem Augenblick näherte sich Jones der Katze,

die in die Sonne blinzelte und wie eine Königin über ihr Reich hinblickte. Sie fauchte Jones an, der jedoch seine Annäherung unbeeindruckt fortsetzte.

Die Katze täuschte mit der Linken und schlug dann einen rechten Haken, der Jones' Nase traf. Die fing an zu bluten.

»Es ist klar, dass wir nicht beide behalten können«, sagte ich.

»Und warum nicht? Ich nehm die Katze, du den Hund.« Er streichelte Jones, der winselte.

Ich wusste, dass ich am Ende doch Jonathans Beharrlichkeit erliegen würde. Eine Katze, die sich vor einem flackernden Kaminfeuer putzte, trug ja auch dazu bei, aus einem Haus ein trautes Heim zu machen – und genau das war's doch, was wir brauchten. Ich sah auch ein, dass es Jonathan den Übergang in das neue Leben erleichtern würde, wenn er aus dem Kindergarten nach Hause kam und dort zwei Tiere vorfand. Der Sohn einer kanadischen Mutter und eines englischen Vaters, welcher auch irisches Blut in den Adern hatte, wuchs in Spanien in einer Gegend auf, in der viele Einheimische nicht die Sprache des Landes, sondern eine eigene, das Valencianische, sprachen … das musste ja zu Schwierigkeiten bei der Identitätsfindung führen. Und blondes Haar bei Spielgefährten, die in der Mehrzahl dunkelhaarig waren, war auch nicht gerade hilfreich. Zum Glück hatte er den Charme seiner Mutter geerbt und trieb gerne Sport, was in der spanischen Männergesellschaft nur von Vorteil sein konnte. Ich sah ihn vor mir, wie er, den Hund unterm Arm, mit anderen Kindern zusammenstand und die Spieler des Fußballvereins von Denia anfeuerte.

Also blieben beide Tiere. Ich taufte die Katze Ethel – nach einer rundlichen Tante, die sich mit Schokolikör zu betrinken pflegte und verlängerte Wochenenden im Haus meiner Eltern zubrachte, bis mein Vater ihr das Geld fürs Taxi gab und sie wieder heimschickte.

Noch am Nachmittag des nämlichen Tages ließ Jones die Maske des lieben kleinen Hundchens fallen, buddelte sich unter der Zypressenhecke zum Nachbargarten durch und grub dort etliche Reihen mit frisch Ausgesätem um. Die Nachbarin, eine junge, großgewachsene Frau mit einem täuschend schüchternen Auftreten, kam zu uns herüber und sagte zu Diane: »Ich werde den Hundefänger holen.«

Am Vortag hatte ich den Hundefänger, einen verhutzelten Räuber, gesehen, wie er einen schwarz-weißen Streuner mit einer Drahtschlinge, die am Ende einer Stange befestigt war, eingefangen und in seinen Lieferwagen gesperrt hatte, um ihn einschläfern zu lassen.

Die Nachbarin war, wie sich herausstellte, die für das Dorf zuständige Avon-Vertreterin, und Diane stimmte sie gnädig, indem sie ihr eine Flasche Bodylotion und ein Töpfchen Gesichtscreme abkaufte. Sie servierte Tee und bot Kekse an, um den Handel zu besiegeln – und der Kopf von Jones war gerettet.

Jones stellte sich bald auch als energiegeladener Liebhaber heraus und wurde des öfteren mit willfährigen Hündinnen in flagranti erwischt. Einmal musste ich einen Eimer Wasser holen, um ihn von einer schmuddeligen Promenadenmischung zu trennen.

Von den Hündinnen abgesehen, waren ihm alle anderen Hunde zuwider, wohingegen er die Menschen mochte – hier mit Ausnahme Eduardos, des Holzfällers. Aus irgendeinem unerfindlichen Grund erregte dieser vierschrötige und finstere Mensch seinen Zorn, und wenn Eduardo Kaminholz anlieferte, musste Jones in einen improvisierten Zwinger gesperrt werden, wo er sich dann mit gefletschten Zähnen unermüdlich gegen den Maschendraht warf.

Eine Freundin von uns, die freche, aus New York stammende Malerin Beryl Kranz, wohnte ganz in der Nähe in einem umgebauten Bauernhaus, wo sie in ihrem Atelier Aktbilder malte. Eduardo erbot sich einmal, ihr Modell zu stehen, zog jedoch das Angebot wieder zurück, als er erfuhr, dass wir Beryl des öfteren besuchten und dann auch Jones mitbrachten. Was schade war, denn sich vorzustellen, wie Jones einen nackten Holzfäller durch Beryls Atelier jagte, war nicht ohne Reiz.

An dem Tag, an dem Jones und Ethel zur Familie stießen, arbeitete Emilio allein in dem halb fertigen »Bankettsaal«. Sein alter Feind Jesús, der die Gasflaschen lieferte, kam gerade an, als die beiden Tiere auf der Terrasse sparrten, Ethel mit herrscherlicher Selbstsicherheit, Jones immer wieder vorstoßend und zurückweichend.

Jesús trug einen orangefarbenen Overall. Vom Entladen und Schleppen der schweren Gasflaschen hatte er auf der einen Schulter einen kleinen Höcker bekommen.

Er war jung und schneidig, was Emilio einschüchterte und erboste. Emilio beteiligte sich stets lautstark an den politischen Debatten im Dorf und stand, was seine Ansichten anging, rechts von Attila, dem Hunnen, bis ihm endlich alle Recht gaben – wenn das geschehen war, hätte er auch Lenin, wäre der in die Bar gekommen, zu einem Drink eingeladen. Emilio hasste einfach – unabhängig vom Thema – jede Übereinstimmung, weshalb es sich Jesús immer angelegen sein ließ, ihm stets und in allem Recht zu geben.

Wenn man wollte, dass Jesús auf seiner Runde bei

einem hielt, musste man eine orangefarbene Flagge hissen – in unserem Fall ein Staubtuch an einem Besenstiel, den wir zwischen die Eisenstäbe unseres Tores steckten. Als Jesús an diesem Nachmittag mit einer orangefarbenen Gasflasche auf der Schulter die Zufahrt herunterkam, trat Emilio aus dem »Bankettsaal«.

»Du bist aber spät dran«, rief er.

»Sehr spät«, antwortete Jesús.

Emilio ballte die Fäuste.

Jesús setzte die Gasflasche vor der Küchentür ab, bat um ein Glas Wasser und kam zu Diane und mir auf die Terrasse. Emilio folgte.

»Ihr Ausländer liebt eure Haustiere«, bemerkte Jesús in einer Mischung aus Spanisch, Valencianisch und Englisch, wobei er auf Jones und Ethel deutete.

»Uns bleibt ja gar nichts anderes übrig«, sagte ich. »Ihr gebt sie doch bei uns ab.« Die bevorzugten Empfänger waren Briten, Amerikaner und Holländer.

»Mögen Sie Stierkämpfe?«, fragte Jesús weiter. Eine provozierende Frage, denn er wusste sehr wohl, dass viele Ausländer dagegen waren.

»Ich habe da keine sehr entschiedenen Ansichten«, antwortete ich diplomatisch.

»Keine entschiedenen Ansichten?« Emilio schlug mit seiner einen, zur Faust geballten Hand in seine offene andere. »Wie kann man bei diesem Thema keine entschiedenen Ansichten haben?«

»Sind Sie ein *aficionado*?«

»Ich ziehe den Fußball vor«, antwortete er.

»Ich auch«, sagte Jesús.

Emilio funkelte ihn an. »Aber ich sehe gern einen echten *torero*. Manolete, ja, das war ein Mann«, sagte er, sich auf den legendären Matador beziehend, den das Publikum daran gehindert hatte, in den Ruhestand zu gehen, und der dann 1947 von einem Stier namens Islero tödlich verletzt worden war. Der Tod des traurig dreinblickenden Stierkämpfers im Alter von dreißig Jahren brachte die ganze Zweischneidigkeit der *corrida* auf einen Punkt – die vergebliche Tapferkeit des Stiers, den antrainierten Mut des Matadors, die Unbeständigkeit der *aficionados*, der Fans. Von der Eröffnungsparade der Matadore, die in ihren funkelnden Anzügen nebeneinander einmarschieren, bis zur *suerte de matar*, dem Akt der Tötung. Manoletes Vergehen hatte darin bestanden, dass er, nachdem er sich einen Namen als Purist und Meister seines Fachs gemacht hatte, müde geworden war. Seine Gesundheit, von Whisky und kapriziösen Geliebten untergraben, war angeschlagen, und er wollte nur noch »den Schweineschwanz abschneiden«, in der Sprache der Stierkämpfer der Ausdruck für »sich vom Geschäft zurückziehen«. Aber die Fans, die von einem hübschen Torero mit Namen Luis Miguel Dominguín, der mit dem Filmstar Ava Gardner in Verbindung gebracht wurde, begeistert waren, warfen ihm Feigheit vor. Das konnte er natürlich nicht auf sich sitzen lassen, und so erklärte er sich bereit, noch einmal für eine Saison, eine letzte, in die Arena zu gehen.

In der im Süden gelegenen Stadt Linares trat er Islero gegenüber, einem Miura-Stier. Die Tiere dieser Züchtung sind auch als »Todesstiere« bekannt, weil sie schneller als andere merken, dass der Feind nicht die *muleta*, das herzförmige rote Tuch, ist, sondern der Mann, der sie in Händen hält.

Manolete unterhielt die Zuschauer mit dem üblichen Repertoire seiner raffinierten Passagen und strebte dann auf den tödlichen Stoß zu, der als vollkommen gelungen angesehen wird, wenn der Degen zwischen den Schulterblättern eindringt und die Hauptschlagader trifft. Wenn der Matador für einen kurzen Augenblick das Gewicht seines Körpers auf sein linkes Bein legt, ist sein rechtes den Hörnern des erschöpften Stiers schutzlos preisgegeben und eine Schwachstelle, wenn das Tier plötzlich zustößt. Was Islero tat und dabei die Schlagader in Manoletes rechtem Oberschenkel traf – eine Verletzung, die alle Stierkämpfer fürchten.

Beide, Mann und Stier, starben, und die *aficionados* des ganzen Landes, die Manolete in den Tod geschickt hatten, trauerten schuldbewußt.

»Welches Recht haben Sie, den Stierkampf zu kritisieren?«, verlangte Emilio zu wissen. »Die für den Kampf gezüchteten Stiere haben ein wunderbares Leben und einen ruhmreichen Tod, aber alles, was ihr Ausländer könnt, ist, sie für *rosbif* zu mästen.«

Da hatte er nicht ganz Unrecht. Ich verstand nichts von den Feinheiten der *fiesta brava,* also der Kunst der Banderilleros, ihre mit Bändern, Fähnchen oder anderem geschmückten Wurfpfeile, die *banderillas,* in den Nacken des Stiers zu setzen, nichts von den verschiedenen Phasen des Stierkampfes und den Schrittfolgen des Matadors, *faena* genannt – aber ich wusste sehr wohl, dass in dem Augenblick, wo der berittene Picador dem Stier eine Lanze in den muskulösen Nacken gestoßen hatte, der Kampf zu einem ungleichen geworden war.

Und ich wusste auch, dass das Nachspiel eines verpfuschten Kampfes, die Tötung mit einem kürzeren Ersatzdegen, mit dem das Rückenmark durchstoßen wird, sowie ein letzter Dolchstoß durch einen Helfer ein würdeloses Schauspiel war.

Emilio kam jetzt in Fahrt. »In Großbritannien jagen

Männer und Frauen auf Pferden einen kleinen Fuchs und schauen zu, wenn die Hunde ihn in Stücke reißen. Und was ist mit dem Grand National, dem Pferderennen? Muss man die Pferde wirklich erschießen, wenn sie sich die Beine brechen? Würden Sie erwarten, dass man Sie erschießt, wenn Sie sich ein Bein gebrochen haben?«

Ich ging in die Defensive. »Ich habe aber doch überhaupt nicht gesagt, dass ich gegen den Stierkampf bin.«

»Was ist mit euren Alten?« Er erweiterte bedenkenlos den Themenkreis. »Was macht ihr mit denen? Ihr steckt sie in Altenheime. Wir behalten sie bei uns und sie sterben im Kreis ihrer Lieben.«

»Emilio hat Recht«, sagte Jesús, den Blick auf die fernen Berge gerichtet.

»Mit was?«, wollte Emilio wissen.

»Mit allem, was du gesagt hast.«

Ich intervenierte, suchte nach echten Gemeinsamkeiten. »Aber Sie mögen doch beide Tiere, oder nicht?«

Sie warteten ab, wollten den anderen mit Schweigen zu einem Zugeständnis zwingen. Jesús brach es zuerst – ihm blieb auch nicht viel anderes übrig, denn er streichelte gerade Jones. »Ich hab nichts gegen Tiere.«

»Solange sie da bleiben, wo sie hingehören«, sagte Emilio.

»Was soll das nun wieder heißen?«, fragte ich. »Dass man Hunde Tag und Nacht angekettet lässt?« Das war eine unangebrachte Bemerkung, denn ich hatte bisher nur einen Hund gesehen, der auf einem Bauernhof angekettet gewesen war, aber mich erboste seine Anschuldigung, wir Briten seien, was Tiere angehe, Heuchler.

»Ich habe gehört«, sagte jetzt Jesús, »dass man im Norden Englands immer noch bei Hahnen- und Hundekämpfen Geldwetten abschließt.«

Es erhob sich ein kühler, den Abend ankündigender Wind und die beiden Kontrahenten gingen heim. Am Tor ratterte ein *carro* vorbei, ein kleiner, mit einer Plane bedeckter und von einem Pony mit klingelnden Glöckchen am Geschirr gezogener Wagen.

Wir entzündeten im Wohnzimmerkamin ein Holzfeuer und stellten den gebrauchten Fernseher an, den wir erst kürzlich erworben hatten. Es gab eine Serie mit südamerikanischen Varieté-Nummern, vorgestellt von einem jungen Mann, der mehr Zähne zu haben schien als andere Menschen.

Die Sendung war derart langweilig, dass wir das Feuer sich selbst überließen und um halb acht zusammen mit Jonathan in ein namenloses Restaurant ganz in der Nähe fuhren, das wir gern frequentierten, weil die Steaks eine schon texanische Größe hatten und der Wirt so unerhört grob war, dass wir ihn respektierten. Für Jonathan war es schon spät. In einem Land, in welchem die Kinder manchmal bis Mitternacht und länger auf blieben, ging er vergleichsweise früh ins Bett, nämlich um acht. Aber es war Freitag, also am nächsten Tag keine Schule.

Das Restaurant war einfach – ein paar Tische und Stühle waren um ein offenes Feuer gruppiert. Der Wirt, ein Baske namens Aitor, stand wartend in der Tür – der finstere Ausdruck auf seinem Gesicht gehörte zu dessen unveränderlichen Bestandteilen.

Er war robust und in sich ruhend wie viele Basken. Soweit ich das beurteilen konnte, hatten sie ja auch jedes Recht dazu, denn ihr Heimatland zwischen den grünen, oft nebelverhangenden Bergen im Norden an der Grenze zu Frankreich war schließlich einmalig. Sie sprachen dort *éuscaro*, eine Sprache, deren Ursprung bis heute ungeklärt ist. Sie waren die Abkömmlinge der ersten Bewohner Europas und früher da als die Zuwanderer aus Asien, die vor 3000 Jahren kamen. Sie überragten an Körpergröße ihre Nachbarn und hatten nicht nur an dem Pelota genannten Ballspiel ihren Spaß, sondern auch an so esoterischen Sportarten wie Holzfällen und Steinheben. Sie aßen und tranken reichlich. Mit ihrer Ritterlichkeit den Frauen gegenüber, ob nun echt oder einer romantisierenden Vorstellung folgend, waren sie der Frauenemanzipation um Jahrhunderte zuvorgekommen.

Ihre autonome Region heißt im Kastilischen País Vasco und besteht aus drei Provinzen, nämlich Guipúzcoa, Álava und Vizcaya. Tragischerweise führten die ETA-Terroristen den Kampf um die Unabhängigkeit fort.

Aitor wies uns zu einem Tisch mit rot-weiß kariertem Tischtuch, das einzige Zugeständnis an eine zivilisierte Form der Nahrungsaufnahme, und brachte uns eine Flasche Rotwein aus Jalón, einem kleinen, etwa zwanzig Kilometer entfernten Städtchen. Das war ein berauschendes Tröpfchen und konnte einen leicht in Morpheus' Arme sinken lassen, bevor noch die bestellten Speisen serviert waren. Wir aßen deshalb schon mal dicke Scheiben geröstetes Brot, um seinen zu Kopf steigenden Dunst niederzuhalten, und sahen Aitor dabei zu, wie er zwei Steaks von der Größe eines Elefantenohrs für uns zubereitete. Es gab keine Speisekarte, nur Steaks.

Zunächst erweckte Aitor das Holzfeuer mit einem alten Blasebalg aus rissigem Leder zu neuem Leben, wartete dann, bis das Feuer wieder heruntergebrannt war und stellte schließlich über der Glut einen Bratrost auf. Nun klopfte er die Steaks mit einem Holzhammer weich, würzte sie mit Salz und Pfeffer und warf sie auf den Rost, wo sie zischten und knisterten. Fett tropfte in die Asche und verbrannte mit kurz aufflackernder Flamme.

»Drehen Sie sie rum, wenn sie soweit sind«, trug Aitor Diane auf und reichte ihr die Röstgabel. Dann verließ er, nach wie vor mürrisch, den Essbereich, wo außer uns dreien niemand war, und begab sich in die volle Bar. Man sagte, Gäste kämen nur des Privilegs wegen, von ihm beleidigt zu werden, von weither.

Wir aßen das Brot auf, das aus einer Bäckerei in einem nahen Dorf stammte, in der eine schmachtende Maid mit mehligen Händen *barras* formte (die spanische Antwort auf die französische Baguette), während sie hinaus auf die Straße schaute, um den flüchtigen Blick eines schüchternen jungen Mannes zu erhaschen, der versuchte, all seinen Mut zusammenzunehmen und sie zu fragen, ob sie mit ihm ins Kino gehen wolle.

Diane ging zum Kamin und wendete die zischenden Steaks. »Meint ihr, dass ich sie auftragen kann?« Wir wollten uns die Steaks mit Jonathan teilen – weder die Spanier noch (was das betrifft) die Basken hatten etwas gegen Eltern einzuwenden, die zwei Portionen bestellten und bezahlten, aber drei daraus machten.

»Ich werde ihn fragen«, sagte ich. Es hieß, Aitor verwahre einen Revolver unter dem Tresen, und ich hatte das Gefühl, dass es besser war, sich an die Etikette zu halten. Also sagte ich zu ihm: »Ich glaube, die Steaks sind fertig.«

»Na und? Dann essen Sie sie doch.«

Während Diane die Steaks aufspießte und auf unsere Teller fallen ließ, brachte er aus der Küche Schüsseln mit Pommes frites und Dosenerbsen herbei.

»Wenn Sie irgendwelche Klagen haben«, brummte er und starrte mich dabei aus rotgeränderten Augen an, »dann lassen Sie's mich nur wissen.«

»Keine Bange«, versicherte ich ihm, »das werden wir tun.«

Alle Restaurants und Hotels sind verpflichtet, ein Buch bereitzuhalten, in welches unzufriedene Gäste ihre Klagen eintragen können, die dann später – angeblich – von Behördenvertretern zur Kenntnis genommen werden. Aber wenn Gäste etwa behaupteten, mit ihrem Salm auch Salmonellen serviert bekommen zu haben, und nach so einem Buch verlangten, stellten die Wirtsleute nicht selten zu ihrem eigenen größten Erstaunen fest, dass es nicht da war, sie es irgendwo verlegt hatten.

Als unsere Steaks verzehrt waren, erkundigte sich Aitor: »Na, irgendwas auszusetzen?«, wobei sein Tonfall implizierte, dass dergleichen so selten vorkam wie Trüffeln in der Wüste.

»Die Steaks waren ein bisschen zu durch«, sagte ich, den Blick auf seine muskulösen Unterarme gerichtet. Ich fragte mich, ob er wohl Steinheber oder Holzfäller war.

»Ihre Frau hat sie gebraten.« Er starrte auf Jonathan hinab. »Und wie fandest du sie?«

»Sie waren ein bisschen zäh«, antwortete Jonathan auf Spanisch – er war dabei, sehr schnell zweisprachig zu werden, was mit Blick auf seine Zukunft ein großer Gewinn war.

»Zäh, ja?« Aitor fuhr sich mit den Fingern über sein unrasiertes Rocky Marciano-Kinn, sodass ein schabendes Geräusch entstand, und ging in die Bar zurück. Vielleicht, um seine Kanone zu holen.

Als er wieder an unseren Tisch kam, hatte er jedoch

eine Handvoll in Silberpapier gewickelte Bonbons dabei, die er Jonathan mit der Bemerkung gab: »Aus dir könnte mal ein guter Baske werden.« Dabei huschte etwas über sein Gesicht, was wie die Andeutung eines Lächelns aussah. Ich berichtete später Ladenbesitzern im Dorf, die ihn kannten, von diesem Ereignis, aber sie meinten, ich hätte da wohl Halluzinationen gehabt.

Diane ging zum Angriff über. »Ich mag ja die Steaks gebraten haben«, sagte sie, »für die Küche sind aber nun mal Sie verantwortlich.«

Aitor wandte sich an Jonathan. »Wenn du sagst, die Steaks waren zäh, dann stimmt das. Steaks sollten nicht zu zart sein. Wie sind die Bonbons?«

»Gut«, antwortete Jonathan, sein Lutschen unterbrechend.

»Wie auch immer«, warf ich ein, »wir kommen wieder.«

Eines von Aitors geröteten Augen zuckte. »Überstürzen Sie nichts«, meinte er.

Die dreibeinige Katze stieß ein paar Tage später zu uns.

Um genau zu sein, war es eine dreieinhalbbeinige Katze. Eines der Vorderbeine war zur Hälfte abgetrennt worden – wahrscheinlich von einer der Fallen, die in den Orangenplantagen aufgestellt waren, um Füchse zu fangen. Die Katze war ganz weiß und hatte nur um ein Auge einen schwarzen, runden Fleck, was ihr ein piratenhaftes Aussehen verlieh. Sie war ein kätzischer Long John Silver.

Dahergekommen war sie auf den Armen Emilios, dieses angeblich so entschiedenen Gegners aller Haustierrechte. Diane war gerade fort, um Jonathan aus dem Kindergarten abzuholen.

Ich war erstaunt über diese Demonstration der Fürsorglichkeit, fürchtete jedoch auch, dass er hoffte, die Katze bei uns abladen zu können. »Wo haben Sie sie gefunden?«, erkundigte ich mich.

»Im Graben vor Ihrem Haus.«

»Sind Sie sicher?«

»Habe ich Sie je angelogen?«

Ich enthielt mich der Antwort. »Was werden Sie mit ihr machen?«

»Ich dachte, Sie würden vielleicht –«

Ich erklärte ihm, dass ich jetzt Besitzer eines Hauses sei, welches eher aussehe, als gehöre es zum Set eines Katastrophenfilms, des weiteren eines Stühle zerbeißenden Hundes und einer trächtigen Katze. Für einen dreibeinigen Kater sei kein Raum in meinen Planungen.

Emilio zuckte die Achsel. »Okay, ich bringe die Katze zum Tierarzt.« Um sie einschläfern zu lassen, wollte er damit sagen. Ich war entsetzt.

»Na schön, schauen wir sie uns mal an.«

Emilio setzte die Katze auf den Boden. Sie richtete sich auf und versuchte, den Beinstumpf sauber zu lecken. Die Wunde war zwar zum Teil verheilt, aber es sickerte immer noch ein wenig Blut heraus. Vielleicht wäre es wirklich freundlicher gewesen, sie schmerzlos einschläfern zu lassen. Sie sah mich an, versuchte, ihre andere Vorderpfote zu heben und fiel vornüber.

Emilio kraulte sie hinter den Ohren. »Wie wollen Sie sie nennen?«

»Hoppity«, sagte ich. »Wie sonst? Aber das heißt noch lange nicht, dass ich sie auch behalte. Jones würde sie zum Frühstück verspeisen. Warum behalten Sie sie nicht?«

»Meine Frau ist gegen Katzen allergisch.« Das war mir neu. »Aber wie auch immer, die können ja auch ganz gut allein zurechtkommen.«

»Nicht dreibeinige Katzen.«

Ich hatte jedoch eine Idee. Ich bat Emilio, nach Denia zu fahren und dringend benötigte Glühbirnen zu besorgen, um ihn aus dem Weg zu haben.

Als er fort war, holte ich mir ein kurzes Stück Anmachholz und ging damit in die Garage, wo Emilio einen Teil seiner Werkzeuge untergebracht hatte. Ich sägte das Stück Holz durch, rundete es mit einem rasiermesserscharfen Beitel und schnitt an einem Ende einen Keil heraus. Dann schliff ich das Werkstück mit Sandpapier glatt und kehrte damit ins Haus zurück.

Als Emilio wiederkam, hatte Hoppity ein Holzbein, das mit einer Binde und Klebeband an dem Stumpf befestigt war, wobei ich die Binde zwischen der Prothese und der noch nicht ganz geschlossenen Wunde durchgezogen hatte. (Später stellte ich aus Leinen einen Gurt her, der über Nacken und Brust lief und das Holzbein in Position hielt.)

Nachdem Hoppity schwankend ein paar Runden durchs Wohnzimmer gehumpelt war, brachte ich Jones an kurzer Leine herein, um seine Reaktion auf den Krüppel zu testen. Die Rücken- und Halshaare aufgestellt, nahm er die Angriffshaltung ein, die allerdings bislang nichts Wilderes als Insekten und kleine Nager in Angst und Schrecken versetzt hatte.

Ihn hochnäsig beobachtend, saß Hoppity vor dem Kaminfeuer und fing an, sein ganzes Vorderbein zu putzen. Jones jaulte, zog die Lefzen hoch. Als er in Sparringdistanz gelangt war, traf ihn ein kräftiger Schwinger von Hoppitys Holzbein an der bereits geschädigten Nase.

Ich entließ ihn auf die Terrasse, wo er damit fortfuhr, Wühlmäuse und Käfer zu verjagen.

Ich tippte mit dem Finger an Hoppitys neues Bein. »Was halten Sie von meiner Bastelarbeit, Emilio?«

»Nicht übel«, antwortete er widerwillig.

»Sie hätten das nicht besser gekonnt?«

»Vielleicht nicht.«

Dieses Eingeständnis stellte für mich so etwas wie einen Sieg dar und deshalb schmierte ich seinen Stolz. »Wenn Sie wollen, sage ich, dass Sie die Krücke gemacht haben.«

»Das würden Sie Jesús und Ángel erzählen?«

Ich nickte.

Er knuffte meinen Arm und ging, ohne ein weiteres Wort zu sagen.

Die Vögel kamen eine Woche später dahergeflogen. Ein ganzer Schwarm – mit so lebhaft gefärbtem, purpurnem, scharlachrotem und smaragdgrünem Gefieder, dass die Tiere aussahen, als wären sie eben erst aus einem amazonischen Regenwald eingetroffen. Oder hatte der etwas harsche Rotwein aus der Bodega am Ende der Straße Auswirkungen auf meine Wahrnehmungsfähigkeit gehabt?

Die Vögel umkreisten ein paarmal den Garten, bevor sie sich auf einem Zitronenbaum niederließen und die Flügel zusammenlegten.

Ihnen folgte schon bald eine ganze Heerschar von Männern, dreißig oder mehr, junge und alte, die ihre Autos, Fords, Citroëns, Renaults, Peugeots und Seats auf der Straße vor unserem Tor parkten. Sie trugen Jägerjacken, Reißverschlusstaschen, spitze Mützen und alte Fliegerkappen – und sahen aus wie sizilianische Banditen. Auf den Rücksitzen einiger der Autos lagen Schrotflinten. Ich beobachtete die Schar gebannt von unserer Zufahrt aus.

Als die Männer auf das offene Tor zukamen, flogen die Vögel wieder auf, stiegen hoch in den Himmel empor, drehten Kreise und ließen sich wieder herabfallen. Ihr Gefieder leuchtete in der Nachmittagssonne.

Die »Banditen« blieben wie angewurzelt stehen. Einige machten sich Notizen, während andere Ferngläser auf die Vögel richteten.

Der aus zwei Wagen bestehende Zug nach Alicante schob sich in einer Entfernung von etwa einem Kilometer durch die dichten Zitrushaine am Fuße unseres Berges, des breitstirnigen Montgo. Ein Flugzeug zog einen weißen Strich über den Himmel.

Von Jones und den beiden Katzen beobachtet, fielen die Vögel wieder ein und ließen sich diesmal auf einem Pampelmusenbaum nieder. Meinen Besuchern entrang sich ein kollektiver Seufzer, dann kamen sie durch das Tor geströmt und bezogen hinter dem Haus Stellung.

Ich trat zu einem von ihnen, der das Aussehen eines Anführers hatte (ein sizilianischer Pate, untersetzt und kräftig, mit wachsam blickenden Augen und einem zerfurchten Gesicht), und fragte ihn, was da vor sich gehe.

Er legte einen Finger auf die Lippen.

Er forderte mich auf meinem eigenen Grundstück auf, still zu sein? Ich trat einen weiteren Schritt vor.

In diesem Augenblick kam Diane, die ein Mittagsschläfchen gemacht hatte, aus dem Haus und bedachte unsere Gäste mit einem kühl abschätzenden Blick.

»Ich weiß nicht, wer sie sind und was sie hier wollen«, grollte ich, »aber Nerven haben sie.«

»Schschsch.« Sie legte einen Finger auf die Lippen,

ganz so, wie es der Pate getan hatte. »Da geht es um Sex.«

»Sex?« War bei ihr der harsche Rote etwa enthemmend bis zu einer noch unerschlossenen Region ihrer Libido vorgedrungen?

»Ich erklär's dir später.«

Der kleine Eisenbahnzug pfiff erneut, als er den Bahnhof des Dorfes verließ, was zur Folge hatte, dass sich die Vögel einmal mehr in die Luft erhoben.

Als sie davongeflogen waren, trat der Pate zu uns. »Wir sind Ihnen sehr verbunden«, sagte er. »Erkennen Sie mich nicht?«

Ich schüttelte den Kopf.

Er zeigte auf den »Bankettsaal«. »Ich bin Tomás, Ihr Bauunternehmer. Haben mich wegen meiner Fliegerkappe nicht erkannt, was?«

»Wenn Sie mir so dankbar sind«, erwiderte ich, »dann könnten Sie eigentlich auch mal mit den Bauarbeiten weitermachen. Die ruhen schon seit Wochen.«

Aber er war schon weg, ging zu seinem grünen Dodge (das war eines der Statussymbole der Nach-Franco-Ära), und der Rest der Meute folgte ihm.

Sex?

Pilar, die Besitzerin einer der Läden im Dorf und eine hübsche Frau mit schwarzer Ponyfrisur, hatte Diane offensichtlich über das Spektakel aufgeklärt, dessen Zeugen wir soeben geworden waren – es handelte sich dabei um die Anfangsphase eines Taubenrennens nach spanischer Art.

»Aber das waren doch keine Tauben«, warf ich ein. »Die sahen eher wie Papageien aus.«

»Wohl Tauben, aber ihre Flügel sind in den Farben ihrer jeweiligen Besitzer angemalt«, erklärte Diane.

Sie ging in die Küche, um Tee zu machen, und ich folgte ihr ins Haus. Es war so, dass die grellbunte Schar aus lauter Täuberichen bestand, die hinter einer einzigen schlecht gekleideten Taube her waren. Ein Täuberich nach dem anderen schied aus, bezwungen durch überlegene Flügelkraft, gelegentlich auch durch Schnabel und Kralle (manchmal kreiselten blutige Federchen zu Boden), bis nur noch ein Freier übrig war.

Der Besitzer dieses Vogels wurde zum Sieger erklärt und nahm den Preis entgegen – bei einem prestigeträchtigen Rennen konnte das durchaus ein neues Auto oder ein Apartment in einem der Urlaubsorte am Meer sein. Und Millionen von Peseten wechselten bei Wetten den Besitzer.

Ein schneller, liebeshungriger Täuberich sei sehr teuer, vertraute mir Diane, berauscht von ihrem Insiderwissen, an. Und alles sei mit großem Risiko verbunden. Ein Züchter habe einmal einen potenziellen Champion für fünftausend Dollar gekauft und der Vogel sei noch am nämlichen Tage Opfer eines Sperbers geworden.

Durch Zufall waren wir in einer für ihre Taubenrennen berühmten Gegend gelandet, wo es ungeschriebenes Gesetz war, dass man die *aficionados* auf sein Grundstück ließ.

Tomás erschien am folgenden Tag im Morgendämmern und berichtete uns, dass eine seiner beiden Tauben das gestrige Rennen gewonnen habe, während die andere als verschollen gelten müsse. Er ließ sich zu einer Tasse Kaffee einladen, den er dann mit Brandy aus einem Flachmann anreicherte.

»Nochmals vielen Dank«, sagte er, »dass Sie uns Zugang zu Ihrem Grundstück gewährt haben.« Er feuerte einen zweiten Schuss Brandy auf seinen Kaffee ab. »Die

Arbeit am Speisezimmer wird heute im Lauf des Tages wieder aufgenommen.«

Und das wurde sie. Allerdings bezweifelte ich, ob das auch geschehen wäre, wenn er die Handvoll blutbefleckter Federn hinten in unserem Garten gesehen hätte. Auch die bunte Feder, die aus Jones' Maul herausgeschaut hatte, wäre wohl kaum dazu angetan gewesen, einen sehr positiven Eindruck auf ihn zu machen.

... 6 ...

Wie die Spinnenfrau auf meinem Schoß landete

Als die Nacht heraufzog, war das unbebaute Grundstück neben dem abgegrasten Fußballplatz im Dorf leer, abgesehen von zwei Hunden, die in flohgepeinigten Träumen zuckten, und einem Liebespaar, das sich seufzend in den Armen hielt.

Am Morgen stand ein Zelt dort, so taufeucht wie ein Pilz bei Tagesanbruch.

Der Zirkus war da und hatte auf seinen Rockschößen verschlissene Pracht und zwei Rätsel mitgebracht. Ich hatte mir noch nie sehr viel aus Zirkussen gemacht, aber die Aufregung, die dieser im Dorf auslöste, wirkte ansteckend.

Die Wanderzirkusse besuchten manche Orte in Spanien zweimal im Jahr, wobei ihre Ankunft immer vom Erscheinen exotischer Fremder begleitet war – von ledrigen Zirkusdirektoren mit gefärbtem Haar und Goldzähnen, Frauen, die ihre Fächer auf und zu klappten und ihre Jahre mit Aplomb trugen, jungen Dandys, die die örtlichen Talente taxierten, Mädchen mit funkelnden Augen und Riesenringen an den Ohrläppchen. Und bei Nacht konnte man das Heulen der Löwen hören.

Dieser Zirkus hatte nicht ganz so viel zu bieten, verfügte über keine großen Katzen, sondern nur über die etwas schütter gewordenen Haustiere, die mit ihm fuhren. Dafür erschienen an den Hauswänden neben Plakaten längst vergangener Wahlen solche, die auf Supermann, eine unglaubliche Spinnenfrau und andere beeindruckende Darbietungen aufmerksam machten. In den Bars wurden Zettel verteilt, die halbe Eintrittspreise verhießen, und im Ort fuhr ein Lieferwagen mit plärrendem Lautsprecher herum.

Eines der beiden Rätsel begann sich zu lösen, als Jaime, der jockeygroße Wirt der Bar Paraíso, verkündete, er habe einem Gast ein Bier gezapft, der behauptet hatte, Supermann zu sein.

Zur Mittagszeit verriet Pilar, die kecke und hübsche Betreiberin unseres vollgestopften Lebensmittelgeschäfts, sie habe in ihrem Laden *chorizo*, Käse und ein Päckchen Kaugummi an einen Clown verkauft.

Immer mehr Zirkusleute wurden gesichtet. Einer der Kassierer in der Bank behauptete, für den Jongleur einen Reisescheck eingewechselt zu haben. Eine Näherin hatte der Partnerin des Messerwerfers Pailletten ans Kostüm genäht. Der Apotheker hatte dem Muskelmann ein eisenhaltiges Stärkungsmittel verkauft.

Wären alle diese Erscheinungen – kostümiert oder nicht – tatsächlich jede für sich vorhanden gewesen, dann hätte in den Gassen des Dorfes eine große Menge von bunten Gestalten umherstolzieren müssen. Aber sie waren es nicht.

Des Rätsels Lösung lag darin, dass es sich bei dem Zirkus um ein kleines Familienunternehmen handelte, in dem jeder für mehrere Rollen und Darbietungen zuständig war. So trat etwa der Clown auch als Muskel- und Supermann auf, sein dickliches Eheweib als Spinnenfrau und Rodeoreiterin aus dem »Wilden, wilden Westen«. Zusätzlich war sie auch noch die Kassiererin in dem Kabuff am Eingang des Zeltes.

Das zweite Rätsel war weitaus beunruhigender – es

kam nach Ankunft des Zirkus in der Gegend zu einer Reihe von Einbrüchen! Die Polizei hängte solche Untaten gern den Zigeunern an, welche nach dem Tod Francos, der seine repressive Herrschaft mit ins Grab genommen hatte, wieder vermehrt in Erscheinung traten – und die Zirkusleute waren ja den Zigeunern nicht allzu unähnlich, nicht wahr?

Die Dorfbewohner enthielten sich jeder Schuldzuweisung. Sie hatten ihren Spaß an den großspurigen Darstellern aus dem kleinen Zelt, die auf dem Ödland ihre Pferde tränkten, im Licht der Wintersonne ihre Muskeln spielen ließen und im öffentlichen Waschhaus neben den Frauen des Dorfes, die dort ihre bibelschwarzen Kleider schrubbten und auswrangen, ihre kunterbunten Gewänder reinigten.

Die Mädchen des Ortes umschwärmten wie Fans ihren Popstar die jungen Männer, die so geschmeidig waren wie Panther und Romagesichter hatten, während die Männer aller Altersgruppen sehnsüchtige Blicke auf Supermann und die Schwiegertochter der Spinnenfrau warfen; letztere trug ein verschlissenes Leopardenfell und sah aus wie Gina Lollobrigida.

Ich lernte sie in einer Bar kennen, wo sie eine Schokoladenmilch trank und ein Stück Kartoffeltortilla aß. Sie winkte mich an ihren Tisch und sagte: »Sie sind nicht von hier, nicht wahr?« Sie sprach mit italienischem Akzent. »Sie sind ein Schriftsteller?«

»Woher wissen Sie das?« Ich trank von meinem schwarzen Kaffee.

»Sie beobachten dauernd. Machen hier oben Notizen.« Sie tippte mit einem rosa lackierten, aber abgebrochenen Fingernagel an ihre schwarze, nach oben gekämmte Lockenpracht. »Warum schreiben Sie keine Geschichte über unseren Zirkus? Unser Leben als Stars? Zwei Wohnwagen, kleine Kuhkäffer, und ich brech mir zweimal am Abend den Arsch, um den Bauern eine Freude zu machen, die immer hoffen, dass ich vom Trapez abstürze … in meinem Fall kein gar so hohes.« Sie lächelte und zeigte dabei ihre Zähne. Auf einem war Lippenstift. »Sie sollten mit uns fahren.«

»Vielleicht tu ich das eines Tages auch«, sagte ich. »Aber warum bleiben Sie dabei, wenn Ihnen das alles so zuwider ist?«

Sie beantwortete diese Frage mit nur einem Wort, als fasste dies all die Qualen dieser Welt in sich zusammen. »Familie.« Sie knabberte am letzten Stück ihrer Kartoffeltortilla. »Die Mama und der Papa meines Mannes … wenn ich gehe, dann sterben sie. Vielleicht schreiben Sie mal eine Geschichte über uns und verkaufen die an Hollywood. *Little Big Top*?« Sie sah mich hoffnungsvoll an. »Schreiben Sie eine Rolle für mich?«

»Was machen Sie denn?«

»Ich wirbele an einem Seil herum, das an meinem Halskragen befestigt ist«, antwortete sie. »Ich balanciere auf einem Drahtseil. Ich drehe mich, auf ein Rad gebunden, um und um, während mein Mann Messer nach mir wirft. Gibt es vor der Vorstellung Streit, dann puhf«, sie legte die Hand aufs Herz. »In der Pause verkaufe ich Sprudel und Popcorn. Ich werde nach Ihnen Ausschau halten. Sie bekommen den Puffmais umsonst.«

»Da haben Sie sich einen schönen Handel ausgedacht«, sagte ich. »Eine Tüte Popcorn, und dafür schreibe ich eines Tages ein Buch über Sie.«

»Und eines Tages kriegen die Schweine Flügel. Ich nehme an, Sie denken auch, dass wir alle Diebe sind.« Sie trank ihren Kakao aus und rauschte davon.

Später erfuhr ich von Emilio, dass es zu drei weiteren Einbrüchen gekommen war. Aus einem Haus in einem Pampelmusenhain war Geld gestohlen worden, aus der Dachkammer einer Villa Gemälde und aus dem Haus eines frisch vermählten Paars Schmuck.

Konnten diese Untaten alle auf das Konto der Zirkusleute gehen? Ich bezweifelte es – die Tatsache, dass die Einbrüche mit ihrer Ankunft im Dorf zusammenfielen, war zu offenkundig. Ich beschloss, den Versuch zu unternehmen, den Zirkusleuten zu helfen.

An jenem Nachmittag kamen zwei junge Beamte der Guardia Civil, welche nicht das geringste mit den beiden Bürgerkriegsstereotypen, denen wir seinerzeit in dem Orangenhain begegnet waren, gemein hatten, in einem kleinen, grün-weißen Wagen ins Dorf. Charmant und höflich, angetan mit olivgrünen Uniformen und spitzen Mützen, untersuchten sie den Zirkus und seine beiden Wohnwagen, sprachen kurz und knapp in Sprechmuscheln hinein und runzelten weise die Stirn.

Die Guardia Civil war außerhalb der Städte für Ruhe und Ordnung zuständig, und da Spanien nach Frankreich flächenmäßig das zweitgrößte Land Europas ist, war ihr Verantwortungsbereich von recht beachtlicher Größe.

Zwei Stunden nach ihrer Ankunft sprachen die beiden Beamten bei uns vor.

Der eine von ihnen, sommersprossig und mit kurzgeschorenem Haar, legte grüßend die Hand an die Mütze und sagte: »Wie wir gehört haben, sind Sie der Besitzer eines Spinnrades.«

Das entsprach der Wahrheit – ich hatte in einem Antiquitätengeschäft in Denia ein altes Spinnrad erworben, klein und aus Holz, dessen Rad mit nur einem Pedal angetrieben wurde. Ich hatte mir gedacht, dass es den

»Bankettsaal« vielleicht um einen Hauch von Geschichtlichkeit bereichern könnte.

Der andere Beamte, der schlanker war und glänzendes schwarzes Haar hatte, sagte: »Unter den in den vergangenen Tagen als gestohlen gemeldeten Gegenständen ist auch ein Spinnrad.«

»Nicht mein Spinnrad«, protestierte ich. »Ich habe es käuflich erworben.«

»Von wem?«

Ich nannte ihm den Laden und er hielt die Information in seinem Notizbüchlein fest.

»Bedeutet das jetzt, dass ich ein Tatverdächtiger bin?«

Der Beamte mit Bürstenschnitt zuckte die Achsel. »Wissen Sie, woher der Besitzer des Ladens das Spinnrad hatte?«

»Nein«, antwortete ich. »Und ich weiß auch nicht, woher der Besitzer des Schuhgeschäfts die da her hatte«, setzte ich hinzu und zeigte auf meine Füße.

»Tranquilo, señor.«

»Ich weiß, Sie tun nur Ihre Pflicht …«, sagte ich.

»Sind Sie früher schon einmal von der Polizei vernommen worden?«

»Nur wegen Vergewaltigung und Mord.«

Der schlanke Beamte lächelte. »Vorsicht, Señor, wir könnten Sie ernst nehmen. Würde es Ihnen etwas ausmachen, wenn wir das Spinnrad mal mitnehmen und die Sache überprüfen? Wir bringen es selbstverständlich zurück, wenn es … sauber ist. Sagt man im Englischen so?« Er lächelte erneut.

Mein Vater, der bei einer Bank gearbeitet hatte, hatte mich immer gewarnt: »Nimm dich in Acht vor Polizisten, die lächeln, und Betrügern, die dir die Hand reichen.«

»Nehmen Sie mit, was immer Sie möchten«, sagte ich zu ihm. »Auch den Hund, wenn Sie wollen.«

Jones bellte.

Ich kochte vor Wut über die Ungerechtigkeit der implizierten Beschuldigung, musste jedoch auch zugeben, dass die Polizei da allem Anschein nach doch eine heiße Spur verfolgte. Angenommen, das Spinnrad war gestohlen worden? Ich würde in Haft genommen, befragt, einem Richter vorgeführt und wahrscheinlich nur gegen Kaution wieder auf freien Fuß gesetzt werden. Bis es zur Gerichtsverhandlung kam, konnten leicht sechs Monate vergehen, nach deren Ablauf ich eine happige Geldstrafe aufgebrummt bekommen würde, wenn ich meine Unschuld nicht hätte beweisen können. Gefängnis, wenn ich vorbestraft war (diesbezüglich stand aber nichts zu befürchten) oder wenn man mir auch die anderen Einbrüche anhängen würde. Insgesamt kein gar so anderes Vorgehen als in den Vereinigten Staaten oder in Großbritannien, sah man einmal von der Großzügigkeit ab, mit der hierzulande zeitliche Verzögerungen behandelt wurden.

Von Ethel mit unerforschlichem Blick beobachtet und von Jones gefolgt, der immer noch kläffte (Emilio und Ángel waren verschwunden), suchten die beiden Beamten noch eine Weile herum und wollten dann meinen Ausweis sehen.

Drei Umstände bewahrten mich (Diane war zum Einkaufen nach Denia gefahren) vor einer eingehenderen Durchsuchung des Hauses. Erstens der »Bankettsaal«. Die beiden sahen auf die dicke Schicht pudrigen Zements hinab, dann auf ihre blitzblanken Schuhspitzen und wandten sich ab.

Zweitens die Offenbarung, dass ich Schriftsteller war.

Einer der Beamten starrte auf meinen chaotischen Schreibtisch – Bücher über die Transsib, das leere Whiskyglas vom Vorabend und den Teebecher dieses Vormittags.

»Sie schreiben hier?«, fragte der Schlanke.

Ich nickte.

»Was für eine Art von Büchern?«

»Ich arbeite an einem Thriller.«

Sie starrten weiter ungläubig auf den Schreibtisch hinab. Konnten aus einer solchen Unordnung wirklich verwegene Taten hervorgehen?

»Was macht Ihre Frau?«, fragte der Kurzgeschorene.

»Sie malt.« Ich zeigte ihnen durchs Fenster ihre Staffelei, die draußen auf der Terrasse stand. »Aber sie schreibt auch.«

»Hier?« Er berührte mit der Fingerspitze die Tischplatte.

»Manchmal.«

»Liebesgeschichten?«

»Nicht ganz.« Diane hatte gerade damit begonnen, für *Lookout*, ein in Spanien erscheinendes Hochglanzmagazin in englischer Sprache, einen Artikel über unsere Freundin Beryl Kranz, die amerikanische Aktmalerin, zu schreiben, der die Überschrift »Busen, Pos und Beryl« trug.

In diesem Augenblick kam Hoppety mit seinem Holzbein hereingehumpelt. Das war drittens – und die Sache damit gegessen. Die beiden Beamten blickten kurz zu dem Kater hinunter und beschlossen dann, den geordneten Rückzug aus diesem Irrenhaus anzutreten. Bevor sie es jedoch verlassen konnten, ließ ich sie noch an den Erfahrungen, die ich meiner Zeit als Kriminalreporter verdankte, teilhaben (wobei der entsprechende Instinkt möglicherweise durch meinen Ausflug in die Thrillerschreiberei geschärft worden war).

Die Einbrüche trügen eindeutig alle die Merkmale des Insiderjobs, erklärte ich ihnen. Ausnahmslos hätten sich die Diebe auf geradem Weg zu den Stellen in den Häusern begeben, wo sich jeweils die Beute befand. Von den Zirkusleuten könne niemand über derartige Kenntnisse verfügt haben. Einbrecher bauten häufig Beziehungen zu Hausmädchen oder Hausmeistern auf, die ohne böse Absicht den Aufbewahrungsort von Wertsachen preisgäben. Vielleicht beschäftigten ja alle Opfer dieselbe Hausangestellte …

Sie nickten nachsichtig, von oben herab, so wie Polizisten in Fernsehfilmen gern Privatdetektive behandeln, die sich einmischen, und fuhren in ihrem sauberen, grünweißen Auto davon – unter Mitnahme des Spinnrades. Es zuckte mir in den Fingern, es ihnen zu entreißen, aber das hätte mir garantiert eine Nacht im Knast eingetragen.

Inzwischen strudelten Theorien über die Identität der Diebe so munter durchs Dorf wie die Wasser einer Überschwemmung.

In der Bar Paraíso nippte ein alter Mann, der dafür bezahlt wurde, dass er Schnecken daran hinderte, sich von einem Marktstand zu entfernen (er hielt sie nur auf, wenn sie einen ausgedehnteren Fluchtversuch unternahmen), an seinem *cornot*, dem am Ort schwarz gebrannten Schnaps, welcher aus einer Flasche ohne Etikett ausgeschenkt wurde, und raunte: »Supermann«, um dann noch jene schicksalhaften Worte »Behalten Sie das bloß für sich!« hinzuzusetzen, die aus jedem Menschen einen Ausrufer machen.

Der Tatverdächtige, dem im Waschhaus hinter verschwörerischen Kissen aus Seifenschaum der Vorzug gegeben wurde, war, wie man uns berichtete, der fahrende Lebensmittelhändler. Auch der Messerschleifer hatte seine Ankläger. Und wir Ausländer standen natürlich ebenfalls ganz oben auf allen Listen.

Ich fragte Emilio um seine Meinung. Er schlug mit der Faust gegen eine mit Beschlagnägeln verzierte Tür (man munkelte, er könne Nägel ohne Zuhilfenahme eines Hammers einschlagen) und verkündete dunkel: »Die Not macht aus jedem Mann einen Dieb.«

Ich stöberte Ángel auf und fragte gegen besseres Wissen auch ihn, was er denke.

Er legte seine Maurerkelle hin und kratzte sich durch ein Loch in seinem Strohhut am Kopf. »Es sind Fremde im Ort«, sagte er.

»Woher wissen Sie das?«

»Ich hab sie gesehen.«

»Sie meinen, noch andere als die Zirkusleute?«

»Sie stammen aus dem Norden.«

Nicht ganz sicher, ob letzteres die Leute belastete oder freisprach, erkundigte ich mich, wie er zu dieser Information gekommen sei.

»Ich habe sie sprechen hören.«

»Worüber haben sie denn gesprochen?«

»Geld«, antwortete Ángel. »Beziehungsweise sein Fehlen.«

»Sie glauben, dass das die Diebe sind?«

»Die wissen schon selbst, wer sie sind«, meinte er und vollendete damit einen meisterhaften Exkurs ins Obskure.

Am gleichen Tag – und zwar nur wenige Stunden vor Eröffnung der ersten Zirkusvorstellung – kam es erneut zu einem Raub. Es wurde in ein Haus am Rande des Ortes eingebrochen, das einem jungen Mann gehörte, welcher bei einer Bank in Denia arbeitete. Der oder die Einbrecher nahmen Reiseschecks und ein Paar Lautsprecher mit.

Am Abend gingen wir in den Zirkus. Als wir unsere Plätze eingenommen hatten, bemerkten wir, wie Dorfbewohner zu den Lautsprechern hinaufschauten, die hoch oben im Zelt angebracht waren – aber die Musik, die aus ihnen drang, war so krächzend, dass diese Apparate unmöglich zu jenen Gegenständen gehören konnten, die zu klauen der Mühe wert gewesen wäre.

»Diese fürchterlichen Lautsprecher müssten mal ersetzt werden«, meinte Ángel, der neben mir, Diane und Jonathan saß. »Vielleicht –«

Was immer er diesbezüglich an Verdacht hegen mochte, blieb unausgesprochen, denn in diesem Augenblick erschien, angetan mit schwarzen Stiefeln, einer knallroten Jacke und einem Zylinder, der Zirkusdirektor, und seine blaffende Begrüßung forderte die Aufmerksamkeit des Publikums. Kinder lockerten den Griff um Süßholzstücke, an denen sie herumknabberten, Frauenhände verharrten reglos in Popcorntüten.

Als erste trat die Rodeoreiterin auf – die Gattin des Direktors aus dem »Wilden, wilden Westen«, von der es hieß, sie habe Filmstars das Reiten beigebracht.

Wir warteten gespannt, in der Nase den starken Geruch wilder Kräuter, die auf dem Ödland draußen wuchsen und niedergetrampelt worden waren. Schwaden von Zigarettenrauch waberten im hellen Strahl der Scheinwerfer.

Endlich erschien ein graues Pferdchen und trottete hübsch im Kreis, verfolgt von einer dicken Reiterin in Wildlederhosen, die ein paarmal aufsaß, dann wieder vom Pferd sprang und schließlich sogar unsicher auf seinem Sattel stand. Nachdem Pferd und Reiterin durch den Ausgang der Manege verschwunden waren, konnten wir letztere mit dumpfem Plumpsen absitzen hören. In meinen Augen hatte sie nicht wie eine Diebin ausgesehen.

Das Publikum klatschte begeistert Beifall und Jonathan spuckte die Schale eines Sonnenblumenkerns aus. Selbiges tat, wie ich bemerkte, auch Diane.

Dann kam ein Clown. Mit den weißen Backen und der roten Nase ganz zweifellos ein Clown, erst recht, als er sich einen Eimer Wasser in seine Pluderhosen schüttete – aber ich wusste ja jetzt, dass er der verkleidete Supermann war.

Ihm folgte die Hochseilartistin, eine hübsche junge Frau mit schimmerndem Haar, die eine Balancierstange in den Händen hielt und Netzstrümpfe trug. Ihre vollen Brüste spannten ein schwarzes Mieder. Es war das Mädchen, mit dem ich mich bei einem Glas Schokoladenmilch unterhalten hatte.

Ángels Frau, klein, hübsch und mit glänzenden dunklen Augen, stieß ihren Mann in die Rippen, weil er die junge Frau mit offenem Mund anglotzte.

Dann kam der Kraftmensch (alias der Clown), der seine allmählich in den Ruhestand gehenden Muskeln anspannte, um ein paar Nägel zu verbiegen und – einen lauten Schmerzensschrei ausstoßend – einen Ziegelstein mit der Handkante entzweizuschlagen.

In der Pause verkaufte ein Mädchen mit blonder Perücke Mineralwasser und Puffreis. Einmal mehr Gina Lollobrigida. Sie warf mir eine Tüte zu und wollte kein Geld dafür haben.

»Was war das denn?«, verlangte Diane zu wissen.

»Die Bezahlung für noch zu erbringende Leistungen«, antwortete ich.

Die zweite Hälfte begann mit einer Darbietung der jungen Frau, die an einem vom Zeltdach herabhängenden Seil, welches an einer Art Kragen an ihrem Hals befestigt war, im Kreis wirbelte.

Bald würde ihr Mann Messer nach ihr werfen – ich hoffte nur, dass sie nicht gerade Streit miteinander hatten.

Als sie mit ihrem Kreiseln fertig war, rief einer der jungen Kerle aus dem Dorf laut: »Wo bleibt die Spinnenfrau?«, und ein Mädchen schrie: »Wir wollen Supermann sehen!«

Da ging das Licht aus. Mädchen kicherten nervös. Als das Licht wieder anging, war die Spinnenfrau, alias die Rodeoreiterin, da – sie stand auf einem aus Nylonseilen gefertigten Netz, das zwischen zwei Balken unter dem Zeltdach aufgespannt war.

Sie trug einen grauen Bodystocking, dessen mit Streifen bedrucktes Gewebe von den üppigen Formen ihres Körpers zu verwirrenden Mustern gedehnt wurde.

Mit einem schrillen Schrei stürzte sie sich von ihrem Netz herab und sauste gefährlich dicht über unsere Köpfe hin. Hinter uns stieß sie sich von einem der stählernen Stützpfeiler ab und schwebte über dem Sägemehl in Richtung ihres Netzes zurück – nur dass ihr dann zur Erreichung ihres Ziels ein paar Zentimeter fehlten. Jetzt bestand die Gefahr, dass sie in schmählicher Weise an ihrem Seil mitten über der Manege hängen blieb.

Nicht jedoch dieses herrliche, spinnenartige Wesen! Die Spinnenfrau holte wie ein Kind auf der Schaukel Schwung. Als sie den Luftraum zwischen Ángel und mir erreicht hatte, ließ sie sich fallen und sank, das Seil ausklinkend, auf meinen Schoß. Das Vergnügen war groß, hatte allerdings auch seine Grenzen, denn federleicht war sie nicht.

Die Spinnenfrau löste sich von mir, stand auf und streckte zwei geballte Fäuste in die Luft, was das Netzmuster auf ihrem Bodystocking in Wallungen versetzte.

Als nächstes war das Messerwerfen an der Reihe (dem offensichtlich keine Meinungsverschiedenheiten vorangegangen waren), darauf folgten ein paar raffinierte Jonglierkünste und schließlich eine Darbietung, bei der der Sohn des Zirkusdirektors seine in einem Sarg liegende Schwester zersägte.

Gerüchten zufolge sollte Supermann noch von einer Plattform unter dem Zeltdach in ein Wasserbecken springen. Und plötzlich erschien er auch und überquerte das Netz der Spinnenfrau hoch über der Manege, prächtig angetan mit Cape und blauem Trikot, das im Schritt gefährlich gewölbt war.

Hatte ihm niemand gesagt, dass in der Manege gar kein Wasserbecken stand?

Die Stille im Zelt verdichtete sich. Jonathan legte eine Hand vor den Mund und ich versuchte – nicht allzu überzeugend – ihn zu beruhigen.

Da warf sich Supermann am Seil der Spinnenfrau ins Leere, landete vor uns auf dem Boden und jagte die Spinnenfrau, die unten seiner geharrt hatte, schwerfälligen Schritts aus dem Zelt. Ein passender Höhepunkt, wie ich fand.

Während Diane Jonathan nach Hause fuhr, begab ich mich auf der Suche nach Gina (es war mir egal, ob sie Giulietta, Mavis oder sonstwie hieß, für mich war sie Gina) zu einem der schäbigen Wohnwagen, um mich für das Popcorn zu bedanken.

Sie saß vor einem Spiegel, der von einer einzigen Glühbirne erhellt wurde. Ihr Mann Chimo, des Zirkusdirektors Sohn, der gerade seine Schwester zersägt hatte, hockte in einem dieser Leinenstühle, wie sie Filmregisseure zu benutzen pflegen.

Ich fragte Gina, ob die Polizei Angehörige der Zirkusmannschaft verdächtige, die Einbrüche begangen zu haben.

»Natürlich«, antwortete Chimo an ihrer statt. Er trug ein blassblaues T-Shirt, und die Muskeln spielten in seinen gebräunten Armen, als er die Hände hinter dem Kopf verschränkte. »Die verdächtigen uns immer. Wir sind fahrendes Volk, sind immer schuld. Stehen Sie auf Wetten? Ich wette mit Ihnen, dass der Dieb ein Ausländer ist, einer von Ihrer Sorte.«

Zorn stieg in mir hoch – das Irische in meinem Blut! »Zum Teufel, wie kommen Sie dazu, so etwas zu behaupten?«

»Weil er ein Fiesling ist«, schaltete sich Gina ein. »Er verabscheut alle.« Sie blickte auf seine Wurfmesser, die in einem mit grünem Flanell ausgeschlagenen Mahagonikasten lagen.

»Ich verabscheue nicht alle«, sagte Chimo und setzte, mit einem Kopfnicken in Ginas Richtung weisend, hinzu: »Nur dich, manchmal.« Nach einer kleinen Pause fuhr er fort: »Und Ausländer, die in mein Land kommen und uns für Idioten halten. Meinen, sie könnten uns total ausplündern.«

Ich versuchte, mich zu beherrschen. »Eigentlich mag ich ja Spanien und alle Spanier, die ich bisher kennengelernt habe. Sie sind möglicherweise die einzige Ausnahme.« Er nahm eines der Messer aus dem Kasten und fuhr prüfend mit dem Daumen über die Schneide. »Ich möchte hier im Land aufgenommen werden, aber wenn ich

Sie so sehe, bin ich nicht mehr so sicher.« Auf seinem Daumen erschien ein kleiner Blutfleck. »Ach übrigens«, setzte ich noch hinzu, »ich habe den Polizisten gesagt, auf welche Weise sie vielleicht beweisen können, dass der Zirkus nichts mit den Einbrüchen zu tun hat.«

Ich wettete tausend Peseten mit ihm, dass der Einbrecher kein Ausländer war. Ich notierte mir seine Adresse (er hatte seinen Wohnsitz in einer kleinen Stadt in Andalusien) und sagte Gina, dass ich an sie denken würde, sollte ich eines Tages ein Buch über einen kleinen Zirkus schreiben.

Ich zog die Stirn in Falten. »Sie sind Italienerin, nicht wahr? Wie kommen Sie in einen spanischen Zirkus?«

»Ich hab Chimo kennengelernt«, sagte sie fast verächtlich, »als er in Italien auf Urlaub war. In Neapel, wo alle Ganoven herkommen. Er hat sich dort richtig zu Hause gefühlt ...«

Der Zirkus zog am nächsten Tag weiter.

Chimo behielt Recht – der Einbrecher war tatsächlich ein Ausländer. Ein Holländer. Er wurde in einem Haus geschnappt, das in einem acht Kilometer entfernten Dorf in den Bergen lag, und hatte die gesamte Beute noch bei sich.

Die beiden jungen Beamten der Guardia Civil kamen wieder zu uns und brachten mir mein Spinnrad zurück. Es war also nicht gestohlen worden. »Wir möchten Ihnen danken«, sagte Bürstenschnitt. »Wir sind Ihrem Rat gefolgt und haben so ein Mädchen gefunden, das in allen Häusern, in die eingebrochen wurde, reinegemacht hat. Sie stammt aus dem Dorf, in dem der Holländer gewohnt hat ... der hatte sie über die Häuser, in denen sie arbeitete, ausgefragt.«

Sie grüßten und schritten davon und die Hacken ihrer blankpolierten Schuhe machten auf der Zufahrt ein forsch klickendes Geräusch.

Ich schickte Chimo einen 1000-Peseten-Schein – und bedauerte an der ganzen Geschichte nur eines, nämlich dass statt der Spinnenfrau nicht ihre Schwiegertochter in meinem Schoß gelandet war.

7

Ein Beben in der Küche

Im März nahm die Arbeit am »Bankettsaal« langsam, aber majestätisch ihren Fortgang. Die Wände aus Tuffsteinblöcken waren bald etwas über drei Meter hoch. Der Kamin war so bemessen, dass man einen ganzen Baumstumpf darin hätte verbrennen können. In der Kaminnische – oder Schornsteinecke – stand eine steinerne, mit Terrakottafliesen geschmückte Bank. Vor unseren Augen wuchs der Seitenflügel einer kleineren Burg in die Höhe.

Im Garten gedieh Ángels Gemüse. Mit Bast umwickelter Salat (damit das Innere knackig blieb), Reihen von Bohnen mit dicken Schoten, weiße Rüben, Kohlrüben und Pastinaken, die sichtbar größer wurden, dazu schnell heranwachsende Tomaten-, Auberginen- und Paprikapflänzchen.

Diane und ich waren eigentlich echte Städter, aber jetzt rechten, hackten und gossen wir – von Ángel überwacht – bis spät in die fledermausschwirrende Dämmerung. Ángel gestattete mir sogar, Radieschen zu säen – und schon vierzehn Tage später aßen wir rote, leicht scharfe Knollen.

Die purpurnen Hochblätter der Bougainvillea (keine Blüten, wie Ángel mich belehrte) umrahmten die Bögen der überdachten Terrasse, Jasmin parfümierte die Dämmerung, die Blüten der Silberakazien hingen in pudrigen gelben Zöpfen von den Bäumen beim Pool. An unseren zwei Weinstöcken, die noch im vergangenen Monat völlig tot ausgesehen hatten, entfalteten sich zarte, grüne Blättchen, und die Zitrusbäume waren voll von kleinen, noch unreifen Pampelmusen und Orangen.

Wir hatten Anschluss an das Leben der Region gefunden, und es freute uns zu sehen, dass dies vor allem auch für Jonathan galt.

Er war für eine von Denias *fallas* vorgeschlagen worden, das heißt für einen der acht Karnevalsvereine der Stadt, deren Aktivitäten, obgleich nicht in erster Linie religiöser Natur, ihren Höhepunkt zur Zeit des Festes des Heiligen Joseph im März erreichten, bei dem hohe, aus Pappmaché gefertigte Statuen von Politikern, Staatsmännern, örtlichen Würdenträgern, Touristen und allen, die sich für eine Verulkung anboten, durch die Straßen gezogen und dann dem Feuer der Fackeln ausgesetzt wurden. Diese Standbilder wurden in der ganzen Region von Handwerkern hergestellt, die sich darauf spezialisiert hatten und ein Jahr für diese Arbeit brauchten. Jonathan hatte die Karnevalsgeister und -skelette seines ersten Schultages längst verwunden und war zum begeisterten Anhänger des FC Valencia geworden.

Unser Leben schien so fließend zu vergehen wie die Jahreszeiten, und die freundliche Neugier der Dorfbewohner zerstreute alle noch verbliebenen Zweifel, bis es eines Tages im Garten zu einer unterirdischen Störung kam. Wir vernahmen ein rollendes Poltern und dann erreichte ein Hauch stinkenden Gasgeruchs aus dem Hades die Küche.

Vielleicht handelte es sich um ein Erdbeben? Vor ein paar Jahren hatte es in der Gegend ein Minibeben gegeben, und alle Berichte beharrten darauf, dass der Montgo, unser olivgrüner und grauer Hausberg, einmal ein Vulkan gewesen war – schließlich hatte er in dem 1968 gedrehten Film mitgewirkt, in welchem der Ausbruch des Krakatau in Ostjava in den achtziger Jahren des 19. Jahrhunderts eine zentrale Rolle spielte.

Ambrosio, der im Pumpenhaus arbeitete, kam zum »Bankettsaal« geeilt, um uns mit seinem Rat beizustehen, denn schließlich war er, da er ja Gruben ausschachtete und die Rohre für Swimmingpools vergrub, eine Autorität auf dem Gebiet unterirdischer Phänomene. Ángel folgte ihm, denn die Störung war schließlich in seinem Herrschaftsbereich aufgetreten. Und Emilio kam auch dazu, weil er Experte für alles war.

Die drei Arbeiter, die am Morgen auf der Baustelle erschienen waren, und ihr Vorarbeiter, ein Kettenraucher mit einem dichten Filz grauen, oben aus seinem Hemd sprießenden Haares, waren bereits da. Sie schienen von dem Lärm und dem Gestank nicht weiter beunruhigt zu sein, aber Emilio forderte trotzdem – laut brüllend – Ruhe. Ángel ging hinaus und patrouillierte um den »Bankettsaal«, während Ambrosio in tiefes Nachdenken versank, wobei er hin und wieder die Nase schnuppernd in die schweflige Luft hielt.

Der Boden unter uns zitterte – nur ganz schwach, aber trotzdem bedenklich.

Der Vorarbeiter deutete auf den Fußboden und äußerte sich in breitestem Valencianisch.

Ich wandte mich an Emilio. »Was hat er gesagt?«

»Er meinte, dass sie, als sie das Fundament gelegt hätten, vielleicht auf eine Verwerfung gestoßen wären.«

»Vielleicht ist ja der Montgo wieder aktiv«, sagte Ángel, der aus dem Garten zurückgekehrt war.

Ich argwöhnte, dass die Wurzel des Übels die Abwasserrohre sein könnten, aber Emilio wollte von einer derart prosaischen Erklärung nichts wissen. »Es könnte ein schweres Beben sein«, mutmaßte er. »Direkt hier unter dem Speisesaal. Genau da, wo wir jetzt stehen. Könnte die Wände zum Einsturz bringen.«

Emilios Sinn fürs Dramatische ließ mich nicht unbeeindruckt. Ich sah Risse in den Mauern entstehen, diese in Zeitlupentempo zusammenkrachen und den Rest des Hauses mit sich reißen.

Ich wandte mich einmal mehr an Ángel, mir eine beruhigende Botschaft aus den Wolken erhoffend.

»Das Problem«, sagte er und befingerte dabei ein rotes Muttermal auf seiner Backe, »liegt unter der Erde.« Weit vom Zuständigkeitsbereich des Himmels entfernt, wie ich annehmen durfte. Ángels ins Auge stechende Folgerung ließ alle verstummen.

Als die Abenddämmerung heraufzog, gingen die Männer, die ihre Arbeit wieder aufgenommen hatten, davon und ließen Diane, Jonathan, mich und unsere Tiere mit dem allein, was dort unter der Erde lauerte – was immer das sein mochte.

Als wir am nächsten Morgen erwachten, hatte der Montgo eine Perücke aus grauen Wolken auf, womit sich oftmals Regen ankündigte, der dann zwei oder drei Tage anhielt. Wenn es richtig schüttete, verwandelte er Straßen in Kanäle und überschwemmte die tiefer gelegenen Gassen Denias, wobei er manchmal Autos zu der kleinen Fischereiflotte und den bescheidenen, vor dem Club Náutico ankernden Jachten in das Hafenbecken spülte.

Sollten sich die Schleusen des Himmels ganz weit öffnen, so ertränkte der Regen vielleicht die ruhelosen Geister unter unserem Haus.

Um acht Uhr erschien einer der Bauarbeiter, holte Geräte aus der Garage und warf sie in den kleinen Lieferwagen, mit dem er gekommen war. Ich fragte ihn, wohin er denn wolle, und er sagte: »Wir werden hier nicht weiterarbeiten können.« Er wies wedelnd auf den »Bankettsaal«. »Nicht bei Regen und ohne Dach.«

»Dann bauen Sie das Dach doch mal!«

Er lachte unsicher und fuhr davon. Wahrscheinlich weitere Innenarbeiten in Denia. Irgendwo gab es da den Besitzer eines neuen Hauses, der so inbrünstig um Regen betete wie ich um schönes Wetter.

Ein paar Minuten später fielen die ersten dicken Tropfen. Ambrosio kam auf seinem Moped angeknattert, um mir mitzuteilen, dass er nicht mit der Reinigung des Schwimmbeckens weitermachen könne, weil dies roter Regen sei, aus der Sahara, der Rückstände von Wüstensand hinterlasse, so dass er, Ambrosio, hinterher sowieso wieder von vorn anfangen müsse.

Emilio deckte das Bauholz, das er herbeigeschafft hatte, mit einer Plane ab – die von ihm vorgeschlagene Musikantenempore war eine beschlossene Sache, so als hätte ich nur die Ausschuss-Sitzung verpasst, in der das Projekt endgültig abgesegnet worden war.

Ángel schaute zu der Wolke über dem Montgo hin und meinte, der Regen würde wahrscheinlich so stark werden, dass er das Obst von den Bäumen schlagen und die Pflanzen im Gemüsegarten kaputt machen würde.

»Sie haben gesagt, dass wir Regen brauchen«, rief ich ihm in Erinnerung.

»Keinen roten Regen«, antwortete er düster.

Roter Regen, das klang biblisch. Eine exotische Steigerung der kleineren Schicksalsschläge, welche uns jüngst betroffen hatten. Zwei Tage lang kein Wasser, weil Arbeiter beim Ausbessern unserer Straße das Versorgungsrohr entzwei gebaggert hatten – wir mussten uns mit

Wasser aus dem Schwimmbecken waschen und Mineralwasser trinken.

Dann kein Strom, weil der Blitz im Kraftwerk eingeschlagen hatte.

Dann Schimmel an der Decke unseres Schlafzimmers und ein Geräusch wie das Pfeifen schottischer Dudelsäcke, wenn wir die Wasserhähne im Bad aufdrehten.

Ich hatte ein halbes Dutzend Klempner angerufen, um dieses Geräusch beseitigt zu bekommen. Jedes Mal sagte eine Frauenstimme: »Er ruft zurück, wenn er von der Arbeit nach Hause kommt«, eine Formel, auf die sich offenkundig der Verband der Klempnerfrauen verständigt hatte. Aber keiner der Klempner meldete sich je.

Schließlich bekam ich einen Vertreter dieses Fachs zu fassen, weil er unglücklicherweise selbst ans Telefon gegangen war. Mit einem Seufzer erklärte er sich einverstanden, den Ursachen des von den Wasserhähnen gepfiffenen Klageliedes nachzuspüren, und erschien eine halbe Stunde später – ein kleiner, wuseliger Handwerksmann mit einer staubigen Werkzeugtasche aus Leder.

Er lauschte dem Pfeifen der Rohre so hingebungsvoll, dass ich schon dachte, er würde gleich mit seinem Schraubenschlüssel zu dirigieren anfangen. Er tat den Schraubenschlüssel jedoch in die Werkzeugtasche zurück, sagte: »Das ist ein Lufteinschluss, bin gleich wieder da«, und eilte davon. Als ich zwei Tage später bei ihm anrief, sagte eine Frauenstimme: »Er ruft zurück, wenn er von der Arbeit nach Hause kommt.« Wir sahen ihn nie wieder.

Der Schimmelpilz breitete sich an der Wand über unserem Bett (das repariert worden war) aus, wucherte so üppig wie Senf oder Kresse – in seiner Jugendzeit grünlich, in reiferem Alter dann schwarz.

Ich schrubbte ihn mit Stahlwolle weg, tränkte ihn mit Bleiche, übermalte ihn und ersetzte gesprungene Ziegelsteine in der Außenmauer, aber er war unverwüstlich, dieser Pilz, und ich konnte tun, was ich wollte, immer kehrte er mit gestärkten Kräften zurück.

Eines Abends aber flog die erste Mücke durchs Fenster herein und ich versprühte im Schlafzimmer ein Insektizid. Am folgenden Morgen sah der Schimmelpilz entschieden unpässlich aus, und nach zwei Tagen war er zu Staub zerfallen, den ich mit einem entsprechenden Tuch entfernen konnte.

Zurück jedoch zum roten Regen. Als die ersten Tropfen fielen, erschien Jesús mit einer Gasflasche, machte es sich im Wohnzimmer bequem und nahm dankend eine Tasse Kamillentee entgegen – Jesús war ein Hypochonder und glaubte, der Tee tue seinem Magen gut.

Emilio saß ihm gegenüber und machte ein paar nicht eben freundliche Bemerkungen über die neue Sicht der Dinge nach dem Tode Francos, so etwa über die liberalisierte Einstellung zum Sex, die Freiheit der Rede und die Nachsicht bei der Ahndung von Verbrechen. Das übliche Argument gegen die Reformen war der Hinweis auf die gestiegene Zahl der Verbrechen und die inzwischen allgegenwärtige Lüsternheit. Dafür sprach die Wiedereinsetzung des menschlichen Grundrechts, zu sagen und zu tun, was man für richtig hielt, ohne deshalb gleich wegen Verrats eingesperrt zu werden.

»Junkies? Denen hätte man zu Francos Zeiten eine Überdosis verpasst und Schluss.« Emilio sägte mit einem Finger an der Kerbe in seinem Kinn, wo ein Bartstoppeldickicht wuchs. »Vergewaltiger? Die wären kastriert worden.«

»Genau! Emilio hat Recht«, ließ sich Jesús vernehmen

und schüchterte den anderen absichtlich mit ungeheuerlicher Zustimmung ein. »Feinde des Staates? Es gab keine, sie wurden alle mit der Garotte hingerichtet.« Er lehnte sich im Stuhl zurück, schlank, glatt und provozierend.

»Aber war es nicht schon ein Verbrechen, wenn man sagte, was man dachte?«, fragte Diane.

»Das hing ganz davon ab, was Sie dachten.« Emilio versetzte dem Plastiktisch einen Schlag. »Was unsere Feinde auf der ganzen Welt verrückt gemacht hat, war, dass wir unter Franco Frieden hatten. Alle Sozialisten hassten uns deshalb. Aber als Franco starb ...« Er öffnete die Faust, als wäre sie voller Spinnen.

»Deine Familie ist vor Franco geflohen«, bemerkte Jesús.

»Na und? Ich bin in Amerika geboren. Ich kann nicht für meine Eltern sprechen.«

»Natürlich nicht.« Jesús drehte sich eine Zigarette und zündete sie mit einem alten Feuerzeug an.

Der Regen trommelte aufs Dach, aber dankenswerterweise gab es keine weiteren unterirdischen Eruptionen, obwohl ich in der Luft schwache Spuren von Schwefel wahrnahm. Es war mir so, als wäre dies eine Wartezeit, als versuchten Emilio und Jesús, die spürten, dass bald unbekannte Kräfte freigesetzt werden würden, mit Hilfe von Wörtern Spannungen abzubauen.

»Ja, Franco war ein guter Mann für dieses Jahrhundert«, sagte Jesús. »Spanien braucht einen starken Führer. Erst heute Morgen hat eine Witwe ihre Gasflasche vors Tor gestellt, damit ich sie umtausche, und als ich hin kam, war sie schon geklaut. Das wäre zu Francos Zeiten nicht passiert.« Er rauchte friedlich seine Zigarette.

Emilio schlug sich mit der zur Faust geballten einen

Hand in die geöffnete andere. »Natürlich wäre das zu Francos Zeiten nicht passiert. Zu Francos Zeiten hätte die Frau sich gar kein Gas leisten können.«

»Aber sie hätte in Frieden gelebt.«

»Wenn sie nicht verhungert wäre. Hast du noch nie von den Hungerjahren nach dem Bürgerkrieg gehört? Und was ist mit den Lagern?«

»Was für Lager?«, fragte Jesús unschuldig.

»Die Lager, in denen alle die, die sich gegen Franco aussprachen, verrotten konnten.«

Jesús, ein gewiefter Advokat, stand auf, drückte seine Zigarette aus und ging zur Tür. Wären Geschworene anwesend gewesen, hätte er ihnen zugeblinzelt.

Emilio zog sich in die Garage zurück.

Diane sagte: »Ich bin verwirrt. Als diese Kabbelei anfing, war Emilio doch für Franco.«

»Und am Ende war er gegen ihn. Ein Kompromiss … die Politiker könnten von den beiden viel lernen.«

Wir wurden von einem unterirdischen Rumpeln unterbrochen, das aus Richtung Küche kam, und gingen hinaus. Der Regen hatte aufgehört, was herabgekommen war, war gar nicht rot, und die Wolken säumte Sonnenlicht.

Emilio kniete auf der Zufahrt, eine Hand als Trichter ans Ohr gelegt. Ich konnte nichts hören, aber er schien geheime Botschaften aus der Unterwelt zu empfangen.

»Was ist los, Emilio?«

»Es könnten die Verwerfungen sein …«

Ich kauerte mich neben ihn. Die Erde bebte, der unverkennbare Geruch von Abwässern füllte meine Nase. Zum Teufel mit Emilio und seinen halbgaren Mutmaßungen!

»Es ist der Abwasserkanal«, rief ich. »Da unten ist ein verstopftes Rohr. Rufen Sie mal einen Fachmann an.«

Emilio sah mich vorwurfsvoll an. »Das habe ich längst getan«, sagte er.

Der Fachmann – Paco mit Namen – war ein spindeldürres Männchen mit einem strubbeligen weißen Bart. Er kam mit dem Fahrrad.

Emilio zufolge hatte Paco mal in einer Bank gearbeitet. Finanzen und Abwässer waren fraglos zwei grundverschiedene Dinge, aber Bankangestellte führten ja oft ein Doppelleben. Ich musste in meiner Bank in Denia häufiger warten, weil sich der Kassierer gerade um seine Alleinvertretung für Liegestühle zu kümmern hatte. Der für fremde Währungen zuständige Mann betrieb eine Hundepension.

Der Fachmann, der Jeans und eine abgewetzte Lederjacke trug, stellte sein Fahrrad in der Garage ab, überging eine gegenseitige Vorstellung und begab sich mit dem sicheren Schritt eines Wassersuchers, der seiner Wünschelrute gehorcht, zum Faulbehälter.

Er legte ein Messgerät mit einer zitternden Nadel auf den Boden und nickte befriedigt, als diese wie wild zu zucken anfing.

»Ist es etwas Ernstes?«, erkundigte sich Diane.

Er schenkte ihr ein verkniffenes Lächeln von der Art, mit der Experten Laien bedenken, und hob eine Hand. Dann ging er im Garten umher, kniete an verschiedenen Stellen nieder und legte das Ohr auf den Boden. Schließlich schüttelte er fatalistisch den Kopf und durchkämmte mit den Fingerspitzen seinen Bart.

»Nun?«

Er wandte sich auf Valencianisch an Emilio.

»Er sagt«, übersetzte dieser, »dass Sie mehr als nur einen Faulbehälter haben. Wahrscheinlich zwei.«

»Ist das gut?«, fragte ich.

»Nicht, wenn das Rohr zwischen den beiden verstopft ist.«

»Dann sagen Sie ihm, er soll es wieder frei machen.«

»So leicht geht das nicht – er weiß ja nicht, wo sich das Rohr und der andere Behälter befinden, weil der keinen Deckel hat. Er sagt, es wird teuer –«

»Wieviel?«

Die mehr als vage Angabe klang beunruhigend. »Du liebe Güte«, sagte Diane gereizt, »er sucht doch nicht nach der Quelle des Nils!«

»Wollen Sie nun, dass er die Sache macht, oder nicht?«, verlangte Emilio zu wissen. »Er ist ein sehr beschäftigter Mann. In dieser Gegend gibt es eine Menge alte Rohre.« Der Faulbehälter Nr.1 hustete und der schwere eiserne Deckel bewegte sich. »Er ist der beste«, sagte Emilio noch.

»Okay, sagen Sie ihm, er soll weitermachen«, sagte ich schnell, weil ich gar keine andere Wahl hatte.

Der Fachmann kniete erneut nieder, langte nach dem Metallgriff des Deckels und zog. Der Deckel ploppte wie ein Korken aus der Flasche und Paco blickte in den brodelnden Abgrund hinab.

Schließlich verschloß er die Öffnung wieder und ging zu seinem Fahrrad. Dann kam er mit einer *azada* zurück und folgte, wie ich annahm, dem, was er für den unterirdischen Lauf des Rohres hielt, das zu dem zweiten Behälter auf der anderen Seite des Hauses führte. Dort ging er über den Rasen zu einem Petunienbeet und fing an, darin ein Loch zu graben. Zum Glück war Ángel unterwegs, um seine Frau zu einer Routineuntersuchung ins Krankenhaus zu fahren, und sah diese Entweihung nicht.

Eine Stunde später stand Paco bereits knietief in dem Loch.

Diane brachte ihm eine Flasche Bier und er beriet sich mit Emilio.

»Was meint er?«, fragte ich.

»Er sagt, das Rohr ist nicht dort.«

»Das sehe ich. Was will er jetzt machen?«

»Woanders graben.«

Der Fachmann fing an, mit rhythmischem Schwung die vom Regen aufgeweichte Erde unter der Zypressenhecke aufzuhacken. Eine halbe Stunde später hörte er damit wieder auf und rief Emilio zu sich.

»Was sagt er diesmal?«

»Es ist auch dort nicht.«

»Jetzt will er an noch einer anderen Stelle graben?«

Emilio nickte, und während der Fachmann die Frage zu klären bestrebt war, wo er jetzt ansetzen sollte, wanderte ich im Garten umher und suchte nach einer Erleuchtung. Törichterweise hatte ich mich mit Paco nicht über die Bezahlung geeinigt, und jetzt sah es allmählich danach aus, als würde ich die Bank um einen Überziehungskredit bitten müssen, um diese Rechnung begleichen zu können.

Ich stand gerade zwischen den beiden noch kleinen Mandelbäumchen (die aber schon ein paar mit grüner Samthaut überzogene Nüsse trugen), als sich der Boden unter meinen Füßen bewegte.

Ich stocherte mit einem Zweig in der Erde. Der Zweig versank tief im Schlamm. In der vagen Hoffnung, ich könnte vielleicht eine im Boden gefangene Gasblase herauslassen, holte ich aus der Garage eine Eisenstange und schlug sie ein.

Der Fachmann stand schon tief in seinem dritten Loch, als der Boden zwischen meinen beiden Bäumchen von einer heftigen Eruption erschüttert wurde. Dann quoll Schlamm aus der Erde, der die Eisenstange beiseite drückte.

Der Fachmann nickte weise und beriet sich mit Emilio.

»Was sagt er?«, wollte ich wissen.

»Er sagt, seine Arbeit sei getan.«

»Seine Arbeit? Meine Arbeit! Er hat lediglich zweieinhalb Löcher gegraben.«

»Er sagt, dass es die Löcher gewesen seien, die den Erfolg gebracht hätten. Die hätten den möglichen Bereich der Verstopfung so weit eingegrenzt, dass Sie die Stelle überhaupt erst finden konnten. Die Stange, die Sie reingeschlagen haben, hätte das Rohr durchbohrt und dadurch den Druck abgelassen. Aber das Rohr müsse repariert werden. Er sagt, Sie hätten sich seine Sachkenntnis zu Nutze gemacht.«

»Bullshit!«, entfuhr es mir. »Ich habe die verstopfte Stelle gefunden, weil sich die Erde dort bewegt hat. Der Rest war einfach, man musste nur noch reinpieken, wie mit der Nadel in einen Ballon. Sagen Sie ihm, dass ich seine Zeit bezahle, nicht seine Kenntnisse.«

Emilio gab das weiter – jedenfalls glaubte ich, dass er es tat, denn er sprach ja Valencianisch.

Der Fachmann schrieb eine Fülle von Zahlen in ein Notizbuch, riss die Seite heraus und gab sie Emilio. Offensichtlich wollte er nicht in Körperkontakt mit einem perfiden Ausländer kommen.

»Sagen Sie ihm, dass ich ihm die Hälfte von dem

zahle, was er haben will«, sagte ich. »Wenn er die Löcher wieder zugemacht hat.« Das zu verlangen war nur fair, denn schließlich hatte ich die verstopfte Stelle gefunden, nicht er. Für die Reparatur des durchbohrten Rohres würde ich mir jemand anderes holen.

Emilio sprach einmal mehr mit dem Fachmann, wandte sich dann wieder an mich. »Er sagt, ein Chirurg braucht die Wunden auch nicht zuzunähen.«

»Aber ein Schlachter muss nach dem Schlachten saubermachen«, sagte Diane. Obwohl sehr emotional, argumentierte sie immer dann, wenn sie der Meinung war, jemand wolle uns über den Tisch ziehen, vernünftiger als ich. Sie vernichtete den Gegner nicht, sondern ließ ihn langsam verdorren.

Emilio sprach mit dem Fachmann, der die Schulter zuckte und resigniert anfing, die Löcher zuzuschaufeln.

Erleichterung erfüllte mich – ich hatte einen konkreten und einen moralischen Sieg errungen.

Als der Fachmann fertig war, bezahlte ich fünfzig Prozent der verlangten Summe und machte dann mit Diane einen kleinen Spaziergang.

Wir spazierten zu dem ein paar Minuten entfernten Dorf und kamen an einem Judasbaum vorbei, dessen rosa Blüten Diamanten aus Regenwasser fassten. Wir überquerten die gefährliche Kreuzung, zu der die Splitter zertrümmerter Autoscheiben so notwendig gehörten wie Eisschichten zu Sibirien, gingen an der Apotheke mit dem über der Tür hängenden, erleuchteten grünen Kreuz vorbei und bogen dann in die Hauptstraße ein.

Es war früher Nachmittag und überall hatte man die Jalousien heruntergelassen. Kinder, die auf den gelben Schulbus warteten, spielten zwischen den Pfützen auf dem Bürgersteig mit Murmeln. Eine Gruppe Teenager drängte sich vor dem Schaufenster eines kleinen Ladens (wie die anderen bis halb fünf oder fünf geschlossen) und studierte die Wunschliste eines Paares, das demnächst heiraten wollte. Aus den Bars drang Gelächter zu uns auf die schläfrigen Gassen heraus.

Wir gingen zu einer neuen, sachlich eingerichteten Bar, wo sich die jungen Leute am Abend trafen, und bestellten Kaffee und Schokoladeneclairs, aus denen die Schlagsahne seitlich hervorquoll.

Als wir wieder nach Hause kamen, sammelten sich erneut Wolken am Horizont, und Ángel pflückte in seinem eingezäunten Gemüsegarten Saubohnen.

Ich berichtete ihm, dass in der Zeit, in der er mit seiner Frau im Krankenhaus gewesen sei, Emilio einen Fachmann herbeigerufen habe, der etwas gegen die unterirdischen Eruptionen hätte unternehmen sollen. Und dass dann ich die Stelle gefunden hätte, an der das Rohr verstopft gewesen sei, der Experte jedoch versucht hätte, allen Ruhm für sich allein zu reklamieren.

Ángel reichte mir die Plastiktüte mit den Bohnen. »Das macht Paco immer.«

»Immer? Was meinen Sie mit immer?«

»Es ist nur eine Frage der Zeit«, antwortete Ángel. »Er gräbt ein paar Löcher und wartet, bis sich die Rohre von selbst wieder öffnen. Das tun sie regelmäßig, es braucht halt nur seine Zeit.« Sein Englisch wurde sehr viel schneller besser als mein Spanisch.

»Warum haben Sie mir das nicht gesagt?«

»Ich wusste ja nicht, dass Emilio ihn rufen würde. Hat Emilio Paco empfohlen?«

»Die Mühe hat er sich gar nicht erst gemacht, er hat Paco einfach angerufen.« Einmal mehr stieg Argwohn hinsichtlich Emilios Begriff von Integrität in mir auf. »Wieso?«

»Paco ist Emilios Onkel«, sagte Ángel.

»Sie haben vermutet, dass das Problem in den Rohren zu suchen sein würde?«

Ángel nickte.

»Und warum haben Sie mir das nicht gesagt?«

»Weil die unter der Erde sind.« Er war so liebenswürdig, den Blick abzuwenden und weiter Bohnen zu pflücken.

»Aber natürlich«, sagte ich. »Wie dumm von mir.«

In jener Nacht regnete es in Strömen. Roten Regen.

. . . 8 . . .

Treulose Kunden

Wir fühlten uns schuldig – fast so, als begingen wir einen Ehebruch. Normalerweise kauften wir im Dorf bei Pilar ein, aber hin und wieder wurden wir ihr abtrünnig und desertierten zu dem großen, überdachten Markt in Denia.

Noch schlimmer! Wie heimliche Bedhopper suchten und fanden wir Mittel und Wege, unsere Untreue zu rechtfertigen – und zogen da sogar Jonathan mit hinein.

Es war ja nicht so, als wäre Pilars Kaufladen nicht ausreichend gewesen. In ihrem vollgestopften Reich, in dem es nach Waschpulver, Trockenfisch und reifem Obst roch, hätte man sich durchaus auch für einen atomaren Ernstfall bevorraten können.

Zwiebeln schwammen wie Korken in einem riesigen Essigfass herum. An der Wand hingen Schnüre und daran gelbe Kerzen, paarweise durch ihren Docht verbunden, der durchgeschnitten werden musste, wenn man welche haben wollte. Verstaubte Flaschen mit Kräuteraperitif von der Mittelmeerinsel Ibiza standen neben Flaschen mit billigem Wein, *coriente* genannt. Manchego aus der Mitte Spaniens schwitzte neben verschiedenen rohen Schinken, von denen Pilar mit einem runden Schneidegerät hauchdünne Scheiben absäbelte. Lange Würste hingen wie tote Schlangen von Haken herab – man konnte die Wurst, *chorizo*, in Scheiben schneiden und als *tapas* essen, sie aber auch in Eintöpfe tun oder die Pelle entfernen und einen *sobrasada* genannten Aufstrich damit herstellen. Auf einem Gestell in der Ecke kuschelten sich frisches Obst und Gemüse aneinander.

Man brauchte nur ein bisschen herumzustöbern, und schon konnte man Rattengift, Rasierwasser, Bindfadenknäuel, Bimsstein, Strandschuhe, Seifenstücke in allen Farben des Regenbogens, Schwefelsäure, Aspirin, Rasierklingen oder Süßholzstücke zum Kauen finden – also so gut wie alles, was ein Vertreter zu bieten hatte, dem Pilars Mitleid gehörte, weil er acht Kinder und traurige Augen hatte, oder weil er ein alter Opa war, der eigentlich auf einer Bank unter den Akazien am Ende der Straße hätte sitzen und sich mit seiner Vergangenheit beschäftigen sollen.

Pilar, eine rotbäckige, zierliche Frau in den Dreißigern, war für ihre Kunden Lebensmittelhändlerin, Schiedsrichterin und Geldgeberin.

Während die Wogen der Lokalpolitik – das Für und Wider einer Ampel an der mörderischen Kreuzung, des Valencianischen auf Straßenschildern, der Lärmbekämpfung in den Bars (eine ziemlich aussichtslose Sache) – um sie herum hoch gingen, urteilte sie, wog Zucker in zu Tüten zusammengedrehtem braunem Papier ab, fischte eingelegte Eier aus einer Flüssigkeit, die so trüb war wie das Wasser eines Tümpels, wog eine Artischocke oder Rübe ab (die Einkäufe waren oft dürftig) und kritzelte Schulden mit einem Tintenschreiber in ein Notizbüchlein, wobei sie die lila Stiftspitze zwischendrin immer wieder mit ihrer Zunge befeuchtete.

Ihre Kundschaft war eine höchst gemischte Schar. Großmütter in Schwarz, junge Frauen in Lockenwicklern und Morgenröcken, die ihre Peseten rationalisierten, dunkelhäutige Zigeunerfrauen, die dicke Bündel Geldscheine aus ihren Blusen hervorzogen.

Die Zigeuner – etwa zwanzig – hausten auf einer qualmenden Müllkippe unter Zeltbahnen und Plastikplanen. Sie kauften anspruchsvoll ein und wurden dann von einem Patriarchen in einem verbeulten Mercedes wieder eingesammelt. Wo sie das Geld herhatten, war mir völlig schleierhaft, aber mir war verständlich, dass man, wenn das eigene Heim nun schon ein Berg von verkokelndem Müll sein musste, Anspruch auf ein bisschen Luxus hatte. Sie sprachen das herkömmliche Spanisch, das mit ein paar pikanten eigenen Ausdrücken gewürzt war.

Die Zigeuner, von denen die wenigsten wirklich von den Romas abstammten, hatten es in vielen Teilen Spaniens nicht leicht. Als Lieferanten des Flamenco, der im 18. Jahrhundert in Andalusien entstanden war, zollte man ihnen zwar Respekt, aber außerhalb der händeklatschenden, gitarreklimpernden, hackenklappenden Bruderschaft wurden sie häufig mit Verachtung gestraft.

Ausländer waren in Pilars Laden rar, aber immerhin kauften ein pensionierter Brigadegeneral der britischen Armee und seine Frau dort ein. Sie wirkten so zart wie Nachtfalter und waren so zäh wie Schildkröten, waren Überbleibsel von Kriegen, die sie gelehrt hatten, was Selbstgenügsamkeit heißt. Die beiden patrouillierten immer als Einheit durch Pilars Laden, klammerten sich aneinander, verließen das Geschäft mit vollbeladenen, ihnen das Gleichgewicht sichernden Körben und fuhren dann mit herrschaftlichem Aplomb in einem kleinen, weißen Autochen davon.

Manche Kunden kamen auch nur herein, um ein Schwätzchen zu halten, wobei sie oft Unterhaltungen aus dem Waschhaus fortsetzten, andere hinterließen Pilar ihre Einkaufsliste und gingen dann weiter zum Fleischer (wo zwei Frauen mit wilder Hingabe Hähnchen zerhackten), der *pastelería* (wo sie Kuchen für Geburtstage, Namenstage, Hochzeiten, Erstkommunionen und Fiestas kauften), dem steinalten Tabakhändler oder dem Textilgeschäft (wo es auch Glaswaren und Spielzeug gab).

Pilar, die mit einem Handelsvertreter verheiratet war und sich geschäftlich wie geistig eine große Unabhängigkeit bewahrt hatte, zitierte manchmal ihre Eltern oder Schwägerinnen herbei, damit sie ihr halfen, mit einem samstagmorgendlichen Kundenansturm fertig zu werden, und strich sich mit ungeduldigen Fingern durch ihre schwarze Ponyfrisur, schätzte aber an Diane deren kosmopolitischen Geschmack.

Pilar vertraute beim Einkauf von Nahrungsmitteln gern Dianes Urteil. Ich beobachtete die beiden eines Tages von unserem vor dem Laden geparkten Auto aus (ich war nur als Träger und Fahrer hinzugezogen worden), wie sie eine Obst-Lieferung stichprobenweise prüften. Der Lieferwagenfahrer, der feuerrote Backen hatte und ungeduldig war, kochte vor Wut, während die Frauen beschnupperten, betasteten und beknabberten. Wenn sie den Kopf schüttelten, strich er einen Posten von seinem Lieferschein, wenn sie nickten, machte er mit dem Bleistift ein extravagantes Häkchen.

Ich ging in den Laden, als Diane gerade in Abwesenheit Pilars, die einen Karton mit Bananen in den Lagerraum schaffte, etwas kostete, was eine Tomate zu sein schien, und mit dem Lieferwagenfahrer debattierte.

»Hier, probier die mal.« Sie gab mir eine glänzende rote Frucht. Ich biss ein kleines Stückchen davon ab. Sie war so bitter, dass es mir den Mund zusammenzog. »Er versucht mir weiszumachen, die wäre völlig in Ordnung.«

»Ist sie auch.«

Sie starrte mich an. »So eine Tomate kann deine Zunge verschrumpeln lassen.« Vielleicht keine so schlechte Idee, suggerierte ihr Tonfall.

»Nur, dass das gar keine Tomate ist.«

»Hör mal, ich mag ja nicht gerade superschlau sein, aber was eine Tomate ist, werd ich doch wohl noch wissen.«

»Das ist aber eine *caqui*«, sagte ich. »So bitter wie Alaun, wenn sie geliefert werden. Aber dann reifen sie fast sofort nach und werden süß wie Honig.«

Der Lieferwagenfahrer, der ungefähr mitgekriegt zu haben schien, worum es zwischen Diane und mir ging, hob erwartungsvoll den Bleistift und sah mich dankbar an.

Diane griente. »Okay, als *caqui* ist sie nicht so schlecht.«

Der Lieferwagenfahrer kritzelte triumphierend ein Häkchen auf sein Lieferformular. An seine Stelle trat bald ein anderer Lieferant und Diane und Pilar machten mit *chorizo*, *fuet* (einer magereren Variante davon), Manchego und Stockfisch weiter.

Gelegentlich brachte uns Pilar unsere Einkäufe mit einem Lieferwagen vorbei und dann erörterten sie und Diane bei Pfefferminztee Liebesgeschichten, Hochzeiten, Geburten und Todesfälle im Dorf. Die Freundschaft war keine sehr tiefgehende, ließ aber unsere »Fluchten« trotzdem wie Verrat erscheinen.

Der lärmende Ruf des Marktes mitten in Denia ließ sich jedoch nicht überhören. In einer 1955 gebauten, höhlenartigen Halle untergebracht, ging es an den etwa hundert Ständen so lebhaft zu wie an einer Börse und so ruppig wie bei einer Tabakauktion, wozu wesentlich beitrug, dass der Lärm der Transaktionen zwischen Käufern und Verkäufern nicht entweichen konnte und unter den hohen Dachbalken eingesperrt blieb.

An einem Vormittag im März, an dem Wolken über dem Montgo hingen und draußen über dem Meer Blitze zuckten, stahlen wir uns heimlich wie Schmuggler in den Markt hinein.

Jonathan, der jetzt vollgültiges Mitglied einer *falla*, einer der Karnevalsvereine von Denia, war, nahm an Aufwärmübungen für die Prozession der Frühjahrsfiesta teil, und wir redeten uns ein, wir seien nur in die Stadt gefahren, um ihn zu sehen.

Und eine Weile sahen wir auch tatsächlich zu, wie er mit seinem Freund Arturo, dem Sohn des Spaniers Miguel Senti und seiner englischen Frau Jenny, in einer Prozession durch die Stadt zog. In den Straßen roch es nach Frühlingsblumen und – gelegentlich – Abwässern. Beide Buben waren traditionell gekleidet – Halstuch, weißes Hemd, Brokatweste, Hosenrock, hochgeschnürte Bastschuhe und über der Schulter Schals in verschiedenen Farben. Dieses raffinierte und schmucke Kostüm hatte mir einiges Kopfzerbrechen bereitet, aber da alle Männer, die es trugen, männlicher aussahen als jeder Hooligan auf dem Fußballplatz, begrub ich meine Zweifel. Jonathan integrierte sich, das war die Hauptsache.

Als er mit den anderen etwa fünfzig *falleros* und *falleras* auf der Hauptstraße Marques de Campo, einer breiten Avenida mit Geschäften, Banken und Bars, der Platanen Schatten spendeten und die von einem Platz mit einem kleinen Brünnlein hinunter zum Hafen führte, davonmarschiert war, bummelten wir durch die Markthalle, vorbei an den Fleisch- zu den Fischständen, wo salzfingrige Frauen über Bergen von Seezungen, Seebarben, Kalamaren, kleinen Kraken, Garnelen und lebenden Hummern mit herumtastenden Scheren hinweg nach potenziellen Käufern Ausschau hielten. Wir erstanden einen weißfleischigen *lenguado*, eine Seezunge, und ein paar dicke Garnelen.

Nach diesem Kauf schlenderten wir den Mittelgang entlang, vorbei an aufgetürmten Artischocken, Süßkartoffeln, Orangen, Zitronen und grünen Äpfeln, vorbei an Nüssen, Pflaumen, Knoblauchzehen und Sonnenblumenkernen, Blauschimmelkäsen, braunen Eiern, Stockfisch und Krügen mit Oliven, kauften aber nur solche Dinge, die es nicht bei Pilar im Laden gab.

Im Zentrum des Marktes lagen zwei Blumenstände einander genau gegenüber. Dort gab es immergrüne Pflanzen, Nelken und Margeriten in exotischsten Farben, von denen Ehemänner mit schuldbewußten Gesichtern Arme voll kauften.

Wir trafen dort einen Elektriker und seine Frau aus unserem Dorf, die einen Gummibaum erstanden. Wir blinzelten einander wie Verschwörer zu: *Sind nur mal so zu Besuch hier. Sagen Sie's bloß nicht Pilar.*

Um die Blumenstände herum lagen drei Bars und ein Lebensmittelstand, wo es Käse, Schinken und Olivenöl gab. Dieser Stand war mit einem Wandbild geschmückt, das Josef mit dem Jesuskind auf dem Arm zeigte. Wir gingen auf einen Kaffee ins Viciano, wo der Besitzer selbst – Antonio, bebrillt und fix, immer einen Zahnstocher im Mund – das Regiment führte. Wirt und Komiker in einem, bot Antonio Tortillas, Kartoffelsalat, gebruzzelte Scheiben Schweinefleisch und Kaffee aus einer Maschine an, die wie ein startender Düsenjäger heulte. Er verulkte seine Gäste, indem er beispielsweise behauptete, dass sie ihm tausend (statt hundert) Peseten schuldeten. Wenn er das Wechselgeld herausgab, hielt er die Scheine fest, und er fing wie ein Jongleur Flaschen in der Luft auf, die er von ihrem jeweiligen Platz im Regal herunterkippen ließ.

Zwei Kanarienvögel sangen traurig in einem an der Wand hängenden Käfig, während um sie herum das Leben brandete. Ein Polizist, dem das Blau über dem Schmerbauch spannte, kam auf einen Brandy und einen *cortado*, einen kleinen Kaffee, herein. Eine hübsche, rothaarige Frau im Rollstuhl (ein Autounfall hatte sie zum Krüppel gemacht) verkaufte Lotterielose.

Eine Friseurin aus unserem Dorf mit blau getöntem Haar blieb bei Diane stehen. »Sie hätte ich hier nicht erwartet«, sagte sie, als hätte sie uns in einem Sexshop ertappt.

Diane erwiderte, wir seien in die *große* Stadt (in unserem Dorf lebten etwa tausend Menschen, hier ungefähr 25000) gefahren, um Jonathan zu den Karnevalsvorbereitungen zu bringen. Die Friseurin fuhr sich mit den Fingerspitzen durch ihre weichen Locken. »Natürlich – man bekommt ja auch nicht alles bei Pilar.«

Wir fragten uns, wer uns als nächster erwischen würde, senkten die Häupter und tranken unseren Kaffee.

Ladenbesitzer, Bankangestellte und Straßenfeger tauschten Beleidigendes, knufften und umarmten sich, kippten sich tränentreibenden Brandy hinter die Binde und warfen ein paar Münzen des Wechselgeldes in eine Dose an der Wand – sie waren für Antonios Mitarbeiter bestimmt. Die Aussichten der Fußballvereine von

Valencia, Alicante (Hercules) und Denia wurden ebenso heiß diskutiert wie die von Real Madrid und Barcelona.

Die Gäste rissen auch Witze von nicht zu überbietender Vulgarität, schmähten gut gekleidete Besucher aus Madrid wegen ihrer Hochnäsigkeit und ihres unverantwortlichen Fahrstils und erörterten den Sturm, der sich über dem Meer zusammenbraute. Die Briten mögen ja in dem Ruf stehen, Weltmeister im Reden über das Wetter zu sein, aber letztlich überlegen sind ihnen doch die Spanier, die immer behaupten, in der Hitze ohnmächtig zu werden und im Regen zu ertrinken. Tatsächlich sind ausnahmslos alle den meteorologischen Berichten so verfallen wie die Männer dem Fußball und die Frauen den Seifenopern im Fernsehen.

Erst als ein Baby im Kinderwagen in die Bar geschoben wurde, fand der allgemeine Jux ein Ende. Schränke von Kerlen mit Pranken wie Schinken öffneten ihre Fäuste, Schreier, denen die Flüche auf den Lippen erstarben, gurrten wie die Tauben, und Komiker verschluckten ihre anrüchigen Witze, um Kusshändchen zu werfen.

Wir verließen die Bar und schlenderten über den offenen Markt vor der Halle. Dabei kamen wir auch an einem Stand vorbei, wo es braun-weiße Weinbergschnecken gab. Gleich daneben bot ein Stand Kräuter an, die angeblich alle bekannten Krankheiten zu heilen vermochten. Kaufte man Entsprechendes ein, konnte man seine Verdauung beschleunigen oder verlangsamen, sich von Blähungen befreien, das Blut reinigen, die Sehschärfe verbessern, die Gelenke schmieren oder die Fleischeslust wiederbeleben.

Ich kaufte ein paar Tütchen. Während ich beim Betreiber des Standes, der so aussah, als litte er unter all den Beschwerden, die lindern zu können er vorgab, bezahlte, klopfte mir jemand auf die Schulter.

Ich drehte mich um. »*Hola*, Pilar«, rief im gleichen Augenblick Diane aus. »Was machen Sie denn hier!«

Pilar brachte unsere Fahnenflucht zwar nie zur Sprache, aber zumindest ich entging der Rache des Schicksals für diesen Verrat nicht.

Zur Mittagszeit versuchte sich Diane an Paella, jenem spanischen Reisgericht, das seinen Ursprung in der Provinz Valencia hat, wo im Frühjahr und im Sommer die Arbeiter – von Störchen und Reihern beobachtet – wie die Kulis auf den Reisfeldern an der Küste schufteten. *Paella* (ursprünglich die Bezeichnung für die Pfanne, in der dieses Gericht zubereitet wird) entwickelte sich in unterschiedlichsten Formen weiter, und man kann Wachtel-, Kaninchen-, Hähnchen- und Schweinefleisch, Mandeln, Garnelen, Wurst, Muscheln, Limabohnen, Zuckererbsen und Schnecken hineintun. Ein spanischer Koch-Guru, Antonio de Vega, hat die Paella einmal als »ein gastronomisches Wunder« bezeichnet, und ich hoffte nur, Diane würde dieser schönen Charakterisierung gerecht werden können.

Wenigstens hatte sie Safran im Haus. Dieses gelbe Gewürz, das wahrscheinlich das teuerste der Welt ist, wurde andernorts in Spanien auf großen Feldern voller lila Krokusse geerntet und war in unserer Region ein epikureischer Luxus. Versuchte man, verwöhnte Gäste mit Kurkuma oder mexikanischer Ringelblume zu beschummeln, rümpften sie garantiert die Nase. Zum Glück braucht man immer nur eine kleine Prise der getrockneten Narbe der Krokusblüte, Safran genannt.

Ich entzündete mit Orangen- und Mandelbaumzweigen (Ángel hatte mich mal dabei erwischt, wie ich Oleanderzweige verbrannte, und mir gesagt, die seien giftig und der Rauch könne die Einwohnerzahl des Dorfes dezimieren) ein Feuer unter unserem Grill, legte dann Kohle auf und ging hinein, um mit Hilfe einer Flasche Rotwein, ein paar Teelöffeln Grand Marnier, Zucker, Orangenscheiben und Mineralwasser eine Sangria zu bereiten. Jonathan bekam ein Glas *horchata,* Mandelmilch.

Ich spürte, dass von Diane etwas Heimlichtuerisches ausging, als sie Hühnerbrühe und den Reis mit Safran, Zwiebeln, Olivenöl, Kaninchenfleisch und anderen Ingredienzien zubereitete. Aber ich war viel zu hungrig, um dem große Beachtung zu schenken.

Schließlich setzte Diane die Pfanne draußen auf den Tisch. Jones sabberte und wir begannen zu essen. Wie ich feststellen durfte, hatte Diane sogar die Alchemie des *socarrat* gemeistert – das ist jene knusprige Reisschicht, die den Boden für die weicheren Bestandteile bildet.

»Delikat«, sagte ich und legte den Löffel hin. »Vor allem diese schmackhaften Stückchen. Was war das?«

Sie blickte auf ihren Teller hinab, kaute auf einem Körnchen Reis herum. »Schnecken«, sagte sie schließlich.

Das Schweigen wurde nur vom Gepfeife des kleinen Eisenbahnzuges unterbrochen, der sich durch die Orangenplantagen schob. Diane wusste sehr wohl von meiner die essbaren Schnecken betreffenden Paranoia – hier handelte es sich also um vorsätzlichen Sadismus.

Ich deutete auf eine Weinbergschnecke, die gerade auf ein Beet mit Kapuzinerkresse zukroch. »Diese Art Schnecken?«

Sie nickte. »Ich hab sie heute Vormittag auf dem Markt gekauft, als du bei dem Kräuterstand warst. Du hast eben gesagt, sie seien delikat gewesen. Es freut mich, dass sie dir geschmeckt haben.«

Am Abend hatte ich einen Anfall jenes Verdauungsproblems, das viele Namen hat, im allgemeinen aber als Dünnpfiff bezeichnet wird. Ich gab den Schnecken die Schuld.

»Warum hat es dann nicht auch mich erwischt?«, wollte Diane wissen. »Und Jonathan?« Sie folgte mir aus dem Bad ins Schlafzimmer und nahm eine der Tüten mit Kräutern auf, die ich am Vormittag auf dem Markt gekauft hatte. »Wofür ist der Tee hier gut?«

»Er sorgt für die Verfestigung derjenigen welchen«, gab ich Auskunft. Ich hatte mir gleich nach unserer Heimkehr einen Becher davon aufgebrüht.

Diane las das Etikett und schüttelte den Kopf. »Der«, sagte sie, »ist für die Lockerung selbiger.«

Nun ja, wenn das die Packung für die Lockerung war, dann musste die andere jene für die Verfestigung sein. Ich nahm sie, ging in die Küche und goss mir davon einen Tee auf.

In Denia nahten die zwei Höhepunkte des Karnevals, die mit dem gleichen valencianischen Wort bezeichnet werden wie die daran teilnehmenden Gruppen, nämlich die *fallas*. Zunächst erfolgt die Bewertung der Pappmaché-Figuren, die so knallig bunt wie Bonbons, so vulgär wie anzügliche Postkarten und so hoch wie die Häuser sind, und dann am Abend das Anzünden dieser Figuren mit Fackeln, nachdem man sie vorher mit Hilfe von Benzin und Knallkörpern »scharf« gemacht hat.

Die Herstellung dieser »Statuen« in der Großregion Valencia-Alicante (etwa 320 km lang und 65 km breit) dauert ein Jahr und kostet Millionen von Peseten. Wie

Experten meinen, werden die Figuren in Erinnerung an die Zimmerleute des Mittelalters in Brand gesteckt, die im Frühling den Müll des Winters verbrannten. Das große Brennen, die *crema*, findet jeweils am 19. März statt – das ist der Ehrentag des berühmtesten aller Zimmerleute, nämlich des heiligen Josef. Im Kalender der Feuerwehren ist es seit jeher der geschäftigste Tag.

An den beiden Vormittagen, die dem Schlusstag vorausgehen, fuhr ich Jonathan schon bei Tagesanbruch nach Denia zu dem aus Erwachsenen und Kindern bestehenden Team seiner *falla*, des Vereins von Port Rotes am Hafenende der Hauptstraße. Die *falleros* streiften durch das Viertel, warfen kleine Feuerwerkskörper, die explodierten, wenn sie auf Wände und Balkone aufschlugen. Ich ging mit. Katzen stoben unter Protestgejaule aus Hauseingängen und Frauen in Morgenröcken gossen eimerweise Wasser auf uns herab.

Um 14 Uhr wurden Ketten aus Krachern, *masceletas*, angesteckt, die zwischen Pfosten und Bäumen aufgehängt waren, und es entstand ein gehässiger, das Trommelfell erschütternder Lärm.

Touristen starrten verständnislos auf die Gruppen der Pappmaché-Gestalten, die in Valenciano beschriftet waren und von denen jede etwas anderes aufs Korn nahm – Politiker, Ratsmitglieder, Filmstars, Bankleute, Ganoven, lokale Größen und auch Touristen. Zu Francos Zeiten waren die *fallas* eine der wenigen Möglichkeiten gewesen, Kritik am Regime zu üben, ohne gleich ins Gefängnis geworfen zu werden. Jonathan, der das Valencianische mühelos aufschnappte, mochte alle Figuren, auch wenn er die Anspielungen noch nicht verstand.

Aber welche der Pappmaché-Figuren würden den

Wettbewerb siegreich beenden? Die Verlierer behaupteten immer, dass die wohlhabenden Viertel, die ein Vermögen für die Gestaltung ausgeben konnten, regelmäßig den Sieg davontrügen, aber in diesem Jahr machte sich Port Rotes große Hoffnungen, wiewohl mir die feineren Nuancen seiner Figuren entgingen.

Flaggen wehten über den Gemäuern der Burgruine auf ihrem Felskegel über der Stadt. Prozessionen von *falleros* und *falleras* (die Mädchen hatten Kämme im glänzenden Haar und ihre langen, bunten Gewänder waren mit Gold- und Silberfäden durchwirkt) tanzten durch die Gassen der Altstadt mit ihren Läden und Ein- bzw. Mehrfamilienhäusern. Beschwipste Mitglieder der den Umzug begleitenden Musikkapellen nahmen ihre stampfende Musik mit in rappelvolle Bars. An Straßenständen wurden Meilen von *churros* verzehrt, Bänder aus Krapfenteig, die in Öl frittiert und dann in Ozeane heißer Schokolade getaucht werden.

Zusammen mit Jonathan, der sein Blondhaar unter das Kopftuch gesteckt hatte, inspizierte ich die *falla* von Port Rotes, der er auf Einladung der Eltern seiner Kindergartenfreunde beigetreten war – Jonathan sprach inzwischen so fließend Spanisch, wie jedes vierjährige Kind jede Sprache fließend sprechen kann, und er hatte sich problemlos in seine Kindergartengruppe eingefügt. Er machte (für mich jedenfalls) den Eindruck, als hätte er alles fest im Griff, übersetzte mir die in Valencianisch gehaltenen Angaben zu den einzelnen Figuren, identifizierte verspottete Würdenträger und grüßte die getreuen Anhänger von Port Rotes, als wäre er ihresgleichen. Wie alle anderen, so war auch die Figurengruppe seiner *falla* von auswärtigen Spezialisten angefertigt und dann von den Vereinsmitgliedern zusammengebaut worden. Pappmaché-Karikaturen von Politikern und Fischern, Angestellte mit Kneifer, Touristen mit roten Knien und Dirnen mit Brüsten wie Puddinge … etwa dreißig unerhörte Gestalten, die zu einer fast 15 Meter hohen Plastik zusammengesetzt waren.

Allerdings bekam Port Rotes an diesem Abend nicht die Gelegenheit, sich hervorzutun, denn ein verirrter Feuerwerkskörper steckte die Figurengruppe der *falla* lange vor der Zeit in Brand. Diane und ich sahen ohnmächtig zu, wie Politiker dahinschmolzen, Fischer spurlos versanken, Brüste erschlafften, Kneifer von Spürhundnasen herabfielen … Die Hitze war so groß, dass die Fensterscheiben von Wohnungen zerbarsten und die Schrift über der Bar Mediterráneo, die auf der anderen Straßenseite lag, zu Boden tropfte wie geschmolzenes Siegelwachs.

Niemanden schien das alles besonders aufzuregen. Der Präsident der *falla* von Port Rotes, ein robuster junger Mann, wischte sich mit dem Kopftuch den Schweiß vom Gesicht und verkündete: »Morgen werden wir eine echt valencianische *falla* haben.«

Und tatsächlich arbeiteten alle Vereinsmitglieder die ganze Nacht durch (Jonathan schlief schon auf der Heimfahrt im Auto ein) und bauten eine Nachbildung des typischen valencianischen Landhauses mit seinem spitzen Reetdach, die sie dann auf die verkohlten Überreste der ursprünglichen Konstruktion montierten.

Einige Optimisten meinten, die Jury werde sich dazu bewogen sehen, einen Sonderpreis zu verleihen, aber die Beurteilung war streng und Port Rotes wurde in diesem Wettbewerb Letzter.

Noch vor dem Höhepunkt der allgemeinen Brandstiftung am 19. März ging dann auch der Nachbau des

Landhauses verfrüht in Flammen auf, was den Verdacht aufkommen ließ, dass es in der Stadt einen Brandstifter gab, der ganz speziell etwas gegen Port Rotes hatte. Die Feuerwehr kam zu spät. Als die Schläuche endlich ausgerollt waren, brieten die *falleros* und *falleras* bereits Würste über den glühenden Resten des Landhauses – Jonathan hockte mampfend mitten unter ihnen.

Ich versuchte, ihm mein Mitgefühl zu bekunden, aber er sah mich nur verständnislos an. »Es sind doch erst die Festwagen der Sommerfiesta, auf die es echt ankommt. Möchtest du was zu essen haben?«

Er verhalf mir zu einem verbrannten Würstchen.

••• 9 •••

Lang lebe der Tod

Es gab im Dorf zwei Männer, die die meisten Geheimnisse ihrer Mitmenschen kannten. Der eine war der Priester, der andere der Schuldeneintreiber. Der Priester, weil ihm die Missetäter ihre Sünden in der Beichte offenbarten, der Schuldeneintreiber, weil er es sich angelegen sein ließ, im Leben anderer Menschen herumzuschnüffeln.

Der Priester, Pater Ignacio, war von mittlerem Alter, fast schon kahl und rundlich. Er trug eine geflickte Soutane und große Stiefel. Manchmal ging er so niedergebeugt, als lasteten die Sünden der gesamten Menschheit auf seinen Schultern. Aber dann grüßte ihn ein Kind, machte eine Kaugummiblase und hüpfte davon, oder zwei Jungvermählte dankten ihm, dass er sie getraut hatte – und schon erhellte ein Lächeln sein rundes Gesicht und seine großen Stiefel bekamen Flügel. Er war fünf Jahre zuvor aus einer öden Stadt in La Mancha, dem dürren Plateau im Herzen des Landes, ins Dorf gekommen, war Gott aber so nah wie jeder Prälat im Vatikan.

Pepe, der Schuldeneintreiber, war nicht niedergebeugt, sondern ging gekrümmt. Aber so flott wie ein edwardianischer Dandy. Er bewegte sich an einem Spazierstock mit silbernem Knauf hurtig voran, trug immer eine Rose im Knopfloch und begegnete den Schuldnern mit berechnender Höflichkeit.

Er war Angestellter einer Inkassoagentur im mehr als

eine Autostunde entfernten Alicante und in den kleinen Städten und Dörfern unterwegs. Er wohnte im Inland bei der Stadt Alcoy in einem kleinen, für sich stehenden Häuschen, das Unabhängigkeit und Schuldenfreiheit ausstrahlte.

Pepe erschien zehn Tage vor Ostern bei uns. Die scharlachroten Blüten des Hibiskus hatten sich im Frühlingssonnenschein geöffnet, und der sorglose Scherenschleifer, den wir Peter Pan nannten, weil er sein Erscheinen immer mit Flötentönen ankündigte, stand in der Einfahrt und schärfte unsere Küchenmesser. Die Schwalben saßen auf den Telegrafendrähten wie Noten auf ihren Linien.

Pepe kam auf die hintere Terrasse, befahl Jones, sich zu setzen (Jones gehorchte, was sonst nicht seine Art war), und richtete die Frage an mich: »Ist Bernardo da?«

Bernardo war eine von Emilios Teilzeitkräften, ein Schützling aus Almería, etwa 240 Kilometer südlich von Alicante. Die Arbeit am »Bankettsaal« war einmal mehr unterbrochen worden (praktisch war seit dem Ende des Regens nicht sehr viel geschehen), weil der Dachdecker zur Beerdigung seiner Großmutter nach Mallorca hatte fahren müssen. Emilio, der sich als Handwerker nicht zu knechtischen Tätigkeiten herabließ, hatte Bernardo mitgebracht, auf dass dieser alle niederen Arbeiten verrichte.

Bernardo war etwa Mitte Fünfzig, trug über den Knöcheln geschnürte Bastschuhe, einen Blaumann und das vage Lächeln eines Trinkers, der vergorenen Visionen nachhängt. Er war ein Taugenichts, wirkte jedoch wie ein Mann, der etwas weiß, was andere nicht wissen. Das umgab ihn mit der Aura des Geheimnisvollen. Sein Ruf, den er vor allem seiner Verschwiegenheit bezüglich seiner Vergangenheit verdankte, reichte aus, ihm Charisma zu verleihen.

Ich mochte ihn, denn während meiner Zeit als Journalist hatte ich die Erfahrung machen können, dass ein gewisses Maß an Pflichtvergessenheit oft mehr wert war als die schönste Tugendhaftigkeit, und ich dachte manchmal darüber nach, wie Bernardo wohl zu dem geworden sein mochte, der er war. Vielleicht auf Grund einer ererbten Schwäche, die dem Blick jener, welche zu Gericht sitzen, nicht sichtbar war. Man wusste nur von ihm, dass er so etwas wie ein Handelsreisender gewesen war, ehe ihn dann eine nicht näher spezifizierte Katastrophe betroffen hatte. Ich unterhielt mich einmal mit ihm, als er gerade Emilios Werkzeug reinigte und einfettete, und spürte deutlich, dass ich einen anständigen Menschen vor mir hatte. Und dass ich nahe daran war, den Grund für seine Misere zu erfahren. Aber dann kam Emilio daher und die Verbindung brach wieder ab.

Die Frage, worin Bernardos Geheimnis bestand, gab im Dorf Anlass zu mancherlei Spekulationen. Die erreichten ihren Höhepunkt zu Beginn der *Semana Santa,* der Karwoche, als er wie ein stockbesoffener Boxer, der für ein Comeback trainiert, sein alljährliches Verschwinden vorbereitete und sich gegen die Härten des saisonalen Märtyrertums zu wappnen trachtete.

Niemand wusste, wohin er ging. Bekannt war nur, dass bei seiner Rückkehr seine Augen vor lauter Müdigkeit nur noch schmale Schlitze waren und an seinen Knien getrocknetes Blut haftete, was man durch die Löcher in den Hosen seines Sonntagsanzuges sehen konnte. Er hatte ganz offensichtlich an einer Art Bußübung teilgenommen. Vielleich wegen irgendeiner abscheulichen, in der Jugend begangenen Tat – oder wegen der Sünden seiner Väter.

An Untaten herrschte, was die Jahre zwischen 1936 und 1939, die Jahre des Bürgerkriegs, anbetraf, wahrlich kein Mangel. In dieser Zeit hatten schätzungsweise eine halbe Million Menschen ihr Leben verloren – die genaue Zahl war noch immer umstritten. Brüder hatten sich gegenseitig umgebracht, Republikaner Priester hingemetzelt und die Nationalisten (speziell jene der spanischen Fremdenlegion, deren Motto »Lang lebe der Tod« lautete) alle abgeschlachtet, die ihnen in die Quere gekommen waren. Unsere Region war zum größten Teil in der Hand der Republikaner gewesen. Von ihnen wurde behauptet, sie hätten Franco-Anhänger scharenweise über den Rand der Steilküste bei Denia in den Tod getrieben. Als später die Nationalisten Francos den Sieg errungen hatten, sollen sie mit den gefangenen Republikanern an nämlicher Stelle dasselbe gemacht haben.

Die Scham war schon lange zusammen mit Medaillen, Waffen und Uniformen in Kellern und auf Dachböden, in ungelöschtem Kalk und in Beichtstühlen versteckt, aber niemals gänzlich ausgelöscht worden, wie die alten Männer mit ihren Baretten auf dem Kopf, die unter den Akazien des Dorfplatzes auf den Bänken saßen, zweifellos hätten bestätigen können. Vielleicht hatte der Siebzigjährige, der dort von seinen Enkelchen schwärmte, Geistliche abgeknallt, die in einer Stierkampfarena zusammengetrieben worden waren?

Angesichts unseres friedlichen Dorfes war es ernüchternd, sich zu vergegenwärtigen, dass es durchaus wieder zu Mord und Totschlag kommen konnte – wie es 1981 fast der Fall gewesen war, als ein Offizier der Guardia Civil die *Cortes*, das Parlament in Madrid, mit gezogener Pistole entmachtet hatte und Panzer auch in den Straßen Valencias, nur hundert Kilometer nördlich von unserem neuen Wohnort, aufgefahren waren. Wen hätte ich unterstützt, wenn König Juan Carlos nicht zur Ruhe gemahnt und wesentlich dazu beigetragen hätte, die Erhebung zu beenden? Die Rechte oder die Linke – wie 1936 die Internationale Brigade? Hätten die Dorfbewohner mich, den sich einmischenden Ausländer, am nächsten Orangenbaum aufgeknüpft? Wir neuzeitlicheren Invasoren, wir britischen, deutschen und holländischen Siedler, waren schließlich durchaus nicht allen Spaniern willkommen.

»Wer will was von Bernardo?«, fragte ich Pepe. Ich war dem Schuldeneintreiber schon einmal begegnet, als er allein und geächtet in einer Bar saß, und ich fragte mich jetzt, ob er vielleicht das Missing Link in der Geschichte von Bernardos Niedergang war.

»Sagen Sie ihm nur, dass Pepe da ist.«

Ich bezweifelte, dass das sehr wirksam sein würde – man rufe doch mal auf einem x-beliebigen Platz Pepe, Pedro, Paco oder Pablo und schon springt ein halbes Dutzend Leute auf.

»Noch irgendein weiterer Name?«

»Nur Pepe. Er kennt mich.«

Bernardo fegte gerade den »Bankettsaal« aus. Wie der Straßenkehrer des Ortes benutzte auch er einen Palmwedel. Aber im Unterschied zum Straßenkehrer, der seinen Besen geschickt zu handhaben verstand, bewegte sich Bernardo, als wäre er in Trance, und nahm gelegentlich einen Schluck aus einer Flasche mit billigem Rotwein. Die ließ er vor Schreck fallen und sie zersprang auf dem noch nicht gefliesten Betonfußboden. Rot wie Blut spritzte der Wein heraus.

»Sagen Sie ihm, dass ich nicht da bin.« Wein tröpfelte von seinem Mund herab und bahnte sich einen Weg durch die Stoppeln auf seinem unrasierten Kinn.

»Aber Sie sind doch da«, bemerkte Pepe. Er stand in der Lücke, wo wir die Wand des ursprünglichen Esszimmers eingerissen hatten, um einen breiteren Zugang zum »Bankettsaal« zu schaffen. »Wie geht es Ihnen?«

Bernardo sah nicht allzu gut aus. Seine Hände zitterten, das eine der rotgeränderten Augen zuckte. »Was wollen Sie?«, fragte er schließlich.

»Ich habe eine Nachricht für Sie.«

»Eine Nachricht?«

»Señor Garcia lässt Sie grüßen.«

»Hostia!«, rief Bernardo aus und rannte, den Palmwedel fallen lassend, durch das türlose Portal des »Bankettsaals«, kickstartete sein Moped und knatterte davon, wobei er Diane nur knapp verfehlte, die gerade in dem kleinen, gebrauchten Citroën eintraf, den sie sich kürzlich gekauft hatte.

»Was hat Bernardo denn?«, fragte sie, als sie durch den Eingang hereinkam, durch den er hinausgesaust war.

»Er ist gerade mit Pepe zusammengetroffen.« Ich deutete auf den Schuldeneintreiber. »Pepe ist Inkassobeauftragter.«

»Ich mache uns dreien mal einen Kaffee.« Ich mochte Pepe eigentlich nicht unbedingt bewirten, aber Diane sah in jenen Tagen jeden, der einer etwas ungewöhnlicheren Tätigkeit nachging, als potenzielles Material für ihre Zeitschrift an.

Wir tranken unseren Kaffee draußen auf der Terrasse und knabberten dazu in Denia gebackene Madeleines, während Pepe uns auf Englisch erklärte, wie er den Schuldnern das Geld aus den Rippen schnitt – normalerweise eher ein Job für Schlägertypen mit Jacketts, die über den bulligen Schultern spannten.

»Ich verfolge sie«, sagte er und steckte sich eine schwarze Zigarette der Marke »Celtos« an.

»Sie verfolgen sie?« Diane, die eine geborene Interviewerin war und mit ihren grünen Augen einen Stummen zum Schwätzer hätte machen können, betrachtete ihn mit seltsamem Blick.

»*Si, señora*. Wo immer die hingehen, gehe ich auch hin, in die Küche, in den Lebensmittelladen, in ein Restaurant, zur Bank, in einen Klub.« Die euphemistische Umschreibung für ein Freudenhaus, wie wir wussten, seit uns Emilio seinerzeit in jenem an der Hauptstraße gelegenen Etablissement untergebracht hatte.

»Aber was bringt das?«

»Wenn sie ihr Haus verlassen, bin ich da, um sie zu begrüßen, wenn sie dorthin zurückkehren, bin ich da und wünsche ihnen eine gute Nacht.«

»Das ist alles?«, fragte Diane ungläubig.

»Ich überbringe ihnen auch die Grüße desjenigen, dem sie das Geld schulden. Des Mannes, der die Agentur angerufen hat, die mich beschäftigt und mir einen Prozentsatz zahlt. Señor X sendet Ihnen seine Grüße, sage ich, und dann fangen sie an zu schwitzen.«

»Und bezahlen ihre Schulden?«

»O ja, das tun sie. Würden Sie« – an mich gewandt – »mich gern den ganzen Tag lang an Ihrer Seite haben wollen?« Er hustete und die Wörter kamen in Rauch gehüllt aus seinem Mund.

Den ganzen Tag lang …? Ich stellte ihn mir vor, wie er mich bei Tisch, während der Arbeit, beim Kuscheln aus rauchgefüllten Lungen anblies. Nein, das wollte ich nun wirklich nicht.

»Verfolgen Sie auch Bernardo?«, erkundigte ich mich.

»Warum fragen Sie? Schulden *Sie* Geld?« Sein Lachen war so trocken wie das Knistern von Pergament.

Diane sagte: »Ich kann nicht glauben, dass Bernardo große Summen schuldet.« Sie hatte – genau wie ich – eine perverse Zuneigung zu dem Taugenichts entwickelt. Vielleicht stellte sie ihn sich auch in seiner Jugend vor, als die Zukunft ihm noch so hell geleuchtet hatte wie ein Leitstern. Und vielleicht argwöhnte sie wie ich, dass Pepe irgendeine längst vergangene Schandtat wieder ausgegraben hatte.

»Ich habe auch nicht behauptet, dass er große Schulden hat. Und den Namen eines Schuldners nenne ich nie«, sagte Pepe vorwurfsvoll.

»Aber Sie machen es so, dass es jedermann mitkriegt«, sagte ich. Vielleicht waren Eintreiber, die nicht Seelen, sondern Beine brachen, diesem Pepe vorzuziehen.

Bernardo kehrte eine Weile nach seinem überstürzten Abgang zum Haus zurück, und ich fragte ihn, ob er wieder seine österliche Pilgerfahrt unternehmen werde. Er nickte schüchtern. Ich fragte vorsichtig (falls Pepes Besuch in seinem Gewissen irgendein Sicherheitsventil geöffnet haben sollte), zu welchem Zweck, aber darauf antwortete er nur mit einem schiefen Lächeln und murmelte: »Machen Sie sich wegen Pepe keine Gedanken.« Dann arbeitete er weiter.

Am Morgen nach Palmsonntag betrat Bernardo die Bar Paraíso, als ich dort gerade einen *café solo*, Kaffe ohne Milch, trank. Er war offenkundig im Aufbruch begriffen, war rasiert, nüchtern, trug einen dunklen Anzug, der ihm ein paar Größen zu klein war (die Löcher von der

Odyssee des vergangenen Jahres waren gestopft) und hatte einen Pappkoffer dabei, der mit Bindfaden zugebunden war.

Das sonst ungekämmte Haar frisch frisiert und die sonst stoppelbärtigen Wangen bleich, sah er aus wie ein Sträfling, der nach langer Haft aus dem Knast entlassen worden ist.

Ich winkte ihm, sich zu mir zu setzen, aber er schüttelte den Kopf. Er bat um ein Glas Wasser, trank es aus und zog dann in Richtung Bahnhof los. Ich hätte ihn gern begleitet, dachte aber, dass ihm das vielleicht unangenehm gewesen wäre.

Ich bemerkte draußen vor der Bar Pepe, der, auf seinen Spazierstock gestützt und eine gelbe Rose im Revers seines taillierten Jacketts, Bernardos entschwindender Gestalt nachsah. Es ging etwas Bedrohliches von ihm aus, das auf mehr hinzudeuten schien als auf bloße Schuldeneintreiberei. Vielleicht kannte er ja Bernardos Geheimnis. Schlafende Journalisteninstinkte regten sich, und ich gelangte zu der Ansicht, dass ich der Sache um Bernardos willen nachgehen musste.

Diane und ich beschlossen, zusammen mit Jonathan über Ostern zu verreisen, und so buchte ich zur Förderung meiner neuen Mission ohne Dianes Wissen (wir glauben beide an den Wert gelegentlich eigenständiger Aktionen) ein Zimmer in einem Hotel in Almería, dem Geburtsort Bernardos. An der Küste und zugleich inmitten einer Beinahe-Wüste gelegen, war dies zudem der Ort, wo Sergio Leone seine Spaghetti-Western gedreht hatte.

Wir verbrachten den Karfreitag auf dem alten Filmset (heute eine Touristen-Attraktion) und sahen zwei mit Revolvern wirbelnde Schauspieler sich in einem Saloon mit blauen Bohnen beharken. Später gingen wir zur Kirche und am Abend begleitete ich – noch immer wie Clint Eastwood in »Für eine Handvoll Dollar« daherkommend – Diane und Jonathan zur Osterprozession.

Die an der Spitze des Zuges gehenden Büßer trugen karmesinrote, blaue oder weiße Seidengewänder und hohe, spitze Hauben mit Schlitzen, hinter denen Augen funkelten. (Der KuKluxKlan soll seine Hauben den Teilnehmern der sevillanischen Umzüge abgeschaut haben, die sich ihrerseits jene der Häretiker, welche von der Inquisition zum Tode verurteilt worden waren, zum Vorbild genommen hatten.) Dann schwankten Tragegestelle auf den Schultern schwitzender Männer vorbei, eines mit einer Statue der Jungfrau Maria, deren Wangen mit Rouge betupft waren und die hoch über allem thronte, ein anderes mit Jesus auf dem Weg zur Kreuzigung.

Den Tragegestellen folgten weitere Büßer, die barfuß waren, Ketten an den Fußgelenken hatten und schwere Kreuze durch die Straßen Almerías schleppten – wie einst Jesus sein Kreuz durch Jerusalem hatte tragen müssen. Im Unterschied zu den Büßern an der Spitze des Zuges, bei denen es sich um Mitglieder einer religiösen Bruderschaft handelte, waren die nachfolgenden »Privatleute«, die für ihre Sünden Buße tun wollten. Manche geißelten sich auch halbherzig mit Lederriemen.

Diane sah ihn als erste. »Sieh mal!« Sie zeigte hin.

Und da war tatsächlich Bernardo und trug sein Kreuz. Die Hosen waren zerfetzt und die Knie blutig. Sie sahen wie rohes Fleisch aus. Ich war erschrocken, aber nicht überrascht.

»Wie kommen sie denn dazu?«, fragte ich, eher rhetorisch.

Ein wohlhabend aussehender Spanier in einem

schwarzen Anzug hörte meine Frage. »Einige der Büßer, die keine Gewänder haben, folgen einem eigenen Ritual und laufen einen Teil des Weges auf den Knien. Ihr Freund muss schwer gesündigt haben, denn er trägt auch keine Knieschoner.«

Ich winkte Bernardo zu und sah ein Flackern des Wiedererkennens in seinen Augen. Dann senkte er den Kopf wieder und zog sich in seine selbstauferlegte Folter zurück.

Wofür auch immer. Beschuldigte ihn irgendwo eine Frau eines üblen Betruges? War er für einen Tod verantwortlich? Er war noch zu jung, um am Bürgerkrieg teilgenommen zu haben. Ich hätte gern gewusst, ob Pater Ignacio die Geschichte kannte. Wenn ja, würde er sie jedoch nie erzählen. Nein, die einzige Möglichkeit, hinter dieses Geheimnis zu kommen, war Bernardo selbst. Vielleicht konnte ich ihm ja helfen, sich von seiner Qual zu befreien – und Pepe dazu überreden, einen widerstandsfähigeren Schuldner zu verfolgen. Ich war mir nicht ganz sicher, warum mir das Schicksal dieses Dorfsäufers eigentlich so sehr am Herzen lag. Vielleicht, weil ich schon so viele Reiche und Privilegierte erlebt hatte, die trotz ihrer Mordtaten ungeschoren davongekommen waren.

Nachdem die Prozession vorübergezogen war, sagte ich Diane, dass wir uns später im Hotel treffen wollten, und folgte Bernardo bis zu der billigen Pension, in der er wohnte. Er trug zwar noch seine zerrissenen Hosen und sein blaues Hemd, aber ich lud ihn in ein lautes Café ein, wo er *merluza* (Seehecht) und schwabbelige Fritten verschlang. Dazu trank er eine Flasche Mineralwasser.

Ich könne durchaus verstehen, sagte ich, wenn er den

Grund für seine Buße für sich behalten wolle, aber wenn er das Bedürfnis verspüre, sich mitzuteilen …

Er trank von seinem Mineralwasser, und einen Augenblick lang sah ich ihn so, wie er gewesen sein könnte, bevor er sich mit billigem Wein narkotisiert hatte – vielleicht ein Verkäufer von Büroausstattungen, der sich am Ende bis zu einem eigenen Schreibtisch in einem Winkel seiner Firma hochgearbeitet hatte.

»Warum wollen Sie unbedingt die Vergangenheit ausgraben?«, fragte er.

»Weil ich ein geborener Inquisitor bin.«

Er lächelte. »Wenigstens sind Sie ehrlich. Und das bin ich auch. Um die Wahrheit zu sagen, ich bin gar nicht so weit auf den Knien gerutscht.« Er sprach jetzt ein besseres Englisch als er es bei uns zu Hause getan hatte.

Er bestellte einen Flan, diesen wabbelnden Karamelpudding, und redete, als wäre seine Schuld etwas, was er auf Lager gehalten hätte.

»Ich bin mal Spieler gewesen. Lotterie, Poker, Pelota … ich häufte einen solchen Schuldenberg an, dass meine Frau sich lieber das Leben nahm, als die Schmach zu erdulden. In diesem Jahr hat mich so ein Kredithai im Dorf aufgespürt und Pepe beauftragt, das Geld einzutreiben, das ich noch schuldig bin.« Er sah mich über den Tisch hinweg an, das verwüstete Gesicht leicht zur Seite geneigt. »Sind Sie jetzt zufrieden?«

»Nicht zufrieden. Aber wenn ich dazu beigetragen hätte …« Ich hoffte, dadurch, dass ich ihm die Beichte abgerungen hatte, sein Schuldgefühl verringert zu haben, gestand mir zugleich aber ein, dass mich auch meine unheilbare Neugier getrieben hatte.

»Mich mit Ihnen zu unterhalten war besser, als zwei Flaschen Rotwein zu trinken«, sagte er.

Das war zweifelsohne das größte Kompliment, das mir Bernardo machen konnte.

Als Bernardo eine Woche später wieder bei uns erschien, um den »Bankettsaal« einmal mehr auszufegen, saß gerade ein Geist aus Spaniens Vergangenheit auf der Terrasse und stippte ein Gebäckstück in seinen Kaffee.

Mit der schwarzen Baskenmütze, den pludrigen Hosen und den rheumatischen Augen sah Don Eloy Morál Ortega, der ein weitaus kosmopolitischerer Geistlicher war als Pater Ignacio, eher wie ein Zwiebelverkäufer aus. Aber vierzig Jahre zuvor hatte er die schwarz-silberne Uniform der deutschen SS getragen und besaß zum Beweis noch ein Foto von sich, auf dem er seine Uniformmütze in arrogant lässiger Weise auf dem Haupte trug.

Er war Militärseelsorger bei der Blauen Division gewesen, jener SS-Einheit, die Franco für Hitler aufgestellt hatte – als Dank für die Unterstützung im Bürgerkrieg. Don Eloy war mit dieser Division im Zweiten Weltkrieg in Russland gewesen und später zum persönlichen Geistlichen Francos ernannt worden.

Diane hatte auf der Jagd nach Material für ihre Zeitschrift *Lookout* herausgefunden, dass Don Eloy, obwohl schon über achtzig Jahre alt, immer noch Messen las – und zwar in Las Rotas, einem wohlhabenden Viertel Denias am felsigen Teil der Küste, ganz in der Nähe jener Kliffs, wo sich während des Bürgerkriegs Republikaner und Nationalisten angeblich so grausam umgebracht hatten.

Bernardo, wieder dem Alkohol verfallen, kam auf die Terrasse, erblickte den Priester, nahm einen schnellen Schluck aus der Pulle und entfloh – offensichtlich war eine Erscheinung des rächenden Schicksals pro Tag (Pepe) das Höchstmaß dessen, was er verkraften konnte.

Diane reichte Don Eloy, der aus Burgos im Norden Spaniens stammte, noch ein Gebäckstück, stellte das Tonbandgerät an und begann mit ihrem Interview. »Wie kann sich ein Mann, der dem geistlichen Stand angehört, mit dem Faschismus identifizieren?«, lautete ihre erste Frage. Er nahm seine Mütze ab, legte sie neben seine Nummer der rechtsgerichteten Zeitung *ABC* und erklärte es ihr.

»Unser Anliegen war es, den Katholizismus gegen den Kommunismus zu verteidigen. Die Republikaner hatten schon so viele Greueltaten begangen. Kirchen brannten, Priester wurden umgebracht, Unschuldige wahllos hingemetzelt – Geschäftsleute, Katholiken, Anhänger der Rechten –«

Diane unterbrach ihn. »Aber Francos Nationalisten haben doch sicher auch Greueltaten begangen?«

Die brüchige Stimme des Priesters wurde kräftiger. »Die Vergeltung gehört zum Krieg. Wenn Ihr Mann, Ihre Frau oder Ihr Kind getötet werden, legt sich der Hass erst, wenn Sie die Gemordeten gerächt haben.«

Das Interview nahm in lebhafter Weise seinen Fortgang, bis am Ende nur noch eine Schlüsselfrage übrig war: Hatte Franco bei seiner letzten, vor Don Eloy abgelegten Beichte seine Verbrechen gegen die Menschlichkeit eingestanden?

Der gebrechliche kleine Geistliche weigerte sich, darauf ausführlicher einzugehen. Aber er zitierte ein paar Worte des sterbenden Diktators. Franco hatte gefragt: »Sagen Sie, Don Eloy, das Sterben … ist es notwendig, dass man so viel leiden muss?«

»Es ist Gottes Wille.«

»*Sí, sí*, es steht in Seiner Macht.«

Emilio erschien auf der Terrasse. »Hat jemand Bernardo gesehen?«

Diane sagte, er sei verschwunden, als er Don Eloy erblickt habe. »Was ist los?«

»Eben hat Jesús am Tor gehalten«, antwortete er. »Im Dorf hat sich jemand umgebracht.«

Jaime, der Wirt der Bar Paraíso, erzählte mir dann, Alfonso, ein seriöser Geschäftsmann, den ich mal flüchtig kennengelernt hatte, sei, an einem Balken hängend, in seiner Garage gefunden worden, unter der Schlinge ein umgekippter Stuhl, der offensichtlich beiseitegetreten worden war.

Es gab reichlich Vermutungen bezüglich des Unglücks, das ihn dazu getrieben hatte, sich das Leben zu nehmen, aber eine vernünftige Erklärung dafür konnte niemand geben. Vielleicht gab es ja auch keine, vielleicht handelte es sich da um einen Aspekt der Verzweiflung, der sich dem Verständnis all jener entzog, denen das Leben etwas bedeutete. Sollte jemand einen gewichtigeren Grund für die Tat kennen, dann war es Pater Ignacio, aber der teilte ein solches Wissen allein mit Gott. Ich persönlich bezweifelte, dass es einen gewichtigeren Grund gab – ich hatte als Reporter über viele Selbstmorde zu berichten gehabt, und sehr oft war das Motiv die schlichte Unfähigkeit gewesen, mit dem Dasein und seinen Wechselfällen fertig zu werden.

Alfonsos Tod war zwar eine persönliche Tragödie, zugleich aber auch symptomatisch für die heftigen Stimmungsschwankungen in Spanien. Die, dachte man genauer darüber nach, verständlich waren. Iberer, Kelten, Phönizier, Griechen, Römer, Vandalen, Goten, Mauren … alle hatten hier gehaust, und ihr jeweiliges Erbe war in dem großen, oben durch die Pyrenäen zugeschnürten Sack der iberischen Halbinsel eingesperrt geblieben.

Zwei Tage später wurde Alfonso in einen Hohlraum der Friedhofsmauer geschoben – sollte es eine Bestimmung gegeben haben, nach der Selbstmörder nicht in geweihter Erde bestattet werden durften, so wurde sie außer Acht gelassen.

Am gleichen Abend saßen die Frauen des Dorfes wieder in ihren schwarzen Kleidern auf geradlehnigen Stühlen vor ihren Häusern, nähten Tischtücher oder flochten aus Stroh Lampenschirme.

Und Bernardo lag schlafend zwischen Unkraut und Tomatenpflanzen in dem kleinen Gärtchen hinter dem Haus, in dem er wohnte, dort unter den Fenstern seiner Dachkammer, hatte ein Lächeln auf den Lippen, und winzige grüne Eidechsen huschten über seine vom Wein betäubten Glieder.

Ein paar Tage später kam Pater Ignacio in die Bar und lächelte Pepe verschwörerisch zu. Du hast Schulden einzutreiben, sagte dieses Lächeln, und ich habe von Sünden freizusprechen. Wir werden beide niemals arbeitslos werden.

Ein Mann mit faltigem Hals schaufelte Münzen aus dem Spielautomaten und steckte eine nach der anderen hingebungsvoll gleichmäßig wieder hinein.

Der Automat spuckte noch mehr Münzen aus. Der Mann steckte sie in seine Jackentasche und ging zur Bar, um seine Rechnung zu begleichen.

Ich stand von dem Tisch auf, an dem ich zwei der lokalen Tageszeitungen, *Las Provincias* und *Información*, durchgesehen hatte, und ging zu Pepe, der so aussah, als wollte er gleich wieder auf die Jagd nach jemandem gehen.

Ich setzte mich zu ihm an den Tisch und fragte: »Verfolgen Sie immer noch Bernardo?«, und als er vorsichtig antwortete, das könne durchaus der Fall sein, setzte ich hinzu: »Wussten Sie, dass Bernardos Schulden seine Frau in den Selbstmord getrieben haben?«

Pepe zuckte die Achsel. »Mit den Umständen der Verschuldung habe ich nichts zu tun. Alles, was für mich zählt, ist die Rückzahlung geschuldeter Gelder.«

Ich gab ihm eine Seite aus meinem Notizbuch, auf die ich geschrieben hatte: *Wenn Sie Bernardo nicht in Ruhe lassen, verfolge ich Sie bis in Ihr kühles Grab.* Manchmal ist ja das geschriebene Wort wirkungsvoller als das gesprochene.

In diesem Augenblick schickte sich der Mann mit dem faltigen Hals an zu gehen. Pepe stopfte den Zettel in die Tasche und erreichte die Tür gerade noch vor dem anderen. Ich konnte von seinen Lippen ablesen, was er zu dem Mann sagte: »Señor X läßt Sie grüßen.«

Der Schuldner senkte das Haupt, verließ die Bar und eilte die Straße hinunter, gefolgt von Pepe, der mit seinem Spazierstock ruderte.

Pepe würde den Mann aller Voraussicht nach beim *almuerzo*, dem Vormittagsimbiss, beim Mittagessen, bei der *merienda*, dem Nachmittagsimbiss, und vielleicht auch bis in einen »Klub« verfolgen, wo seine geisterhafte Anwesenheit ganz besonders entnervend wirken musste. Kein Zweifel, dass der Verfolgte am Ende seine Schulden bezahlen würde.

Ich trank meinen Kaffee aus und stand auf, um zu gehen. Irgendwie glaubte ich nicht, dass Pepe Bernardo weiter verfolgen würde – ein Geist sähe wohl kaum mit Freude ein Gespenst an seinem Grab stehen!

»Señor!« Jaime ließ seine Kaffeemaschine im Stich. »Pepe hat vergessen zu bezahlen.«

Ich bezahlte Pepes Schulden und sagte: »Wenn Sie ihn das nächste Mal sehen, sagen Sie ihm doch bitte, Señor Derek lässt schön grüßen.«

... 10 ...

Die Stadt des Lichts

Das Begräbnis, das unseren Dachdecker Vicente auf die Mittelmeerinsel Mallorca geführt hatte, war zu voreilig anberaumt worden, denn seine Großmutter war noch am Leben und keineswegs gewillt, sich bestatten zu lassen. Damit jedoch das Fahrgeld nicht umsonst ausgegeben war, hatte Vicente beschlossen, erst einmal dort zu bleiben und die weitere Entwicklung abzuwarten. Da es auf den Balearen eine ganze Reihe Hundertjähriger gab, die Großmutter aber erst 85 war, ließ sein Entschluss nichts Gutes für das Dach des »Bankettsaals« erwarten.

Um uns die Zeit bis zur Rückkehr Vicentes zu verkürzen, beschlossen wir, an die Grenzen der Region vorzustoßen, die wir zu unserer neuen Heimat gemacht hatten, also bis nach Valencia im Norden und Alicante im Süden. Im Osten bis an die Mittelmeerküste (jenes Stück, das unter dem Namen Costa Blanca bekannt ist), sowie auf die Balearen-Inseln Mallorca, Menorca, Formentera und Ibiza (letztere mit Denia durch ein rostiges weißes Fährschiff verbunden), die 80 bis 240 Kilometer weiter draußen wie eine zum Angriff bereite Armada im Meer liegen. Im Westen, im Inland, erstreckten sich schließlich sich im Dunst auflösende Berge und Ebenen, die manchmal hinter Regenschauern verschwanden, weshalb wir diese Seite zunächst nicht einbezogen, sondern sie dem restlichen Spanien »auf der anderen Seite der Berge« zuschlugen.

Diane und ich erkundeten zunächst einmal »diese Seite« der Berge, deren Hänge mit Pinien, Stechpalmen-Eichen und Ginster bedeckt waren und wo wir Dörfer fanden, von denen aus man in der Ferne gerade noch V-Ausschnitte des Meeres sehen konnte. Angemalte Tauben flogen am blauen Himmel ihre Runden und die Luft war erfüllt vom Duft des Jasmins und der Ziegen. Wir kehrten in Bars mit Innenhöfen ein, wo über dem offenen, mit Rosmarinzweigen gewürzten Feuer Paella zubereitet wurde und man gewaltige Scheiben Brot, *alioli* und kleine Tonkrüge mit Rotwein bekam, der so harsch war wie selbstgebrannter Schnaps.

Von den Bewohnern war auf den Straßen wenig zu sehen, aber hinter den messingverzierten Türen, in den Bars und sich duckenden Läden ging es so lebhaft zu wie auf jedem Straßenmarkt und nur die Nachmittagssiesta ließ das Getöse kurzzeitig verstummen.

Schwer von Speis und Trank, wanderten wir auf den Pfaden der Schafhirten dahin oder an ausgetrockneten Flussläufen entlang, die im Bedarfsfall das Regen- und Schmelzwasser abfließen ließen, und alles war übersät mit Felsbrocken sowie weißen und rosa Oleanderblüten. Schließlich fuhren wir wieder nach Hause, wo Schwalben im Pool badeten und der Wind die Hochblätter der Bougainvillea-Sträucher bei der Terrasse zu mauvefarbenen Verwehungen aufgehäuft hatte.

Eines Tages erhielten wir die Nachricht, dass Dianes Vater in Montreal einem Herzinfarkt erlegen war. Wir kamen überein, dass ich in Spanien bleiben sollte, um die Bauarbeiten weiter zu überwachen sowie einigen im Zusammenhang mit dem Haus noch verbliebenen Formularkram zu erledigen, während Diane und Jonathan nach Kanada flogen.

Ich hatte angenommen, dass es erforderlich werden könnte, wegen besagten Formularkrams nach Valencia (einem der Außenposten unserer neuen Heimat) zu fahren. Wir waren schon einmal dort gewesen, um provisorisches Mobiliar zu erwerben, und bei dieser Gelegenheit durch die Straßen mit ihren Barockfassaden gebummelt. Wir hatten auch an einer der Sitzungen des Wassergerichts teilgenommen, das im Freien tagt und dessen schwarz bekittelte Mitglieder seit dem Jahr 1350 an jedem Donnerstag zusammentreten, um alle die Wasserrechte betreffenden Streitigkeiten zwischen den Gemüseanbauern zu schlichten. Wir hatten in der Kathedrale aus dem 14. Jahrhundert gekniet, von der es heißt, sie sei der Aufbewahrungsort des Heiligen Grals, also jenes Kelches, den Jesus bei seinem letzten Abendmahl benutzt hatte.

Wie sich jedoch herausstellte, musste ich gar nicht nach Valencia, sondern nach Alicante, wohin ich dann auch – unfreiwilligerweise in Begleitung eines leicht irren Dichters – reiste.

Der junge Mann war – wie die meisten Dichter – arm. Er trieb sich in den Gassen Denias herum (niemand schien zu wissen, wo er hergekommen war) und verkaufte seine Gedichte für wenige Peseten an schmachtende Freier, seufzende Maiden und betrügende Ehegatten. Als ich einmal in einer Bar aufgehalten worden war und erst mit einiger Verspätung zum Mittagessen nach Hause konnte, kaufte ich ihm eines seiner in Valencianisch geschriebenen Sonette ab und schenkte es Diane. Sie las es, zerriss das Blatt in kleine Stücke, schrie »Du Bastard!« und stürmte aus dem Haus. Ich weiß bis heute nicht, warum.

An einem schläfrigen Mainachmittag nun packte ich

eine Reisetasche und begab mich zum Bahnhof, der nicht viel größer war als eine Bushaltestelle. Und da stand der Dichter, klein, mittleren Alters, das dünne Haar ungekämmt, den Blick der feuchten Augen in unbestimmte Fernen gerichtet.

Er stand auf dem Bahnsteig und wartete auf den Zug, der hochtrabend als Costa Brava Express bezeichnet zu werden pflegte – er brauchte für die rund 90 Kilometer lange Strecke bis Alicante mit ihren 37 Bahnhöfen und Haltepunkten zwei Stunden und neun Minuten. Ein Schwalbenschwanz flatterte die Gleise entlang. Der Dichter bemerkte ihn und kritzelte tatkräftig in einem roten Notizbüchlein.

Es waren noch fünf Minuten bis zur Ankunft des Zuges.

Ich las ein Schild an einem der Betonpfeiler. *Dieser Bahnhof ist eine Bedarfshaltestelle. Der Zug hält nicht, wenn Sie den Zugführer nicht durch ein vom Bahnsteig aus gegebenes Zeichen dazu auffordern.*

Der Zug hatte sieben Minuten Verspätung, kam erst um fünf Uhr fünfundfünfzig.

Wie ein Mann streckten der Dichter und ich die Hand aus, wobei wir wie zwei Komiker, die versuchen, ihre Varieté-Nummer in künstlerischer Harmonie ausklingen zu lassen, um die Bewahrung des Gleichgewichts bemüht schwankten.

Der Zug mit seinen zwei Wagen hielt zischend und brummend an. Wir stiegen beide ein und saßen uns dann gegenüber, umgeben von Schulkindern, die Sonnenblumenkerne knabberten.

»Sí, señor?« Der junge Schaffner, der in seiner blauen Hose und dem blauen Hemd recht fesch aussah, stand neben mir, ständig die Kinder scharf im Auge behaltend,

damit keines die schwarz-weiß gestreiften Schalen auf den Boden fallen ließ.

Ich kaufte eine Fahrkarte nach Alicante.

Der kleine Triebwagenzug kroch durch die Zitrusplantagen südwärts, umfuhr den Montgo (granitgrau auf der unserem Haus zugekehrten Seite, ockerfarben auf der, die ich jetzt sehen konnte) und weiter, immer dicht an der Küste entlang.

Der erste Halt in Gata de Gorgos. Das ist ein kleiner Ort, dessen geschäftliches Leben sich entlang der N 332 abspielt, sein privates in engen Gassen und auf verschlafenen Plätzen. Das Geschäft bestand aus dem Verkauf von Korbmöbeln (teilweise aus China eingeführt) in Dutzenden von vollgestopften Läden.

Ein junges deutsches Paar stieg zu, begleitet von einem Esel aus Korbgeflecht. Der Mann war kräftig gebaut, hatte schinkenhaft aus khakifarbenen Shorts ragende Oberschenkel und ein unschuldiges, sonnengerötetes Gesicht, während seine Frau ganz hübsch war und gelangweilt dreinblickte.

Er betätschelte den Esel, warf ihr eine Kusshand zu und fing an, mit einer Kleinbildkamera durch das offene Abteilfenster Fotos zu machen.

Der Zug fuhr auf einer Bogenbrücke über eine Schlucht – eine Brücke der Art, die sich Saboteure erträumen. Der Mann knipste munter drauflos. Gebüsche, Schafe, die Innenansicht eines Tunnels. Alles, was – bildlich gesehen – einigermaßen anregend war, entging ihm, denn die Motive, die des Fotografierens würdig gewesen wären, kamen immer dann in Sicht, wenn er den Film wechselte, und verschwanden hinter einer Kurve, sobald er wieder schussbereit war.

Wir durchfuhren jetzt eine Partisanenlandschaft – rostfarbene Berghänge, von Höhlen durchlöchert wie ein Schweizer Käse. Wenn wir durch Tunnel kamen, wehte kalte Luft zu uns herein.

Der Dichter beleckte seinen Bleistift und schrieb fleißig, wobei er immer wieder mich anblickte, als stünden wir in einer telepathischen Verbindung.

Der Deutsche fotografierte einen Steinbruch. Während er das tat, warf mir seine Frau einen Blick zu und hob die Brauen. Was bringt die Zukunft?, fragten sie. Lange Winterabende, an denen wir den Nachbarn unsre Dias zeigen? Bilder von Stechpalmen-Eichen, Schafen und Steinbrüchen? Stapel von Fotoalben, die wir mit unseren Enkelkindern durchblättern? War es richtig, diesen Mann zu heiraten?, fragten die Augenbrauen.

Der Zug rauschte in einen weiteren Tunnel hinein und kam vor Teluda wieder heraus, wo er dann auf einen kleinen Jungen wartete, der über ein Feld mit kniehohen Weinstöcken angerannt kam.

Links sah ich das Meer bei Calpe und, sich wie ein Minigibraltar daraus erhebend, den Fels von Ifach.

Der Deutsche setzte sich endlich hin, zeigte auf den Korbesel und sagte zu mir: »*Such industry is good. Local products I like.*«

Ich rang mit mir, ob ich ihm sagen sollte, dass der Esel auch in Schanghai hergestellt worden sein könnte, entschied mich aber dagegen – ich argwöhnte, dass ihm noch einiges an Enttäuschungen bevorstand.

Er, seine Frau und der Esel stiegen in Altea aus. Der Ort lag an einem zum Meer hin abfallenden Hang, seine Häuser drängten sich um eine Kirche mit blauer Kuppel, die aussah wie ein glasiertes Nadelkissen. Der Deutsche machte vom Bahnsteig aus ein Foto von mir im Zugfenster. Seine Frau hob die Brauen und dann waren sie fort.

An ihre Stelle trat eine amerikanische Familie, die eine Ecke des Wagens besetzte. Zwei sommersprossige Mädchen, eine dicke Mutter und ein gutaussehender Vater mit grau werdendem Haar, der an einen italienischen Filmstar erinnerte. Alle vier saßen da und waren umhüllt von der Aura der Zusammengehörigkeit.

Wenig später füllten auf der Meerseite der Bahnlinie die Wohnblocks und Hotels von Benidorm – auf halbem Weg nach Alicante gelegen – das Bild. Wo immer man in dieser Gegend auf einen Spanier traf, sprach er den Satz: »Das hätten Sie mal vor dreißig Jahren sehen sollen« – so wie Bewohner anderer Landstriche dieser Erde auf die herabströmenden Regenfluten schauen und sagen: »Sie hätten vorige Woche hier sein sollen. Mann, was hatten wir da für ein herrliches Wetter.«

Was die Spanier sagen wollten, war, dass Benidorm vor zwei Jahrzehnten noch ein nettes Fischerdorf gewesen war – und jetzt das! Es war zum Paradies von Rentnern geworden, die ein ganzes Leben lang hart gearbeitet hatten, ein bezahlbares Seebad, das von den regengepeitschten nördlichen Gestaden in den Sonnenschein verlegt worden war, und zwar einschließlich der Ketchup-Flaschen auf den Plastiktischen der Imbisse.

Ein Miami Beach des armen Mannes, zog sich der Ort etwa anderthalb Kilometer an der Küste hin. Flugzeugladungen von Brits bildeten die Hauptangriffstruppe, aber es gab auch eine Menge sie unterstützender Einheiten aus anderen europäischen Ländern, unter ihnen nicht zuletzt auch Pensionäre aus Spaniens Norden, die den ganzen Tag lang demütig den Reiseleitern folgten, die sie vorantrieben, am Abend jedoch auf den Tanzflächen ihrer Hotels herumwirbelten wie die Derwische.

Der Zug kurvte nach rechts, schüttelte Benidorm ab und zuckelte durch lehmfarbenes Ödland.

In Villajoyosa wartete er auf einen Gegenzug, um auf einem zweigleisigen Stück an ihm vorbeizukommen. Jenseits des Bahnhofs erstreckten sich pastellfarben angestrichene Häuser bis hinunter zum Meer. Der Bahnhofsvorsteher, der eine rote Mütze trug, gab endlich, eine Signalflagge schwenkend, das Zeichen zur Weiterfahrt. Wir fuhren in der Erwartung durch verlassenes Hügelland, dass jeden Augenblick Sioux oder Apachen auf den Kämmen erscheinen würden, und näherten uns dann den Stränden außerhalb Alicantes.

Jetzt kamen ein paar schöne Villen in Sicht, eine davon mit griechischen Säulen. Dann ein Wasserloch, das eine Ziegenherde mit Beschlag belegt hatte, dann Ferienhäuser, die schließlich einem schmalen Streifen hellen Sandes wichen, der bis auf eine dicke Frau im Bikini, die am Saum des Wassers einschüchternde Leibesübungen machte, leer war.

Der Zug gab ein letztes Pfeifen von sich und kam in der schönen, blutbefleckten Stadt Alicante zum Stehen, die die Römer einst als »Stadt des Lichts« bezeichnet hatten.

Der Dichter riss eine Seite aus seinem Notizbuch, drückte sie mir in die Hand und lief über den Bahnsteig davon. Ich fragte einen elegant gekleideten Spanier mittleren Alters, der mit uns ausgestiegen war, was da auf dem Zettel in valencianischer Sprache geschrieben stehe. Er sah auf das Geschriebene hinab und dann mich merkwürdig an. »Das ganze Leben ist Bullshit«, las er mir vor und entfernte sich schnell.

In einer Bar im Bahnhofsgebäude, die so sauber war wie ein Einstecktuch, informierte ich mich mit Hilfe eines alten Baedekers, den ich mir vor längerer Zeit mal gekauft hatte, über Alicante.

Hinter dem Tresen schenkte ein muskulöser Spanier mit bandagierter Hand Bier ein, portionierte Erdbeerkuchen und Tortillas (solide Omelettes auf Kartoffelbasis, die keinerlei Ähnlichkeit mit ihren mexikanischen Namensvettern haben) und säbelte hauchdünne Scheiben Serrano-Schinken ab. In der winzigen Küche beklopfte ein hübsches blasses Mädchen anämische Steaks.

Alicante war, so las ich bei einem Bier, in viele Kriege verwickelt gewesen. Da waren der Spanische Erbfolgekrieg, der Halbinselkrieg Napoleons gegen Spanien …

In der Küche führte das hübsche Mädchen einen mörderischen Schlag gegen ein Steak und konnte den eigenen Daumen gerade noch rechtzeitig wegziehen.

Ich bestellte ein Stück Erdbeerkuchen und befragte ein Buch neueren Datums zu der Rolle, die Alicante im Bürgerkrieg gespielt hatte. Der wagemutige junge Führer der faschistischen Falange, José Antonio Primo de Rivera, war hier von einem Exekutionskommando erschossen worden. 1939 hatten republikanische Flüchtlinge, die den Truppen Francos per Schiff zu entkommen versuchten, als ihnen klar geworden war, dass ihnen dies nicht gelingen würde, Selbstmord begangen.

Das Mädchen in der Küche hob den Klopfer gegen ein Kotelett. Der Barmann zuckte bei dem Schlag zusammen und befingerte seine bandagierte Hand. Ich aß die letzte Erdbeere meines Kuchens.

Später schlenderte ich auf der Strandpromenade entlang, Cafés rechts, Strand links. Ein Junkie und ein struppiger Hund lagen schlafend unter einer Palme.

Gegenüber vom Hafen, wo Jachten im strahlenden Sonnenschein (für den Alicante berühmt ist) auf dem Wasser dümpelten, ging ich den Paseo de la Explanada entlang – das ist Alicantes edelstes Schmuckstück, ein Fußgängerbereich, dessen Eleganz in ganz Spanien unübertroffen ist. Genauer gesagt, handelt es sich um eine Promenade, die mit rotem, cremefarbenem und schwarzem Marmor gepflastert ist und von trägen Palmen gesäumt wird.

Auf den Bänken saßen alternde spanische Dandys wie Mafia-Paten, die trübe Geschäfte abschließen, und ihre gefleckten Hände wedelten, klopften, drückten.

Eine Gruppe von Nonnen in Grau wanderte um den Pavillon herum, wo die Musikkapelle der Stadt bei Fiestas und an Wochenenden aufspielt. Mädchen mit glänzendem Haar und trotzig selbstbewusste junge Männer tauschten ein Lächeln aus – die Probe für den abendlichen *paseo*, den Bummel im Dämmerlicht, der das Vorspiel einer ernsthafteren Werbung ist. Tauben plusterten sich neben Beeten voller Stiefmütterchen auf. Ein kleines Mädchen ließ eine Eiswaffel fallen und zertrat sie, als gäbe es einem verletzten Käfer den Rest. Zwischen den Palmen hindurch erkannte ich unterhalb der Mauern von Santa Barbara, der Burg, gepflegte Terrassen.

Nachdem ich den Anwalt wegen unseres Hauses aufgesucht hatte, ging ich in eine Bar, um *tapas* zu essen – Garnelen in rosafarbener Rüstung, Muscheln, gesalzenen Thunfisch, Fleischklößchen, Bohnen in dicker Soße, Schnecken, *empanadillas*, Tintenfisch, Venusmuscheln und Manchego-Scheibchen in Öl.

In einer Ecke der Bar stand eine Sammlung alter Radios und Grammophone mit Kurbelaufzug, auf dem Tresen – mitten unter den *tapas* – eine alte Registrierkasse. An der Wand hingen signierte Fotos von Manolete, dem Stierkämpfer, dessen melancholisch blickende Augen sein Schicksal, den Tod durch die Hörner des Stiers, als unausweichlich hinzunehmen schienen. Neben ihm ein anderer Matador, der verwegene El Cordobés. Salvador Dalí und Ernest Hemingway waren ebenfalls da.

Der Besitzer der Bar, Pepe Gallego, ein silberhaariger Mann von ehrfurchtgebietender Körpergröße, aber sehr flink und mit Sommersprossen an den Schläfen, spielte versonnen an den Knöpfen eines der alten Radios herum, dessen Stimmbänder schon lange hinüber waren.

»Morgen«, sagte er, »werde ich Ihnen von Hemingway und Dalí erzählen.«

»Warum nicht heute?«

»Weil ich nachdenken muss.« Er pochte mit dem Finger auf seine Sommersprossen an der Schläfe und bestellte einen Whisky für sich und einen kleinen, gekühlten Sherry für mich.

»Morgen bin ich vielleicht nicht mehr da.«

»Dann entgehen Ihnen Offenbarungen.«

Ich schlenderte zur Altstadt, die tagsüber ein schattiges Labyrinth war. Barmädchen mit Slippern an den Füßen saßen auf Treppenstufen und unterhielten sich über ihre Kinder und die unberechenbaren Zuhälter.

Hier hatten sich noch wenige Stunden zuvor, beflügelt durch Drogen und Alkohol, auf die schmalen Straßen Verheißungen von Abenteuern und sexuellen Vergnügungen ergossen. Hier waren Krankheiten ausgesät, Ehen ruiniert, Brieftaschen geklaut worden.

Ein kleiner Bandit mit einem Walnussgesicht und Haaren, die in der Farbe von Pflaumensaft getönt waren, sprang aus einem Torweg hervor und griff nach meiner Umhängetasche.

»Ich will sie haben«, sagte er.

»Das geht nicht.«

»Ich hab ein Messer.«

Er zerrte und ich zerrte auch.

»Ich muss sie haben«, sagte er.

»Tut mir leid.«

Er zerrte einmal mehr an dem Tragriemen, aber das taiwanische Plastikprodukt erwies sich als überaus haltbar. Am Ende ließ er los und Tränen stiegen ihm in die Augen. »Ich brauche so dringend Geld.«

»Für einen Schuss?«

»Kein Schuss.«

Ich gab ihm hundert Peseten und tröstete mich mit dem Gedanken, dass er sich davon vielleicht keine Drogen, sondern einen Schuss pflaumenfarbenes Haarfärbemittel kaufte.

Am nächsten Morgen erwachte ich in einem kleinen Hotel an einem Platz, auf dem junge Männer mit Motorrädern ihre Sturzhelme wie Babys im Arm hielten und mit Mädchen in Jeans palaverten. Ich war noch unentschlossen, ob ich einen Tag und eine Nacht anhängen und in dieser aristokratischen und von den Touristen – die endlich an die Strände von Benidorm gelangen wollten – gemiedenen Stadt bleiben oder den nächsten Zug nach Hause nehmen sollte.

Ich frühstückte (frisch gepressten Orangensaft, eine Tasse heiße Schokolade und Toast, der mit zerkleinerter Tomate belegt war) in einem Café unter den Palmen des Paseo de la Explanada, dessen Marmorpflaster noch nass von der morgendlichen Reinigung war.

Vom Meer trieben zerfaserte Wolken herein. Das Sonnenlicht hatte einen silbrigen Glanz. Ein Zigeunermädchen in einem zerschlissenen Kittelchen streckte ihre kleine, schmutzige Hand aus und ich gab ihr das Wechselgeld der Frühstücksrechnung, etwa hundert Peseten. Ehe sie davonhüpfte, starrte sie eine Weile ungläubig auf die Münzen in ihrer Hand.

Ich überlegte hin und her, ob ich nun bleiben sollte oder nicht. Das Problem lag in Dianes und meiner Überzeugung, dass das Miteinanderteilen alles sei – und ich saß allein auf einer Marmorpromenade, die dazu bestimmt war, geteilt zu werden.

Schließlich ging ich ins Hotel zurück, um meine Reisetasche zu packen. Als ich halb damit fertig war, schaute ich – immer noch ein bisschen unschlüssig – aus dem Fenster. Da bemerkte ich unten auf dem Platz auf einer Bank den Dichter, der in sein rotes Notizbüchlein kritzelte – und das war ein einigermaßen beunruhigender Anblick, denn es ließ die Annahme zu, dass der Bursche mir gefolgt war.

Ich hatte nicht den geringsten Zweifel, dass alles, was er da unten zu Papier brachte, für mich bestimmt war. (Später erfuhr ich, dass er uns beide, sich und mich, als literarisches Duo ansah, und musste Emilio darauf ansetzen, dem jungen Mann diese Illusion zu nehmen.)

Aber der Dichter erfüllte insofern einen guten Zweck, als er mir zu dem unumstößlichen Entschluss verhalf, nach Hause zurückzufahren und mir die Stadt des Lichts (wie überhaupt den Rest Spaniens) ein andermal und zusammen mit Diane und Jonathan anzusehen. In jedem Falle nicht jetzt – mit einem pirschenden Jäger im Nacken, der der Ansicht war, das Leben sei Bullshit.

Deshalb packte ich meine Tasche fertig, bezahlte die

Rechnung, verließ das Hotel durch den Hinterausgang und schnappte mir ein Taxi zum Bahnhof.

Als der kleine Zug, ungeduldig pfeifend, Fahrt aufnahm, erschien der Dichter auf dem Bahnsteig und winkte mir mit dem Notizbuch nach. Ich erwiderte sein Winken und lehnte mich dann entspannt in meinem Sitz zurück, erneut umgeben von einer schnatternden Schülerschar, die Sonnenblumenkerne knabberte.

11

Flitterwochen und Tanzvergnügen

Diane konnte den allzu frühen Tod ihres Vaters, eines extrovertierten Frankokanadiers, den sie sehr verehrte, nur schwer verwinden, und ich gelangte zu der Ansicht, dass ihr vielleicht ein therapeutischer Besuch eines der insularen Außenposten unserer neuen Heimat gut tun würde. Und wir konnten verreisen, weil Jonathan ein paar Tage bei seinem Freund Arturo verbringen wollte.

Ich wählte Mallorca und buchte einen dreitägigen Kurzurlaub auf der Insel. Was der Mann vom Reisebüro mir nicht sagte, war, dass diese Pauschalreise vor allem für Hochzeitsreisende gedacht war.

Und da waren sie, unsere Mitreisenden, auf dem Flughafen von Valencia, knutschend und sich gegenseitig die Ohrläppchen beknabbernd, eine Schar von Turteltauben, die der Gott Amor und ein cleverer Reiseunternehmer zusammengeführt hatte.

Während das Flugzeug die 180 Kilometer über das glitzernde Meer von Spanien nach Mallorca flog, servierten säuselnde Stewardessen moussierenden Weißwein. Die jungen Paare (es waren etwa fünfundzwanzig) tranken sich zu und schworen sich ewige Treue – und wir folgten ihrem Beispiel.

Die neben uns sitzenden Jungvermählten, Federico und Cristina, verwirrten mich jedoch einigermaßen. Er war so blond und gutaussehend wie ein kalifornischer

Tennislehrer, sie dagegen ein blasses Mauerblümchen aus einem Dorf bei Valencia. Wie die beiden sich kennengelernt hatten, war mir völlig schleierhaft, aber ich bezweifelte, dass sie das Hindernisrennen der Ehe – oder auch nur die Flitterwochen – gemeinsam beenden würden.

Das Paar auf der anderen Seite des Ganges schien, was das anging, bessere Aussichten zu haben. Er hatte das Aussehen eines Mannes der Felder, hatte ein windgepeitschtes, sonnengetrocknetes Gesicht, und sie sah auf eine freundliche Weise so aus, als wäre sie auf die ihr bevorstehenden Härten der Zweisamkeit bestens vorbereitet. Während des ganzen, eine dreiviertel Stunde dauernden Fluges wandten die beiden keinen Blick voneinander, tuschelten und tranken den Wein aus einem Glas.

Vom Flughafen Palmas, der Hauptstadt der Insel, an deren Bucht die Badeorte dicht an dicht liegen, fuhren uns Minibusse in unsere verschiedenen Hotels. Sowohl Federico und Cristina als auch das Paar von der anderen Gangseite, Juan und Marisa, wohnten im selben wie wir.

Während Diane sich für eine Show fertig machte, die zum Programm gehörte, ging ich hinunter in die noch unbesuchte, weiße Hotelbar und bestellte mir einen Whisky. Ein paar Minuten später kam Federico herein und bestellte einen großen Brandy.

Ich grüßte ihn, denn schließlich hatten wir ja den Luftraum geteilt. Er nickte nur kurz und starrte in sein Glas wie jemand, der durch einen Börsenkrach an der Wall Street ruiniert worden ist.

Ich ließ nicht locker. »Kommen Sie auch zu der Show?«

»Vielleicht.« Er fuhr sich mit den Fingern durchs

Haar. Er trug einen weißen Anzug und ein offenes, cremefarbenes Hemd – und sah eher nach Après-Tennis-Action aus als nach einer Nacht voller Seligkeit in den Armen seiner Braut.

Cristina kam zu ihm in die Bar. Sie hatte ein blaues, kurzärmeliges Kleid an und setzte sich ergeben neben ihn. Er bestellte ihr ein Mineralwasser. Sie sprachen nicht miteinander. Diane hatte sie das »unwahrscheinliche Paar« getauft, Juan und Marisa das »wahrscheinliche Paar«.

Das »wahrscheinliche Paar« kam ebenfalls in die Bar. Juan bestellte zwei Cola und dann setzten sich die beiden an einen Tisch, schauten auf die Jachten im Hafen hinaus, turtelten und flüsterten miteinander.

Als Diane erschien, brachen wir auf und klemmten uns wieder in einen Minibus. Der Fahrer holte noch weitere Paare in anderen Hotels ab und machte dann eine Rundfahrt durch Palma, diese hochentwickelte Stadt mit der alles überragenden Kathedrale, die so schwarz ist wie Sturmwolken am Abendhimmel.

Die Show fand in einem Klub statt, der nach hinten ansteigende Sitzreihen hatte wie ein kleines Kino. Es wurden Drinks serviert und die Lichter gelöscht – und schon richteten sich Scheinwerfer auf die beiden Hauptdarsteller.

Ich war auf das, was nun folgte, nicht vorbereitet. Alle anderen auch nicht. Vielleicht hätte ich es mir denken können (dies alles war ja für Hochzeitspaare arrangiert worden), aber ich hatte mir irgendwie eingebildet, dass der Puritanismus der Franco-Ära, in der es verboten gewesen war, an den Stränden Bikinis zu tragen, noch nicht ganz überwunden worden sei.

Dies war jedoch – jedenfalls was den Impresario der

Show anbetraf – offensichtlich längst geschehen. Das Paar auf der Bühne, ein drahtiger junger Mann mit fettigem, blauschwarzem Haar und eine ältere, dralle Brünette, entledigte sich ohne weitere Präliminarien seiner Kleidung, ließ sich auf einem Stapel Kissen nieder und fing an, simulierten Sex darzubieten.

Die Wirkung, die das auf die Flitterwöchner hatte, muss traumatisch gewesen sein. Viele der jungen Frauen waren aller Wahrscheinlichkeit nach noch unberührt, denn sie stammten schließlich aus Dörfern, wo die Moralvorstellungen noch so streng waren wie der Diätplan einer Gesundheitsfarm. Und die Erfahrungen ihrer Ehemänner beschränkten sich höchstwahrscheinlich auf heimliche und einmalige Gastspiele, denn der außereheliche Geschlechtsverkehr wurde in vielen der ländlichen Gebiete noch nicht toleriert.

Aber selbst unabhängig vom Ausmaß der Erfahrenheit konnte diese Show den Eindruck erwecken, dass wahre Liebe mit ein bisschen Gestöhn und Gekreisch, aber ohne echten Körperkontakt zu vollziehen sei. Mit Blick auf die bevorstehende Nacht eine recht entmutigende Vorstellung.

Ich ließ ein paar Minuten vergehen und mich dann zu einem Akt derart theatralischer Prüderie hinreißen, dass ich selbst überrascht war. Ich stand auf, erklärte großspurig: »Ich glaube, wir müssen uns das nicht länger zumuten!«, und verließ den Saal.

Die beiden Stars auf der Bühne hielten in ihrem Treiben inne und legten sich keuchend in die Kissen zurück. Die übrigen Paare folgten Diane und mir ins Foyer.

Der Besitzer des Klubs erhob natürlich Protest, hatte aber keine Einwände mehr, als ich damit drohte, ihn wegen Vorführung obszöner Handlungen anzuzeigen, wenn er uns nicht ohne Bezahlung der Drinks gehen lasse.

Die Schar der Flitterwöchner ging nachdenklich auseinander.

Am nächsten Morgen lieh ich mir einen winzigen Seat, und wir unternahmen eine Rundfahrt über die Insel mit ihren Bergen im Nordwesten, die betupft waren mit den Blüten tiefroten Mohns und gelber Mimosen, mit ihren Stränden, wo der Tourismus so üppig blüht wie der Mohn, und mit ihren Ebenen und Tälern im Inneren, wo es ausgedehnte Mandel-, Aprikosen-, Orangen- und Zitronenhaine gibt.

Wo immer wir anhielten, erschien auch das »unwahrscheinliche Paar«, standen plötzlich Federico und Cristina da wie herausklappbare Figuren eines Pop-up-Kinderbuchs. So etwa in Valldemosa, wo Chopin in den Jahren 1838 und 1839 mit seiner Geliebten, der Hosen tragenden Autorin George Sand, geweilt hatte. Oder im Dorf Deyá, wo der englische Dichter Robert Graves bis zu seinem Tod im Jahr 1985 gelebt hatte.

Federico grüßte mich mürrisch – das heißt, wenn er mich überhaupt wahrnahm. Seine junge Frau blickte uns traurig an und wisperte auf Valencianisch ein paar Worte. Ich fürchtete das Schlimmste – Cristinas Erwartungen hinsichtlich der ehelichen Liebe waren sicher in Palma durch das Paar im Klub und seine Fernbedienungs-Kopulation gründlich enttäuscht worden. Möglicherweise deutete die Besichtigungstour der beiden ja auch auf ein noch weitaus komplexeres Trauma hin.

Am dritten und letzten Tag unseres Urlaubs holte uns der Minibus nach dem Mittagessen vom Hotel ab.

Federico strahlte, lächelte das Lächeln des Erzliebhabers, der einmal mehr zum Erfolg gelangt ist. Der Kopf seiner Braut, die eine Hand unter seinen Arm geschoben hatte, war geneigt, aber dies im Winkel erfüllter Bitten.

Federico blinzelte mir sogar zu – eine höchst beunruhigende Erfahrung.

Dann stiegen auch Juan und Marisa, das »wahrscheinliche Paar«, in den Bus. Er starrte wie ein Roboter vor sich hin, sie betupfte ihre Augen mit einem Papiertaschentuch.

Auf dem Flughafen gewannen schließlich meine journalistischen Instinkte die Oberhand. Als wir alle vor dem Check-in-Schalter standen, ging ich zu Federico und fragte ihn: »Was ist geschehen?«

»Ich hatte am Anfang Angst«, antwortete er in zögerlichem Englisch. »Cristina ist die Tochter des Bürgermeisters von dem Dorf, in dem sie wohnt. Eine Dame! Und ich? Ich bin nur Kellner! Ich befürchtete, dass es mit den Flitterwochen nicht funktionieren würde …«

Ich starrte ihn erstaunt an. »*Sie* hatten Komplexe?«

»Wie ich schon sagte, ich hatte Befürchtungen.«

»Und was hat dann die Änderung bewirkt?«

»Sie«, sagte er und tippte mir auf die Brust. Und bevor ich Ungläubigkeit zum Ausdruck bringen konnte, fuhr er fort: »Sie und Ihre Frau, Sie beide haben einen so glücklichen Eindruck gemacht. Wissen Sie, dieses die Dinge miteinander teilen … Wir sind deshalb Ihrem Beispiel gefolgt. Und ich hab auf Sie beide gezeigt und zu Cristina gesagt: ›Siehst du, so wollen wir in den Jahren, die vor uns liegen, auch sein.‹ Und in der vergangenen Nacht hat sie endlich gesagt, sie liebt mich, na ja … da war halt alles gut.« Er schüttelte mir die Hand.

Seine Argumentation war nicht ganz fehlerfrei (ich war kein Kellner und Diane keine Bürgermeisterstochter), aber es freute mich zu hören, dass wir unwissentlich, aber erfolgreich die Rolle der Eheberater gespielt hatten.

»Beantworten Sie mir nur noch eine Frage und ich reise hier als glücklicher Mensch ab«, sagte ich. »Sie spielen doch Tennis, oder nicht?« Ich hatte mich so in ihm geirrt und hoffte nun, durch eine Bestätigung der Annahme, er sei Tennislehrer, meinen Stolz retten zu können.

Er runzelte die Stirn. »Tennis? Nie und nimmer, Señor. Aber Pool-Billard. Sollen wir beide mal? Um Geld. Sagen wir fünfhundert Peseten?«

Ich verabschiedete mich von den beiden und ging zum Ende der Schlange, wo das »wahrscheinliche Paar« stand – auseinandergerückt wie Eheleute, die sich entfremdet haben und vor dem Gerichtssaal auf ihre Scheidung warten.

»Entschuldigen Sie bitte, eigentlich geht es mich ja nichts an –« , begann ich.

Marisa unterbrach mich. »Entschuldigen Sie sich nicht. Nicht in Gegenwart dieses Mannes. Er ist ein Schwein!«

»Aber was –«

»Er war schon verheiratet«, sagte sie. »Deshalb.«

»Das war ich auch schon und trotzdem sind Diane und ich jetzt sehr glücklich.«

»Sie haben Ihrer Frau aber auch gesagt, dass Sie schon mal verheiratet waren. Dieser Mensch« – sie zeigte mit dem Daumen in Richtung Juan – »hat es mir erst vergangenc Nacht mitgeteilt. Es ist aus, alles ist aus.«

Ihr Mann starrte auf seine großen Bauernhände hinab – Daumen und Zeigefinger rieben aneinander, als streute er kleine Samenkörner aus.

Ich besuchte mit Diane auch einige der Küstenorte zwischen Alicante und Valencia, so zum Beispiel Jávea. Eigentlich besteht es aus drei Orten; aus dem alten Viertel, wo sich die Häuser, die ihre schmiedeeisernen Gitter wie Schmuck tragen, um die befestigte gotische Kirche scharen, dem kleinen Hafen neben einem Strand, an dem die Wellen auf den Kieselsteinen zischelnd Nachrichten hinterlassen, und dem Strand von Arenal, einem langen Sandstrand, den Cafés und kleine Läden von der Straße trennen und wo es nach geschmolzener Eiscreme und Sonnenöl duftet.

Dann fuhren wir nach Gandía, das nördlich von uns in Richtung Valencia liegt. Es ist ein urtümlicher Ort mit einem Herzogspalast, den einst ein Zweig der Familie Borgia bewohnt hat (darunter Pedro Luis, ein Bruder der schönen und bösen Lucretia). Dabei statteten wir auch dem Sandstrand vier Kilometer vom Ort entfernt unseren Besuch ab, der von Wohnblocks bewacht und von den städtischen Bediensteten täglich gereinigt wird.

Auch das zwischen Jávea und Alicante gelegene Benidorm, diese sich am Strand hinziehende Kette von Hochhäusern, die die Briten zu ihrer Kolonie gemacht haben, besuchten wir noch einmal.

Wir übernachteten in einem etwas brüchigen Hotel, wo ein kleines Orchester im Innenhof Strauß-Walzer spielte und Frauen mittleren Alters zufrieden strickten, während ihre Männer die britischen Revolverblätter lasen.

Wenn wir mehr Leben haben wollten, sagte uns das Mädchen am Empfang in gebrochenem Englisch, dann sollten wir in ein bestimmtes, auf Pauschaltouristen spezialisiertes Hotel gehen. »O Mann, Sie sollten mal die alten Knacker und die Omis aus dem Norden sehen«, meinte sie sinngemäß. »Das ist echt mal was anderes.« Sie machte eine vielsagende Geste und wandte sich dann wieder dem Schal zu, an dem sie häkelte.

Wir machten einen Abendspaziergang auf der Promenade vor einem flachen Strand, der mit Palmen gesäumt war. Gesetzte Ehepaare (britische, deutsche, holländische, skandinavische und spanische) schlenderten Arm in Arm dahin und erinnerten mich an meine Kindheit, als die Orchester in den Musikpavillons noch Gilbert und Sullivan spielten und die Luft nach Petunien und von der Nacht parfümierten Levkojen roch.

Diane und ich aßen in Essig ertränkte und mit Salz bepuderte *fish and chips* aus Zeitungspapiertüten. Hinter uns erstreckten sich die Wohnhochhäuser bis zur Küstenstraße.

In einem der unzähligen Pubs tranken wir dann ein Bier und begaben uns anschließend auf die Suche nach dem Ort, wo Opa und Oma angeblich die Sau rausließen. Die Musik führte uns hin – »Rock Around the Clock«.

Die Tanzfläche im Hotel wogte von Leibern. Alle bewegten sich nach dem Rhythmus eines Klaviers, das von einer Frau gespielt wurde, die wie Shelley Winters aussah. Die jüngsten Tänzer waren fünfundfünfzig oder so in dem Dreh.

Kurz nachdem wir eingetreten waren, leerte sich die Tanzfläche für ein einzelnes Paar. Der Mann war dem Aussehen nach ein in Rente gegangener Bergarbeiter aus Asturias, der Apfelwein trinkenden Region im Norden Spaniens. Er war breitschultrig und o-beinig und hatte ein lustiges, faltiges Gesicht. Seine Partnerin war um die fünfzig, grauhaarig und stramm, und hatte einen kurzen Rock und Turnschuhe an.

Die beiden legten einen ganz guten Start hin, wirbelten und drehten sich, und die Zuschauer klatschten den Takt mit. Dann wurden die Tanzschritte immer anspruchsvoller. Zu anspruchsvoll. Die Tänzerin tauchte plötzlich zwischen den gespreizten Beinen ihres Partners auf, kam hoch, geriet auf eine weggeworfene Zitronenschale und rauschte mit erhobenen Armen auf mich zu wie eine Frau, die ihren aus langem Krieg heimkehrenden Gatten begrüßen will.

Ich ergriff ihre eine Hand, hob den Arm, sie führte eine anmutige Pirouette aus und kehrte zu ihrem Mann zurück, der mit gesenktem Kopf auf der Tanzfläche stand und noch nach ihr suchte – als hätte ein Zauberer sie spurlos verschwinden lassen.

Die Zuschauer, die meinten, das sei alles so arrangiert gewesen, klatschten wie wild Beifall.

Diane und ich zogen dann weiter in ein Viertel mit Bars und Diskos, wo sich ein wenig jüngere Feriengäste bis zum Morgengrauen und länger vergnügten. Fetzen rivalisierender Musik drangen zu uns auf die Straße. Schlepper standen neben Rausschmeißern und lockten Passanten in dunkle Tiefen hinein, wo der erste Drink immer aufs Haus ging. Was den Preis des zweiten anging, gaben die Schlepper nicht so bereitwillig Auskunft.

Vor einem der Etablissements attackierte ein Rausschmeißer zwei kurzhaarige Teenager mit einem Baseball-Schläger. Der Kerl war zwar klein, sein Schläger jedoch recht groß, und er schwang ihn so wild, dass sich alle Umstehenden bedroht fühlten.

Als er mit dem Schläger erneut weit ausholte, packte ich die Waffe und hielt sie fest. Ich fragte den jungen Mann, warum er auf die beiden Knaben losgegangen sei.

»Sie haben meine Mutter beleidigt«, antwortete er und setzte hinzu: »Ich bin aus Kuba.« Als ob das alles erklärte.

Auf dem Rückweg zu unserem Hotel beobachteten wir britische Jugendliche, die in Stiefeln über eine Reihe geparkter Autos liefen. Als ein Streifenwagen mit heulender Sirene angerast kam, rannten sie weg – direkt in die Arme von ein paar Bereitschaftspolizisten, die vorhergesehen hatten, welchen Fluchtweg sie nehmen würden. Die Beamten versetzten mit ihren Knüppeln den Jugendlichen ein paar halbherzige Schläge, packten sie in ihren Mannschaftswagen und brachten sie zum nächsten Revier – für sie waren die Knaben nur kleine Fische.

Palmwedel raschelten in der nächtlichen Brise ... Wellen liefen murmelnd auf den Strand ... Die Sterne funkelten. Ich schlief in meinem Hotelbett sofort ein und träumte, dass ich zu der Musik Bill Haleys und der Comets tanzte und, dem Bergarbeiter nacheifernd, Diane über die Tanzfläche schleuderte.

Frühstück. Krüge mit stärkendem Orangensaft, ein Büfett mit Spiegeleiern, Schinken, Würstchen, Tomaten und Baked Beans. Toast, Butter und Pflaumenmarmelade. Große Thermosgefäße mit kochend heißem Tee, Beutel mit Pulverkaffee, Zucker und Süßstoff.

Ich habe eine Schwäche für Hotelfrühstücke und bediente mich reichlich. Diane nahm nur ein Ei und ein Scheibchen Schinken.

Zu uns an den mit einer Plastikdecke geschützten Tisch setzte sich ein amerikanisches Ehepaar mittleren Alters, das aus dem Mittelwesten stammte. Dem Mann gehörte eine Landmaschinenfabrik und die Eheleute verbrachten nun die ersten drei Monate seines Ruhestandes auf einer Europareise. Sie waren schon in Großbritannien und Frankreich gewesen und wollten noch nach Italien und Griechenland, aber fürs erste gehörte ihr Herz Spanien.

»Die Menschen sind so überaus freundlich«, sagte Mary, eine kleine, flinke Frau mit blau getönten Korkenzieherlocken.

»Tolle Golfplätze«, meinte ihr Gatte Charlie, der schlaksig war und ein kluges Gesicht, kaum noch Haare und kornblumenblaue Augen hatte.

»Charlie geht heute Vormittag zum Golf«, sagte Mary, »und ich mache am Strand Aerobic. Spielen Sie Golf?«, fragte sie mich und meinte, als ich den Kopf schüttelte: »Warum kommen Sie beide dann nicht mit runter zum Strand?«

Immer der Spielverderber, schüttelte ich erneut den Kopf.

Diane sah mich mißtrauisch an. »Was hast du denn vor?«, wollte sie wissen.

»Ich gehe tanzen«, sagte ich. »Du kannst derweil trainieren.«

Ich machte eine Kontrolle am Strand und stellte fest, dass die beiden Frauen tatsächlich gehorsam den Kommandos einer blonden Amazone in rotem Trainingsanzug folgten (Diane schien immer ein bisschen hinter den Pensionären herzuhinken, obwohl die doppelt so alt waren wie sie). Dann ging ich, kaufte mir eine Zeitung und strebte einem Café an der Promenade zu, wo ab zehn zum Tanz aufgespielt wurde.

Ich wollte allerdings nicht tanzen, sondern mir nur ein paar Notizen für einen möglichen Zeitschriftenbeitrag machen. Von dem Café aus konnte ich beobachten, wie am Strand sonnenbeschirmte Familien mit Kindern unter Zuhilfenahme todbringender Pflöcke ihre Claims absteckten. Ein paar der Frauen waren oben ohne, richteten weiße Brüste auf die Sonne aus.

Ich bestellte einen Kaffee und sah einem älteren Ehepaar zu, das zur Musik einer Hammondorgel, die von einem gelangweilten Musiker mit extravaganten Koteletten gespielt wurde, foxtrottete. Die beiden waren vollkommen absorbiert, fühlten sich offensichtlich zurückversetzt in die Jugendzeit mit ihren noch weicher fließenden Rhythmen.

Der Alleinunterhalter spielte als nächstes den Tango »Jealousy«.

»Würden Sie gern tanzen?« Ich sah von meiner Zeitung auf. Eine große, dunkelhaarige Frau in den Vierzigern, die einen gekrümmten Rücken hatte und ein blaues Kleid mit Punktmuster trug, lächelte mich nervös an.

»Tut mir leid –«

»Bitte.« Sie beugte sich zu mir herab und flüsterte: »Es ist eine Wette.« Nach ihrem Akzent zu urteilen, stammte sie aus Birmingham in den englischen Midlands.

»Was für eine Wette?«, fragte ich.

»Dass ich nicht den Mut haben würde, Sie aufzufordern, und wenn doch, dass Sie mir einen Korb geben würden. Das tun Sie doch nicht, oder?«

»Um wieviel haben Sie denn gewettet?« Ich war noch nie ein großer Tänzer gewesen (ich fürchtete alle Rückwärtsschritte), aber an Wetten hatte ich Spaß.

»Hundert Peseten«, antwortete sie. »Nicht viel, ich weiß, aber –«

»Warum ausgerechnet ich?« Ich war auf ein Kompliment aus.

»Nun ja, Sie sind hier der einzige Herr ohne Begleitung.«

Sie reichte mir eine schmale, schwer beringte Hand und mich packte der Wahnsinn. Ich war noch nie in der Lage gewesen, auch nur einen einfachen Quickstep hinzukriegen, von einem Tango gar nicht zu reden, aber das Zeitalter der Ritterlichkeit sollte noch nicht Geschichte sein. Ich erhob mich und folgte ihr auf die Tanzfläche.

Meine Partnerin nahm augenblicklich das Heft in die Hand. Stolzierte, glitt dahin, drehte hoheitsvoll den Kopf zur Seite. Sie war eine wiedergeborene Ginger Rogers – mit einem schmuddeligen Möchtegern-Fred Astaire im Arm, der Jeans anhatte, ein ausgebleichtes blaues Hemd und Tennisschuhe, die auf der Tanzfläche quietschende Geräusche machten. Aber alles ging gut, bis ich rückwärts getrieben wurde.

Ich geriet in Panik und spannte in dem Versuch, nicht außer Kontrolle zu geraten, alle Muskeln an. Das war so, als wollte man versuchen, vom Rückwärtsgang direkt in den ersten zu schalten. Durch meinen Rücken fuhr ein stechender Schmerz.

Zum Glück war in diesem Augenblick der Tanz zu Ende. Meine Partnerin rief »*Olé*« und kehrte zu ihrem Tisch zurück, um bei zwei braungebrannten Herren mit schlohweißem Haar ihren Gewinn einzufordern.

Ich humpelte zu meinem Kaffee und der Zeitung zurück. Der Musikus warf mir einen mitleidigen Bekenn-dich-endlich-zu-deinem-Alter-Blick zu, legte ein Glenn Miller-Band ein und enteilte zur Bar.

Als ich in unser Hotel zurückkam, schleppte sich gerade Diane durch die Lobby zum Aufzug, eine Hand aufs Kreuz gedrückt.

Ich holte sie mit ein paar schwankenden Schritten ein –

wie ein Marathonläufer, der bei Wiedererreichen des Stadions dem Zusammenbruch nahe ist. »Was ist passiert?«, erkundigte ich mich.

»Diese vermaledeiten Übungen«, sagte sie. »Als ich mit den Fingerspitzen zu meinen Zehen runter bin, ist mir ein Wahnsinnsschmerz durch den Rücken gefahren. Und weißt du, was dieses Mannweib von Kursleiterin gesagt hat?«

»Nun haben Sie sich mal nicht so.«

»Woher weißt du?«

»Das hätte ich gesagt.«

Wir halfen einander in den Aufzug, mitfühlend von Ruheständlern beobachtet, die so fit waren wie Bodyguards.

Am Nachmittag des nämlichen Tages kehrten wir dann wieder zu Jonathan, Jones und den zwei Katzen zurück – und spazierten am Abend mühsam bis zum Ende unseres Gartens, um dem Herabsinken der Nacht zu lauschen. Dem Flöten einer Nachtigall, dem Gezirp der Zikaden, dem Wispern von Fledermausflügeln …

Von den Missgeschicken abgesehen, war in meinen Augen die Erkundung unseres Territoriums ein voller Erfolg gewesen. Wir waren nach Mallorca geflogen und hatten gesehen, wie der Tourismus die Schönheit der Insel zerdrückt. Wir waren nach Gandía gefahren, wo sich die Wohnblocks wie ein alles überragender Damm erheben, und nach Jávea, das so britisch ist, dass es auch ein Stück des kolonialen Indien hätte sein können.

Aber paradoxerweise war es Benidorm, das den größten Eindruck auf uns gemacht hatte. Es hatte uns nicht nur in der Ansicht bestärkt, dass das Seebäder-Leben nicht unsere Sache war, sondern uns auch daran erinnert, dass es außerhalb unserer Zitrusplantagen noch viele andere Spanien gab, schön oder rau, kalt oder gefühlsselig, großmäulig oder auf beredte Weise schweigend.

Die Fetzen eines *cante jondo*, einer tragischen Flamenco-Weise, die aus einer Bar in Guadix, westlich von Granada, drangen, hatten uns in Erinnerung gerufen, dass Zigeuner immer noch in Höhlen lebten, von denen einige so ordentlich wie Reihenhäuser, andere so primitiv wie Fuchsbaue waren. Die reichlich vorhandenen Ruheständler aus nördlichen Ländern hatten auch andere Bilder evoziert, Bilder von einem harten Leben in den Bergen, wo man vom Wohlergehen weniger Stücke Vieh abhängig war, und Bilder von den stampfenden, vom Rhythmus der Schwerindustrie bestimmten Städten wie Bilbao.

Das alles war nicht der Stoff, aus dem das Spanien der Reiseprospekte gemacht ist.

Nicht zuletzt die Verschiedenheit der europäischen »Zuwanderer«, die Benidorm vorübergehend bevölkerten (manche Pensionäre blieben allerdings auch – dank stark verbilligter Preise – den ganzen Winter über), hatte die Widersprüche der blutbefleckten Geschichte Spaniens einmal mehr erkennbar werden lassen.

Ungeachtet all der Kriege, die durch Aufrührer, territoriale Auseinandersetzungen oder die Frage der Thronfolge ausgelöst worden waren, hatten Juden und Araber drei Jahrhunderte lang friedlich nebeneinander gelebt – bis die Christen am Ende über die Mauren siegten und 1492 die Juden des Landes verwiesen oder sie dazu zwangen, zum christlichen Glauben überzutreten. Vielleicht könnte es den heutigen Friedenstiftern im Nahen Osten zum Vorteil gereichen, wenn sie sich diese 300 Jahre des

Mittelalters und ihr friedliches Miteinander etwas genauer ansähen.

Unter den Orangen- und Zitronenbäumen hinter der Costa Blanca zur Ruhe gekommen, konnte man leicht vergessen, dass wir in einem immer noch turbulenten Land lebten, und so beschlossen wir an jenem Abend, unsere Erkundung fortzusetzen.

... 12 ...

Der Kalif und der Servietten-Mann

Die Hitze suchte das Dorf zum ersten Mal Anfang Juni heim. Alle Esel, die Karren ziehen mussten, ließen die Ohren hängen, die Schüler bekamen mittags hitzefrei und die Fächer der alten Frauen in der Kirche schlugen so hektisch wie die Flügel gefangener Vögel.

Ein Lieferwagen brachte Eis. Der Fischhändler, der mit seinem Wagen allwöchentlich die Runde machte, kündigte sein Kommen mit lautem Hupen an. Zigeuner verkauften rotmundige und schwarzzahnige Wassermelonen so groß wie die Gummibälle am Strand.

An den Straßenrändern verwelkten die gelblichgrüne Reseda und der mauvefarben blühende Natternkopf. Die Glühwürmer an den Feldsteinmauern machten nachts ihre Lampen an.

Die Hitze war so groß, dass mich der Anblick eines Mohren überhaupt nicht erstaunte, der offenkundig verärgert, weil mit einem Schwert nach Fliegen schlagend, die Hauptstraße hinunterschritt. Vielleicht war er ja eine Fata Morgana.

In seinem wehenden rot-weißen, seidigen Gewand bog er zur Bar Paraíso ab. Ich folgte ihm dorthin, und als ich die Bar betrat, verstummte gerade der Lärm der Kaffeemaschine und der große Zeiger der Wanduhr glitt rückwärts – man brauchte nur lange genug in der Bar auszuharren und schon war es wieder gestern.

Der Mohr war, wie sich bald herausstellte, keine

Geistererscheinung. Er bestellte einen Whisky der Marke Dyk (die spanische Antwort auf Scotch), kippte ihn hinunter und wandte sich dann an die kleine Schar der Stammgäste: »Was glotzt ihr denn so?«

Die Stimme hatte ich schon gehört. Und auch die Figur mit dem Turban und der exotischen Aufmachung kam mir jetzt irgendwie bekannt vor. Dann hatte ich es.

»Emilio«, sagte ich, »was, zum Teufel, treiben Sie denn da?«

Wie sich herausstellte, probte er für eine Fiesta *moros y cristianos*, bei der sich Einheimische als Mauren aus Nordafrika (die ja Spanien 700 Jahre lang besetzt gehalten hatten) oder Christen (die die Mauren im 15. Jahrhundert schließlich besiegt hatten) verkleideten, die Hauptstraße von Denia hinuntermarschierten und dann eine Schlacht simulierten.

Eine solche Fiesta wurde überall im Land veranstaltet, die aufwändigste in dem fünfzig Kilometer entfernten Ort Alcoy. Die Kämpfer – Christen in Rüstung oder Kettenpanzer und stolz daherkommende Mauren – zogen in langer Prozession dahin, begleitet vom Trommel- und Zymbelschlag der Musikkapellen.

Dem Aufmarsch folgte die ohrenbetäubend laute Schlacht, bei der Schwerter und Musketen zum Einsatz kamen und an deren Ende die Schlüssel der Burg an die Christen übergeben wurden. Wie man mir berichtete, hatten einmal in einem Ort in der Nähe die Führer der Mauren, statt die Schlüssel zu übergeben, gerufen: »Na los, holt sie euch doch.« Die Schlacht hatte daraufhin eine realistische Wendung genommen und viele Angehörige beider Armeen waren im Krankenhaus gelandet.

Obwohl die Mauren ihren Besitz vor mehr als 500 Jahren verloren hatten, waren in der Region noch immer Spuren vorhanden – allerdings nicht in so großartiger Form wie etwa der Alhambra in Granada, sondern in weitaus bescheidenerer. Man konnte Terrassen sehen, die sie an steilen Hängen angelegt hatten, Alleen, die einst zum Suk, zum Markt, geführt hatten, und junge Männer mit Habichtsgesichtern, die aussahen, als sollten sie eigentlich auf Araberhengsten durch das nordafrikanische Atlasgebirge reiten.

Das war jedenfalls alles noch sehr viel lebendiger als das Erbe der Iberer, Phönizier, Griechen, Römer und Westgoten, die sich alle in Spanien aufgehalten hatten – wahrscheinlich, weil die Zeit der Mauren noch gar nicht so lange zurücklag.

Emilio vertraute mir an, dass er schon immer viel lieber einen Christen dargestellt hätte, was eigentlich pervers war, weil die meisten lieber Mauren sein wollten – nicht weil sie sich ihnen auf irgendeine Weise verbunden gefühlt hätten, sondern einfach deshalb, weil diesen im Lauf der Zeit eine gewisse Schurkenhaftigkeit zugewachsen war (was höchstwahrscheinlich nicht sehr viel mit der Realität zu tun hatte).

»Warum?«, fragte ich Emilio.

Er griff nach seinem Plastikschwert. »Weil sie gesiegt haben.«

Erst diese Woche noch habe er versucht, zu den Christen überzulaufen, aber die hätten ihn nicht haben wollen. Was, wie ich annahm, der Grund für seine schlechte Laune war.

Er bestellte noch einen Whisky und steckte sich eine zerkrümelnde Zigarre an. »Wetten Sie gern, Señor Derek?«

»Wenn die Sache nicht ganz aussichtslos ist.«

»Dann kommen Sie heute in einer Woche um elf her. Ich habe nämlich einen Wettkampf im Armdrücken organisiert.«

Es war mir klar, dass es sich da um eine Herausforderung handelte, der man mit Vorsicht begegnen musste, erst recht, wenn Emilio das Sagen hatte. Zwar schätzte ich ihn inzwischen durchaus, aber das änderte nichts daran, dass er unberechenbar war.

Er nahm sein Schwert und verließ die Bar. An der Wand klackte der Zeiger der Uhr erneut eine Minute rückwärts.

Wir lebten jetzt schon sechs Monate in Spanien, und unsere Entschuldigungen dafür, dass wir unser Spanisch nicht weiter verbesserten, hatten an Überzeugungskraft eingebüßt. Um etwas zu tun, belegten wir bei einem Spracheninstitut in Denia Spanisch-Kurse. Diane sprach ja schon relativ fließend, aber ich hatte mich seit jeher schwer getan und war stets all jenen Spaniern dankbar, die ein bisschen Englisch sprachen – oder, wie Emilio, sehr viel.

Eines Montagmorgens fuhren wir also in Dianes kleinem primelgelben und ordentlich verbeulten Citroën nach Denia zu unserer ersten Unterrichtsstunde. Wir wählten die kleinen Nebenstraßen, die durch Zitrusplantagen führten – erst Orangen, dann Tangerinen und Mandarinen.

Früher war Denia einmal das Zentrum des spanischen Rosinenhandels gewesen, weshalb zu jener Zeit auch sehr viel mehr Wein in dieser Ecke Spaniens angebaut worden war. Britische Händler hatten sich in den Bordellen und Spielkasinos der Stadt vergnügt, während die Trauben trockneten. Dann aber hatte am Ende des

19. Jahrhunderts die Reblauskatastrophe nahezu alle Rebstöcke vernichtet, sodass sich die Briten nach Hause zurückgezogen hatten. Leider waren sie nicht wieder zurückgekommen, obwohl man einen Teil der Weinbaugebiete neu bepflanzt hatte.

Vor uns auf einem Felsen ragten die Überreste der alten Burg von Denia auf, im Wesentlichen hohe Mauern mit nicht sehr viel dahinter. Die Stelle, an der einmal ein Diana-Tempel gestanden hatte, befand sich, so nahm man an, nahe der Stadtmauer, und es hieß, irgendwo nicht weit von dort liege eine goldene Statue der römischen Göttin vergraben. Einem Gerücht zufolge hatte man einmal die noch recht gut erhaltenen sterblichen Überreste eines römischen Zenturios ausgegraben, aber der war sofort zerfallen, nachdem er einen Blick auf die Ergebnisse der Evolution geworfen hatte.

Wir überholten einen gesetzten Radler, dann einen Fischer, der einen getrockneten Kraken an den Tentakeln schwang, und schließlich einen Teppichhändler mit glänzender Haartolle, der auf einem Läufer neben seinem Lieferwagen saß und seine morgendliche Flasche Bier trank.

Diane hielt an, weil uns eine Schaf- und Ziegenherde entgegenkam. Die Tiere näherten sich unserem Auto höchst vorsichtig und rannten dann ganz schnell daran vorbei, während der Hirt, sanft lächelnd, seine beiden Hunde für sich arbeiten ließ.

Wir kamen an einem Herrenhaus mit gelben Mauern und kleinen Türmchen vorbei – letztere hatten Dächer, die wie die Deckel alter Blechmülltonnen aussahen; und schließlich erreichten wir die Außenbezirke Denias.

Diane parkte den Citroën, und wir gingen durch den Tunnel, der unter der Burg hindurchführt. Als wir am anderen Ende aus der feuchten Dunkelheit traten, war das Sonnenlicht so grell, dass uns die Augen wehtaten.

Der Direktor des *English Institute*, an dem Ausländer Spanisch und Spanier Englisch lernen konnten, war ein fescher, kraushaariger Lehrer namens Julio, der einmal Pilot der spanischen Luftwaffe gewesen war. Diane kam sofort in einen Kurs für Fortgeschrittene, während ich in einen Klassenraum voller Nieten verbannt wurde – in der Mehrzahl jene Kategorie von Ausländern, die steif und fest behaupten, sie könnten zwar kein Spanisch sprechen, es aber immerhin lesen.

Die Unfähigkeit, die Sprache schlicht und einfach aufzuschnappen, war wohl der verbreitetste Grund für die Frustration vieler Neubürger. Ich hatte es da ein bisschen besser – ich hatte Diane.

Ich saß zwischen einem großspurigen, grauhaarigen Deutschen mit Namen Klaus, der im Zweiten Weltkrieg Panzerkommandant in Russland gewesen war (er hinkte leicht, was er den Sowjets verdankte, und funkelte im Glanz von Goldketten, Identitätsschildchen und Ringen), und Sonje, einer bezaubernden holländischen Künstlerin, die Klaus offenkundig verabscheute.

Julio begrüßte uns freundlich in unserem Unterrichtsraum, und eine Frau in der letzten Reihe erklärte prompt, er spreche zu schnell – das übliche Missverständnis des Fremden, der einen Muttersprachler in ganz normalem Gesprächstempo sprechen hört.

Sonje erwiderte Julios Begrüßung mit ein paar wohlgesetzten und, wie ich argwöhnte, wohleinstudierten Worten. Klaus antwortete kurz und knapp, als befehle er die Zerstörung eines russischen Panzers. Beide warfen sich über das Niemandsland hinweg, in dem ich saß, feindselige Blicke zu.

Julio fragte uns alle nach unseren Namen, und wir nannten sie ihm, hübsch der Reihe nach. Ein Engländer mit buschigen Augenbrauen aus einem Dorf bei Jávea schmückte den seinen mit unnötigen Referenzen und einer Flüssigkeit aus, die den Verdacht nahelegte, dass er nur in dieser Klasse war, um ordentlich angeben zu können.

Die Briten und Amerikaner waren brauchbare Schüler, die Italiener, Franzosen, Portugiesen und Holländer von den europäischen die besten.

Will man Spanisch fließend sprechen lernen, ist es natürlich am sinnvollsten, sich unter Spanier zu mischen. Noch besser ist es, man nimmt sich eine spanische Geliebte oder einen spanischen Geliebten – aber die meisten der ausländischen Dauergäste waren bereits in einem Alter, wo ihre Kräfte nicht mehr für linguistische Vorspiele reichten, sondern ganz auf den Akt selbst konzentriert werden mussten.

Sonje gab ihren Namen mit einem Lächeln und einem Augenzwinkern preis. Klaus stand unsicher auf – wenn er sein lahmes Bein vergäße und die Hacken zusammenknallte, würde er, wie ich befürchten musste, um- und auf mich drauffallen. Ich wappnete mich, aber er fiel nicht.

Julio wandte sich in spanischer Sprache an uns und teilte uns mit, dass er unser Lehrer sei, dass wir seine Schüler seien, dass es Montag sei und die Sonne scheine.

Draußen vor unserem Unterrichtsraum, der sich über einem Buchladen befand, lockte ein herrlicher Sommertag. Auf der Straße kokettes Lachen und das Gehuste von Mopeds, in der Luft der Flügelschlag von Tauben …

Eine Hand packte meinen Oberschenkel. Ich sah hinunter. Sie gehörte nicht dem Panzerkommandanten, sondern Sonje.

»Dieser Mann ist ein Narr«, zischte sie.

»Welcher Mann?«, fragte ich zurück.

»Der Deutsche, der neben Ihnen sitzt.«

»Und warum ist er ein Narr?«

»Die Art, wie er sich aufführt«, flüsterte sie geheimnisvoll.

»Silencio.« Julio warf uns einen strengen Blick zu. Er fragte Sonje, welchen Tag wir hätten und wie das Wetter sei, und sie antwortete ihm, dass es Montag sei und die Sonne scheine.

Buschig Augenbrau brach in Gelächter aus. Klaus stubste mich an und flüsterte: »Sie hat einen schrecklichen Akzent, diese Frau da neben Ihnen.«

»Ihrer ist gut?«

»Ja, ist sehr gut.«

Julio fragte ihn, welcher Tag morgen sei und wie seiner Meinung nach das Wetter werden würde.

Klaus antwortete einigermaßen flüssig, aber es klang so, als gäbe er den Befehl zum Angriff auf Stalingrad.

Sonje, die die Ausläufer eines gebräunten Busens sehen ließ, packte erneut meinen Oberschenkel und sagte: »Er hat einen fürchterlichen Akzent.«

Gegen Ende der Stunde wurden die Feindseligkeiten zwischen Deutschland und Holland zunehmend hitziger.

Sonje lachte bei jedem Fehler, der Klaus unterlief, schrill auf. Und Klaus rief jedesmal, wenn sie einen machte, Gott an. Der Engländer erhob bei jedem neuen Ausbruch die Augenbrauen noch ein Stück höher. Allerdings wurde nach einer Weile ich zur Zielscheibe seines Spotts – als ich *cervezas* (Biere) und *servicios* (»Toiletten«)

verwechselte, hörte ich, wie er zu einem anderen »Schüler« sagte, ich enttäusche England.

Die Lage verbesserte sich in den folgenden Unterrichtsstunden nicht. Mein Oberschenkel wurde weiterhin attackiert, und als ich schließlich auf einen Platz an der Wand auswich, gingen Klaus und Sonje vor und hinter mir in Stellung.

Julio war ein guter Lehrer, aber ich lernte mehr holländische und deutsche Kraftausdrücke als Spanisch.

Deshalb gab ich am Ende auf. Nach einer besonders qualvollen Stunde in der Pufferzone zwischen Klaus und Sonje ging ich über die Straße in das Café, in dem ich mich mit Diane verabredet hatte.

Ich saß an einem Tisch, umgeben von Frauen mittleren Alters, die klebrige Teilchen verzehrten, und trank meinen Kaffee, als der Engländer mit den buschigen Augenbrauen hereinkam, an der Tür stehenblieb und sich suchend im Raum umsah, an den Kapitän auf der Brücke eines Kriegsschiffes erinnernd. Ich versuchte, mich hinter der Zeitung zu verstecken, aber er entdeckte mich und setzte sich zu mir.

»Höre, Sie sind von Bord gegangen«, sagte er, nachdem er sich einen schwarzen Kaffee und einen Brandy bestellt hatte. »Darf ich Ihnen einen Rat geben?« Ohne meine Erlaubnis lange abzuwarten, gab er ihn. »Werfen Sie nicht so schnell das Handtuch, das macht einen schlechten Eindruck.«

»Unbritisch?«

Er nickte, lächelte verkniffen. Dann kippte er seinen Brandy hinunter und trank verschwörerisch von seinem Kaffee. »Wir müssen Vorbild sein.« Er zog seine Krawatte hoch und fuhr kämmend mit den Fingern durch das grau werdende Haar über den Ohren.

»Vorbild für wen?«, erkundigte ich mich. »Für die Eingeborenen?«

»Will ja nur behilflich sein.« Er drehte an den Messingknöpfen seines Blazers wie an den Knöpfen eines alten Radios. »Ihre Einstellung läßt einiges zu wünschen übrig. Waren Sie bei der Armee?«

»Luftwaffe.«

»Ah. Bin Marinemann. Waren Sie Pilot?«

»Bedaure.«

»Sie sehen aber ziemlich fit aus«, meinte er, Neid in der Stimme.

»Gartenarbeit«, sagte ich und dachte an Ángel, wie er sich in seinem Gefängnishof abrackerte.

»Irgendein Sport?«

»Nicht mehr«, antwortete ich. »Kriege ich nun die Stelle?«

»Welche Stelle?« Seine Brauen zuckten.

»Ich hatte den Eindruck, bei einem Einstellungsgespräch zu sein.«

Er überhörte das. »Ich dachte mir, wir könnten in der kommenden Woche mal Flagge zeigen. Wie ich hörte, wird in Ihrem Dorf ein Wettkampf veranstaltet. Ein bisschen Armdrücken. Wir könnten denen mal zeigen, dass wir Brits aus hartem Holz geschnitzt sind.«

»Armdrücken gegen Spanier?« Ich erinnerte mich wieder an Emilios Einladung. Der Engländer sah mit seinem gebräunten Golferteint und der aufrechten Haltung einigermaßen gut in Schuss aus, aber gegen Emilios Muskelpakete würde er nie und nimmer ankommen.

»Nein, Sie und ich«, antwortete Buschig Augenbrau. »Auf diese Weise siegt wenigstens ein Brite.«

Ich sah ihn verblüfft an. »Und was ist mit meiner Einstellung? Ich dachte, die ließe eine Menge zu wünschen übrig?«

»Könnte ihr guttun. Sie wissen schon, britische Sportlichkeit, sowas in der Art.« Er sah mich listig an. »Dachte, wir könnten bei der Gelegenheit auch eine kleine Wette abschließen. Sagen wir fünfzig Pfund?«

»Topp«, sagte ich. Ich hatte das Glücksspiel eigentlich nie zu meinen vielfältigen Lastern gezählt, aber jetzt war ich bereit, auf die Pauke zu hauen, weil mir klar geworden war, dass es hier um mehr ging als nur um einen antiquierten Patriotismus – es würde ein Wettstreit der unterschiedlichen Einstellungen zur Ansiedlung in einem fremden Land werden. Er hatte sich den Isolationismus auf die Fahne geschrieben, ich die Integration. Ich argwöhnte, dass er fähiger war, als er zugeben mochte. »Sagen wir hundert Pfund«, setzte ich hinzu.

»Abgemacht.« Er stand auf und schüttelte mir die Hand. Sein Händedruck war erstaunlich kräftig.

»Wie war's heute?«, fragte ich Diane, als sie endlich kam.

»Toll.«

»Toll?« Wie konnten unregelmäßige Verben toll sein?

»Ich wechsle den Kurs.«

»Eine Beförderung?«

»Nicht ganz. Julio hat mich gebeten, eine Kinderklasse zu übernehmen und den Kleinen Englisch beizubringen.«

»Mein Gott«, sagte ich auf Deutsch.

Ich verschwieg Diane die Sache mit der Armdrückerei, was bedeutete, dass ich ihr auch nicht von der Wette erzählen musste. Sie hätte mir zwar den Rücken gestärkt, aber es gibt nun mal Dinge, die nur einen selbst etwas angehen. Ich verbrachte die folgenden Tage damit, dass ich mit Wänden armdrückte und einen kleinen Gummiball knetete, was, wie man mir gesagt hatte, die Unterarmmuskulatur kräftige. Diane ertappte mich einmal bei einer Kraftprobe mit der Garagenwand und sah mich an, als hätte ich einen gehoben.

Die ganze Zeit verfolgte mich der Gedanke an den kräftigen Händedruck von Buschig Augenbrau bei unserer Verabschiedung im Café – das war ein rechter Rambo-Rocky-Druck gewesen, der darauf schließen ließ, dass unter seinem Blazer die Muskeln eines Gewichthebers lauerten.

Als der Tag des Armdrückens anbrach, war alle Kraft aus meinem rechten Arm gewichen, und als ich die Faust ballte und spannte, zuckte ein Schmerz durch mein Handgelenk. Ich suchte nach Emilio, um mir Rat bezüglich der Taktik zu holen, aber er hatte eine Woche frei genommen, um für das Spektakel mit den Mauren und Christen zu proben, und hielt sich zumeist in Denia auf, wo er trank, seine schuppigen Zigarren rauchte (ein unverzichtbares Accessoire der Mauren) und mit seinem Schwert Fliegen erschlug.

Als ich um elf Uhr in die Bar Paraíso kam, saß Emilio neben Jesús, dem Gasflaschen-Lieferanten, an der Theke. Sein schwarzes, von silbernen Strähnen durchzogenes Haar war geölt und angeklatscht, und sein zerfurchtes Gesicht zeigte den üblichen Ausdruck entschlossener Aufrichtigkeit, nur ein wenig aufgelockert von hindurchschimmernder Gerissenheit.

Zum ersten Kampf, sagte er, würden zwei relativ fremde Leute antreten. Er deutete auf einen Tisch hinter den Zuschauern, die die Bar füllten. Dort saß Buschig

Augenbrau neben einem legendären Besucher Denias, dem Servietten-Mann.

Der Servietten-Mann war ein stämmiger und fröhlicher Katalane mit grauem Kraushaar und Wurstfingern, der etwa jeden Monat einmal im Dorf erschien und aus weißen Papierservietten Balletttänzerinnen herstellte.

Die Kinder sammelten sich um seinen Tisch, wenn er das Papier zu Tutus riß und faltete. Am Ende verteilte er seine Werke mit süßem Lächeln, an jede ausgestreckte Hand eines.

Er hatte auch scharlachrote Servietten dabei, aus denen er Nelken machte – für Mädchen, die ihm gefielen. Wahrscheinlich ließ so manch eine Papierblume in nördlichen, weit von Spanien entfernten Häusern immer von neuem sonnenerwärmte Erinnerungen aufleben.

Ich starrte Emilio an. »Warum die beiden?«

»Warum nicht? Jeder ist willkommen.« Er senkte die Stimme zu einem überlauten Flüstern. »Und der Servietten-Mann ist der Favorit.«

Die Wetteinsätze wurden bei Jaime, dem winzigen Barmann, eingezahlt, der sie in einem Notizbuch festhielt. Die Spanier sind geradezu zwanghafte Spieler – die nationale Weihnachtslotterie, *El Gordo* (»Der Dicke«), war, ging es nach dem investierten Geld, die weltweit größte, und beim Poker wurden ganze Monatslöhne verspielt, beim Fußballtoto Vermögen gewonnen.

Es wurde erzählt, ein Mann habe in einem illegalen Spielkasino in einer nahegelegenen Stadt sein Haus beim Pokerspiel verloren, ein anderer seine Frau – obwohl da ein Gerücht wissen wollte, dass er das Spiel absichtlich verloren und dem Gewinner kondoliert hatte.

Ich wandte mich an Jesús. »Meinen Sie auch, dass der Servietten-Mann gewinnen wird?«

»Ich stimme mit Emilio überein.« Der Tischler ballte die Fäuste, während Jesús die Frage anfügte: »Und was meinen Sie, Señor Derek?«

Buschig Augenbraus Händedruck gedenkend, massierte ich mir die rechte Hand. »Es wird nicht so leicht werden, wie Sie denken«, sagte ich.

»Dann setzen Sie also auf den Engländer«, sagte Emilio. »Können Sie erraten, gegen wen er antreten will, wenn er gewinnt?«

»Ich weiß, mit wem er gern kämpfen würde«, antwortete ich. »Nämlich mit mir.« Ursprünglich war ja nur der Kampf zwischen uns beiden vorgesehen gewesen, aber Buschig Augenbrau hatte sich offensichtlich für einen Doppelschlag entschieden.

Ich gab der guten Geldanlage den Vorzug. Diane hatte mir tausend Peseten mitgegeben, damit ich Erdbeeren und Sahne kaufte, und die setzte ich jetzt lieber auf den Servietten-Mann. Die Quote betrug 2:1.

Die Menge schob in Richtung des Tisches, an dem Buschig Augenbrau und der Servietten-Mann saßen. Letzterer fertigte aus einer weißen Serviette eine weitere Ballerina, setzte sie auf den Tisch und schaute zu, wie sie sich in der durch den Ventilator an der Decke erzeugten Brise anmutig drehte.

Ein alter Köter kam von draußen aus der Hitze herein und sackte auf dem Fußboden in sich zusammen. Jaime verließ die zischende Kaffeemaschine und bahnte sich einen Weg durch die etwa zwanzig Zuschauer (alles Männer).

Buschig Augenbrau rollte die Ärmel seines weißen Hemdes hoch. Auf seinen Unterarmen spielten Muskeln. Er entdeckte mich und hob eine Braue. Eine Bestätigung, dass wir jetzt Flagge zeigten?

Er und der Servietten-Mann setzten nun die rechten Ellbogen auf den Tisch und legten die Hände gegeneinander, wobei sich die Unterarme fast berührten. Es galt, den Arm des Gegners auf die Tischplatte hinunterzudrücken, ohne den Ellbogen vom Tisch zu nehmen. Und das dreimal.

Buschig Augenbrau fragte: »Fertig?« Der Servietten-Mann lächelte und nickte. Sie pressten die Arme gegeneinander. In der Bar wurde es ganz still – wahrscheinlich zum ersten Mal in ihrer Geschichte. An den Schläfen des Engländers traten die Adern hervor. Sein Arm fing an, sich langsam nach hinten zu bewegen. Der Servietten-Mann, der trotz der Hitze ein dickes, kariertes Hemd trug, blinzelte einem Freund in der Menge zu. Unaufhaltsam senkte sich Buschig Augenbraus Arm herab, bis die Knöchel der Hand die Tischplatte berührten.

Ein kollektiver Seufzer der Zuschauer – die Investition schien gesichert. Der Zeiger der Wanduhr bewegte sich eine Minute rückwärts, und die Ballerina, die der Servietten-Mann gemacht hatte, flatterte Richtung Tischkante.

Eine Runde vom Servietten-Mann gewonnen, zwei Runden noch offen.

Bier, *cornot* und Brandy flossen. Buschig Augenbrau bestellte einen Whisky Soda und Jaime maß beim Whisky christlich. Der Servietten-Mann bat um einen Absynth, der in der Nähe gebrannt wurde (in Frankreich und anderswo war er verboten, weil eines seiner Ingredienzien, der Wermut, angeblich das Gehirn schädigte). Eine rundliche junge Frau aus Deutschland, die sich im Dorf aufhielt, setzte sich an die Bar und bestellte eine Cola. Der Servietten-Mann sah sie an und nahm die Arbeit an einer roten Nelke auf.

Buschig Augenbrau trank seinen Whisky Soda aus. »Bereit?«, fragte er seinen Kontrahenten. Der bejahte und legte die noch embryonale Nelke beiseite. Das deutsche Mädchen trank ihm mit ihrer Cola zu.

Wieder legten sich die Hände ineinander. Der Arm des Engländers wurde langsam zurückgebogen, und ich bereitete mich innerlich schon darauf vor, meinen Gewinn einzustreichen. Aber plötzlich zuckte Buschig Augenbraus Arm wie ein sterbender Fisch. Der Arm des Servietten-Mannes fuhr mit einem Ruck nach hinten und Buschig Augenbrau drückte ihn auf den Tisch hinunter.

Eins zu eins – und noch eine Runde. Vielleicht war ja Buschig Augenbrau auch ein Gauner? Ich hoffte nicht. Ein englischer Betrüger hier im Dorf – das würde dem nationalen Image schaden und unsere Bemühungen um Integration erschweren.

Wieder sprachen die Augenbrauen zu mir. Ich wusste nicht, was sie sagten (vielleicht: Da hab ich's diesen fremdländischen Teufeln aber mal gezeigt, was?), spürte jedoch, wie meine eigenen, durch irgendeine mimetische Kraft bewegt, zu antworten versuchten.

Der Servietten-Mann trank sein Glas Gehirnerweicher aus, lächelte der Deutschen zu und formte ein paar weitere Nelkenblütenblätter.

Buschig Augenbrau erkundigte sich beim Servietten-Mann, ob er für die dritte und letzte Runde bereit stehe. Der Servietten-Mann bejahte die Frage.

Dic Knöchel weiß, die Sehnen angespannt, bewegten sich die Arme erst in der einen, dann in der anderen Richtung abwärts. Den Wettkämpfern rann Schweiß übers Gesicht. Die Stille vertiefte sich.

An der gefährlichen Kreuzung zersplitterte mit lautem Krachen Glas. Im gleichen Augenblick schlug der Arm des Servietten-Mannes auf der Tischplatte auf. Diesmal war der kollektive Seufzer ein klagender, aber alle, wie sie da standen, waren echte Spieler und wussten mit derartigen Enttäuschungen umzugehen. Sie zogen einfach den Verlust vom Wochenetat ab. Mein Verlust war allerdings von materiellerer Art – Erdbeeren und Sahne.

Ich bemerkte, wie Jaime Emilio Geld gab.

»Ich dachte, Sie hätten auf den Servietten-Mann gesetzt«, sagte ich.

»Nein, Señor Derek, das hab ich nicht. Ich habe nur gesagt, er sei der Favorit.«

»Sie hätten mich auch darauf hinweisen können, dass er sich keine allzu große Mühe geben würde.«

»Das wusste ich doch nicht«, erwiderte Emilio. »Was ich wusste war, dass der Engländer nichts unversucht lassen würde. Leute wie er geben nicht auf.«

»Auf wen werden Sie denn bei meinem Kampf setzen?«

»Auf gar keinen«, antwortete Emilio. »Wir sind doch Freunde, Sie und ich.«

Ich wandte mich dem Servietten-Mann zu. »Sie haben sich nicht sonderlich angestrengt, nicht wahr?«

Er schüttelte den Kopf, sodass seine grauen Locken tanzten. »Am Anfang habe ich, aber dann dachte ich, dass es auf dieser Welt schon genug Kämpfe gibt, und hab mich nicht krank gemacht.«

Er überreichte mir die Papierballerina und verließ zusammen mit dem deutschen Mädchen, das sich die Papiernelke kess über dem Ohr ins Haar gesteckt hatte, die Bar.

Ich nahm seinen Platz am Tisch ein und stellte mich

Buschig Augenbrau, der seinen zweiten Whisky Soda trank. Er sah beunruhigend gefasst aus.

»Guter Mann«, bemerkte er.

»Flagge zeigen«, sagte ich.

Wir legten die Hände gegeneinander, seine Brauen hoben sich und wir begannen unseren Kampf – er als der Vertreter der sich abkapselnden Ausländer, ich als Verfechter jener, die Achtung vor den Sitten und Gebräuchen des Gastlandes hatten (jedenfalls sah ich mich gern so). Kaum übte ich Druck auf seinen Arm aus, gab dieser nach, und Buschig Augenbraus Hand klatschte auf die Tischplatte.

Emilio spendierte mir ein Bier und dann nahmen wir unsere Plätze wieder ein. Diesmal war Buschig Augenbraus Widerstand stärker, und Muskeln bewegten sich in seinem Kiefer, als er die Zähne immer wieder fest zusammenbiss.

Ich drückte kräftiger, aber sein Arm gab so wenig nach wie die Garagenwand. Ich fühlte, wie den meinen die Kraft verließ.

Der alte Köter rappelte sich hoch und legte seinen schnurrbärtigen Kopf auf meine Knie.

Ich drückte ein letztes Mal mit aller Macht. Nichts. Er fasste noch fester zu und stemmte sich gegen meinen Arm, wobei er mich mit seinen eisblauen Augen unverwandt ansah. Ich gab nicht nach, aber mein Arm tat es.

Eins zu eins, und noch eine Runde.

Ich trank mein Bier aus, schwitzte wie ein durchlöcherter Wasserkanister. Plötzlich stand Emilio hinter mir. »Ich hab doch noch eine Wette abgegeben«, sagte er.

»Auf wen haben Sie Ihr Geld gesetzt?«

»Auf den Sieger.« Er hörte sich langsam schon wie Ángel an.

Ich massierte mir das Handgelenk und den Unterarm, setzte den Ellbogen auf den Tisch und fragte meinen Kontrahenten, ob er bereit sei. Wir sahen uns wieder an und legten die Handflächen gegeneinander. Es wurde still. Nur der alte Hund winselte leise.

Wir drückten beide. Ein Schmerz zuckte durch meinen Arm. Aber dann kam mir mein Gegner ungewollt zu Hilfe, denn ich erinnerte mich plötzlich an das, was er im Café gegenüber vom *English Institute* zu mir gesagt hatte: »Ihre Einstellung lässt einiges zu wünschen übrig.«

Da floss das Adrenalin. Ich bekam einen Energieanfall im Arm, so stark wie ein Stromschlag. Der seine gab ein paar Zentimeter nach und die Adern an seinem Handgelenk traten hervor. Sein Arm wich noch zwei Zentimeter zurück, machte jedoch dann das verlorene Terrain wieder wett.

Zum Teufel mit der Haltung! Ich drückte ein letztes Mal ganz fest und da gab sein Arm endgültig nach. Die Niederlage anerkennend, deutete Buschig Augenbrau eine Verbeugung an.

»Tapfer gekämpft«, sagte ich. Ich wischte mir mit dem Taschentuch den Schweiß von der Stirn. »Übrigens schulden Sie mir hundert Pfund.«

»Nehmen Sie auch einen Scheck?«

»Natürlich. Das Wort eines Engländers …«

Er krakelte einen Scheck, seine Brauen zuckten ein letztes Mal hoch, dann trat er aus der Bar in den Sonnenschein hinaus. Sein Scheck wurde eingelöst, aber ihn sah ich nie wieder.

Ich bemerkte, dass sich Emilio kein Geld bei Jaime abholte, und sagte zu ihm: »Ich dachte, Sie hätten auf den Sieger gesetzt.«

»Sie haben mich im Stich gelassen, Señor Derek«, erwiderte er. »Sie haben gewonnen.«

Als ich nach Hause kam, wollte Diane wissen, warum ich die Erdbeeren und die Sahne nicht besorgt hätte. »Ich hab dir statt dessen dies mitgebracht«, sagte ich und gab ihr die Papierballerina. Und später auch den Scheck über hundert Pfund.

13

Prüfungen durch Feuer und Fell

Juli. Und das Land lechzte nach Wasser. Es hatte schon seit Wochen nicht mehr geregnet – Schlangen aus Hitze lagen zusammengerollt in den Höhlen der Weinberge, die Hügel wurden wüstenbraun, Feigen verdorrten, und trotz des Wassers, das durch die Bewässerungsgräben strudelte, verschrumpelten viele Orangen und fielen vorzeitig von den Bäumen. Brunnen trockneten aus, und Wünschelrutengänger mit Ruten aus Metall oder Haselnusszweigen, die in den Händen jener, welche eine geheimnisvolle Affinität zu H_2O haben, auf unterirdische Wasservorkommen reagieren, stapften auf der Suche nach Stellen, an denen man Brunnen in die Tiefe treiben konnte, über die Felder.

Die örtlichen Behörden verboten in öffentlichen Aufrufen allen Haus- und Gartenbesitzern, ihre Gärten zu sprengen oder die Schwimmbecken aufzufüllen. Das Wasser aus der Leitung schmeckte salzig, und deshalb füllten wir uns an einem Tankwagen, der ins Dorf geschickt worden war, Trinkwasser in Plastikflaschen ab.

Man hatte auch den Plan, Trinkwasser aus Pego, einem kleinen, etwas über zwanzig Kilometer entfernten Ort, nach Denia zu pumpen, aber es hatte zwischen beiden Ortschaften seit Jahren immer wieder Streit gegeben, weshalb militante Bewohner von Pego, die nicht einsehen konnten, dass sie dem Feind beistehen sollten, das Projekt sabotierten. Es kam zwischen den Parteien zu tätlichen Auseinandersetzungen, und die Guardia Civil musste gerufen werden – was aber erst geschah, nachdem die gelegte Leitung kaputtgemacht worden war.

Der Grundwasserspiegel sank, und das schwächte die Tragkraft des Untergrundes an manchen Stellen so sehr, dass zum Beispiel in der Orangenplantage knapp zwei Kilometer von uns entfernt ein Krater entstand, in welchem ein ganzes Haus versank. Würde unser »Bankettsaal« (der noch immer kein Dach hatte) als Kellerraum enden?

Jeden Morgen hielten wir voller Hoffnung nach Wolken Ausschau, aber alles, was wir zu sehen bekamen, waren die Dunstschleier der anhaltenden Hitze. Jones lag platt auf den Fußbodenfliesen und bewegte sich nur, wenn eine läufige Hündin vorbeikam. Der Kater Hoppity humpelte mit seinem Holzbein lethargisch umher, während Ethel fraß, schlief und mit den Augen blinzelte.

Der Wassermangel hatte immerhin keine allzu schlimmen Auswirkungen auf unseren Garten. Die roten und weißen Lilien ließen ihre Blütenblätter vor der Zeit fallen und der federnde Boden des Rasens erinnerte eher an ein Trampolin, aber die Obstbäume und Ángels Gemüse zeigten keine Schäden. Ángel, dessen bleiches, schönes Gesicht vor lauter Achtung vor den Kräften der Natur einen feierlichen Ausdruck angenommen hatte, meinte, sie würden von einem unterirdischen Fluss versorgt.

Dem Besitzer eines Hauses in unserer Nähe widerfuhr Schlimmeres. Ernesto war dick und ständig besorgt, hatte ein paar seinem Kopf verbliebene Haarsträhnen von Ohr zu Ohr festgeklebt und war ein fanatischer Gärtner. Aber obwohl er jede Nacht heimlich seine Blumen und sein Gemüse goss, siechte bei ihm alles dahin.

Eines Morgens erwachten wir von einem lauten Schlag, der unser Bett erschütterte und Zitronen mit dumpfem Geräusch auf die Zufahrt plumpsen ließ.

Wir zogen uns an und gingen hinaus auf die Straße, um zu sehen, was los war. Vor Ernestos weiß getünchtem Haus hatte sich eine kleine Menschenmenge versammelt. In der Mitte seines Rasens stand ein Bohrgerät, das doppelt so hoch war wie das Haus – ein rostender Metallpfahl, der durch Streben gestützt und von einem Generator angetrieben wurde, welchen der Eigentümer des Apparats, ein phlegmatischer Wassersucher mit rostfarbenem Haar, bediente.

Die Bezeichnung als »Bohrer« ist irreführend, denn entscheidend war offensichtlich nicht so sehr die Rotation, sondern weit eher die Gravitation. Gerade als wir zu Ernestos Haus kamen, traf der Pfahl erneut den Erdboden und ließ ihn erbeben.

Ernesto erklärte mir, der »Bohrer« würde in drei Tagen auf Wasser stoßen, und dann wäre er, Ernesto, in der Lage, einen Brunnen zu bauen. Was den genauen Zeitpunkt anging, schlossen die Zuschauer schon Wetten ab.

Ernestos Nachbar, ein Orangenanbauer mit boshaftem Blick, war so selbstzufrieden wie Ernesto zerquält und meinte, es sei realistischer, von drei Monaten auszugehen.

Der Generator lief allmählich immer schneller und das dumpfe Schlagen bekam einen gleichmäßigeren Rhythmus – das Gerät »bohrte« auch in der Mittagspause und hörte erst bei Anbruch der Dämmerung auf.

Am dritten Tag, an dem man ja eigentlich auf Wasser hatte stoßen wollen, versammelten sich erneut etwa ein

Dutzend Dorfbewohner vor Ernestos Haus. Die meisten tippten auf den Mittag. Der Pfahl hob sich und sauste herab. Der Mittag ging vorüber. Dann die Zeit der Siesta. Und der Nachmittag.

Eine Woche. Zwei. Drei. Die Leute rieten Ernesto, seinen Versuch aufzugeben, aber inzwischen hatte er, provoziert durch das wissende Lächeln des Orangenanbauers nebenan, eine gewisse Halsstarrigkeit entwickelt. Der Pfahl hob sich weiter und sauste weiter herab, aber das nahm man bald kaum noch wahr.

Ernestos Dilemma illustrierte die Gefahr, die diese Region schon immer bedroht hatte – erst recht seit der Zeit der Mauren, die damit angefangen hatten, Zitrusfrüchte und Reis anzubauen. Alles hing am Wasser, und die Menschen lebten in der beständigen Furcht, die Adern könnten eines Tages austrocknen.

Bedrohte eine extreme Trockenheit die Ernte, folgte ihr ein anderer Feind auf dem Fuße, nämlich das Feuer. Jedes Jahr kam es die pinienbestandenen Hänge jenseits der Zitrusplantagen herunter, entzündet durch Sonnenstrahlen, die auf eine Glasscherbe trafen, durch ein Lagerfeuer, eine Zigarettenkippe oder das Streichholz eines Brandstifters, und ließ hinter sich schwarz verkohltes Gelände zurück, so kahl wie Schlackenhalden.

In dem Jahr, von dem hier die Rede ist, gab eine Rauchsäule hinter dem Montgo den ersten Hinweis darauf, dass die Trockenheit erneut Brände ausgelöst hatte.

Ich schenkte ihr keine allzu große Beachtung, denn ich tippte emsig auf meiner Schreibmaschine und schilderte den Permafrost in Sibirien. Diane war zum Unterricht in Denia, und Ángel umsorgte eine rätselhafte Pflanze, deren Samen er in die mit Erde gefüllte Nachbildung einer antiken Amphore (ein großer Tonkrug, den die Griechen und Römer zur Lagerung von Öl benutzten) gesteckt hatte. Die Pflanze sah aus wie ein Stechapfel, ein Busch mit glockenartigen Blüten, die für gewöhnlich weiß und, wie mir Ángel warnend erklärt hatte, giftig waren. Aber es gab einen Unterschied: diese Blüten hingen nicht wie Glocken nach unten, sondern zeigten himmelwärts. Die Botaniker des Dorfes waren verwirrt. Sie wollten wissen, woher Ángel den Samen habe, aber er wusste keine Antwort, denn obwohl er sich in den Gärten, in denen er arbeitete, Ableger und Samen »ausborgte«, wuchs in ihnen nichts, was dieser Pflanze in irgendeiner Weise ähnlich gewesen wäre.

Unser Garten war überhaupt eine wahre Brutstätte von Rätselhaftem. Orangen und Zitronen wuchsen auf ein und demselben Baum. Und zwei Silberreiher siedelten sich auf dem Gelände an – das sind Watvögel, die flache Gewässer brauchen, aber selbst der flache Teil unseres Schwimmbeckens war viel zu tief für sie.

Ich fragte Ángel, warum seiner Meinung nach die stechapfelartigen Blüten verkehrt herum hingen.

»Vielleicht habe ich die Samen verkehrt herum in den Boden gesteckt«, meinte er. Das war der einzige Witz, den ich je über seine Lippen habe kommen hören.

Die nächste Feuerwarnung kam, als sich die Farbe des Sonnenlichts veränderte, und zwar von Gold zu Bronze. Jetzt verdunkelte nämlich der Rauch die Sonnenstrahlen. Ich reagierte allerdings wieder nicht, denn ich war damit beschäftigt, einen Schneesturm in Nowosibirsk zu beschreiben. Und außerdem lebte ich noch nicht lange genug in der Region, um die Größe der Gefahr erkennen zu können.

Diane kam gerade nach Hause, als ein Hubschrauber,

der zur Brandbekämpfung im Einsatz war, über das Haus hinwegknatterte und hinter dem Montgo verschwand. Die Rauchsäule hatte sich ganz entschieden verbreitert, und aus der Distanz sah der Berg jetzt wieder so aus wie der Vulkan, den er einst in dem Krakatau-Film hatte darstellen dürfen. Mal angenommen, ein Funke setzte unser Haus in Brand …

Wir stiegen auf die Dachterrasse hinauf. In der Ferne flogen Löschflugzeuge dicht über die Meeresoberfläche hin, um Wasser in die in ihren Bäuchen befindlichen Tanks zu schöpfen, das sie dann über den Bränden auf der anderen Seite des Montgo abließen. Feuerwehren, Krankenwagen und Polizeiautos machten mit ihren Sirenen Lärm. Manchmal sah man im Qualm Flammen auflodern – es sah aus wie Gewehrfeuer auf einem Schlachtfeld.

Ich beschloss loszufahren und zu sehen, ob ich irgendwie helfen konnte. Unser Dorf war zwar noch nicht bedroht, aber der tiefer gelegene Zitronenhain hinter unserem Garten, der zum Verkauf stand, war knochentrocken. Deshalb bat ich Ángel, dort Wache zu halten.

Als ich in Dianes Citroën den Fuß des Montgo erreichte, war es schon Nachmittag, und die Brände hatten sich auf die nach Denia hin abfallenden Hänge ausgeweitet.

Der von oben kommende Verkehr staute sich, aber die Straße hinaufzufahren war relativ problemlos. Bis fünf Uhr waren die Sträucher auf dem flachen und breiten Gipfel des Montgo ein Raub der Flammen geworden, die nun, wie ich von der Straße aus sehen konnte, durch die unterhalb wachsenden Pinien sprangen.

Die meisten Wohnhäuser an den Hängen waren evakuiert worden, aber ein englisches Paar mit einer ganzen

Menagerie von Haustieren hielt sich noch in seinem Haus auf, das einen Innenhof hatte und von einer weißen Mauer umgeben war. Die beiden hatten den größten Teil ihres Lebens im ehemaligen Rhodesien in Afrika zugebracht und dort eine Tabakfarm bewirtschaftet. Wir hatten sie mal in Pilars Laden kennengelernt.

Auf mein Klopfen hin öffnete mir die mollige Jane und sagte heiter: »Kommen Sie rein und trinken Sie einen Gin Tonic.«

Das Haus, von dem die Flammen nur noch knapp einen Kilometer entfernt waren, kochte schon in der Hitze. Im Innenhof bellte und miaute eine gemischte Gesellschaft aus Hunden und Katzen und Funken flogen wie Glühwürmchen über uns hin. Das Feuer, das vom Pinienharz genährt wurde, wanderte auf uns zu. Janes Mann besprengte mit dem Gartenschlauch die Wände des Innenhofs.

»Seien Sie keine Narren«, sagte ich. »Sie müssen sofort hier weg, Sie und Ihr ganzer Zoo.«

»Das Auto ist kaputt«, sagte Jane beschwipst, »und wir können die Tiere unmöglich allein lassen. Sind Sie sicher, dass Sie keinen GT mögen? So einen ganz kleinen?«

»Ich nehme die Tiere mit«, sagte ich. »Sie holen Ihr Geld, Ihre Papiere und ein paar Anziehsachen und kommen zu Fuß zu uns nach. Es sind ja nur drei, vier Kilometer.«

Ich packte einen struppigen Köter am Halskragen und zerrte das kläffende und knurrende Tier zum Citroën.

»Also mal ehrlich!« Jane goss sich Gin ins Glas.

»Ich denke, er hat Recht, Liebes«, meinte ihr Mann, ein lederhäutiger, hagerer Kolonist.

»Natürlich habe ich Recht«, sagte ich kurz angebunden.

Ich nahm zwei fauchende Katzen hoch und setzte sie zu der Promenadenmischung ins Auto, während ein Löschflugzeug ganz in der Nähe über den vorrückenden Flammen seine Wassertanks leerte, sodass man es laut zischen hörte. Ein Schlauch, der an einen hundert Meter entfernten Hydranten angeschlossen war, schwoll an, als das Wasser zu den gelb behelmten Feuerwehrleuten hinaufgedrückt wurde, die den Brand weiter oben am Hang bekämpften. Das Wasser kam gerade aus dem Schlauch geschossen, da explodierte eine Pinie und brennende Holzstücke flogen durch die Luft.

Jane sagte: »Gehen Sie mit Winston vorsichtig um, er kann nicht mehr sehr gut sehen.« Ich nahm eine glasig blickende Bulldogge auf den Arm und setzte sie neben den beiden Katzen ab.

Janes Mann griff sich einen Dackel und so etwas wie einen Terrier.

Als wir endlich alle Tiere eingeladen hatten, war das Auto voll. Ich rief Diane an, um zu erfragen, wie es bei uns aussah.

»Ángel meint, alles sei unter Kontrolle«, berichtete sie mir. »Am Horizont sind Wolken zu sehen. Er glaubt, dass es in der Nacht Regen geben wird.«

Jane, die eine Reisetasche in der einen und ihren Gin Tonic in der anderen Hand trug, kam ein bisschen schwankend aus dem Tor, gefolgt von ihrem Mann.

»Was Winston angeht –« fing sie an.

»Ich weiß«, unterbrach ich sie, »sein Augenlicht –«

»Nein, er leidet an Inkontinenz.«

Ich befreite den Fahrersitz von lebendigen Fellbündeln. Ein Spaniel leckte mir das Gesicht. Ich schaute in den Rückspiegel, konnte darin aber nur meine Mitfahrer sehen. Einer davon war eine schielende siamesische Katze.

Ich fädelte mich in den sich bergab wälzenden Verkehr ein und fuhr zu unserem Haus zurück. Auf der Fahrt bewies Winston unwiderleglich, dass er wirklich an Inkontinenz litt.

Zu Hause angekommen, ließ ich das Auto vor dem Tor stehen (die Fenster ein kleines Stückchen heruntergekurbelt, damit die Tiere Luft bekamen) und ging zum Ende unseres Gartens, um zu sehen, was der leicht entzündliche Zitrushain machte.

Die Flammen waren noch ungefähr zweieinhalb Kilometer von uns entfernt, aber noch glühende Ascheflocken schwebten, von der heißen Luft getragen, über mir durch die Luft. Gerade als ich Ángel erreichte, der, den Gartenschlauch in der Hand, Wache hielt, glitt eine solche Flocke zwischen den Zitronenbäumen zu Boden.

Das lange Gras, das dort wuchs und so trocken wie Stroh war, fing sofort Feuer. Ich sah vor mir, wie sich die Flammen durch unseren Garten fraßen, die Bougainvillea-Büsche bei der Terrasse versengten und das Haus umzingelten. Und ich hatte es noch nicht versichert!

Ángel rannte zum Wasserhahn neben dem Swimmingpool und drehte ihn auf. Das Wasser schoss irgendwo in der Mitte des Schlauchs aus einem Loch. Ángel hätte ihn überprüfen müssen – ich würde den Mann doch feuern.

Die Flammen waren unterwegs und erfassten die zerzausten Zitronenbäume.

Ángel schloss das Leck im Schlauch mit Klebeband, aber nun drang das Wasser aus kleineren Löchern weiter vorn.

Ich sagte Diane, die zu uns gekommen war, sie solle

die Feuerwehr anrufen, zweifelte gleichzeitig aber daran, dass sie kommen würde – sie hatte am Montgo genug zu tun, und beim letzten Mal, als Diane sie alarmiert hatte, war ein halbes Dutzend Feuerwehrleute durchs Haus getobt, um dann nichts Gefährlicheres zu entdecken als ein Kabel am Ventilator des Herdes, das nicht richtig isoliert worden war und schmorte.

Die Flammen wälzten sich jetzt durch den Zitronenhain. Ángel hielt den undichten Gartenschlauch auf sie gerichtet, aber der dünne Strahl erreichte nicht einmal das Ende des Gartens, wo wir bei unserem ersten Besuch mit Emilio die Mauer hochgeklettert waren.

Ángel deutete auf die fernen Wolken. »Keine Angst, Señor Derek, die sind voller Regen.«

Ich hatte keine Angst, ich war in Panik. Die Flammen fraßen sich auf beiden Seiten des Gartens auf die Zypressenhecken zu. Wenn sie die erreichten, würden im Nu zwei Feuersäulen auf das Haus zurasen.

Ein Wind erhob sich und trieb das Feuer in Richtung Hecken voran. Rauch quoll aus ihren dunklen, staubigen Tiefen. Drei Baumratten nahmen reißaus. Ángel besprengte beide Hecken, aber das Wasser ließ den Qualm nur noch dichter werden.

Plötzlich züngelten Flammen aus dem Rauch hoch und wanderten schnell auf das Haus zu. Konnte es sein, dass jetzt die herrliche Vision, die Diane und mich verbunden hatte, durch ein Flöckchen glühende Asche zerstört wurde?

Ich rannte von einer Seite zur anderen und versuchte, die Flammen mit einem Wassereimer zu löschen. Aber sie fraßen sich eher noch schneller voran, als hätte ich Benzin hineingeschüttet. Das Schicksal des Hauses war besiegelt.

In diesem Augenblick kam Diane aus dem Haus gerannt. »Die Feuerwehr ist unterwegs … ich hab gesagt, das ganze Dorf sei bedroht.«

Auf der kleinen Straße, die an dem Wäldchen der Zitronenbäume vorbeiführte, kam ein Feuerwehrauto angefahren. Die Männer fanden einen Hydranten und richteten die Schläuche auf die brennenden Bäume. Ihre Wasserwerfer trafen und löschten augenblicklich den Brand.

Dann stapften Feuerwehrleute durch die qualmende Asche und setzten die Zypressenhecken unter Wasser.

Als die letzten Flammen verloschen waren, kam ein Rudel Katzen und Hunde – durch Jonathan, der von einem Nachmittag bei Freunden nach Hause gekommen war, befreit – in den Garten getobt. Die Katzen verschwanden in der qualmenden Hecke, und die Hunde, geführt von Jones, jagten ihnen nach.

Ein Feuerwehrmann wandte sich an mich: »Sind das alles Ihre?«

»Nicht ganz«, antwortete ich. Ich fing an, ihm die Sache zu erklären, aber er hörte gar nicht zu.

Schließlich trafen Jane und ihr Mann ein, kippten ein paar Gin Tonic und sammelten dann ihre munteren Lieblinge ein. Ich sah mit einem Fernglas nach, ob ihr Haus noch stand (es war der Feuerwehr gelungen, die Feuerwand etwa achthundert Meter davor zu stoppen) und fuhr die ganze Menagerie nach Hause, wobei ich darauf achtete, dass Winston mit seiner undichten Blase auf Janes Schoß zu sitzen kam.

Fünf Minuten nach meiner Rückkehr öffnete der Himmel seine Schleusen, und Diane und ich erklommen, mit einem Regenschirm bewaffnet, die Dachterrasse, um zu-

zuschauen, wie die Wasserflut die letzten Flammen am Montgo erstickte. Ángel war nach Hause gefahren und konnte sich zum Glück nicht in unserer Gegenwart diebisch über die Genauigkeit seiner Wettervorhersage freuen.

Das Regenwasser rauschte freudig durch die Orangenplantage und überflutete den knochentrockenen Boden. Törichterweise fuhren wir mit Jonathan nach Denia, um uns dort die unvermeidlichen Überschwemmungen anzusehen. Sie waren sehr ausgedehnt – die tiefer gelegenen Teile der Stadt hatten sich in ein Klein Venedig verwandelt, in dem die Autos wie Gondeln umherschwammen.

Als wir zurückkamen, war auch die zum Haus führende Straße überschwemmt, und der Motor des Jaguar soff dreißig Meter vor dem Ziel ab. Wir wateten im Dunkeln zum Haus und schliefen dann alle drei in unserem großen Bett.

Am nächsten Morgen regnete es immer noch, aber am Nachmittag hörte es dann auf. Und um vier Uhr stieß Ernesto auf Wasser – sechs Wochen, zwei Tage und neun Stunden nach dem Beginn der Bohrung.

Zunächst meinten alle, das Bohrloch habe sich lediglich mit Regenwasser gefüllt, aber ein Mann von den Wasserwerken bestätigte, dass man tatsächlich auf ein unterirdisches Reservoir gestoßen war.

Am folgenden Tag wurde das archaische Bohrgerät nebenan im Garten des herablassenden Orangenanbauers aufgebaut. Dort stieß man innerhalb von drei Tagen auf Wasser.

... 14 ...

Ein Dachdecker mit Höhenangst

Vicente der Dachdecker erschien an einem Julimorgen, als der regendurchweichte Garten noch in der Sonne dampfte. Seine Großmutter war wieder genesen (offensichtlich hatte Kamillentee das Wunder bewirkt), und da sie ganz so aussah, als würde sie es jetzt noch ein paar Jährchen machen, hatte Vicente die Fähre genommen und war heimgefahren.

Er hatte eine untersetzte Figur, ein wettergegerbtes Gesicht, widerborstiges braunes Haar und einen verschreckten Blick. Er stieg zaghaft die Leiter hinauf, um abzuschätzen, welches Maß an Arbeit seiner harre.

Ich fragte Emilio, was mit Vicente los sei.

»Er leidet unter Höhenangst«, sagte Emilio.

»Ein Dachdecker mit Höhenangst?«

»Er wollte eigentlich nie Dachdecker werden, hatte aber keine andere Wahl. Hier macht man, was schon der Vater gemacht hat. Deshalb bin ich ja auch Tischler.«

Die Leiter wackelte und der Dachdecker kletterte nicht weiter.

Emilio rief ihm zu: »Du bist fast oben.«

»Das hier ist höher als normal«, rief der Dachdecker zurück.

Ich sah Emilio erstaunt an. »Mal angenommen, der würde in New York arbeiten?«

»Im Normalfall versieht er nur flache Bauten mit Dächern«, antwortete Emilio.

»Könnte es sein, dass er irgendwie mit Ihnen verwandt ist?«

»Entfernt«, sagte Emilio.

»Und wenn er runterfällt? Ist er versichert?«

»Wenn er runterfiele«, meinte Emilio vorsichtig, »könnte es gut sein, dass Sie einen Teil seiner Arztrechnungen bezahlen müssten.«

»Sie wollen also sagen, er ist nicht versichert?«

»Er wird nicht fallen. Er mag ja Angst haben, aber er ist so standfest wie eine Gämse.«

Vicente stieg von der Leiter, ging zu seinem Lieferwagen und fing an, Zement zu mischen. Neben ihm lag ein Stoß Dachziegel, die mit Vogelkot behandelt waren, damit Moderflecken entstehen konnten und sie dann älter aussahen.

Unser Leben gestaltete sich zu jener Zeit durch Jonathans Mitwirken in der *falla* von Port Rotes in Denia etwas schwieriger. Die Juli-Fiesta stand unmittelbar bevor, und er würde an dem Umzug teilnehmen, bei dem die einzelnen Gruppen für ihre jeweiligen Festwagen einen der ausgesetzten Preise zu gewinnen bestrebt waren – Jonathans *falla* hatte einen fantasievollen Wagen gestaltet und machte sich Hoffnung, ein wenig von dem Glanz zurückerobern zu können, den sie im März eingebüßt hatte, als ihr Wettbewerbsbeitrag vorzeitig in Brand gesteckt worden war.

Ich fuhr ihn also zweimal in der Woche nach Denia zu einem Lagerhaus, wo die Mitglieder seiner *falla* letzte Hand an den Festwagen legten. Das Thema sollte eigentlich ein Geheimnis sein, aber Eltern, die Dachböden nach Melonen, Pumphosen und Spazierstöcken durchforschten, waren ziemlich verräterisch.

Ich war gerade mit einem ausgeborgten Stock nach

Hause zurückgekehrt, als ich ein lautes Krachen vernahm. Ich rannte in den »Bankettsaal« und stand knöcheltief im Regenwasser. Nach oben blickend sah ich Vicente, der über dem Kamin auf der gut sechs Meter hohen Mauer hockte und entsetzt zu mir herunterstarrte.

»Was ist los?«, fragte ich Emilio, der auf der Terrasse Teile der Musikantenempore zusammenbaute.

»Er hat auf dem Weg nach oben einen Ziegel runterfallen lassen«, gab Emilio Auskunft.

»Hat er sich was getan?«

»Er ist ein erfahrener Dachdecker.« Ein meisterhaftes Ausweichmanöver.

»Wie entfernt verwandt mit Ihnen ist er eigentlich, Emilio?«

»Nicht allzu entfernt.«

»Angenommen, Vicente wäre runtergestürzt?«

»Er weiß, wie man fällt.«

»Sie meinen, er hat Erfahrung damit?«

»Er hat sich noch nie ernsthaft verletzt«, versicherte Emilio.

Es hörte sich ganz so an, als sei der Hauptberuf Vicentes Hochseil-Artist.

»Aber weiß er auch, wie man Dachziegel verlegt?«

»Er ist der beste«, erwiderte Emilio mit Würde.

Vicente mochte ja noch so gut sein, aber ich glaubte nicht, dass er in der Lage sein würde, die Arbeit fachgerecht auszuführen, wenn er nicht schwindelfrei war, und deshalb stieg ich die Leiter hinauf, um zu schauen, ob ich irgendwie sein Selbstvertrauen stärken könnte.

Es war nun schon mehr als sechs Monate her, dass mit der Arbeit am »Bankettsaal« begonnen worden war, und wenigstens das Dach hätte fertig sein müssen. Da ich in Russland und Irland gelebt hatte, wo das Lebenstempo genauso gemächlich ist wie in Spanien, war ich auf Verzögerungen durchaus vorbereitet. Was ich jedoch nicht vorhergesehen hatte, waren die hinterhältigen Begleiterscheinungen wie überraschende Schneefälle, auf Mallorca krank darniederliegende Großmütter oder ein Dachdecker, der unter Höhenangst litt. Meistens beneidete ich die Menschen um ihre Toleranz in Sachen Pünktlichkeit (vielleicht weil mein Leben immer von Abgabeterminen beherrscht gewesen war), aber gelegentlich überwältigte mich auch die Frustration. Wenn das der Fall war, neigte ich dazu, verwegenen Impulsen nachzugeben. Zu Vicente hinaufzusteigen, war so einer. Er kniete auf dem Gitterwerk der Sparren, auf dem er die Ziegel auslegte. (Die freiliegenden Holzbalken darunter dienten, wie ich später erfuhr, allein dekorativen Zwecken – sie sollten dem Innenraum einen herrschaftlichen Anstrich verleihen.)

Vicentes Gesicht war starr vor Angst.

Ich hatte immer gemeint, mit Höhen einigermaßen gut zurechtkommen zu können, aber die Angst war offensichtlich ansteckend. Ich starrte auf den Regenwassersee unten im »Bankettsaal« hinab. Mir wurde schwindlig, und ich musste mich neben Vicente auf die Mauer setzen, wobei ich bemüht war, die Beine möglichst lässig baumeln zu lassen.

»Es ist eigentlich gar nicht so viel anders, als wenn man auf dem Dach eines flachen Bungalows säße«, sagte ich zu Vicente.

»Das wäre es aber doch, wenn ich runterfiele.«

Ich hielt mich mit den Händen zu meinen beiden Seiten an die Mauerkrone geklammert – jetzt packte ich noch fester zu.

»Aber das werden Sie nicht.«

»Woher wollen Sie das wissen?«

»Weil Sie ein tüchtiger Dachdecker sind. Sie sind halt ein bisschen höher als sonst.«

Ich hatte plötzlich große Hochachtung vor den Polizisten, die ihr Leben auf den Gesimsen hoher Gebäude aufs Spiel setzten, um Selbstmordkandidaten die Absicht auszureden, sich in die Tiefe zu stürzen.

»Wer sagt, dass ich ein tüchtiger Dachdecker bin?«, wollte Vicente jetzt wissen. »Emilio?«

»Wieso, sind Sie es denn nicht?«

»Ich bin von ein paar Bungalows runtergefallen«, sagte er.

Ein Spatz ließ sich auf der Mauer nieder und betrachtete uns knopfäugig.

»Vielleicht sollten Sie dann doch lieber absteigen.«

»Nein, nein«, erwiderte er, »es ist alles gut, solange ich nicht nach unten schaue.«

»Aber –«

»Lassen Sie mich. Immerhin weiß ich ja, wie man fällt.«

Mir wurde klar, dass da der spanische Stolz ein Wörtchen mitredete. Der war in diesem Lande von so großer Bedeutung wie in China der Verlust des Gesichts, und deshalb stieg ich – ohne unziemliche Hast an den Tag zu legen – die Leiter wieder hinunter.

Auf der letzten Sprosse angekommen, rief ich hinauf: »Sind Sie ganz sicher, dass Sie nicht doch lieber herunterkommen wollen? Niemand wird Ihnen das krumm nehmen.« Ich jedenfalls ganz bestimmt nicht, konnte ich jetzt doch seine Schwindelgefühle nachvollziehen. Der »Bankettsaal« war zwar nicht das Empire State Building, aber ein Bungalow war er auch nicht gerade.

»Ja«, rief er zurück, »ich bin ganz sicher.« Ein Klumpen nasser Zement fiel von oben herunter und klatschte neben mir auf den Weg.

Vicente erschien am nächsten Tag nicht zur Arbeit, und ich befürchtete schon, dass ihn entweder der Mut verlassen hatte oder dass es seiner Großmutter auf Mallorca wieder schlechter ging, aber meine sorgenvollen Gedanken wurden zunächst von den Vorbereitungen für den Umzug am selben Abend wieder in den Hintergrund gedrängt.

Jonathan setzte die Melone auf den Kopf, fuhr in die Pumphosen, klebte sich ein Bärtchen auf die Oberlippe und posierte neben dem Swimmingpool, wo ich mit meiner steinalten Kamera Fotos von ihm machte.

Dann fuhr ich mit Diane und ihm nach Denia, wo die rivalisierenden Festwagen schon in langer Reihe aufgebaut standen und darauf warteten, dass es endlich losginge. Kleine Charlie Chaplins jagten sich, ihre Spazierstöcke schwingend, um den Wagen von Port Rotes, eine ehrgeizige Kreation mit einem Hollywood-Motiv. Einschließlich riesiger Filmrollen aus Papier war alles da. Erwachsene, als Filmschauspieler in jeweils großen Rollen verkleidet (unter ihnen Clark Gable als Rhett Butler und Vivien Leigh als Scarlett O'Hara aus dem Film »Vom Winde verweht«), hielten Distanz zu den kleinen Chaplins. Clark Gable hatte Probleme mit seinem wandernden Bärtchen und seine Schminke fing an zu verlaufen.

Trecker standen bereit, um die Festwagen durch den Abendsonnenschein zu ziehen. Entlang der Hauptstraße saßen Zuschauer auf Klappstühlen unter den Platanen, und hunderte von Touristen drängten sich auf den Bürgersteigen durch die Menge der Leute, die aus den

Bars strömten. Kinder warfen Papierschlangen von Balkonen, ein silberner Ballon entflog einem Stand, an dem es auch Kaugummi, Lakritze und Zuckerrohrstücke zu kaufen gab, und schwebte über die Masten der im Hafen vertäuten Fischerboote hinweg aufs Meer hinaus.

Um sieben Uhr setzte sich der Zug in Bewegung, angeführt von einem andalusischen Reiter, der einen dieser flachen Hüte aufhatte, wie man sie vor allem in Córdoba trägt, und einen edlen Braunen ritt. Zwischen den Festwagen war ein Abstand von etwa zweihundert Metern, denn jeder einzelne wurde von einer Musikkapelle aus einer der umliegenden Ortschaften begleitet. In unserem Straßenabschnitt, wo die Port Rotes-Anhänger standen, zweifelte natürlich niemand daran, dass sein Festwagen der beste war. Auf alle Fälle war er der originellste.

Kinder warfen von den Wagen händeweise Bonbons in die Zuschauermenge. Ich winkte Jonathan zu. Mit seinem unter der Melone hervorschauenden Blondhaar war er ein sofort wiederzuerkennender Chaplin. Er warf einen Sahnebonbon, der mich am Auge traf.

Die Festwagen zogen so ruhig an uns vorbei wie Galeonen – Ritterspiele, olympische Götter, Totempfähle, Wigwams …

Die Beurteilung erfolgte ein Stück weiter die Straße hinunter. Würde die Originalität anerkannt werden? Port Rotes hatte schon immer, was die Themen der Festwagen anging, zur Avantgarde gehört, aber das war etwas, was man im traditionsverhafteten Spanien nicht immer zu würdigen wusste.

Und so auch an diesem Abend nicht – der Wagen kam nur auf den zweiten Platz.

Ein Triumph, wie Jonathan später meinte, als die Feuerwerksraketen am Nachthimmel zu bunt leuchtendem Funkenregen zerbarsten.

Ich fragte ihn, ob der erste Platz nicht besser gewesen wäre.

»Gewinnen ist nicht alles«, sagte er daraufhin. »Und dann sind es ja sowieso erst die *fallas* im März, die wirklich zählen.«

Elternstolz schwellte meine Brust, und ich wünschte ihm, dass er das Leben immer so philosophisch würde sehen können.

Nach zwei Tagen erschien Vicente der Dachdecker in Begleitung Emilios bei uns und behauptete, an einer fiebrigen Erkältung erkrankt gewesen zu sein. Ich fragte mich manchmal, wie eigentlich Emilios Tischlerwerkstatt überlebte, wo er doch soviel Zeit bei uns verbrachte, aber er versicherte mir, sie sei in guten Händen. Wahrscheinlich zur Familie gehörigen.

Es war ein stiller Morgen. Die Wolken waren rosig angehaucht und ein Adler von einem Horst oben auf dem Montgo flog mit trägem Flügelschlag über den Himmel.

Winzige Spinnen hatten den ganzen Rasen mit ihren Netzen überzogen, die, tautropfenbesetzt, im Licht der aufgehenden Sonne glitzerten. Eine Kröte saß unter einem Abflussrohr, wo sie sich häuslich eingerichtet hatte. Ein Fuchs schnürte heimwärts.

Ich ging zur Bäckerei im Dorf und holte noch warmes Brot, das wir, mit Honig bestrichen, auf der Terrasse aßen, während Vicente sich für seinen Aufstieg fertig machte.

Die Vorbereitungen zogen sich so lange hin, dass ich Jonathan schon zum Kindergarten gefahren und mich in mein Arbeitszimmer zurückgezogen hatte, Diane bereits zum Unterricht nach Denia unterwegs war, als Vicente endlich die ersten Sprossen erklomm.

Um elf Uhr kam ich aus dem Arbeitszimmer, um Kaffee zu kochen. Emilio saß auf einem Plastikstuhl auf der Terrasse und las die lokale Wochenzeitung *Canfali*. Er sagte, Vicente habe schon zwei Dutzend Dachziegel verlegt.

Aus Richtung der Kreuzung kam ein metallisches Krachen. Sirenen heulten. Zwei Zeugen Jehovas, die so ordentlich angezogen waren wie Bewerber bei einem Vorstellungsgespräch, erschienen am Tor, traten aber den geordneten Rückzug an, als Jones drohend die Lefzen hochzog.

Ich sprach mit Ángel über den Garten. Er sagte, es gebe Neuigkeiten. Der Baum, auf dem Orangen und Zitronen wuchsen, sei ein Zitronenbaum, erklärte er mir, die Orangen seien aufgepfropft worden. Die beiden Silberreiher hätten sich ihrer Umgebung angepasst und stünden jetzt immer auf den Stufen des Schwimmbeckens, wo sie nicht ertrinken könnten. Immer noch nicht erklären könne er, warum die Blüten der Pflanze in der Amphore verkehrt herum hingen.

Ich kehrte zufrieden mit den Fortschritten auf dem Dach und mit Ángels Verwirrung angesichts der Niederlage, die ihm die schlichte Flora beibrachte, in mein Arbeitszimmer zurück. Ich hatte Ángel nach der Geschichte mit dem Gartenschlauch nicht gefeuert, aber viel gefehlt hatte nicht.

Mittags wurde ich durch einen dumpfen Schlag und einen Schmerzensschrei aufgestört.

Ich rannte in den »Bankettsaal«. Vicente lag auf dem vom Regen noch schlammigen Boden und Emilio kniete neben ihm.

Ich sagte Emilio, er solle den Krankenwagen rufen, während ich die allererste Erste Hilfe leistete, was ich gelernt hatte, als ich vor Jahren als Wehrpflichtiger bei der Luftwaffe gewesen war. Ich deckte Vicente mit einer Decke zu und suchte nach sichtbaren Verletzungen wie Brüchen oder Blutungen. Ich konnte zwar nichts finden, aber Vicente schien gleichwohl Schmerzen zu haben. Ich fragte ihn, wo es ihm wehtue, aber er antwortete nicht.

Zwei Sanitäter betteten ihn auf eine Trage und schoben diese in den Krankenwagen. Emilio und ich begleiteten Vicente nach Denia ins Krankenhaus.

Er sprach noch immer nicht. Dafür Emilio. »Das wird Sie ganz schön was kosten, Señor Derek«, sagte er mitfühlend.

Vicente wurde vom Krankenwagen zur Notaufnahme gebracht. Emilio und ich warteten in der Anmeldung. Es war nicht allzu viel los. Die einzigen anderen Wartenden waren ein unrasierter junger Mann, der fürchterlich hustete, und eine Frau mit einem blauen Auge.

Schließlich kam aber noch ein junger Mann mit langen blonden Haaren dazu, der einen zerknitterten Tropenanzug anhatte und verstohlen um sich blickte. Er setzte sich neben mich und meinte: »So'n Pech, das mit dem Burschen, der für Sie arbeitet.« Er sprach Englisch mit einem Akzent, der ein portugiesischer hätte sein können.

»Wie haben Sie davon erfahren?«, fragte ich ihn.

»Es ist eine kleine Stadt. Er kommt wieder auf die Beine?«

»Das weiß ich nicht«, sagte ich. »Ich bin nicht der liebe Gott.« Ich nahm eine alte Illustrierte zur Hand und fing an, darin zu lesen.

»Er ist nicht versichert, nicht wahr?« Eher eine Feststellung als eine Frage.

»Das geht Sie gar nichts an.«

»Tut es wohl.« Er reichte mir eine Karte, der ich entnehmen konnte, dass er in der Versicherungsbranche tätig war. »Ich kann Ihnen gefällig sein.«

»Das können Sie in der Tat«, erwiderte ich. »Indem Sie Leine ziehen.«

»Ich kann ihnen einen Vertrag zu sehr annehmbaren Bedingungen offerieren, der alle Unfälle abdeckt, die Leute haben, welche für Sie arbeiten. Auf den gestrigen Tag zurückdatiert.«

Ich sah auf seine Karte hinab. »Und Ihre Adresse?«

Er fuhr sich mit der Hand durch sein langes Haar. »Wozu wollen Sie die wissen?«

»Weil das hilfreich wäre, wenn ich bei der Polizei Anzeige wegen versuchten Betruges gegen Sie erstatte.«

Anzeigen waren in Spanien eine der machiavellistischeren Vorgehensweisen – man konnte mit allen möglichen Untaten durchkommen, solange einen nicht ein Nachbar oder Feind (der sich als Freund ausgegeben hatte) anzeigte. Die Polizei, die oft verschämt dreinblickte, wenn sie auf eine solche Anzeige hin aktiv werden musste, gab den Namen des Denunzianten niemals preis.

Der junge Mann versuchte, sich seine Karte zurückzuholen, aber ich hielt sie eisern fest. »Ich versuche doch nur, Ihnen behilflich zu sein«, sagte er.

»Folgen Sie einfach den Kranken- und Leichenwagen, oder gibt Ihnen jemand einen Wink?«

In diesem Moment trat Vicente ein, als wäre er von den Toten auferstanden. Er ging aufrecht, wenn auch noch ein bisschen unsicher, und trat zu uns. Er befand sich in der Begleitung eines jungen Arztes in weißem Kittel.

»Wie geht es ihm?«, erkundigte ich mich bei dem Arzt.

Dieser antwortete auf Englisch. »Gut«, sagte er. Dann senkte er die Stimme. »Um ehrlich zu sein, ich konnte absolut nichts finden, aber ich habe ihm gesagt, er hätte eine Gehirnerschütterung. Viele der Patienten finden eine Erklärung dieser Art gut, weil sie dann nicht das Gefühl haben müssen, mir die Zeit gestohlen zu haben.«

Ich drehte mich um, weil ich noch eine letzte Drohung an die Adresse des Versicherungsmenschen loswerden wollte, aber er war verschwunden. Ich hörte die Sirene des Krankenwagens heulen und konnte, als ich vor die Tür der Klinik trat, beobachten, wie er die Verfolgung aufnahm.

Vicente kehrte zwei Tage später als ein völlig neuer Mensch zur Arbeit zurück. Er kletterte die Leiter mit der Behendigkeit eines Affen hinauf und fing an, Dachziegel zu verlegen, als teile er Spielkarten aus.

Ich fragte Emilio, was diese Veränderung bewirkt habe.

»Der Mann hat lediglich ein bisschen mehr Selbstvertrauen gebraucht«, meinte dieser. »Er wusste nicht, wie das sein würde, aus einer solchen Höhe abzustürzen. Jetzt weiß er es, es war nicht allzu schlimm und er ist ganz hin und weg.«

»Wollen Sie damit sagen, dass er gern gefallen ist?«, fragte ich ungläubig.

»Er mochte jedenfalls die Aufmerksamkeit.«

Ein Dachziegel krachte auf den Weg herunter. Ich sah nach oben. Der Dachdecker grinste von seiner hohen Warte herab und hob zum Zeichen des Triumphes eine geballte Faust.

... 15 ...

Fließende Wasser, rasende Stiere

Wäre Javier nicht gewesen, hätte ich nie an dem Stierlauf teilgenommen.

Javier war der Klempner des Dorfes und noch ein echter Handwerker – im Unterschied zu dem Experten, den die Wasserwerke schickten und der der Meinung war, allein auf Grund seiner Ortskenntnis die undichte Stelle in der Wasserleitung unter unserer Zufahrt finden zu können.

Zunächst war da nicht mehr als ein feuchter Fleck gewesen, verziert mit silbrigen Schneckenspuren – ein Fleck, der aber auch dann noch da war, als die Sonne den Tau längst getrocknet hatte.

Bis Ende Juli hatte sich der Fleck bedenklich vom einen Ende der Zufahrt bis zu ihrer Mitte ausgedehnt und wir konnten Wasser tröpfeln hören.

Ángel machte mich darauf aufmerksam, dass viele der alten Grundstücke das gleiche Problem hätten, nämlich Metallrohre, die korrodiert waren. Das Leck befinde sich irgendwo unter der Zufahrt in dem Leitungsrohr, das uns mit der Hauptleitung unter der Straße verband. Sollte es sich zwischen dem Zähler an der Zufahrt und dem Haus befinden, würde ich die Rechnung für die Reparatur bezahlen müssen.

»Und wenn es sich auf der anderen Seite vom Zähler zur Straße hin findet?«

»Dann zahlt die Stadt«, sagte er.

»Es muss ihre Angelegenheit sein«, meinte ich und zeigte auf die feuchte Stelle, die näher bei der Straße als beim Haus zu sein schien.

»Vielleicht.«

»Wie, vielleicht?«

»Vielleicht ist ja das Leck gar nicht dort. Das Wasser könnte sich auch unter der Zufahrt ausgebreitet haben, bis es eine schwache Stelle gefunden hat.«

»Wo befindet sich dann Ihrer Meinung nach die undichte Stelle?«

Ángel befragte den Himmel, aber es war nicht eine einzige Wolke zu sehen. »Auf dieser Seite oder der anderen«, sagte er schließlich.

Ich rief bei den Wasserwerken an, und schon eine halbe Stunde später fuhren zwei Arbeiter in einem Werkstattwagen vor, der mehr Beulen hatte als Dianes Citroën. Ich befragte die beiden erst einmal zu dem schauerlichen Geräusch im Bad, das jedes Mal hörbar wurde, wenn wir einen Wasserhahn aufdrehten, aber sie sagten, das sei Innenarbeit, ihr Zuständigkeitsbereich liege draußen.

Der eine von ihnen war untersetzt und hatte einen buschigen Schnauzbart, der andere war schlank und hatte sandfarbenes Haar, Unmengen von Sommersprossen und einen Husten, der aus seinen Stiefeln zu kommen schien. Der eine hieß Pedro, der andere Pablo, aber ich kam nie so ganz dahinter, welcher wer war.

Sie besahen sich ein paar Minuten lang prüfend die Zufahrt und gingen dann zum Lieferwagen, um ihr Werkzeug zu holen. Emilio kam angefahren, überblickte die Lage und fuhr ins Dorf zurück. Er musste dann dort Bericht erstattet haben, denn wenig später erschien ein halbes Dutzend Zuschauer am Tor, unter ihnen auch der Fachmann mit dem ungepflegten Bart, der versucht hatte, das Verdienst, die Verstopfung in unserem Abflussrohr beseitigt zu haben, allein für sich in Anspruch zu nehmen.

Als sich Pedro und Pablo zum Frühstück in die Garage zurückzogen, gingen die Zuschauer auseinander – das heißt alle bis auf den Fachmann, der der Ansicht zu sein schien, dass alle Eingeweide unseres Gartens in seine Verantwortung fielen. Er blieb vor dem Tor stehen, strich sich den Bart und bot seinen Rat an. Aber Pedro und Pablo kehrten ihm den Rücken zu und aßen weiter ihre *bocadillos*.

Schließlich wählte Pedro – es könnte auch Pablo gewesen sein – eine Spitzhacke, hustete nachhaltig und führte einen Schlag gegen das, was so aussah wie das Epizentrum der Undichtigkeit, die das Puzzlespiel der sandfarbenen Pflastersteine immer dunkler färbten. Steinsplitter flogen umher, und Jones, der still um kleine *bocadillo*-Happen gebettelt hatte, zog sich vorsichtshalber auf die Terrasse zurück. Der zweite Arbeiter griff nun ebenfalls zu einer Spitzhacke, und bald arbeiteten die beiden, ungeachtet der immer größer werdenden Hitze, in einem abgestimmten Rhythmus.

Bis zur Mittagspause hatten sie ein beachtliches Loch gegraben. Auf seinem Grund sickerte Wasser hervor und verwandelte den Sand in Schlamm. Sie riefen Ángel herbei.

»Was haben sie gesagt?«, fragte ich ihn, als die beiden Arbeiter in die Garage gingen, um einen Schluck Wasser zu trinken.

»Sie meinten, die undichte Stelle sei nicht dort.«

Die Worte hatten einen vertrauten und beunruhigenden Klang. Konnte es sein, dass sie unter dem Einfluss des Abwasser-Fachmanns standen? Als ich zum Tor hinsah, bestieg der gerade seinen Drahtesel und radelte beschwingt davon. Angenommen, das Leck befand sich in dem Rohrstück zwischen Zähler und Haus? Die weiteren Verheerungen der Zufahrt, die das mit sich bringen musste, würden mich endgültig in den Bankrott treiben.

Vicente ließ einen Dachziegel auf den Weg hinunterfallen. Er stand wie ein moderner Blondin oben auf einem Betonbalken, griente und hob die Daumen.

»Wo befindet sich denn nun nach Pedros und Pablos Meinung das Leck?«, fragte ich Ángel.

»Sie meinen, es könne überall sein. Das Wasser habe sich tatsächlich unter der Erdoberfläche ausgebreitet.«

Nach der Mittagspause kamen Pedro und Pablo wieder und gingen die Zufahrt in ihrer gesamten Länge mit Vorschlaghämmern an. Als sie drei Stunden später Feierabend machten, sah die Zufahrt aus wie ein Frontabschnitt an der Somme – das Leck jedoch hatten sie nicht gefunden. Verzweiflung packte mich, und ich konnte es an Dianes hängenden Schultern sehen, dass die Sache auch sie nicht unberührt ließ.

»Sie kommen morgen wieder und bringen einen Ingenieur mit«, erklärte mir Ángel.

»Es kann doch wohl nicht so schwer sein, den Fluss des Wassers zu verfolgen«, sagte Diane.

»Da unter der Erde ist ein See«, erwiderte Ángel, der viel Englisch, aber kaum den Gebrauch des gesunden Menschenverstandes bei uns lernte – vielleicht konnten wir ihm ja auch diesbezüglich nicht allzu viel bieten.

Warum hatten wir uns kein Holzhaus in Neuengland, keine Stadtwohnung in Paris, kein Chalet in der Schweiz gekauft? Eine Bleibe, bei der alles funktionierte?

Die Schwalben zogen sich zurück und die Fledermäuse nahmen ihren Platz ein.

Wir gingen in das Restaurant des Manisch-Depressiven, der es Diane überlassen hatte, die Steaks zu wenden. Er war in ganz besonders mieser Stimmung, warf die Steaks auf den Grill über dem offenen Feuer, als schmisse er Abfall aus dem Haus, süffelte selbstgebrannten Absinth und funkelte seine Gäste hinter dem Tresen hervor mit finsterer Miene an. Aber uns schmeckte es wieder genauso gut wie beim letzten Mal.

Als wir nach Hause kamen, waren die Zikaden voll in Aktion, und der Himmel war mit Sternen dicht besetzt. Wir sahen einen fallen. Ich hatte mal irgendwo gelesen, dass das eine Geburt anzeige. Oder war es ein Todesfall?

Ich machte mit Jones noch einen kleinen Gang – an der Mauer entlang, die das Grundstück auf der anderen Straßenseite umgab, wo es angeblich im Haus und in der Remise spukte. Die Glühwürmchen machten das Licht aus, sobald wir in ihre Nähe kamen. Bei der Remise standen Pinien, die im Wind schwankten, eine Eule schrie. Es hätte mich nicht überrascht, wenn die Kutsche plötzlich herausgefahren gekommen wäre – wir hatten am Abend der Sommersonnenwende, an dem sie der Sage nach eigentlich ausfahren sollte, die Augen weit offen gehalten, aber es hatte sich nichts gerührt.

Meine gedrückte Stimmung wirkte ansteckend – Jones winselte leise und zerrte mich zum Haus zurück. Als ich mich an der verwüsteten Zufahrt vorbeimanövrierte, wusste ich: Wenn ich diese Rechnung wirklich bezahlen musste und mein Roman nicht gut genug geschrieben war, um mit den Erträgen dies alles und noch mehr finanzieren zu können, würde ich kapitulieren und unsere Vision eines Lebens in der Sonne zu den Akten legen müssen. Ich gab uns noch bis zum Ende des Jahres, also noch fünf Monate, um entweder zu siegen oder unterzugehen.

Der Ingenieur, ein beflissener junger Mann im Blazer, kam gegen Mittag und schritt die Zufahrt mit einem Messgerät ab, dessen Nadel beständig zitterte. Er sagte, überall unter der Erdoberfläche sei Wasser, stieg in sein Auto und fuhr weg, offensichtlich hoch zufrieden mit seiner Diagnose.

Das war der Moment, wo Pablo – oder vielleicht war es auch Pedro – Javier, den Klempner des Dorfes, herbeirief, denn vielleicht wusste dieser ja, wie bei den alten Häusern die Rohre verlegt worden waren.

Javier war ein Perfektionist, der sich – in alle Einzelheiten gehend – seiner über Wasserhähne und Siphone errungenen Siege rühmte. Er war blass und wurde vorzeitig kahl. Er inspizierte die Zufahrt, die jetzt an manchen Stellen schon einen knappen Zentimeter unter Wasser stand.

Ich fragte ihn, ob er sagen könne, wo das Leck sei. Er schien diese Frage ungehörig zu finden. »Woher soll ich das denn wissen? Ich arbeite drinnen, Spülkästen, Überläufe, solche Sachen«, sagte er auf Englisch.

Ob er wisse, wie die Rohre draußen verlegt worden seien?

»Doch wohl von der Hauptleitung unter der Straße zum Haus«, antwortete er. »Aber das Rohr kann versetzt verlegt worden sein, wenn sie irgendwo auf Felsen gestoßen sind. Und dann hat es natürlich auch noch Abzweigungen zur Küche, zum Bad, zum Anbau und zum Swimmingpool. Alles außerhalb meines Zuständigkeitsbereichs.«

In diesem Augenblick hörte ich durch das offene Fenster des Badezimmers das vertraute Erschauern der Leitung. Wahrscheinlich hatte Diane einen der Wasserhähne aufgedreht.

Javier lauschte gespannt und schüttelte den Kopf.

»Ist es was Ernstes?«, fragte ich ihn.

»Das Wasser kommt nicht richtig zum Badezimmer durch.« Er zeigte auf die teilweise überschwemmte Zufahrt. »Das kann eine Menge Schäden anrichten. Wie ein Motor ohne Öl.«

Er ging ins nun freie Bad und drehte einen Hahn auf. Die Zuleitung unter dem Waschbecken bekam einen Hustenanfall, bevor ein wenig Wasser herauströpfelte.

»Wie ich's mir gedacht habe«, sagte er.

»Liegt das aber nicht vielleicht daran, dass sie« – ich deutete auf Pedro und Pablo, die, auf ihre Vorschlaghämmer gestützt, sein Urteil abwarteten – »das Wasser an der Hauptleitung abgedreht haben?«

»Das wird immer schlimmer«, sagte er, die banalen Einwände eines Laien überhörend.

»Können Sie die Sache richten?«

Die Frage schien ihn zu überraschen. »Nicht im Augenblick. Wir haben im Dorf eine Fiesta.«

»Während einer Fiesta arbeiten Sie nicht?«

»Niemand tut das.«

Ich hätte daran denken sollen, dass man sich zu solchen Karnevalszeiten, was die Arbeit anging, einer eher kavaliersmäßigen Einstellung befleißigte. Ich hatte mal den Vorarbeiter unserer »Baukolonne« gefragt, warum einer seiner Leute eine ganze Woche lang durch Abwesenheit geglänzt habe. Da hatte er mich konsterniert angeschaut und gesagt: »Ich dachte, Sie wüssten, dass in seinem Dorf eine Fiesta gefeiert wurde.«

»Eine ganze Woche lang?«

»Eine halbe.«

Javier riss mich aus meinen Gedanken. »Heute Abend laufen die Stiere«, sagte er.

Zu dieser Zeit des Jahres wurden in vielen Orten der Region die Stiere losgelassen und die jungen Männer rannten dann vor den schnaubenden Tieren her – es war eine bescheidene Nachahmung der berühmten San Fermín-Fiesta von Pamplona, bei der mit schöner Regelmäßigkeit Teilnehmer aufgespießt wurden. Die Stiere waren in unserer Region allerdings nicht selten Färsen, junge Kühe, was aber nicht bedeutete, dass sie zu keinen knochenerschütternden Stößen fähig gewesen wären. Und gelegentlich kam es sogar zu tödlichen Unfällen.

»Laufen Sie mit?«, fragte ich Javier.

»Ich bin zu alt dafür.« Er massierte mit den Fingern die Druckstellen seiner Brille, die unauslöschlich in seinen Nasenrücken eingegraben waren. »Wie alt, glauben Sie, bin ich?«

»Dreißig?«

»Einundvierzig. Ich werde am Mittwoch einundvierzig.« Heute war Montag.

»Das sieht man Ihnen aber wirklich nicht an«, sagte ich.

»Nicht? Dann sollte ich vielleicht doch mitlaufen. Wenn ich zehn Jahre jünger aussehe, habe ich ja vielleicht auch noch die Reflexe eines Dreißigjährigen.«

Ich schlug ihm auf die Schulter. »Das ist die richtige Einstellung.«

»Unter einer Bedingung. Dass Sie auch mitlaufen.« Er sah mich listig an.

»Abgemacht.« Der Irrsinn, der über mich gekommen war, als ich in Benidorm den Tango tanzte, packte mich erneut. »Auch meinerseits unter einer Bedingung. Dass Sie dem Lärm in unserem Bad ein Ende machen.«

Wir besiegelten mit einem Handschlag unsere Abmachung.

Javier steckte sich eine Zigarre an und rauschte, eine Rauchfahne hinter sich herziehend, an Pedro und Pablo vorbei davon. Die Wasserleitung im Bad trompetete hinter ihm her.

Die Nachricht, dass sich der *escritor*, der Schriftsteller, am Stierlaufen beteiligen wolle, hatte sich schnell im Dorf verbreitet, und ich wurde am Abend in der Bar Paraíso zu zwei, drei Gläsern Wein eingeladen.

Emilio ergriff meine Hand. »Mutige Entscheidung. Das hätte Churchill auch getan. Und Nelson und Thatcher.«

Javier kam herein. Seine bleichen Wangen waren vor Aufregung gerötet und er bestellte einen Brandy.

Es war der zweite Lauf des Tages. Beim ersten hatte ein Stier – oder vielleicht auch eine Kuh – einen kleinen Abstecher in eine Bar gemacht und sich hinter einer Touristin, einer Engländerin, die an der Theke einen Tee trank, aufgebaut. Heißen Atem im Nacken spürend, fuhr sie in dem Glauben, es sei vielleicht ein liebestoller Kellner, herum und schaute in ein Paar braune Rinderaugen. Sie gab dem Tier seelenruhig ein Stück Zucker, woraufhin es wieder auf die Straße hinaustrottete.

Ich trank meinen Wein aus und ging, um mir die Viecher anzusehen, die in einem Behelfspferch am Ende der Straße eingesperrt waren. Es war ein gar klägliches Häuflein, das auch den furchtsamsten Stierkämpfer nicht hätte erschrecken können – selbst dann nicht, wenn er einen Kater gehabt und man ihm die Augen verbunden hätte. Gleichwohl waren die Tiere kräftig gebaut und scharrten gereizt auf dem Pflaster, als Kinder ihnen Grimassen schnitten.

Der Weg, den sie nehmen sollten, war zu beiden Seiten mit Holzbarrikaden versehen, die in regelmäßigen Abständen Lücken aufwiesen, um im Bedarfsfall eine Flucht zu ermöglichen. Ich prägte mir die Verteilung dieser »Notausgänge« gut ein. Die jungen Leute sprangen gern über die Holzabzäunung auf die Straße, um dann den Hörnern der Stiere erst in allerletzter Sekunde auszuweichen, aber mir hatten die Jahre doch schon ein wenig von meiner jugendlichen Spannkraft genommen und man konnte nie wissen.

Die Menschen strömten zusammen, und eine uniformierte Blaskapelle (fünfundzwanzig Mann stark und nach improvisierten Auftritten in verschiedenen Bars recht zerzaust) marschierte die Straße hinunter, vorbei an den mit Brettern vernagelten Türen und Fenstern, und spielte die »Hymne von Valencia«. Das ist ein aufrüttelndes Stück, pompös und voller ergreifendem Geschmetter, und ich fand es sehr bewegend, aber diese Wirkung zeitigen Blaskapellen bei mir immer.

Ángel (fein herausgeputzt in Hosen mit messerscharfen Bügelfalten und kariertem Hemd, seine ihn bewundernde Frau am Arm) hielt mich an und erkundigte sich, wo denn die Señora sei.

»Mit Jonathan in Denia«, gab ich Auskunft. Sie hatte mir gesagt, sie wolle unseren spanischen Anwalt aufsuchen und sich meinen letzten Willen ansehen, und dann hinzugefügt, die Witwenschaft sei dem Zusammenleben mit einem selbstmörderischen Irren, der wild entschlossen sei, sich aufspießen zu lassen, bei weitem vorzuziehen.

Ein kleiner Junge bot mir an, mal an seinem Eis zu lutschen, von dem smaragdgrüne Tränen herabtropften, und meinte aufmunternd: »Hier ist noch kein Ausländer umgekommen.«

Javier stieß beim Pferch zu mir und spuckte große Töne. Er reichte mir seinen silbernen Flachmann und ich nahm einen Schluck von dem Brandy – das Zeug brannte mir Löcher in den Magen.

Wir wählten ein »Lücke« etwa fünfzig Meter vom Pferch entfernt. Von dort aus konnten wir in einem vernünftigen Abstand vor den »Stieren«, die Färsen waren, herlaufen und uns dann in die nächste retten.

Die Kapelle verschwand in einer Bar, und die »Stiere« – vier an der Zahl – stürzten aus dem Pferch.

Javier und ich schlossen uns den vielen jüngeren und ein paar älteren Leuten an, die vor den stampfenden Hufen dahinrannten. Teenager sprangen über die Holzbarrikaden, alte, erfahrene Männer tauchten in die »Notbuchten« ab.

Ich war noch nie ein sonderlich leichtfüßiger Läufer gewesen, aber jetzt hatte ich das Gefühl, flüssiges Blei in meinen Turnschuhen zu haben. Hinter mir schnaubten die »Stiere« und ihre Hufe donnerten so laut wie die einer durchgegangenen Herde. Mein Herz donnerte ebenfalls. Ich blickte über die Schulter zurück. Der einzige Läufer, der sich noch hinter mir befand, war Javier. Wo war der Ausgang, den wir uns für unsere Flucht ausgesucht hatten? Ich war daran vorbeigerannt! Der nächste war noch vierzig Meter weit weg.

Ich sah schon vor mir, wie die Schlagader in meinem Oberschenkel zerrissen, mir jene Wunde zugefügt wurde, welche in den Arenen die meisten Stierkämpferleben forderte. Ich stolperte und fiel hin. Ein »Stier« blieb stehen und sah mich mit heraushängender Zunge abwägend an. Da es kein gar so großer Imagegewinn ist, wenn man, statt aufgespießt zu werden, zu Tode geleckt wird, brüllte ich das Rindvieh an. Es starrte daraufhin vorwurfsvoll auf mich herab und lief dann den anderen Tieren nach.

Jetzt befand ich mich wenigstens hinter der »Herde«. Aber wo war Javier geblieben?

Ich bemerkte ein paar Zuschauer, die sich an einer Stelle in der Nähe des Notausganges, durch den wir uns in Sicherheit hatten bringen wollen, zusammendrängten, und lief zurück. Zwei Sanitäter des Krankenwagens, der während der Stierläufe in Bereitschaft stand, knieten neben dem am Boden liegenden Javier.

Sie legten ihn auf eine Trage und brachten ihn zum Krankenwagen. Ich fragte, ob er schwer verletzt sei. Sie zuckten, beredt schweigend, die Achseln. Dann fuhr der Krankenwagen mit heulender Sirene und großer Geschwindigkeit davon. Mir war vor Besorgtheit ganz übel – und vor Schuldgefühlen, denn schließlich hatte ja ich Javier dazu gebracht, sich an dem Lauf zu beteiligen.

Ich fragte einen der Umstehenden nach Javiers Adresse, holte seine dunkelhaarige, sanftmütig blickende Frau dort ab und fuhr mit ihr zum Krankenhaus in Denia. Sie wollte immer wieder wissen, warum er das getan habe. Er habe ihr doch versprochen, nicht mitzulaufen.

Ich schwieg dazu. Wenn ich Javier nicht gesagt hätte, er sähe jünger aus als er war, hätte er dieses Versprechen nie gebrochen ...

»Er hat am Mittwoch Geburtstag«, sagte sie, und die Knöchel ihrer verkrampft zusammengeballten Hände waren ganz weiß. »Ich hab ihm einen Schlips gekauft.«

Wir warteten in der Aufnahme des Krankenhauses, dort, wo ich auch gewartet hatte, als Vicente der Dachdecker von der Mauer des »Bankettsaals« abgestürzt war. Derselbe Arzt, der Vicente untersucht hatte, kam nach einer Weile durch die Schwingtür und winkte Javiers Frau zu sich.

Sie kehrte fünf Minuten später zurück. »Erst ist er vor die Stiere hingetreten«, sagte sie, »und jetzt tritt er vor Gott hin.«

Die Begegnung mit dem Allmächtigen dauerte allerdings nicht allzu lange. Javier war offensichtlich gestolpert und dann »nur« mit dem Kopf auf die Kante des Bürgersteigs aufgeschlagen. Er wurde noch am selben Abend wieder aus dem Krankenhaus entlassen – er litt an einer Gehirnerschütterung, der Spezialität des Doktors.

Am nächsten Tag stoppte ich, noch ganz verwirrt von der Erleichterung über Javiers Genesung und dem Ärger über die Unfähigkeit Pedros und Pablos, das Zerstörungswerk auf der Zufahrt. Es musste eine einfachere Methode geben, die undichte Stelle zu finden.

Ich leistete Pedro und Pablo in der Garage Gesellschaft, wo sie ihr genau gleiches Frühstück verzehrten – *bocadillos* mit Serrano, Bananen und Bier.

Der Abwasser-Fachmann hielt mit seinem Fahrrad vor dem Tor, hob die Hände (wahrscheinlich entsetzt über das Ausbleiben jedes Fortschritts) und radelte weiter.

»*Cabrón*«, sagte Pablo – oder Pedro. Wörtlich übersetzt bedeutet das Wort »Ziegenbock«, lässt jedoch auch andere Deutungen zu.

Diane, die ein wenig erleichtert darüber zu sein schien, dass sie doch noch nicht Witwe war, rief mich ins Haus zu pochierten Eiern, Marmelade, Toast und Tee.

Wir lauschten dem Dachdecker, dem Geräusch tröpfelnden Wassers und dem gelegentlichen Rumpeln im Bad.

Schließlich fasste Diane in Worte, was wir beide empfanden. »Diese Vision, die wir mal hatten ... also, die verblasst recht schnell, nicht wahr?« Sie sah mich durch den Dampf hindurch an, der aus ihrem Teebecher aufstieg. »Ich habe gestern einen holländischen Immobilienmakler kennengelernt.«

»Du meinst, wir sollten das Haus wieder verkaufen?«

»Was denkst du?«

»Das bedeutet doch, eine Niederlage einzugestehen«, antwortete ich.

»Oder einmal in unserem Leben vernünftig zu sein.«

»Was ist mit Jonathan?«

»Ich habe nicht gesagt, dass wir die Gegend hier verlassen sollen.« Sie schenkte sich Tee nach. »Der holländische Makler –«

»Weiß ein Haus mit atemberaubender Aussicht?«

»Es ist aber eine Bruchbude.«

»Dann vergiss es.«

»Zu haben für'n Appel und 'n Ei. Und richtig, man hat eine wunderbare Aussicht. Und er meint, wir könnten für das Haus hier ein Vermögen bekommen.«

»Mit einem halben Dach über dem ›Bankettsaal‹? Und dem Ungeheuer aus der Tiefe, das jeden Augenblick aus der Zufahrt auftauchen kann?«

»Er meint, er wisse einen Interessenten«, sagte Diane.

Ich sah auf die Uhr. Zehn. »Er dürfte jetzt wohl in seinem Büro sein«, sagte ich. »Dann rufe ich ihn halt mal an.«

... 16 ...

Mrs. Prodski im Paradies

Sein Klient, sagte der holländische Immobilienmakler am Telefon, könne sich unser Haus leider erst am nächsten Tag ansehen. Auf meine Frage »Wer ist er?« antwortete er: »Es ist eine Sie, ein bisschen ein Rätsel, aber stinkreich.«

»Nationalität?«

»Bulgarin«, antwortete der Makler.

»Was zieht sie denn hierher?«

»Ich sagte Ihnen ja schon, sie ist ein Rätsel.« Wie so viele Holländer fern der Heimat, sprach er ein fast fehlerfreies Englisch. »Wegen des Preises –«

»Was schlagen Sie vor?«

»Ich habe mir das Objekt ja noch gar nicht anschauen können«, sagte er. »Ihre Frau meinte, es gebe da noch ein paar Problemchen.«

Diane war eigentlich nie eine Meisterin in der Kunst der Untertreibung gewesen, aber diesmal hatte sie sich selbst übertroffen. »Sie kommen wohl besser mal vorbei und sehen es sich an«, sagte ich. »Und bringen Sie ein Paar Gummistiefel mit.«

Er kam und trug schwarze Slipper mit Troddeln, dazu einen leichten, cremefarbenen Sommeranzug. Ein kleiner Dandy mit einem à la Beckenrandfaulenzer gebräunten Gesicht.

Er starrte voller Missbehagen auf die Zufahrt. »Können Sie das nicht in Ordnung bringen lassen?«

»Wir versuchen es«, erwiderte ich. »Glauben Sie mir,

wir versuchen alles.« Mich machte die Blödheit seiner Frage einfach sprachlos. Ich hatte, das Ohr am Boden, gelauscht und versucht, dem Strömen des Wassers unter dem Pflaster zu folgen, aber bislang hatten mich meine deduktiven Fähigkeiten im Stich gelassen.

Er stand im »Bankettsaal« und sah zu dem noch unfertigen Dach hinauf. Vicente der Dachdecker winkte ihm zu, wobei ihm ein Hammer entglitt, der auf den Boden herunterkrachte.

»Ihre Frau hatte Recht«, meinte der Makler. »Da gibt es noch ein paar Problemchen. Aber meine Klientin ist sehr daran interessiert, in dieser Gegend hier ein altes Anwesen zu finden. Überlassen Sie die Frage des Preises mir, ich werde sie mal aushorchen. Wenn Sie dann nicht zufrieden sind, können wir ja immer noch verhandeln.«

Er besah sich das Haus, hielt alle Mängel auf einem schmalen und unzulänglichen Schreibblock fest. »Ich muss mich ja auf alle kritischen Einwände vorbereiten, die von Madames Seite kommen könnten«, sagte er zur Erläuterung.

»Wie wollen Sie denn die Zufahrt erklären?«

»Die ist ein Pluspunkt – Sie lassen gerade neue Leitungen verlegen. Es gibt hier nicht viele Häuser mit neuen Rohren.«

»Und das Dach?«

»Bis sie einzieht, wird alles … hochherrschaftlich aussehen. Ist das eine gute Beschreibung?«

»Das hätte ich nicht besser ausdrücken können«, antwortete ich.

Wir saßen uns auf der Terrasse auf Plastikstühlen gegenüber. Ich wartete, bis Jones aufgehört hatte, des Maklers Beine zu beschnüffeln, und erkundigte mich dann nach der Ruine, die er uns anbieten wollte.

»Nicht eigentlich eine Ruine«, sagte er. »Das Objekt hat ein großes Potenzial. Und einen tollen Blick.« Er hob eine Hand und gluckste. »Ich weiß schon, was Sie sagen wollen – in der Sprache der Immobilienfritzen ist jeder Blick toll.«

»Man hat mir mal versichert, es sei billiger, ein neues Haus zu bauen als ein altes wieder herzurichten.«

»Ihre Frau« – Diane war zum Unterricht in Denia – »hat mir gesagt, Sie seien nur an, hm, gereiften Objekten interessiert. Wollen Sie es sich mal ansehen?«

»Warum nicht? Ich habe nichts zu verlieren.« Als ich in der Küche einen Zettel schrieb, um Diane wissen zu lassen, wo ich geblieben sei, jaulte Jones auf. Wahrscheinlich hatte ihm der Makler einen Tritt versetzt. Der geriet auf dem Weg zu seinem vor dem Tor geparkten Mercedes auf einen losen Pflasterstein und schlammiges Wasser spritzte auf ein Hosenbein seines cremefarbenen Anzugs.

»Sind Sie sicher, dass die Baustelle ein Pluspunkt ist?«, fragte ich ihn.

Die Ruine befand sich, wie ich fünf Minuten später wusste, nur knapp zwei Kilometer von uns entfernt und war ein zerfallendes Herrenhaus mit einem langen, auf rostenden Metallsäulen ruhenden Balkon und solidem Mauerwerk. Erd- und Obergeschoss mit zehn Räumen sahen aus, als wären sie seit dem Bürgerkrieg nicht mehr bewohnt gewesen. Das Haus war ungefähr hundert Jahre alt. Im Obergeschoss entdeckte ich Nummern der rechten Zeitschrift *ABC* aus dem Jahr 1939 und schwarz umrandete Briefkarten mit Einladungen zu einem Gedenkgottesdienst aus dem nämlichen Jahr. Das Haus war weder an die Wasser- noch an die Stromversorgung angeschlossen, aber der Makler meinte, die entsprechenden Zuleitungen seien billig zu verlegen.

»Es braucht auch ein neues Dach«, sagte ich und fragte mich, wie Vicente wohl auf die schwindelerregende Höhe eines eingeschossigen Gebäudes reagieren würde.

»Natürlich. Aber am Ende besitzen Sie einen Palast an Stelle –«

»Von was?«

»Dessen, was Sie jetzt haben.«

Er fing an, mir zu missfallen. »Warum ist Ihre Klientin denn nicht an diesem Objekt hier interessiert?«, fragte ich ihn.

»Es ist ihr zu groß. Und sie möchte näher beim Dorf sein.«

»Sind Sie sicher, dass die Dame stinkreich ist?«

»So reich wie Krösus«, antwortete der Makler mit der Sicherheit des Profis, der eine Nase für Geld hat.

Ich stieg eine rostige Außentreppe hinauf und blickte über die Zitrusplantagen hinweg. Auf der einen Seite des Hauses konnte ich in einer Entfernung von knapp zwei Kilometern das Meer sehen, auf der anderen das Rückhalt gebende Massiv des Montgo mit seinem sonnenbeschienenen, breiten Gipfel.

»Wieviel will der Eigentümer denn haben?«, erkundigte ich mich mit geflissentlichem Mangel an Interesse.

»Darüber ist er sich noch nicht im Klaren, aber es liegt ihm sehr viel an einem Verkauf.« Der Makler senkte die Stimme zu einem verschwörerischen Flüstern. »Ihm sitzen Gläubiger im Nacken.«

Ob er wohl derart vertrauliche Informationen an alle seine Klienten weitergab? Was hatte er der Dame aus Bulgarien über mich erzählt? Dass ich ein leicht irrer Engländer mit einem sexbesessenen Hund und einer Katze mit Holzbein sei?

Er gab mir einen Schlüssel zum Haus und noch am Abend desselben Tages zeigte ich es Diane. Sie war begeistert, verglich es mit den großartigen alten Herrenhäusern in Amerikas tiefem Süden, sah sich in späteren Jahren in einem Schaukelstuhl auf der Terrasse sitzen und Tischdecken besticken – alles, was zwischen absoluter Liebe und entschiedenster Ablehnung lag, war ihr schon immer fremd gewesen. Ich mochte das Haus auch, aber … wir hatten schon so viel von uns in jenes investiert, das wir seinerzeit im Mondlicht vor uns hatten stehen sehen …

Wir rangen bis spät in die Nacht mit uns.

»Wir könnten aus der Ruine ein kleines Hotel machen«, sagte Diane, von Ehrgeiz erfüllt.

»Ich bin hierher gekommen, um Manuskriptseiten zu füllen, nicht Mägen«, warf ich ein. »Und mit Grundstücksspekulationen will ich nichts am Hut haben.« Ich wollte nicht einmal an so etwas denken.

»Aber du magst dieses Haus, das kann ich spüren.«

»Kannst du mich als Südstaatler sehen, der durch seine Baumwollfelder reitet?«

»Nicht so richtig«, gab sie zu.

Am nächsten Morgen verschliefen wir, und als ich endlich aus dem Bett kroch, verlegte Vicente schon mit klappernder Hingabe seine Dachziegel.

Ich zog einen Bademantel an, presste Orangensaft für uns drei und ging dann in den Garten.

Der Montgo hob sich scharf von einem wolkenlosen Himmel ab, der Jasmin duftete. Die grünen Orangen reiften heran, und die blauen Trompeten der Prunkwinde, die trotz aller Versuche Ángels, sie auszurotten, munter am Maschendraht des Gemüsegartens hochkletterte, wurden von einer Brise aus den fernen Bergen geschaukelt. Jones trottete vorbei, hatte wichtige Dinge zu erledigen, Hoppity probierte ein neues Holzbein aus und Ethel putzte sich.

Ich schwamm ein paar Bahnen und pflückte dann die letzten Feigen – außen grün, innen rot – für das Frühstück.

Konnten wir all dies wirklich für ein verlassenes Herrenhaus aufgeben, das keinen Strom und kein Wasser hatte, wo es wahrscheinlich während des Bürgerkriegs zu Greueltaten gekommen war und vielleicht Leichen unter den Steinplatten des Fußbodens lagen?

Ich schlenderte vors Haus. Da erklang oben vom »Bankettsaal« ein Siegesgeheul. Vicente reckte beide Fäuste in die Luft und schwankte gefährlich. »Der letzte Ziegel liegt!«, schrie er herunter.

Die Telepathie, Begleiterin guter Ehen, machte während des Frühstücks Überstunden – wir wussten jetzt beide, dass wir aus diesem Haus trotz all seiner Mängel nicht ausziehen wollten.

Diane fragte, als sie bei ihrem zweiten, die Zunge lösenden Becher Tee angekommen war: »Wir müssen doch nicht verkaufen, oder?«

Ich bestrich eine Scheibe Toast mit Honig. »Wir *müssen* nicht. Aber wenn wir bei dem Verkauf einen Gewinn machen würden, könnten wir definitiv in Spanien bleiben.«

»Du meinst, so, wie die Dinge liegen, können wir das nicht?«

»Jedenfalls nicht, wenn wir dieses Abrisskommando auf der Zufahrt bezahlen müssen und außerdem mein Buch ein Flop wird. Ich muss gestehen, dass ich uns bis zum Ende des Jahres gegeben habe – entweder haben wir's dann geschafft oder wir sind pleite.«

»So, hast du das.« Sie sah niedergeschlagen aus, aber dann hellte sich ihre Miene wieder auf. »Keine Bange, das Leck ist auf der anderen Seite des Zählers, deshalb werden wir die Rechnung nicht bezahlen müssen, und dein Buch wird ein Bestseller und wir brauchen das Haus nicht zu verkaufen.«

Um elf fuhr ich Jonathan nach Denia zu einem Freund. Als ich zurückkam, war der holländische Immobilienmakler mit seiner Klientin schon da, einer kräftigen Frau mittleren Alters, die einen Minirock trug und ihr rotes Haar im Stil der sechziger Jahre toupiert hatte. Sie lachte leicht, allem Anschein nach bedurfte es nicht einmal eines besonderen Anlasses dazu, und sprach ein sich durch Erfindungsreichtum auszeichnendes Englisch.

»Ich habe erfreut, Ihre Bekanntschaft zu machen«, sagte sie und streckte mir ihre Hand hin, an deren Fingern, die voller Grübchen waren, viele Ringe steckten. »Ich wärde gern Ihr Haus haben.«

Ich sagte zu dem Makler: »Würden Sie uns bitte kurz entschuldigen?«, und zog Diane in die Küche, um von ihr zu erfahren, was nun eigentlich gespielt wurde. »Warum hast du ihnen nicht gesagt, dass wir nicht verkaufen wollen?«

»Ich habe ihm irgendwie versprochen, es durch ihn verkaufen zu lassen. Vor ein paar Tagen, als ich ihn kennengelernt habe.«

»Na und? Wir haben halt unsere Meinung geändert.« Ein Verdacht stieg in mir auf. »Du hast doch nichts unterschrieben, oder?« Viele Makler baten Verkäufer von Immobilien, ihnen einen Revers zu unterschreiben, der ihnen das ausschließliche Recht einräumte, den Verkauf zu vermitteln. Ich hatte die Rechtmäßigkeit solcher Schriftstücke schon immer bezweifelt.

Diane nickte. »Doch, ich hab was unterschrieben. Er sagte, es sei eine bloße Formalität.« Sie drückte meinen Arm. »Das ist aber egal, denn ich habe schon einen Plan. Und zwar machen wir einfach Folgendes – wir übertreiben alle Nachteile des Hauses. Wir tun genau das Gegenteil von dem, was Immobilienmakler machen. Auf diese Weise wird sie das Interesse verlieren und wir sind aus dem Schneider. Und der Makler wird uns keine weiteren Klienten mehr anschleppen, wenn er weiß, dass wir das Haus doch bloß wieder mies machen.«

»Du meinst, wir sollen ihr erzählen, dass es eine einzige Schrottbude ist?«

»So in etwa, aber subtiler. Achte auf meine Lippen.«

Der Makler hatte seine Klientin – ihr Name war Prodski – von der verheerten Zufahrt in den »Bankettsaal« geführt, der jetzt ein Dach hatte. Mrs. Prodski lachte (wohl im Gedanken an irgendeinen obskuren bulgarischen Witz) und sagte: »Und wo sind Flädermause?«

Sie arbeitete uns zu!

»Sie kommen bei Nacht«, gab Diane Auskunft.

»Ich liebe dem Flädermause«, sagte Mrs. Prodski.

»Wir haben nicht gedacht, dass sie bleiben würden«, sagte Diane. »Wissen Sie, als wir den Kamin zum ersten Mal angesteckt haben, da qualmte es so schlimm, dass wir dachten, das hätte sie vertrieben.«

»Ich liebe dem Rauch von Holz.« Mrs. Prodski atmete tief durch. »Wo ich komme her, da rauchen wir Störfische.«

Wir gingen in die Küche. »Wir hoffen, dass der Fehler in der Elektrik inzwischen behoben ist«, sagte Diane. Sie bezog sich, wie ich vermutete, auf jenen Brandgeruch in der Küche, der sie veranlasst hatte, die Feuerwehr zu alarmieren.

Mrs. Prodski sagte: »Ich sorge mich nicht. Mein Mann Serge wird richten alle Sachen.«

»Das mit dem Wasser ist auch betrüblich«, sagte ich, Dianes Stichwort aufnehmend. »Manchmal bleibt es den ganzen Tag weg, manchmal auch länger.«

Mrs. Prodski lachte schallend. »Wer trinkt schon Wasser?« Sie trocknete sich die Augen mit einem Taschentüchlein, das mit Gebirgsblumen bestickt war.

Ihr Standvermögen und Dianes Strategie fingen an, mir Sorgen zu machen.

Auf dem Weg zum Wohnzimmer packte mich der Makler am Arm. Wir waren gerade außer Hörweite von Mrs. Prodski und so zischte er: »Was, zum Teufel, soll das denn werden?«

»Etwas, was Sie nicht verstehen können«, gab ich zurück. »Man nennt es die Wahrheit sagen.«

Diane zeigte auf eine gesprungene Fliese. »Die bewegt sich manchmal, als ob da unten jemand versuchte, aus einem Verließ herauszukommen.«

Mrs. Prodski schlug die Hände zusammen. »Ein Baum, der ist nicht richtig rausgewurzelt worden. Wo ich geboren bin, hatten wir Kirschbaum, der ist eingebrochen in unsere Ässzimmer.«

Ich führte sie zu der aus einer alten Hochzeitstruhe gefertigten Bar, die ich in dem »alten« Esszimmer installiert hatte, wo wir speisten, wenn das Wetter zu schlecht war, um auf der Terrasse zu sitzen. Und solange das neue noch nicht fertig war. Mrs. Prodski zeigte auf die Flaschen. »Wodka ich liebe. Haben Sie dem polnischen Wodka?«

»Tut mir leid, nur russischen«, sagte ich.

»Dem macht's auch. Kein Wasser rein, das verdirbt ihm.«

»Eis?«

Einmal mehr gewann der balkanische Sinn fürs Komische die Oberhand und Mrs. Prodski prustete los. Als sie sich wieder gefangen hatte, sagte sie: »Eis ist Wasser, schwäres Wasser.«

Ich schenkte ihr einen Wodka ein. »Das wär dem Serge nicht genug«, bemerkte sie. Ihr offenkundig auch nicht, denn sie ergriff kurzerhand die Flasche und füllte ihr Glas auf. »Mit dem Wodka muss man was ässen. Sie haben das schwarze Brott?«

Ich wandte mich Diane zu, die uns ein Bier einschenkte, während der Makler missgestimmt an einem Gin von Bols nippte. Sie trieb ein angeschnittenes braunes Brot und ein Glas Gewürzgurken auf.

Nachdem sich Mrs. Prodski einen weiteren Wodka genehmigt und geräuschvoll ein paar Gürkchen verzehrt hatte, sagte sie: »Und jätzt die Schlafzimmer muss ich sehen.« Sie zwinkerte uns zu.

In unserem Schlafzimmer sagte Diane: »Schlimm ist das mit den Eulen … die halten uns immer wach.«

»Ah, Geschöpfe der Nachtzeit«, rief Mrs. Prodski aus. »Sie machen mich schlafen.«

Sie prüfte das Bett. »Mit Serge muss ich haben die stärksten Federn.« Sie zwinkerte erneut.

»Auch ohne ihn«, flüsterte Diane mir zu.

Als wir die Terrasse ansteuerten, versuchte der Makler, einen Fuß in die Tür zu kriegen, auch um den Preis eines Verstoßes gegen alle Grundsätze seines Berufes. »Es ist sehr weit vom Meer entfernt«, sagte er zu Mrs. Prodski.

»Ich hasse dem Meer«, gab sie zurück. »Es hat genommen meine Vater.«

Der Makler lächelte unsicher. Wohl in dem Glauben,

hinter den Dreh dieses sado-masochistischen Spielchens gekommen zu sein, erklärte er Mrs. Prodski, dass die nächste Stadt, nämlich Denia, mindestens drei Kilometer entfernt sei und es keine Busse gebe.

Sie knuffte ihn. »Härrlich! Soviel Raum! Trinken wir noch ein Gläschen.« Sie geleitete uns zur Bar zurück.

Diane winkte mich in die Küche. »Sie tut ganz so, als wäre sie die Besitzerin und wir die Käufer.«

»Wir müssen unsere Taktik ändern«, sagte ich. »Alles auf die sanfte Art mies machen.«

»Vielleicht. Aber ich will vorher noch ein paar Knaller loslassen«, meinte Diane.

Wir gingen in den Garten hinaus.

»Wir hoffen, dass die Schlange nicht wiederkommt«, bemerkte Diane.

»Aber wieso nicht?«, wollte Mrs. Prodski wissen.

»Ich mag keine Schlangen.«

»Serge packt Schlangen an Schwanz und schlägt damit wie mit Peitsche, dass Rücken bricht.« Sie schnippte mit den Fingern.

»Und die Nachbarn«, hauchte Diane.

Mrs. Prodski zupfte an ihrem Röckchen, das an ihren Nussknackerschenkeln aufwärts gewandert war. »Was ist mit Nachbarn?«

»Sie machen so viel Lärm«, flüsterte Diane. »Partys, solche Sachen.« In Wirklichkeit waren unsere Nachbarn ruhig, freundlich und hilfsbereit.

»Orgien?«

»Ich weiß nicht so genau –«

»Serge und ich sind tolerabel. Gelägentlich wir orgien auch.«

Ich hielt die Zeit für gekommen, wie vereinbart die Taktik zu ändern, und wies auf den Montgo. »Die Aussicht ist zwar schön, wird aber allmählich etwas langweilig.«

»Ich mag Ihren Berg nicht.« Mrs. Prodski erschauerte theatralisch. »Berge drücken auf mich.«

»Der Garten ist ganz brauchbar, nichts Aufregendes«, sagte ich zu ihr.

»Serge liebt zu arbeiten.«

»Und es ist sehr ruhig hier.«

»Ich höre gern dem Leben.«

Der Makler, bemüht, sich der neuen Linie anzupassen, fragte Mrs. Prodski, ob sie Katzen gern hätte. Als sie heftig den Kopf schüttelte, begann er ihr zu erzählen, dass es in der Nachbarschaft nur sehr wenige gebe, aber da übernahm Diane wieder und kehrte augenblicklich zu ihrer ursprünglichen Vorgehensweise zurück. »Jede Menge gibt's hier. Schauen Sie sich die an«, sagte sie, auf Ethel deutend. »Die kriegt sofort Junge, wenn sie einen Kater auch nur anschaut.« Dann setzte sie noch hinzu: »Sie bleibt beim Haus, wenn wir es verkaufen.«

In der Orangenplantage pfiff der kleine Zug.

Ich zeigte hin. »Der bringt Sie in einer Stunde nach Benidorm, wenn Sie volle Strände mögen«, sagte ich, wieder zur sanften Miesmacherei zurücklenkend.

»Eisenbahnziege sind der Tod«, sagte Mrs. Prodski dunkel.

Der Makler, der jetzt die Orientierung total verloren hatte, ging lieber auf Nummer Sicher. »Garantiert das ganze Jahr hindurch Sonnenschein«, sagte er, Richtung Sonne deutend, die prompt hinter einer Wolke verschwand.

»Ich liebe dem Regen.«

»Davon kriegen wir natürlich auch ein bisschen ab«, sagte er.

»Ich liebe ihm auf dem Gesicht, mache ihm dann Mund auf.«

»Es hat allerdings schon drei Monate nicht mehr geregnet«, bemerkte Diane.

»Sie sollten mal im Frühling hier sein«, sagte ich. »All die Blumen –« Ich wollte auch noch die üppig wuchernden Unkräuter erwähnen, aber sie unterbrach mich.

»Ich nur lieben die Blumen der Berge!«

»Aber Sie mögen doch die Berge nicht.«

Wieder blubberte was Urkomisches in ihr hoch. Sie unterdrückte ein Lachen. »Serge ist mal von Berg gefallen«, sagte sie.

»So ein Unglück.«

»Er wird Ihren Berg dort nicht mögen.«

Das Gespräch war so surrealistisch und verwirrend geworden, dass meine Zuversicht hinsichtlich eines möglichen Scheiterns unserer Verhandlungen wuchs.

»Mögen Sie Orangen?«, fragte ich unsere Besucherin.

Sie starrte mich fassungslos an. »Orangen machen dem Magen Sauerkeit.«

»Pampelmusen?«

»Pampelmusen sind die Päst!«

»Wir haben von beidem die Hülle und Fülle«, versicherte ich ihr.

»Die Fahrerei auf den kleinen Landsträßchen kann ziemlich grausig sein«, meinte Diane. »Sie sind zu schmal, zu gefährlich.«

»Ich mag dem Fahren ratzfatz. Sie wissen, so hin und här.« Sie drehte rasant ein imaginäres Lenkrad.

»Für so ein flottes Ratzfatz brauchen Sie aber größere Straßen.« Diane wandte sich mir zu und flüsterte: »Indianapolis?«

»Ich mache selbst meine Ratzfatz«, bemerkte Mrs.

Prodski würdevoll. »Jetzt, denke ich, ist Zeit für noch ein Gläschen.«

Während sie sich ihr Glas randvoll mit Wodka füllte, sagte ich: »Es tut mir leid, dass unser Haus Ihren Erwartungen nicht entspricht, Mrs. Prodski. Aber keine Sorge, Sie werden sicher woanders was finden.«

»Woanders?« Sie tat so, als müsse sie die letzten Tropfen Wodka aus der Flasche pressen. »Ich liebe hier. Wenn was nicht läuft, Serge wird richten.«

»Wie willst du uns jetzt bloß aus diesem Schlamassel wieder rauskriegen?«, fragte ich Diane, als wir auf der Terrasse beim Mittagessen saßen. »Mrs. Prodski ist nach Aussagen deines Maklerfreundes äußerst interessiert.«

»Wir waren uns beide einig, dass wir verkaufen wollen.«

Jonathan aß seinen frischen Obstsalat und fragte: »Was verkaufen?«

»Geh mal ein paar Zitronen pflücken«, sagte Diane, »dann mache ich eine Limonade.«

»Was genau sagt denn das Formular, das du unterschrieben hast?«, fragte ich, als Jonathan das Ende des Gartens erreicht hatte.

»Es gibt ihm das ausschließliche Recht, unser Haus zu verkaufen.«

»Und das ist alles?«

»Es bestand nur aus einem einzigen Absatz.« Sie löffelte Ananas und Nektarinen.

Im Wohnzimmer klingelte das Telefon und ich ging an den Apparat. Es war der Immobilienmakler.

»Ich rufe wegen Mrs. Prodski an«, sagte er.

»Eine außergewöhnliche Frau.«

»Ja«, sagte er matt, »höchst außergewöhnlich.«

»Möchte sie ein Angebot fürs Haus unterbreiten?«

»O ja, das möchte sie«, sagte er.

»Aber sie kennt doch den geforderten Preis noch gar nicht.«

»Der ist belanglos.«

»Belanglos? Was soll das heißen?«

»Sie hat angeboten, in der Währung ihres Landes zu bezahlen«, antwortete der Makler.

»Slotis? Sowas in der Art?«

»Lew.«

»Sind hier in der Gegend nicht sonderlich gefragt, diese Lew, oder wie sehe ich das?«

»Wissen Sie, was ich glaube, Mr. Lambert? Ich glaube, sie gehört einem ganz bestimmten Menschenschlag an. Wir Immobilienmakler begegnen ihresgleichen häufiger. Sich die Häuser anderer Leute anzuschauen, ist einfach nur ihr Hobby. Sie haben nicht die geringste Absicht zu kaufen.«

»Aber sie bietet doch Lew an.«

»Weil sie genau weiß, dass Sie die nicht nehmen werden. Sie hat einen netten Vormittag gehabt, freie Fahrt, reichlich Wodka, Schluss.«

»Reichlich Wodka kann man wohl sagen.«

»Aber keine Bange, ich habe noch andere Interessenten.«

Das bezweifelte ich keinen Augenblick. Der An- und Verkauf von Immobilien war in der Region das große Geschäft und Gauner gab es genug. Aber die Übeltäter waren zumeist Ausländer, die andere Ausländer über den Tisch zogen, indem sie Häuser verkauften, die ihnen gar nicht gehörten, oder Immobilien, die schwer mit Schulden beladen waren, oder Anzahlungen kassierten und dann mit der Beute auf Nimmerwiedersehen verschwanden. Das Problem lag darin, dass viele der Zuwanderer eine seltsame Naivität befiel, sobald sie ihren Fuß auf spanischen Boden gesetzt hatten – würden sie sich alle an die in ihren Heimatländern üblichen Verfahrensweisen halten, dann wären die Immobilienhaie bald arbeitslos.

»Ich bringe sie aber nur unter einer Bedingung zu Ihnen«, fuhr der Makler fort. »Nämlich dass Sie und Ihre Frau sich aus allem raushalten.«

»Auch das ist jetzt alles belanglos«, sagte ich. »Ich nehme das Haus vom Markt.«

»Aber es ist doch erst seit gestern drauf.«

»Ich verkaufe nicht.«

»Aber Ihre Frau –« Er klang, als hätte er einen Schock erlitten.

»Hat einen Revers unterschrieben, ich weiß. Aber danach haben Sie nur das ausschließliche Recht, unser Haus für uns zu verkaufen. Wenn wir es jedoch nicht verkaufen wollen, hat sich das Schriftstück erledigt. Und außerdem ist die Vereinbarung, rechtlich gesehen, eh nicht das Papier wert, auf dem sie geschrieben steht.«

»Aber –«

»Verbrennen Sie sie«, sagte ich und legte auf.

Ich berichtete Diane von dem Gespräch und sie küsste mich. Wir inspizierten den jetzt überdachten »Bankettsaal« und spazierten durch den sonnenbeschienenen Garten. Unsere Vision war noch nicht tot.

»Übrigens«, sagte Diane, als wir zum Haus zurückkamen, »der Kühlschrank ist total vereist.«

»Keine Bange«, versicherte ich ihr, »dem werde ich richten.«

Zwar hatten wir die Klippen in Gestalt Mrs. Prodskis und des holländischen Immobilienmaklers umschifft, aber vor uns lagen immer noch gefährliche Gewässer – vor allem die undichte Stelle irgendwo zwischen der Straße und dem Haus. Mir den Umhang von Agatha Christies Hercule Poirot über die Schultern werfend, schüttelte ich meine »kleinen grauen Zellen« ordentlich durch, stellte mich auf die Zufahrt und ging noch einmal durch, was an Material vorlag. Die grauen Zellen sprachen jedoch nicht an.

Ich kämpfte mich zwischen den Ausgrabungsstellen durch, versuchte noch einmal, den unterirdischen Wasserläufen zu folgen, und lauschte den Geräuschen des sickernden Wassers (es sickerte recht munter in alle Richtungen). Irgendwo dort drin gab es einen Hinweis, aber er weigerte sich, herauszutreten und sich zu verbeugen.

Diane kam aus dem Haus und wollte zu ihrem Citroën, der draußen auf der Straße hinter unserem Jaguar stand – beide Wagen ließen sich nicht mehr auf der verwüsteten Zufahrt abstellen.

»Die machen sich prima«, sagte sie und deutete auf ein Büschel Margeriten, das auf dem Beet direkt neben der Zufahrt wuchs. Und sie hatte Recht – während sich die meisten anderen Pflanzen der Hitze gebeugt hatten, standen die weißen Margeriten in prächtigster Blüte.

Plötzlich rührten sich meine grauen Zellen. Als Diane fort war, ging ich zu Ángel, der in seinem Gefängnishof Tomaten pflückte. Sein Gesicht unter dem zerfledderten Strohhut war trotz des grellen Sonnenlichts entschieden blass.

»Sagen Sie mal, wann ist eigentlich die neue Zufahrt angelegt worden?«, fragte ich ihn.

»Ein paar Monate vor Ihrem Einzug«, antwortete er und biss in eine große, überreife Tomate.

»War die vorherige breiter?«

»Sie war nicht schmaler.«

»Also war sie breiter?«

»Das nehme ich an«, rang er sich ab.

»Wenn also ein Wasserrohr unter der alten Zufahrt verlegt worden wäre, dann könnte es sich jetzt unter dem Blumenbeet neben ihr befinden?«

Wie ein Zeuge vor Gericht, der in jeder Frage eine Falle sieht, räumte Ángel vorsichtig ein, dass dem so sein könnte.

»Sehen Sie mal.« Ich zeigte auf die Margeriten. »Denen geht es ganz prima, nicht wahr?«

Ángel gab zu, dass man es so sehen könne.

»Weil sie gewässert werden. Holen Sie Ihre Schaufel und graben Sie. Ich bin sicher, Sie werden das Leck finden, weil nämlich das Wasserrohr dort verlegt worden ist.«

Die Lösung! Kleine graue Zellen im Schnellgang. Normalerweise war der Hintergrund einer solchen Szene der Salon eines englischen Landsitzes, aber eine zerwühlte Zufahrt neben einem prunkvollen »Bankettsaal« eignete sich auch, wie ich fand.

Ángel grub ganz vorsichtig, als gelte es, eine nicht hochgegangene Miene freizulegen, aber was er schließlich freilegte, war ein kleiner Wasserstrahl, der aus einem korrodierten Leitungsrohr kam. Das Wasser hatte erst die Margeriten versorgt und war dann in den Unterbau der Zufahrt hineingeflossen.

Ich war jedoch noch nicht fertig. Ich ließ mich auf ein Knie nieder wie ein Golfspieler, der einen Putt abschätzt, und peilte über die Zufahrt hinweg zum Zähler hinüber.

Die undichte Stelle befand sich zwischen ihm und der Straße, was hieß, dass die Wasserfirma die Reparatur und die Beseitigung der Schäden, die ihre Angestellten verursacht hatten, bezahlen musste.

Just in diesem Augenblick kam Javier der Klempner daher, der beim Stierlauf verletzt worden war. Er befinde sich, so teilte er mir mit, auf dem Wege der Besserung. »Solche Gehirnerschütterungen brauchen ihre Zeit«, sagte er. Er nickte mit dem Kopf und jaulte auf.

»Sie waren sehr tapfer!«, sagte ich.

Ich nahm ihn ins Badezimmer mit. »Geht es Ihnen schon wieder so gut, dass Sie das da reparieren können?« Ich drehte einen der Hähne am Waschbecken auf und gleich ging das Rohrbeben wieder los. »Sie haben versprochen ...«

Ich glaubte nicht, dass der Lärm in der Leitung etwas mit dem Leck im Rohr zu tun hatte, und war sicher, dass Javier den Schaden beheben konnte.

»Ich denke daran, mich den Mauren und Christen anzuschließen«, sagte er. »Als Maure ... ich dachte mir, Sie würden vielleicht gern mitmachen.«

»Nicht mein Stil, Javier«, sagte ich.

»Schon gut. Wenn Sie meinen, ich hätte Sie da beim Stierlauf im Stich gelassen ...« Er wandte der Quelle des lärmenden Bebens den Rücken zu.

»Sie werden das nicht reparieren?«

»Mir brummt der Schädel«, sagte er.

»Okay, okay, Sie haben gewonnen – ich komme zu den Mauren und Christen mit. Im nächsten Jahr.«

Offensichtlich lag eine lange, von Verletzungen begleitete Beziehung vor uns.

Er trat gegen den Siphon unter dem Waschbecken – und das Beben ließ nach. Die spanische Klempnerei, ging mir durch den Kopf, mochte ja von recht elementarer Art sein, aber hatte das irgendeine Bedeutung, solange sich Installateure wie Javier mit den Macken des Systems auskannten?

Als ich das nächste Mal einen der Wasserhähne am Waschbecken aufdrehte, kam das Wasser geräuschlos herausgeflossen. Später am Tag dichteten Pedro und Pablo das Loch in der Rohrleitung ab, das ich gefunden hatte, und machten sich dann daran, die Zufahrt wieder in Ordnung zu bringen.

Ich zog mich mit der Taschenbuchausgabe eines Agatha-Christie-Romans auf die Terrasse zurück.

... 17 ...

Diane knirscht mit den Zähnen

Die Hitze schweißte den August an den Juli. Wir hatten uns auf einen müßiggängerischen Monat eingestellt, wollten am Pool Salat essen und Eistee trinken und – wenn ich mein schriftstellerisches Tagespensum geschafft hätte – in die Berge fahren und uns Orte anschauen, die wir noch nicht erkundet hatten.

Da erklärte mir der Vorarbeiter der Baukolonne, die den »Bankettsaal« hochgezogen hatte, dass traditionellerweise ein Fest gefeiert würde, wenn der letzte Dachziegel auf seine Sparre geschoben worden sei. Es werde die rot-gelb-rote spanische Fahne gehisst und alle Irritationen der Schwangerschaft seien vergessen – in seinem Optimismus behauptete er das jedenfalls.

Ángel und Emilio ernannten sich alsogleich selbst zu Beratern. Beide sahen sich als höchste Autoritäten in allen Richtfestfragen an, gaben zu fast allem sich widersprechende Ratschläge und schmollten, wenn ihre Anregungen keine Beachtung fanden.

Das erste Minenfeld war die Gästeliste. Eine feste Größe waren da nur die Bauleute, ihre Familien und Vicente – die weitere Auswahl wurde zum Ärgernis. Sollten wir den Bürgermeister *und* den Tunichtgut Bernardo bitten? Zumindest konnten wir nicht alle einladen, die wir im Dorf kannten, denn das wären wenigstens hundert Leute gewesen.

Emilio legte schließlich eine Liste vor, auf der Ángel nicht zu finden war, und Ángel kam mit einer, auf der

Emilio fehlte. Beide behaupteten, dies sei nur versehentlich geschehen. Davon abgesehen, wichen die Listen erheblich voneinander ab.

Am Ende mobilisierten wir unsere begrenzten Reserven an diplomatischem Geschick und luden fünfzig Gäste ein, zumeist Geschäftsleute und Menschen, die wir bei Pilar und in der Bar Paraíso kennengelernt hatten. Also nicht den Bürgermeister, den wir kaum kannten, und auch nicht Bernardo, der mit seiner Sauferei das ganze Unternehmen leicht hätte torpedieren können.

Als nächstes war die Frage der Speisen und Getränke zu klären. Ich wollte mich um letztere kümmern, Diane um erstere. Sie entschied, dass eine Paella den Mittelpunkt bilden solle – schließlich hieß es ja, dieses Gericht sei in harten Zeiten als ökonomischer Magenfüller ersonnen worden, und wir konnten uns nun mal ein Sieben-Gänge-Festmahl nicht leisten.

Wie sich herausstellte, waren sowohl Ángel als auch Emilio Meister der Paella-Zubereitung. Ángel sagte, der Reis müsse in *sofrito* (Olivenöl, Knoblauch, Zwiebeln) gebraten werden, bevor man die »Füllung« hinzugebe. So mache man das in Alicante. Emilio meinte dagegen, alles komme auf einmal in die Pfanne, das sei die valencianische Art.

Ángel empfahl Fleischklößchen zur Anreicherung. Emilio sah das, mit einem hölzernen Fleischklopfer auf den Küchentisch hämmernd, als Sakrileg an – in eine Paella-Pfanne gehöre nichts anderes als Hühner- und Schweinefleisch, gewürfelter Schinken, Hummer, Krabben und Muscheln. Was mich anging, so konnten sie reinschmeißen, was sie wollten, nur keine Schnecken.

Diane hörte weder auf Ángel noch auf Emilio. Sie

kochte, es war ihr Fest und da pfuschte ihr keiner ins Handwerk.

Sie bestellte in der *pastelería* im Dorf *cocas* (offene Fladen, belegt mit Sardinen, Anchovis, Zwiebeln und Tomaten oder Erbsen, übrigens eine Vorform der Pizza, die die Spanier vor Jahrhunderten nach Neapel mitgebracht hatten), Tortillas, Krapfen mit Anisgeschmack und sahnegefüllte Gebäckstücke.

Bei Pilar orderte sie frische Ananas, Nektarinen, Muskatellertrauben und Manchego. Sie gedachte, eine *gazpacho andaluz* zu machen, eine kalte Tomatensuppe, die auch als »flüssiger Salat« bezeichnet wird.

Ich meinerseits bestellte *cava*, einen Schaumwein (der wirklich gute ist kaum von Champagner zu unterscheiden), roten und weißen Wein, Brandy und Bier. Als Emilio hörte, dass ich eine Sangria zubereiten wollte, sagte er, das sei in Spanien an einem richtig heißen Tag der ideale Durstlöscher. Ángel dagegen meinte, Sangria sei allein für Touristen zusammengebrautes Dreckszeug.

Wir liehen uns eine Paella-Pfanne, blank poliert und so groß wie ein Wagenrad, und ich schnitt von den Orangenbäumen Zweige für das Grillfeuer ab. Ángel und Emilio bekundeten ihre Bereitschaft, bei der Herstellung der Paella zu helfen, und ich hätte mir denken können, dass dies die Garantie für eine Katastrophe war.

Diane fing mit ihren Vorbereitungen schon eine Woche vor dem Fest an, und wann immer möglich, entzog ich mich meiner Arbeit, um andere Dinge zu erledigen. Da musste schließlich ein Musiker angeheuert werden (ein dicker Gitarrenspieler mit schwarzen Locken und rosigen Wangen, der aussah wie eine russische Puppe), es mussten Böcke, Tischplatten und Stühle beschafft und beim Tabakhändler des Ortes Zigarren gekauft werden.

Besagter Tabakhändler verkaufte außer Zigarren und Zigaretten auch Briefmarken und hochglänzende Klatschmagazine, die immer ganz zerknittert waren, weil viele Kunden zwar gern darin blätterten, sie aber nie kauften.

Eine Glocke mit Sprung über der Ladentür verkündete, dass man aus dem hellen Sonnenlicht hereingetreten war, und dann kam aus der Tiefe der mit Spinnenweben verhängten Finsternis ein schwaches Wispern.

Schließlich erschien er, der Tabakhändler, in zerbeulten Hosen über einer gestreiften Schlafanzughose und in einer Strickjacke, die schief zugeknöpft war. Er tastete fortwährend auf seinem Schädel nach den verbliebenen Haarbüscheln, um sich zu vergewissern, dass sie über Nacht nicht gestohlen worden waren.

Hinter ihm konnte man seine Frau soeben noch erkennen. Sie war tiefschwarz gekleidet und ihre Hand mit dem Löffel schwebte bewegungslos über einer Suppenschüssel. Es war, als gehörte sie zu einem dieser altmodischen Bilder, wie sie in Vergnügungsparks längst vergangener Jahre zu sehen gewesen waren, und wartete nur darauf, dass der Penny eingeworfen würde.

Wenn man beim Tabakhändler eine kleine Flasche Bier kaufte (auch die durfte er feilbieten), dann wurde er gesellig. Aber noch geselliger wurde er, wenn man ihm auch eine spendierte. Einmal zog er, nachdem er mit dem Flaschenhals seinen Mund getroffen und ein Schlückchen genommen hatte, ein sepiabraunes Foto unter dem Ladentisch hervor, das ihn als wilden jungen Mann mit geöltem Haar und einem schwer gefüllten Patronengurt zeigte. Er hatte eine dieser zusammengestoppelten Uniformen an, wie sie die Republikaner im Bürgerkrieg trugen, und sah so aus, als könnte er gerade jemanden umgelegt haben.

Plötzlich sah ich ihn vor mir – dort hinter dem Ladentisch stehend, ein junger Draufgänger, der um das eigene Leben nicht besorgt war und noch weniger um das des Feindes. Aber dann fragte ich nach einer Marke für einen Brief nach Großbritannien, und da wurde er wieder alt und brütete düster vor sich hin, während seine Frau ihre Suppe löffelte. Schließlich fragte er: »Wieviel kostet die?«

»Fünfzig Peseten«, antwortete ich – damit hätte man zehn Marken kaufen können, aber er konnte das Geld gut gebrauchen. Seine Frau krächzte: »Und vergiss die beiden Biere nicht, du alter Esel.« Er sah sie durch die verschleierte Finsternis hindurch voller Zuneigung an. Wir haben das Leben miteinander geteilt, du und ich, sagte dieser Blick, und du bist mal eine Raubkatze gewesen.

Ich bezahlte und er warf die Münzen in die offene Lade einer uralten Registrierkasse. Eine Motte kam herausgeflogen. Als ich den Laden verließ, zog er sich, eingebildete Hindernisse umgehend, wieder in die Dunkelheit des Hinterzimmers zurück, setzte sich neben seine Frau und tunkte eine Brotkruste in die gemeinsame Suppenschüssel.

Drei Tage vor unserem Fest ging ich noch einmal hin, um Briefmarken zu kaufen (die Konzession zum Handel mit Tabakwaren und Briefmarken, die in den Familien von Generation zu Generation weitergegeben wird, gehört in Spanien zum Wertvollsten, was man sein eigen nennen kann), aber der Laden war geschlossen.

Ich erfuhr später, dass der alte Mann im Schlaf gestorben war. Nichts Besonderes, sagte mir der Priester, nur *los años*, die Jahre. »Ich denke, seine Frau wird ihm bald folgen«, setzte er hinzu.

Und das tat sie auch ein paar Tage später – nun zweifellos wieder eine Raubkatze, wo immer die beiden jetzt aus einer Suppenschüssel aßen.

Am Freitag, dem Tag vor dem Fest, stritten sich Emilio und Ángel über alles und jedes – Emilio wortreich, Ángel verächtlich.

Die ausgeliehenen Böcke und Tischplatten, die im »Bankettsaal« (seine Wände waren noch unverputzt, die Fußbodenfliesen noch nicht verlegt) als lange Tafel aufgestellt werden sollten, waren irgendwo auf dem Weg vom Verleih in Denia zu uns verloren gegangen. Ich rief deswegen bei der Firma an, und der Manager erklärte mir, dass damit zu rechnen gewesen sei, denn der LKW-Fahrer, der sie habe bringen sollen, stamme aus Cádiz im Süden und habe sich die Geographie der Gegend noch nicht so richtig eingeprägt. Ich warf den Hörer auf die Gabel, wobei meine Wut zusätzlich durch das Wissen angestachelt wurde, dass der andere statt eines ordentlichen Knalls nur ein Klicken zu hören bekommen hatte.

Der Wetterbericht sagte Regen vorher.

Im Swimmingpool übernahmen Algen die Herrschaft und das blaue Wasser wurde smaragdgrün.

Hoppitys verkürztes Bein fing an zu eitern.

Diane fiel zu spät ein, dass Freitag der Tag war, an dem sie bei einem lokalen Radiosender als DJ eine englischsprachige Sendung betreute. Diese Sendung am Vormittag dauerte zwar nur eine Stunde, aber Dianes Abwesenheit bedeutete doch eine spürbare Unterbrechung der Vorbereitungen für das am folgenden Tag stattfindende Fest.

Vier Tage der Woche führte der Vater von Jonathans Freund Arturo, Miguel Senti (ein unwiderstehlicher, genialer Sohn Denias, der einige Jahre in Manchester gearbeitet hatte und fließend Englisch sprach), durch das Musikprogramm, während an den Freitagen seine Frau Jenny und Diane diese Aufgabe übernahmen. Ich zeichnete die Sendung zu Hause mit Hilfe der neuen Musikanlage auf, die wir uns vor kurzem gekauft hatten.

Ich war stolz auf Dianes Unternehmungsgeist und drängte alle unsere neugewonnenen Freunde der angloamerikanischen Kolonie, sich die Sendung anzuhören. Das spanische Radioprogramm war sehr professionell gemacht (gute Musik und erfrischend zur Sache gehende Gesprächsrunden), aber es war trotzdem eine Freude, beim Lokalsender hin und wieder eine Sendung in englischer Sprache zu hören, zumal der Empfang sehr viel befriedigender war als der der Kurzwellenprogramme *BBC World Service* oder *Voice of America*.

Diane hetzte meistens erst kurz vor Beginn der Sendung ins Studio und man konnte oft das Geräusch eines noch schweren Atmens hören. Deshalb übernahm dann Jenny, die aus Birmingham stammte und eine Frau von großer geistiger Präsenz war, das Reden allein, bis sich Dianes Atmung wieder normalisiert hatte.

Es folgten gut vorbereitete, interessante Gespräche, auch wenn diese manchmal einen recht persönlichen oder häuslichen Charakter annahmen.

Jenny: »Was steht auf deinem Programm, Diane?«

Diane: »Entschuldige mal eben, Jenny. Bist du schon auf den Beinen, Jonathan?«

Sie meinte »Bist du endlich aus den Federn?«, aber die Hörer müssen sich verwundert gefragt haben, wer dieser Jonathan wohl sein mochte und warum ihn die Sprecherin fragen musste, ob er schon auf den Beinen sei.

War Jonathan vielleicht krank, hatte er einen Unfall gehabt?

Jenny, die diese mütterliche Besorgtheit ansteckend fand, schloss sich dann manchmal mit Fragen an wie: »Hast du alle Sachen zusammen, Arturo?«

Für Zuhörer, die nicht wussten, um was es bei diesen Fragen ging, musste das alles recht wirr klingen.

An Musikwünschen mangelte es nicht, aber weil nur ein begrenzter Vorrat an Platten vorhanden war, konnten sie nicht immer erfüllt werden. Ich wünschte mir wiederholt den Song von Macky Messer und wurde einmal mit einer blutvollen Aufnahme von »Land of Hope and Glory«, der inoffiziellen britischen Nationalhymne, und zweimal mit Simon und Garfunkels »The Sounds of Silence«, einem durchaus eindrucksvollen, jeder Musiksendung wohlanstehenden Titel, belohnt.

An jenem Morgen warf ich unsere Musikmaschine an, um die Sendung (die immer wieder durch die Werbung örtlicher Geschäfte und Dienstleistungsfirmen unterbrochen wurde) aufzuzeichnen, und Dianes erstem Beitrag ging die übliche Atemlosigkeit voraus.

Dann sagte sie, dass ihr der Wunsch einer holländischen Künstlerin mit Namen Sonje vorliege. Sollte das etwa die Widersacherin des deutschen Panzerkommandanten im Spanischkurs sein?

»Sie hat uns gebeten, für einen Herrn mit Namen Klaus ein Lied aus dem Zweiten Weltkrieg zu spielen.« Sie war es also.

Kam jetzt »Roll Out the Barrel« oder »Lili Marleen«?

Es folgte eine kleine Pause, weil, wie ich mutmaßte, irgendein technisches Problem entstanden war. Aber dann ertönte laut und deutlich »Land of Hope and Glory«.

Ich schob eine Geisterhand von meinem Oberschenkel fort.

Der Sonnabend zog dunstig herauf, am Horizont standen rosige Wolkenbänke. Spinnennetze voller Tautropfen glitzerten auf dem Gras und kleine schwarz-weiße Vögel – Bachstelzen – stolzierten um das Schwimmbecken. Der letzte Stern der Nacht stand noch am Himmel, verblasste aber schnell.

Die Böcke und Tischplatten trafen ein – sie waren versehentlich bei einem Nachbarn gelandet. Ambrosio kümmerte sich um das Schwimmbecken und setzte dem Wasser Kupfersulfat zu, um es blauer und klarer zu machen. Hoppitys Beinstumpf schien wieder zu verheilen. Die Aussichten hinsichtlich unseres Festes waren inzwischen allem Anschein nach doch freundlicher.

Die einzigen Gefahren, die ihm jetzt noch drohten, waren das Wetter und die Reibereien zwischen Ángel und Emilio. Und alles Unvorhergesehene.

Die Gäste wurden um ein Uhr erwartet, was für die Spanier zwar früh ist, aber sie sind in diesen Dingen auch flexibel. Um halb elf wurden die Backwaren angeliefert, um viertel vor elf die Getränke. Ich legte den Sekt in den Kühlschrank, drei Flaschen ins Tiefkühlfach, und fuhr Jonathan, der den Tag wieder bei Arturo verbringen wollte, nach Denia.

Als ich zurückkam, standen Ángel und Emilio bei unserem überdachten Grillplatz (komplett mit eingebauter Bar, Spüle und Schrank) und stellten die Zutaten für die Paella zusammen, die Diane zubereiten wollte. Beide schienen relativ friedlich zu sein.

Diane war in der Küche und in einem Zustand der kontrollierten Hysterie. Die kalte Suppe war warm, obwohl sie im Kühlschrank gestanden hatte … die Ananas erschien zu weich, das Brot fade … und zum Fest kommen würde sowieso niemand.

Ich begab mich wieder zum Grillplatz hinaus. Emilio zerkleinerte Fleisch, während Ángel eine Plastiktüte mit Reis öffnete. Beide schwiegen.

Am Himmel schoben sich Wolken zusammen. Eine nach Regen riechende Brise kräuselte die Wasseroberfläche des Pools.

Die Vorzeichen waren einmal mehr bedenklich – wir hatten vor dem Mittagessen einen Drink auf der Terrasse servieren wollen, damit die Gäste Gelegenheit hatten, sich den Garten anzuschauen. Wenn sich alle im Hause aufhalten würden, könnte das zu Gereiztheit führen, könnten alte Zwistigkeiten leicht wieder zum Vorschein kommen.

Ich hörte, wie Diane mit jemandem telefonierte. »Die erste Absage«, berichtete sie, den Hörer auflegend. In ihrer Stimme war eine Andeutung des bekannten Hab-ich's-dir-nicht-gesagt-Triumphes.

»Trinken wir mal was«, sagte ich.

Ich öffnete das Kühlfach, um eine Flasche Sekt herauszunehmen, aber alle drei Flaschen waren zersprungen, der Inhalt zu soliden Eisblöcken erstarrt.

Die ersten Gäste waren der Vorarbeiter unserer Baufirma und seine Frau. Er trug einen Allzweck-Feiertagsanzug, schwarz und einreihig, sein gestutztes Haar glänzte ölig und der Kragen seines Hemdes hatte ihm eine rote Linie auf den Hals gescheuert. Seine mollige, hübsche Frau trug ein geblümtes Kleid und Perlen. Er erbat sich ein Bier, sie etwas Alkoholfreies. Ich sah die beiden verblüfft an – Entsprechendes hatte ich nicht besorgt. Ein Mineralwasser tue es auch, sagte sie, aber das konnte ich ebenfalls nicht bieten. Sangria? Sie schauderte vor Entsetzen. Ich machte sie mit Diane bekannt, sprang in den Jaguar und sauste zu Pilar, um Cola, Orangensaft und Mineralwasser zu holen.

Als ich zurückkam, war Vicente der Dachdecker mit seiner Freundin, einem zurückhaltenden Mädchen mit langem, blassem Haar und schimmernden roten Lippen, eingetroffen. Sie saßen auf der Terrasse, und Vicente schilderte dem Vorarbeiter und seiner Frau, mit welcher Leichtigkeit er seine Höhenangst überwunden hatte.

»Vier erschienene Gäste, vierundvierzig noch ausstehende, wenn man die Absagen berücksichtigt«, bemerkte ich zu Diane, die Eiswürfel in die Terrine mit der Gazpacho warf.

Sie schüttelte den Kopf. »Tomás, der Bauunternehmer, und seine Frau haben auch abgesagt – er ist zu einem Taubenrennen nach Gandía, hat sich vieltausendmal entschuldigt. Ich frage mich, ob überhaupt noch jemand kommt. Nicht, wenn sich ihnen was Besseres bietet.«

Hatte ich eine Manisch-Depressive geheiratet?

Aus Richtung Grillplatz hörte ich zornige Stimmen. Ich ging über den Rasen dorthin, wobei ich feststellen durfte, dass es zu regnen angefangen hatte. Es war dieser ganz feine Nieselregen, der in England die Gartenfeste zu verschönern pflegt.

»Was, zum Teufel, ist denn hier los?«, verlangte ich zu wissen.

Ángel trug die hohe Mütze des Küchenchefs und eine blaugestreifte Schürze. Emilio hatte sich bis auf Shorts und Unterhemd entkleidet.

»Dieser Mensch«, sagte Emilio, auf Ángel zeigend, »ist ein Schwachkopf.«

»Und warum?«

»Er versucht, die Paella zu ruinieren. Sehen Sie mal.« Zwischen Ángel und der Paella-Pfanne stand eine Platte mit Fleischklößchen.

»Diane bereitet die Paella zu«, sagte ich streng. »Sie beide sind nur ihre Helfer. Wenn Sie die Zutaten, die sie haben will, nicht bis halb zwei fertig haben, sind Sie beide entlassen.«

Nicht gerade ein salomonisches Urteil, aber beide waren total perplex. Als ich wieder zum Haus zurückging, regnete es heftiger – was uns jetzt nur noch fehlte, waren Blitz und Donner.

Immerhin strömten nun die Gäste mit großer Schnelligkeit herbei. Die Zufahrt, die neu gepflastert worden war, stand bald voller Autos, und diejenigen, die nicht mehr hineinpassten, ließen ihr Fahrzeug draußen auf der Straße stehen.

María, Dianes sich langsamst bewegende Haushaltshilfe (ich hatte das Band mit dem Radetzki-Marsch gegen eines mit Walzerklängen vertauscht, um sie in Bewegung zu kriegen), goss Sekt in Flöten und reichte Erdnüsse, Stücke kalter Tortilla und Kartoffelchips herum. Die Gäste hatten sich vornehmlich im »Bankettsaal« zu kleinen, durch Beruf, Alter und Einkommen bestimmten Grüppchen zusammengefunden.

Der Priester trat zu mir. »Ich habe Sie in letzter Zeit gar nicht mehr in der Kirche gesehen, Señor Lambert.«

»Ich hatte sehr viel um die Ohren, Hochwürden.«

»Auch Gott ist sehr beschäftigt, findet aber dennoch immer die Zeit, ein Gebet anzuhören.« Sein dickes Gesicht war schweißnass, aber ein grauer Anzug mit Priesterkragen hatte aus dem schlichten Geistlichen einen regelrechten Kirchendandy gemacht.

»Morgen komme ich. Versprochen.«

»Versprechen Sie nichts, was Sie nicht halten können.«

»Ich werde da sein, Hochwürden«, erwiderte ich.

Er hielt sein Glas hin und María schenkte ihm nach. »Besser als der Altarwein«, bemerkte er anerkennend. »Servieren Sie vor dem Essen immer Sekt?«

»Ist das nicht allgemein üblich?«

»O nein – in Spanien wird er immer nach dem Essen gereicht.«

Das Glas in der Hand, machte ich die Runde, lauschte unverständlichem Valencianisch und hielt mich an die Sprache der Hände. Die Frauen, frisch vom Frisör angeliefert, trugen zumeist leichte Kostüme, Blusen und Halsketten – und wedelten gereizt mit ihren Fächern, wenn ihre Mannsleute sie ignorierten. Die Männer entledigten sich ihrer Jacketts und steckten sich eine Zigarette an. Keine Aschenbecher! Ich fand zum Glück ein paar hinten im Schrank und ergänzte sie durch Untertassen.

Diane, die sich eine mit tropischen Früchten bedruckte Schürze umgebunden hatte, ging zum Grillplatz, um sich mit der Zubereitung ihrer Paella zu befassen.

Der Regen trommelte auf das neue Dach des »Bankettsaals«. Die Luft war feucht – und das trotz fehlender Tür und Glasscheiben in den Fenstern.

Jones verzog sich, als María Suppenteller auf die zwei langen Behelfstische stellte, die wir mit Damastdecken veredelt hatten. Bisher war der Hund, sieht man davon ab, dass er mit seinen überschwänglichen Begrüßungen ein paar Kinder erschreckt hatte, recht brav gewesen und hatte mit artistischem Geschick Kartoffelchips und Erdnüsse aufgefangen, die ihm zugeworfen wurden.

Plötzlich schoss er an dem Vorabeiter und Pilar vorbei, stieß ein paar Stühle um und verschwand hysterisch kläffend durch die Tür.

Vor dem Tor stand der Feind, nämlich der Holzhändler. »Der Hund gehört erschossen«, sagte dieser, während sich Jones laut bellend gegen das Eisengitter warf.

»Er wohnt hier, Sie nicht«, erwiderte ich.

Diane kam zu uns und sprach mit dem Mann Valencianisch.

»Er will doch nicht etwa zu unserer Party kommen, oder?«, fragte ich sie.

»Er möchte dich lediglich davon in Kenntnis setzen, dass dich das Orangen- und Olivenholz drei Peseten pro Kilo billiger kommt, wenn du es nicht irgendwann später, sondern jetzt gleich bestellst.«

»Sag ihm, er soll morgen um zehn wiederkommen.« Ich teilte die Abneigung des Hundes gegen diesen Mann, der ein Gauner und Tierhasser war.

»Warum zehn?«

»Weil ich morgen früh in der Kirche sein werde. Und sag ihm, dass wir das Holz auch morgen noch drei Peseten billiger haben wollen … das wäre nur fair. Sollte er nicht einverstanden sein, droh ihm mit Jones.«

Der Regen hatte zwar aufgehört, sich dafür aber ein Wind erhoben, der Blätter und Grasschnitt durch die Tür in den »Bankettsaal« blies. Ich sah, wie Ángels schlehenäugige Frau eine Piniennadel aus ihrem Weinglas fischte und ins Kaminfeuer warf.

Als sich der Wind schließlich wieder legte, hörte ich ein Platschen und einen Schrei. Ich rannte in den Garten hinaus. Ein kleines Mädchen strampelte und prustete im tiefen Teil des Schwimmbeckens herum, während zwei Jungen ihre Klamotten auszogen, um ihr zu Hilfe zu eilen. Wahrscheinlich hatten sie die Kleine hineingeschubst.

Ich hielt ihr das an einer langen Stange befestigte Netz hin, mit dem wir sonst Blätter und Ähnliches von der Wasseroberfläche entfernten, sagte ihr, sie solle sich daran festhalten, und zog sie dann zum Beckenrand. Sie setzte sich ins Gras und fing an zu weinen. »Ich wollte nicht gerettet werden«, kam es zwischen Schluchzern hervor. »Ich kann doch schwimmen.«

Sie wurde von ihrer Mutter, einer der Friseurinnen des Dorfes, nach Hause gefahren. Zehn Minuten später war sie wieder da, hatte ein frisches Partykleidchen an und drohte, wieder ins Wasser zu springen, um zu beweisen, dass sie schwimmen konnte.

Ich war viel zu abgelenkt, um ihr weiter groß Beachtung schenken zu können, denn mir war die spanische Fahne abhanden gekommen, die nach dem Mittagessen auf dem Dach gehisst werden sollte. Ich war als Zeremonienmeister wirklich ein Versager. Es sah langsam so aus, als wenn mir alles total wurscht wäre – ich verbaselte fahrlässig die Nationalfahne und zeigte nur geringes Interesse an kleinen Mädchen, die beim Swimmingpool mit dem Tod spielten.

Ich bat die Gäste, Platz zu nehmen, und führte sie zu ihren Stühlen, wobei ich dafür sorgte, dass Prinzen neben armen Schluckern zu sitzen kamen.

María servierte die kalte Suppe, ich schenkte Wein aus – meine Sangria wollte niemand haben. Es konnte nichts mehr schief gehen.

Ich registrierte kaum den Knall, weil ich gerade mit dem Polizisten und dem Apotheker über die Straßenbeleuchtung im Dorf debattierte. Dem dumpfen, metallischen Schlag folgte jedoch unterdrücktes Fluchen und das bekam ich undeutlich mit.

María räumte die Suppenteller ab, ich schenkte Wein nach, und der Gitarrist spielte Flamenco, womit er sich das sehnsüchtige Lächeln eines Paares erschmeichelte, das aus Andalusien, dem Herkunftsland dieser Zigeunermusik, stammte. Durch die Tür konnte ich über der Zypressenhecke blauen Himmel sehen.

Von der Terrasse, wo wir die fünf mitgebrachten Kinder plaziert hatten (wenn wir gewusst hätten, dass Gäste ihre Sprösslinge mitbringen, hätte Jonathan auch bleiben können), erklang Gekicher und Gebell. Ich ging hinaus, aber dort war nichts Aufregenderes im Gange als dass Jones einen Gecko belauerte. Er konnte eine geschlagene Stunde dasitzen und hoffen, dass die kleinen, klebefüßigen Echsen von der Mauer herabfallen würden.

Beim Grillplatz auf der anderen Seite des Gartens wickelten Ángel und Emilio gerade nasse Tücher um die glühend heißen Griffe der Paella-Pfanne. Dampf stieg von dem gelben Reisfeld darin auf. Häufig saßen die Familien um so eine Pfanne herum und aßen direkt aus ihr, wobei alle an den knusprigen *soccarat* zu kommen suchten. Aber diese Paella war von der grandiosen Art, und wir hatten extra einen Plastiktisch von der Terrasse in den »Bankettsaal« gerückt, um ihr einen würdigen Platz zu schaffen.

Ángel und Emilio brachten die Pfanne herbei und setzten sie auf den Tisch. Die Gäste nahmen, Teller in der Hand, in langer Schlange Aufstellung, um sich von

María eine Portion zuteilen zu lassen und dann an die beiden »Behelfstische« zurückzukehren, die wir über die gesamte Länge des Raumes zu einer langen Tafel aneinander gestellt hatten. Dort warteten sie dann geduldig darauf, dass das ausländische Paar mit seinen hinsichtlich der Etikette etwas seltsamen Vorstellungen den Start freigab.

Diane spießte eine Garnele auf die Gabel und fing an zu essen. Alle folgten ihrem Beispiel. Das Kauen aller wurde nach einer Weile immer langsamer und ein knirschendes Geräusch vernehmbar. Papierservietten wurden diskret an Münder geführt. Kalte Verzweiflung packte mich, als mir klar wurde, dass das Kusprige in meinem Mund kein knackiges Gemüsestückchen war, sondern ein kleiner Kieselstein!

Ich nahm ihn aus dem Mund, bat die Gäste, ihre Löffel und Gabeln niederzulegen, und ging hinaus zu Ángel und Emilio, die sich wieder zum Grillplatz zurückgezogen hatten. Sie gestanden (begleitet von einem Schwall gegenseitiger Beschuldigungen), dass einer von ihnen (ich bekam nie heraus, wer) auf dem nassen Pflaster ausgerutscht war, als sie die Pfanne zum »Bankettsaal« hatten tragen wollen. Ihr Inhalt war auf der Zufahrt gelandet, auf der noch der Sand und Kies der Bauleute lagerte.

»Und dann habt ihr einfach alles in die Pfanne zurückgeschaufelt?« Ich schloss die Augen. »Es ist doch nicht zu fassen!«

»Wir haben die Pfanne zurück zum Grillplatz getragen«, sagte Emilio. »Und dann so viele Steinchen herausgesammelt, wie wir konnten, und die Paella danach glattgestrichen.«

Ich stürzte ins Haus zurück. Im »Bankettsaal« war es

totenstill – alle starrten schüchtern und verwundert auf ihre Teller hinab. Ich berichtete, was geschehen war.

Diane stiegen Tränen in die Augen.

Dann beendete jedoch Pilar die Krise. »Sind wir blind, oder was?«, wandte sie sich an die Versammelten. »Wir sind doch wohl alle in der Lage, ein Steinchen zu erkennen und es herauszuholen.« Sie nahm einen Löffel voll Reis, klaubte einen Fremdkörper heraus und fing von neuem an zu essen.

Ein Gast nach dem anderen folgte ihrem Beispiel. Die *extranjeros*, die Ausländer, hatten sich schließlich großen Mühen unterzogen und allein das zählte.

Bald aßen alle – waren dabei so vorsichtig, wie Igel beim Liebesspiel, aber aßen. Mich durchströmte ein Gefühl großer Erleichterung und auch ich setzte meine Mahlzeit fort.

Danach lief alles reibungslos. Doughnuts und Gebäck, Schalen mit Obst, glitzernd vom Eis, Manchego, Brandy und mehr Sekt wurden gereicht. Ich fand auch die Fahne wieder – im Wäschekorb. Vicente befestigte sie am Schornstein, wo sie dann herrschaftlich im Winde flatterte.

Ich drückte Dianes Hand und sie erwiderte den Druck. Es war unsere erste große Einladung, und wir spürten, dass wir an der Schwelle der allgemeinen Akzeptanz standen. Es würde noch sehr viel länger dauern, bis sie überschritten war, und irgendwo würden wir immer die *extranjeros* bleiben, aber die Party hatte allen deutlich gemacht, dass wir zu ihnen gehören wollten – ein Bestreben, das durchaus nicht alle in Spanien lebenden Ausländer an den Tag legten. Was uns natürlich sehr geholfen hatte, das waren all die Missgeschicke, die uns widerfahren waren, denn sie hatten den Argwohn zerstreut, wir könnten uns etwas Besseres dünken – schließlich war es schwer, jemandem gram zu sein, der einem eine so gute Sand-und-Kiesel-Paella servierte.

Die Kinder spielten im tropfnassen Garten Fußball. Ein Junge wurde von einem Yuccablatt, das so spitz wie ein Degen war und sich irgendwie meiner Schere entzogen hatte, in den Arm gestochen. Seine Mutter betupfte die Wunde mit einem tiefroten Antiseptikum, und der Junge erklärte den anderen Kindern, dass das Blut sei, woraufhin sie alle die Wunde ehrfurchtsvoll berührten.

Der Musiker holte eine Ziehharmonika und spielte mit wippenden schwarzen Locken die neuesten Hits der Popmusik. Ich nahm die Tische auseinander und tanzte mit Ángels Frau. Andere Paare machten es uns nach, tanzten anfangs schüchtern, als hätten sie sich gerade erst kennengelernt, dann aber mit immer flinkfüßigerer Hingegebenheit. Emilio sang kernige Lieder.

Um sechs Uhr ging der Musiker, weil er bei seiner eigenen Namenstagsparty aufspielen wollte. Aber das tat der festlichen Stimmung im Haus keinen Abbruch, weshalb ich mir das erstbeste Tonband schnappte und in den Recorder schob.

Das Band surrte eine Weile und dann drangen zwei bekannte Stimmen aus dem Lautsprecher an mein Ohr.

»Was steht auf deinem Programm, Diane?«

»Entschuldige mal eben, Jenny. Bist du schon auf, Jonathan?«

Ich drückte den Schnellvorlauf, bis schließlich »The Sounds of Silence« den Raum füllten.

... 18 ...

Der Geckoblaster

Der Verputzer erschien an einem Morgen, von dem ich mir erhofft hatte, dass es ein ruhiger werden würde. Die Hundstage waren vorüber, von Feuern in den Zitrusplantagen stiegen friedlich Rauchsäulen auf, weiße Wolkenfetzen schwebten Richtung Meer, und die Mandelpflücker schlugen mit langen Stöcken die Früchte von den Bäumen und erfüllten die Tagesstunden mit einem einschläfernden Geklapper.

Plötzlich durchdrang das dumpfe Hämmern von Rockmusik die Stille. Ein weißer Lieferwagen bog in unsere Zufahrt ein. Der Fahrer, ein junger Spanier mit hellbraunen, schulterlangen Locken, stellte das Radio ab und stieg aus. Ein Augenblick der Stille. Dann schaltete er einen Ghettoblaster an, will sagen ein tragbares Radiogerät mit eingebautem Kassettenrecorder und mit Doppellautsprechern.

Der junge Mann lächelte und schüttelte mir die Hand. Er sei, sagte er, der Verputzer – eine an sich unnötige Vorstellung, denn seine Arbeitsjacke und seine Jeans waren vor lauter Gips und Mörtel schon ganz steif. Selbst auf seinem Banditenbärtchen waren Spuren davon zu sehen.

Ich erkundigte mich bei ihm, wie lange es wohl brauchen würde, die Wände unseres »Bankettsaals« zu verputzen. Außen erschien mir die Sache einfach, aber was die Innenwände anging, war mir nicht wohl, denn wir wollten so eine altmodische Oberflächenstruktur haben, eine, bei der der Verputz mit dem Handballen auf eine Weise bearbeitet wird, dass leichte Einbuchtungen entstehen.

»Zwei Wochen«, antwortete der junge Mann. *»Más o menos«* – mehr oder weniger, die Standardformel, die alle spanischen Schätzungen begleitet und die so allgemein verbreitet ist wie *mañana*, was »morgen« bedeutet, beziehungsweise jeden Zeitpunkt in der näheren oder ferneren Zukunft meinen kann.

Mindestens zwei Wochen voller Rockmusik – und das, wo ich gerade versuchte, meine potenziellen Leser in die Stille der Taiga zu entführen? Ich hatte mich zwar an den Lärm gewöhnt, der in Spanien so notwendig zum Leben gehört wie das Treten von Fußbällen, das Küssen von Babys, das Dröhnen von Autos ohne Schalldämpfer, das die Ohren beleidigende Knattern der Mopeds, der Kanonendonner der Feuerwerke oder das Geschnatter und Geklapper in vollen Bars, gut, aber mein Schädel würde nicht in der Lage sein, sich dem gnadenlosen Gewummer der Bässe anzupassen.

Ich sagte dem jungen Mann, er solle doch bitte den Ghettoblaster abstellen.

»Klar doch, Mann, warum nicht?« Er sprach sehr hip und dazu mit Cockney-Akzent – wie ich später erfuhr, hatte er mal in London als Kellner gearbeitet. Er stellte den Blaster tatsächlich ab. Dann sagte er jedoch: »Aber ich muss Sie warnen, ohne das Ding kann ich keine Spitzenleistung bringen.« Er lächelte süßlich. *Warum nicht damit leben?*

Auch in Großbritannien sind Werktätige in Begleitung von Ghettoblastern durchaus nichts Ungewöhnliches, aber in Spanien sind sie symptomatisch für die nationale Gleichgültigkeit gegenüber Lärm, was vielleicht auf den Kanonendonner der vielen Kriege zurückzuführen ist, welche die Spanier geführt haben. Ich habe einmal in einem New Yorker Restaurant mein Frühstück mit größter Hast hinuntergeschlungen, weil die Kellnerinnen pausenlos ihre Bestellungen in die Küche brüllten – wie ich feststellen konnte, waren sie alle Spanierinnen.

»Ich versuche gerade, ein Buch zu schreiben«, erklärte ich dem jungen Mann.

»Schriftsteller, wa? Cool, echt cool.« Seine Hand schob sich wie absichtslos zum Ein-Aus-Schalter des Blasters. »Musik könnte Sie inspirieren, wissen Sie.«

»An Inspiration mangelt es mir nicht«, versicherte ich ihm. »Mein Problem besteht eher darin, sie aus dem Kopf durch den Arm hinunter zu meiner Schreibmaschine zu kriegen.«

»Versteh schon. Ich schreibe auch. Musik. Hab 'ne eigne Band.«

»Sie können schreiben und dabei Musikkassetten hören?«

»Was andres kenn ich gar nicht.«

»Und Sie können nicht richtig verputzen, wenn Sie keine Musik hören?«

Er strich sich über sein herabhängendes Bärtchen. »Ich würde glatt aus dem Rhythmus kommen.«

»Könnten Sie die Bänder dann aber vielleicht etwas leiser spielen?«

»Könnt ich mal versuchen. Aber Rockmusik, die leise gespielt wird ...« Er schüttelte den Kopf und seine schulterlangen Locken schüttelten mit. »Diese Musik muss Sie voll packen, Leib und Seele, total!«

»Versuchen Sie's«, sagte ich.

»Okay, Mann, ist ja Ihr Geld.« Ich hatte vorher mit ihm

vereinbart, dass ich ihn stundenweise bezahlen würde, und ich hatte verstanden: Je geringer die Lautstärke, desto langsamer das Arbeiten.

Ich ließ ihn im »Bankettsaal« zurück, wo er sich daran machte, seinen Verputz anzurühren, während Emilio Fensterrahmen einsetzte und ein Elektriker Kabel verlegte. Wenn die drei fertig wären, würden nur noch die Tür, die Fensterscheiben, die Musikantenempore und die Fußbodenfliesen fehlen.

Ich begab mich in den Anbau und versuchte, in die russische Steppe zurückzukehren, aber die Musik drang immer noch bis zu mir durch. Frustration machte sich breit, ich brauchte dringend ein klein bisschen mehr Ruhe.

Ich kehrte also in den »Bankettsaal« zurück. Der junge Mann stand auf einer Leiter und klatschte Verputz auf die Wand, wobei er den Rolling Stones lauschte, deren Musik ich normalerweise durchaus mochte. Das taten offensichtlich auch Emilio und der Elektriker, denn beide arbeiteten, von den Rhythmen aus dem Kofferradio beflügelt, mit großer Energie vor sich hin. Diane war in Denia, Jonathan ebenfalls – er ging, da die Sommerferien vorbei waren, wieder in seinen Kindergarten.

Ich winkte den Verputzer auf die Terrasse hinaus. Er folgte mir und brachte die Stones mit. Emilio gesellte sich uns ebenfalls zu.

»Jetzt mal ehrlich«, sagte ich. »Was würde denn nun wirklich passieren, wenn Sie den Kassettenrecorder abstellten?«

»Ganz einfach«, antwortete Emilio für den Verputzer. »Der Toni könnte einfach nicht weiterarbeiten.«

Ich sah Emilio argwöhnisch an. »Der Toni? Ist er mit Ihnen verwandt?«

»Nur angeheirateterweise.«

Ich seufzte. »Wie nah?«

»Er ist ein Neffe meiner Frau«, gab Emilio Auskunft.

»Gibt es hier im Dorf irgendjemanden, mit dem Sie nicht verwandt sind?«

»Ach wissen Sie, meine Frau und ich, wir stammen beide aus sehr großen Familien.«

Toni schob eine neue Stones-Kassette in den Recorder. Jones zog sich mit angelegten Ohren ans äußerste Ende des Gartens zurück. Selbst Ethel stolzierte davon. Ein Gecko fiel von der Hauswand.

Ich fühlte mich versucht, das Kofferradio ins Schwimmbecken zu schmeißen. Aber wenn ich das getan hätte, hätte ich ohne Verputzer dagesessen, und die Baufirma hatte mir gesagt, dass es schwer sei, jemanden zu finden, der bereit sei, unsere Wände mit dieser altmodischen Struktur zu schmücken.

Toni rollte sich eine Zigarette – vielleicht war es ja auch ein Joint. Ich konnte María sehen, wie sie im Wohnzimmer den Fußboden zum Rhythmus der Musik wischte. Ich war in der Minderheit.

Ich sagte Toni, er solle mit dem Verputzen weitermachen, und wanderte im Garten umher. Im »Gefängnishof« hingen reife Tomaten von Pflanzen herab, die an stützenden Stangen angebunden waren. Kürbisse kuschelten sich in absterbende Blätter. Grillen sprangen vom Rasen in den Swimmingpool und ich rettete ein paar mit dem Netz.

Die Stones waren laut und deutlich zu hören.

Ich hatte in meinem Anbau schon mit Ohrstöpseln herumexperimentiert und dabei festgestellt, dass sie das Hämmern und Schlagen der Bauleute zwar dämpfen, nicht aber unhörbar machen konnten. Was sollte ich also tun? Abgabetermin für den Roman war der Neujahrstag, und die Transsib hatte noch nicht einmal die Brücke erreicht, an der sie von Zionisten entführt werden sollte.

Emilio kam zu mir. Er habe eine Lösung gefunden, meinte er, was mich nicht überraschte. Er wisse von einem Zimmer, das vermietet werde. Dort sei ich vor Toni und seinem Blaster sicher.

»Wieviel?«

»Billig.«

»Ist der Hausbesitzer ein Verwandter von Ihnen?«

»Nicht richtig.« Er strich Sägemehl von seinem mit silbernen Strähnen durchzogenen Haar.

»Ja oder nein, Emilio.«

»Die Schwester des Schwagers meiner Frau –«

Die Bässe wummerten plötzlich wieder lauter und vertrieben die Schwalben von ihrem Telefondraht. »Okay«, sagte ich, »dann sehen wir es uns mal an.«

Das Zimmer war eine Dachkammer in dem weiß getünchten Haus, das neben jenem einer Näherin lag, die Diane mal bei Pilar kennengelernt hatte. Die Frau fertigte unter anderem auch die Festgewänder für Mädchen und Frauen der *fallas* von Denia – Brokatkleider mit knöchellangen Röcken, gold-weiß, karmesinrot, blau oder smaragdgrün. (Sie trugen künstliche Haarschnecken über den Ohren und senkrecht im Haar steckende Kämme und waren zu den Zeiten der Fiestas ausnahmslos hübsch.)

Die Dachkammer war mit Bett, Tisch und Stuhl möbliert. Auf dem Tisch stand ein Marmeladenglas mit vertrockneten Bougainvillea-Hochblättern, von denen ein paar abgefallen waren und auf dem Wasser mauvefarbene Flecken gebildet hatten. Die Fenster gingen auf einen Hof hinaus, hinter dem ein weiteres Haus stand, auf dessen Dachterrasse angemalte Tauben in ihren Käfigen gurrten.

Das Zimmer hatte alles, was ich brauchte – es war ruhig. Ich bekam es für umgerechnet etwa sieben Dollar pro Woche.

Am nächsten Tag ging ich zum ersten Mal hin und arbeitete den ganzen Vormittag. Zwischendurch trat ich auf die Straße hinaus, um nachzudenken – vor allem dann, wenn sich meine Charaktere weigerten, sich meinen Absichten entsprechend zu verhalten. Während dieser Kurzausflüge bemühte ich mich darum, die Integration voranzutreiben. Ich plauderte mit dem Priester, dem fahrenden Fischhändler, dem Einfaltspinsel mit dem wissenden Lächeln, der Lehrerin und dem Polizisten, der *El Pistolero* (»Revolvermann«) genannt wurde, weil er einmal ein paar Schüsse auf einen Bankräuber abgegeben hatte. Dieser war zwar unverletzt geblieben, aber überaus verärgert gewesen.

Anfangs begegnete mir *El Pistolero* mit Zurückhaltung. Ich war ein Ausländer, eine im Landesinneren und jenseits der Strände relativ selten vorkommende Art, und hatte mich wahrscheinlich den Gesetzen meines Landes durch Flucht entzogen.

Der Polizist nahm also eine abwartende Haltung ein und hoffte anscheinend darauf, dass ich mich irgendwie selbst überführen würde. Er verpasste mir kein Knöllchen, sondern verwarnte mich nur, wenn ich falsch geparkt hatte, und machte mich regelmäßig, wenn Jones mal wieder entwischt war und herumgewütet hatte, darauf aufmerksam, dass er den Hund einschläfern lassen könne, weil das Tier nicht gegen Tollwut geimpft sei.

Als er schließlich von meiner Redlichkeit überzeugt war, verpasste er mir jedes Mal, wenn ich das Auto irgendwo unbesonnen abgestellt hatte, eine gebührenpflichtige Verwarnung. Desgleichen, wenn sich Jones mal wieder daneben benommen hatte. *El Pistolero* hatte mich akzeptiert.

Was unser persönliches Verhältnis verbesserte, war – soweit ich das erkennen konnte – mein Respekt vor den Dorfpolizisten in Großbritannien (in jenen längst vergangenen Zeiten, als die Polizei noch mehr geachtet als geschmäht wurde). Er erinnerte mich an diesen Menschenschlag und musste meine Hochachtung gespürt haben.

El Pistolero war schmerbäuchig, sein dunkles Haar wurde dünn und das Gewicht der Pistole ließ die blauen Hosen rutschen. Aber er stammte aus dem Dorf und wusste genau, wenn sich irgendeine Untat wie etwa der Diebstahl von Körben mit frisch gepflückten Orangen, die am Straßenrand auf ihre Abholung warteten, oder eine Ladendiebstahlstour abzeichnete. Das versetzte ihn in die Lage, die Verbrechen zu vereiteln, ehe sie begangen werden konnten.

In seinen Augen stellten die Gesetze allenfalls Richtlinien dar, und die Tatsache, dass die Ausländer ihnen so viel Achtung entgegenbrachten, verwunderte ihn immer wieder aufs neue. Die Neigung der Deutschen zu absolutem Gehorsam machte ihn sogar ärgerlich. Bei Kaffee und Brandy erzählte er mir einmal, dass es zwei Deutsche fertig gebracht hätten, in Denia ins Rathaus zu eilen und die verblüfften Beamten davon zu unterrichten, dass ihre, der Deutschen, Papiere nicht in Ordnung seien.

Ich denke, die große Stunde von *El Pistolero* kam an jenem Tag, als ich gerade in Pilars Laden war, um Schinken, *chorizo* und *cabrales,* in Blätter gewickelten Blauschimmelkäse, zu kaufen. Kunden standen im Geschäft und erörterten das Ausbleiben von Banküberfällen. Schuld an diesem Mangel an Initiative war in ihren Augen der allgemeine Fortschritt, und der hatte bei den Dorfbewohnern nie in hohem Ansehen gestanden. Sie hatten ihm angesichts der Tatsache, dass die technischen Neuerungen allenthalben doch nur Unordnung schufen, den Rücken gekehrt.

Niemand äußerte sich lautstärker als eine Frau mit einer Brust wie ein Bücherregal und einer Stimme, die an eine Kettensäge erinnerte.

»Früher haben wir dem Kassierer bei der Bank gesagt, wieviel Geld wir haben wollten, und er hat es uns gegeben. Heute schläft er mit seinem Computer, und wir müssen warten, bis er fertig ist.«

Wie alle anderen im Laden sprach sie Valencianisch, und ich musste so gut es ging erraten, was sie sagte.

Pilar gab ihr ein Stückchen *jamón serrano*, luftgetrockneten Schinken, und sie kaute erbost darauf herum.

Was die Banken anging, hatte sie nicht so ganz Unrecht. Noch vor einem Jahr waren alle Transaktionen schnell abgewickelt worden, lag den Bankangestellten doch sehr daran, ihren Privatgeschäften nachgehen zu können. Als ich zum ersten Mal hier an der Küste eine Bank betreten hatte, befanden sich alle Mitarbeiter gerade im Zustand der größten Aufregung, weil dem Kollegen Kassierer der Verlust seiner Liegestuhl-Konzession am Strand drohte. Inzwischen waren alle Bankangestellten Sklaven eigenwilliger Mikrochips.

Die Frau nahm sich eine Scheibe *fuet*, eine Wurst, die dünner und härter als *chorizo* ist. »Früher haben wir einfach die Kugeln auf dem Abakus hin und her geschoben und das Ergebnis stimmte immer«, sagte sie. »Heute füttern wir so ein Idiotenhirn mit Fakten und hinten raus kommt nichts wie Dichtung.«

Sie nahm von Pilar einen Streifen *bacalao*, Stockfisch, entgegen. »Früher haben wir im Radio Hörspiele gehört und uns selbst ausgemalt, wie die Charaktere aussahen. Haben wir beim Fernsehen noch eine Wahl? Fax-Nachrichten? Ba! Ist es nicht viel schöner, wenn man die Stimme seiner Tochter durch so ein altes Wandtelefon hört?«

Sie schüttelte ein Glas mit eingelegten Zwiebeln, die daraufhin darin herumtanzten wie Korken.

Diane kannte die Frau flüchtig, denn dank ihrer Stimme war sie schwer zu ignorieren (sie hätte gut als Unteroffizier Rekruten schleifen können), aber dessen ungeachtet war das, was sie sagte, durchaus vernünftig und nachvollziehbar. Was sollten, so lautete ihre Frage, Mikrochips in Dörfern, in denen das Leben noch von den Jahreszeiten bestimmt wurde?

Ihr Verbündeter war der Polizist, der auf seine eigene gebieterische Weise für Ruhe und Ordnung sorgte. Meine Hoffnung war, dass es in allen spanischen Dörfern noch Polizisten wie ihn und unüberhörbare Stimmen wie die der Frau im Laden gab, die den Fortschritt, diesen unbarmherzigen Widersacher, in Schach hielten, aber genauso gut war es möglich, dass die Menschen selbst in *pueblos* wie dem unseren bereits auf Vordermann gebracht worden waren.

Eine zarte Frau mit verträumtem Blick strich über eine mauvefarbene Aubergine. »Gestern hat ein Computer in der Bank meinem Mann 50 000 Peseten geschickt«, sagte sie. »Er hätte sich sehr gefreut, wenn er nicht schon seit dreizehn Jahren tot wäre.« Sie lächelte in die Vergangenheit hinein.

Ein alter Mann, dessen Gesicht aussah wie ein herbstliches Blatt und von dem man wusste, dass er Einbrecher gewesen war, bis dann die Arthritis seine Hände verstümmelt hatte, zog an seinen Fingern und ließ die Gelenke knacken. »Der Fortschritt … ja, ja, der hat, was die Banken angeht, für Profis wie mich den schönen Zeiten ein Ende gemacht. Alarmsysteme, versteckte Augen, Infrarotkameras …« Er zog an seinem Daumen und es knackte so laut, als zerbräche er einen Zweig.

In diesem Augenblick stürzte eine junge Hausfrau mit Lockenwicklern im Haar in den Laden. »Ein Banküberfall … gerade eben …« Endlich!, schien ihr Tonfall zu sagen. »Es sind auch Schüsse gefallen …«

Ich rannte auf die Straße hinaus und schnappte mir den Polizisten. Zusammen liefen wir zur Bank – eine recht bescheidene Angelegenheit, denn sie war nur mit einem Tresen, einem Safe und einem Computer ausgestattet, letzterem begegneten die beiden dort beschäftigten Angestellten mit tiefstem Misstrauen.

El Pistolero hatte die Pistole gezogen und rief dem völlig gelassen wirkenden, grauhaarigen Kassierer die Frage zu: »Wo sind sie hin?«

Der Kassierer sah überrascht auf. »Die Bankräuber? Woher soll ich das denn wissen? Die haben doch gar nicht die Bank überfallen.«

Der Polizist wurde unsicher und sah mich scharf an. »Sie sagten doch –«

Ich wandte mich an den Kassierer. »Es hat keinen Banküberfall gegeben?«

»Na ja, einen versuchten schon. Unser Filialleiter telefoniert gerade mit dem Polizeipräsidium.«

»Aber –«

»Der Räuber hatte eine Pistole, ein Imitat, wie ich annehme. Er hat aber nicht die Bank auszurauben versucht, sondern einen Kunden. Der ist beim Filialleiter drin. Der gute Mann hatte jedoch gar kein Geld bei sich … ich muss es wissen, denn weil sein Konto schon seit Monaten überzogen ist, habe ich mich geweigert, ihm etwas auszuzahlen.«

»Was waren das dann für Pistolenschüsse?«, wollte ich wissen.

»Feuerwerk. Mein Vater feiert seinen Namenstag und er wohnt hier über der Bank. Er liebt die Knallerei, je lauter, desto besser. Er ist neuerdings ein bisschen schwerhörig. All dieses Geknalle und Gekrache …«

Ich wollte mich wieder *El Pistolero* zuwenden, aber der war verschwunden.

Die Frau mit der Kettensägenstimme machte empört auf dem Absatz kehrt. »Der Räuber hat gar nichts geraubt? *Madre mía*, das nenne ich einen Fortschritt!«

Ich hörte den Geckoblaster (ich hatte das Gerät so umbenannt, weil es mal einen Gecko von der Hauswand gepustet hatte) schon, als ich noch hundert Meter vom Haus entfernt war. Ich wollte gerade umdrehen und ins Dorf zurückfahren, aber dann fiel mir wieder ein, dass Diane versprochen hatte, *zarzuela* zu machen (Fisch und Schalentiere in einer kräftigen Soße), und ich hatte Hunger. Diane war in der Küche und schnippte im Takt der Musik mit den Fingern. Ich hatte keinen Verbündeten.

Emilio war mit dem Einsetzen der Fensterrahmen fertig. Ein Glaser mit narbenübersäten Händen maß sie aus. Toni stand auf einer Leiter und drückte mit der Hand das gewünschte Muster in den Verputz.

Ich berichtete Diane von dem Banküberfall. Sie nickte abwesend – Mick Jagger hatte die Herrschaft übernommen. Am Nachmittag kehrte ich in meine Dachkammer zurück und machte dem Lokomotivführer der Transsib das Leben schwer.

Ich schrieb jetzt regelmäßig jeden Tag an meinem Buch – am Vormittag, am Nachmittag und am Abend. Dann trank ich etwas in einer der Bars und kehrte zum Nachtessen nach Hause zurück, das wir in diesen warmen Sommernächten, die schwer nach Jasmin dufteten, am Swimmingpool einnahmen.

Diese schöne Regelung hatte allerdings nur eine Woche lang Bestand. Als ich am Montag der folgenden in die Dachstube kam, rissen drei Bauarbeiter draußen vor dem Haus das Straßenpflaster mit Presslufthämmern auf. Dagegen war die Musik aus dem Geckoblaster ein Streichquartett.

Ich verstaute also die Reiseschreibmaschine in ihrer Tasche, schob das Manuskript in eine Aktenmappe und fuhr wieder nach Hause, wo Toni gerade seinen Blaster anmachte, was alle Geckos einmal mehr veranlasste, in den Garten davonzuhuschen.

Ich ergriff Dianes Arm. »Hast du heute Unterricht?«

Sie nickte. »Um elf.«

»Ruf an und sag, du bist krank.«

»Bin ich aber doch gar nicht.«

»O doch, bist du wohl«, gab ich zurück, »du weißt es nur nicht. Dich hat dieser Lärm ganz krank gemacht – er verwirrt dir das Hirn. Pack eine Reisetasche, wir fahren nach Valencia zum Einkaufen. Jonathan kann bei Arturo bleiben.«

Als wir im Jaguar saßen, schob ich ein Band in den Kassettenrecorder. Die sanfte Lara-Melodie aus dem Film »Dr. Schiwago« – in Erinnerung an unsere gemeinsame Zeit in Moskau.

Die Straße nach Valencia verläuft an der Küste entlang und führt durch kleinere Städte wie Oliva und Gandía sowie am Albufera vorbei, einem nur durch einen schmalen Landstreifen vom Meer getrennten See, an dem 260 Vogelarten vorkommen. Der See war an diesem Tag so ruhig, dass die Spiegelungen von Palmen und typisch valencianischen Häusern mit ihren spitzen Giebeln, die am Ufer standen, so reglos auf dem Wasser lagen, als wäre letzteres ein Spiegel aus Glas.

Angeblich gibt es in der Mitte des Sees ein versunkenes Dorf, weshalb wir einen ortskundigen Führer baten, uns in seinem flachbödigen Fischerboot mit Außenbordmotor zu dieser Stelle zu bringen.

Der Mann war wettergegerbt und schweigsam. Er übernahm den Auftrag und strich unser Geld mit gekonnter Schicksalsergebenheit ein. Vor dem Kahn flogen Vögel auf und Fische (der See ist für seinen entsprechenden Reichtum berühmt) schossen ihm aus dem Weg.

Als wir zur Mitte des Sees gelangt waren, baten wir unseren Führer, uns das Dorf zu zeigen, das einmal auf einer Insel oder kleinen Halbinsel gestanden haben sollte, bevor ein Erdbeben es in den Fluten versinken ließ.

Er stellte den Motor ab und deutete mit dem Daumen nach unten. Wir spähten über den Rand des Bootes, konnten aber nur Wasser sehen. Man hatte uns gesagt, dass man, wenn das Wasser ruhig und warm sei, die Hausdächer ganz deutlich erkennen könne.

Diane sah den Mann groß an. »Haben Sie das Dorf schon mal gesehen?«

»Es ist dort unten«, antwortete er.

»Aber haben Sie es schon mal gesehen?«, beharrte sie.

»Um zu glauben, muss man nicht sehen.«

»Aber wir haben gehört –«

»Sie haben mich gebeten, Sie herzufahren, weil Sie es sehen wollten. Sie hätten ja auch Glück haben können.«

»Das heißt, es war heute bloß kein guter Tag?«

Er brachte ein Lächeln zustande, das sein Gesicht aufbrach, ließ den Außenbordmotor wieder an und schipperte uns zum Ufer zurück.

Wir fuhren weiter durch die fruchtbaren Gemüse- und Obstplantagen Valencias, die *huerta*. In den Reis- und Gemüsefeldern wateten Reiher umher wie alte Damen im Heilbad.

Als wir Valencia fast erreicht hatten, blieben wir hinter einem Lastwagen hängen, der dunklen Dieselqualm ausspuckte. Nach einer Weile verlor ich die Geduld. Wir waren – den Albufera-Ausflug nicht mitgerechnet – schon fast zwei Stunden gefahren und ich hatte Hunger. Ich scherte aus und da tauchte mit lautem Gehupe aus dem Wärmeflimmern ein entgegenkommender LKW auf.

Ich hörte Diane schreien, bremste scharf und konnte gerade noch hinter den Laster zurück, den ich hatte überholen wollen. Ich hielt an, legte den Kopf in die Hände und wartete, bis das Bild des Todes, das ich soeben geschaut hatte, wieder verblasst war.

In der Nähe des Stadtzentrums sprang an einer auf Rot stehenden Ampel ein Zigeuner auf die Straße und säuberte unsere Windschutzscheibe, was ich erst bei unserem Halt am Albufera-See getan hatte. Aber ich ließ ihn und gab ihm 200 Peseten, denn eigentlich hätte ich jetzt ja auch in einem Sarg liegen können, und war dankbar, dass ich es nicht tat.

Wir nahmen ein Zimmer im Hotel Reina Victoria, einem würdigen Haus ganz in der Nähe der Plaza de País Valenciano, des Hauptplatzes der Stadt. Die soliden Gemächer waren für eine ernsthafte Nachtruhe geschaffen worden und in der getäfelten Lounge war es so wohltuend still wie in einem Londoner Herrenklub.

Am Abend bummelten wir um den Platz, der von barocken Häusern umstanden und von Straßen umgeben ist, in denen dichtester Verkehr herrschte. Auf einem Blumenmarkt leuchteten späte Rosen und Chrysanthemen und der Springbrunnen versprühte im Abendwind Wassernebel.

Wir aßen in einem berühmten, an dem Platz gelegenen Fast-Food-Restaurant, dem Barrachina, und gingen dann früh zu Bett. In der Nacht wachte ich zweimal schweißgebadet auf, weil ein LKW auf mich zugerast kam.

Nach einem Frühstück auf dem Zimmer (mit frisch gepresstem Orangensaft, Croissants und Kaffee) gingen wir zum Einkaufen ins Kaufhaus *El Corte Inglés*, das Bloomingdale Valencias. Peter Pateman, der den »Bankettsaal« entworfen hatte, hatte uns eine Hausbar (die aus einer alten Hochzeitstruhe gefertigt worden war), einen antiken Tisch, an dem acht Personen Platz hatten, ein Bücher- und ein Weinregal sowie ein Spinnrad verkauft, und was wir jetzt noch brauchten, waren Sessel, Teppiche, Beistelltische …

Nach dem Mittagessen in einer dunklen Bar irgendwo in einer Altstadtgasse voller baufälliger Häuser (wir aßen *arros con fesols i naps*, ein Gericht aus in Brühe gekochtem Reis, weißen Bohnen, weißen Rüben, Zwiebeln, Schweinefleisch und Würstchen) fuhren wir wieder nach Hause und ich ließ diesmal allen uns entgegenkommenden Lastwagen die Vorfahrt.

Es dämmerte schon, als wir ankamen. Lichter brannten, aber das Haus war seltsam still. Ich ging in den »Bankettsaal«, wo Toni missmutig Verputz anrührte. Er nahm mich kaum zur Kenntnis.

»Was ist los, Toni?«, erkundigte ich mich.
»Der Recorder, Mann. Der ist futschikato.«
»Das ist hart.«
Frohlockend zog ich mich in den Anbau zurück, um vor dem Abendessen noch ein bisschen zu arbeiten. Aber die Stille wirkte irgendwie bedrückend und offensichtlich auch ansteckend, denn sowohl Jones als auch die Katzen schienen die Stimme verloren zu haben.
Die Stille verstopfte mir förmlich die Ohren. Ich konnte nicht arbeiten – ich wurde langsam zum Spanier.
Ich kehrte in den »Bankettsaal« zurück und unterbreitete Toni einen Vorschlag. »Lassen Sie uns ein Abkommen treffen. Ich leihe Ihnen meinen Kassettenrecorder, wenn Sie mir versprechen, ihn leise zu spielen. Echt leise. Einverstanden?«
Er streckte die Hand aus. »O Mann, das ist super«, sagte er. »Echt cool.«

... 19 ...

Jede Menge Gäste

Sobald sich herumgesprochen hatte, dass wir in den Besitz eines Platzes an der Sonne gelangt waren, traten längst vergessene Bekannte plötzlich wieder in unser Leben. Die echten Freunde meldeten sich bei uns, bevor sie nach Spanien aufbrachen, aber die Gelegenheitsbekannten riefen uns nur kurz an, wenn sie – wie zufällig – in die Gegend gelangt waren, was von der Bar auf der Kanalfähre bis zur Telefonzelle hundert Meter die Straße hinunter alles sein konnte. Diesen Bekannten wiesen wir im Anbau zwischen meiner Schreibmaschine und Büchern über Sibirien eine enge Schlafstatt zu und normalerweise reisten sie dann auch, über nächtliche Krampfattacken klagend, vorzeitig wieder ab.

Einer von ihnen – nennen wir ihn Ted – ließ sich allerdings durch die unmittelbare Nähe von Salzbergwerken und Straflagern nicht abschrecken und tauchte zu einem zweiten Besuch bei uns auf, weshalb wir ihm die »Aitor-Behandlung« angedeihen ließen. Das bedeutete, dass wir ihn der Gegenwart des finsteren baskischen Wirtes aussetzten, die im allgemeinen so deprimierend wirkte, dass unsere Gäste bald ihre Koffer packten und entflohen. Aber Ted war selbst durch dieses äußerste Abschreckungsmittel nicht zu erschüttern.

Ted war ein freischaffender Journalist, der – vor allem für britische Zeitschriften – über Wein schrieb und gern behauptete, Bordeaux sei seine geistige Heimat. Er war ein großer, gesund aussehender Mann mit weichem, weißen Haar und so langweilig wie ein Rotwein aus dem Tetrapak. Und dies in einem Maße, dass einmal, als er bei einer Weinverkostung in London verkündete, er müsse leider schon gehen, weil er sonst seinen Flieger nach Bordeaux nicht mehr kriege, jemand sagte: »Beste Grüße an Monsieur Deaux.«

Er brachte uns meistens eine Flasche von irgendeinem obskuren Weingut mit, das heißt einen Tropfen mit einem die Nase beleidigenden Bouquet, einer ungesunden Farbe und einem entsprechenden Geschmack, und verbrachte einen Großteil seines Aufenthalts damit, sich verächtlich über den spanischen Wein auszulassen. Daran konnten weder der hervorragende Rioja noch der berauschende Wein Kataloniens, der vor allem dank der Familie Torres zu Ruhm gelangt war, weder der Sherry aus Jerez noch der vorzügliche, teure Vega Sicilia etwas ändern.

Am dritten Tag seines zweiten Besuches lotste mich Diane, die im allgemeinen ungebetenen Gästen gegenüber sehr viel geduldiger ist als ich, in den hintersten Teil des Gartens und sagte: »Er muss weg!«

»Warum das denn?«

»Weil er Flaschen mit billigem Wein unter seinem Bett versteckt hält, sich damit einen ansäuft und dann María erschreckt. Sie ist ein gewissenhaftes und ehrliches Mädchen und ich möchte sie nicht verlieren. Irgendeine Idee?«

»Ja«, sagte ich. »Wir werden ihn vergiften müssen.«

»Ist das nicht ein bisschen hart?«

»Eine harte Lage erfordert harte Maßnahmen«, erwiderte ich.

Mir war eingefallen, dass Ted, als ich ihn während meiner Reporter-Zeit in London kennengelernt hatte, nicht nur in Sachen Wein ein Langweiler gewesen war, sondern auch, was Currys anbetraf.

Beim Mittagessen auf der Terrasse (kaltes Fleisch, *chorizo* und Chicorée-Salat, danach Manchego und knuspriges Brot) horchte ich ihn aus. »Magst du eigentlich Currys immer noch so gern wie früher, Ted?«, fragte ich.

»Nenn mich Teddy, ist persönlicher.« Er trank von unserem Tischwein, einem roten Valdepeñas, und zog eine große Schau ab. »Natürlich! Nach all den vielen Jahren in Indien –«

»Magst du ihn scharf?«

»Je schärfer, desto besser. Ein Curry ist kein Curry, wenn dein Kopf nicht ins Dampfen gerät.« Er lächelte kleinjungenhaft. »War damals in Bombay mein Frühstück, Lunch und Abendessen.«

»Das ist gut«, bemerkte ich, »weil es heute Abend einen geben soll.«

»Davon hab ich ja gar nichts gewusst«, meinte Diane später, als Ted am Pool ein Nickerchen machte.

»Ich übernehme die Zubereitung.«

»Du kannst doch gar nicht kochen.«

»Wenn es um Ted – pardon, um Teddy – geht, wird alles möglich. Und ich trage den Curry auch auf. Das ist sehr wichtig.«

Ich verbrachte den Nachmittag – Kochbuch in der Hand – damit, einen indischen Curry (das ist ja zunächst ein aus vielen Zutaten bestehendes Würzmittel) zu mixen. Scharfe Chilis, schwarzer Pfeffer, Senf … Es wurde am Ende ein Chicken Vindaloo, das scharf genug war, um damit eine Brücke in die Luft zu jagen.

Für Diane, Jonathan und mich stellte ich eine weniger giftige Mixtur her und tat schon in der Küche auf, wobei ich Ted auch nur eine kleine Portion Reis zubilligte.

Am Tisch auf der Terrasse sitzend, schnupperte er erwartungsvoll. »Hoffe, der hat ordentlich Pep.«

»Ich denke schon«, sagte ich.

»Guter Mann. Nichts übrig für Weiberkram. ›Und eine Frau ist bloß eine Frau, aber ein guter Curry ist ein Fest.‹ Frei nach Kipling«, erklärte er. An Diane gewandt, setzte er hinzu: »Sorry, meine Liebe.«

Diane funkelte ihn an. Ich erlaubte Jonathan, sich mit seinem milden Curry ins Haus und vor den Fernseher zu setzen.

Ted schob sich eine Gabel des bräunlichen, dampfenden Sprengstoffs in den Mund und kaute eine kleine Weile erwartungsvoll darauf herum. Dann sprach der Zünder an. Er öffnete den Mund, griff sich an den Hals und krächzte: »Wasser!«

Ich reichte ihm einen Krug, in dem die Eiswürfel klingelten wie ein Glockenspiel. »Zu scharf, Teddy?«

Er trank hastig und in großen Schlucken. Ich fragte mich, ob das Wasser wohl in ihm verdampfte. Er blinzelte mit tränenden Augen.

»Nicht zu scharf, nein, nur recht pikant. Kam als Überraschung.«

»Dann iss nur weiter. Es heißt doch, Curry wird mit jedem Bissen schärfer.« Ich schaufelte meinen – in einer anderen Pfanne zubereiteten – munter in mich hinein.

Ted nahm einen weiteren Happen von seinem TNT und versuchte, ihn schnell mit Wasser hinunterzuspülen. Dabei gerieten ihm wohl kleine Teilchen davon in den falschen Hals, denn er fing heftigst an zu husten.

Als der Hustenanfall überstanden war, sah er auf seine Armbanduhr, schob seinen Teller zurück und sagte heiser: »Meine Fresse, hätte ich's doch fast vergessen! Muss in Denia mit einem Mann über eine Kiste Wein sprechen. Ist an meiner Meinung interessiert –« Er fing wieder an zu husten.

»Keine Angst, Ted«, sagte Diane, »wir stellen dir deinen Curry warm.«

»Und die gute Nachricht«, sagte ich, »ist die, dass die Portion, die ich gekocht habe, auch noch fürs morgige Frühstück und Mittagessen reicht.«

Wir hörten am Morgen nicht, wie er aufstand, aber er hinterließ uns einen Zettel, auf dem er uns wissen ließ, dass der Wein, den er in Denia verkostet habe, ganz hervorragend sei und er sofort nach Madrid fahre, um sich dort um die Vermarktung zu kümmern. Ted kam aus Madrid nicht wieder zurück.

Auch Tom, einst unter Journalisten als ein hundsgemeiner Mensch bekannt, gehörte zu den Hausgastprofis. Obwohl in seinem Fall schwer zu begreifen war, woher er den Mut nahm, sich bei uns einzuladen, denn er wusste nur zu gut, dass ich ihn eigentlich verachtete.

Aber eines schönen Herbsttages stand er in der Tür des »Bankettsaals«, an seiner Seite eine unscheinbare Frau im Twinset, bei der es sich wohl um seine Gattin handelte. »Alle Hotels in Denia sind ausgebucht«, sagte er. »Könntet ihr uns vielleicht für eine Nacht unterbringen?«

»Soll ich mal ein bisschen rumtelefonieren?«, fragte ich ihn.

»Nein, nein, das ist nicht nötig«, antwortete er schnell. »Das hab ich schon getan, es ist nirgends was frei.«

Es war gerade Mittag, und deshalb lud Diane, die nicht wusste, was für ein Widerling er war, die beiden ein, mit uns zu essen. Sie hatte im Gedanken an ihre Jahre in Rom Spaghetti Bolognese gemacht – und ich mich schon den ganzen Vormittag darauf gefreut.

»Ich bin sicher, dass Tom sich nicht auf die weite Reise nach Spanien und hierher begeben hat, um italienisch zu essen«, meinte ich ohne große Hoffnung. »Ihn verlangt nach Paella, ist es nicht so, Tom?«

»Italienisch soll uns schon recht sein«, sagte dieser. »Nicht wahr, Bridget?«

»Wenn es nicht zuviel Umstände macht«, hauchte sein Weib, den Ehering am Finger drehend.

Tom holte drei Koffer aus seinem Leihwagen, stellte sie im Anbau ab und nahm am Tisch auf der Terrasse Platz. »Ich wollte auch eine Flasche Wein mitbringen«, sagte er, »aber die ist leider unterwegs kaputtgegangen.« Nachdem er sich selbst ein Glas Rotwein – bis zum Rand – eingeschenkt hatte, machte er sich über seinen Teller mit Spaghetti Bolognese her.

Er gehörte zu jenen beneidenswerten Menschen, die, obwohl mit dem Appetit einer verhungernden Hyäne gesegnet, nie zunehmen. Er war hohlwangig, spärlich behaart und wirkte immer viel zu dürr für seine Kleidung. Er rauchte Pfeife und schwelende Tabakkrümel hatten alle seine Pullover und Hemden – an jenem Tag in einem verblassten Kastanienbraun – durchlöchert.

Das einzig Versöhnliche an ihm war sein großes journalistisches Können. Dank seiner unglaublichen Hartnäckigkeit, gepaart mit einer tiefsitzenden Abneigung gegen die Kosten, die der gesellschaftliche Verkehr mit anderen Journalisten mit sich brachte, war er ein hervorragender Reporter, auf dessen Konto jede Menge exklusiver Storys gingen.

Er nahm von Diane gern einen »Nachschlag« entgegen, streute den Rest des Parmesankäses darüber, füllte sich das Glas wieder und verkündete, er gedenke, uns alle zum Abendessen einzuladen.

Diane nahm die Einladung freudig an, aber ich mochte nicht so recht an ihre Echtheit glauben. Wenn er mal genötigt gewesen war, mit anderen essen zu gehen, dann war es seine Masche, bei Erscheinen der Rechnung zu entdecken, dass er seine Brieftasche zu Hause hatte liegen lassen. Und immer hatte sich ein junger Reporter gefunden, der, von Toms Ruf beeindruckt, für ihn bezahlte.

Als er uns die Essenseinladung kund tat, beschloss ich, mit Aitor, dem launenhaften baskischen Gastwirt, einen Handel abzuschließen. Ein Teufelspakt, meinte Diane, nachdem ich sie über Tom und seinen Ruf ins Bild gesetzt hatte.

Nachdem Tom und Bridget geschwommen waren, am Pool ein Schläfchen gemacht und ein paar Cocktails zu sich genommen hatten, zog er einen Blazer an, der vor Abgetragenheit speckig glänzte, und sagte: »So, und jetzt lasst uns ausgehen und mal so richtig auf die Pauke hauen. Das geht auf mich, versteht sich.«

Diane sah mich kurz an. Vielleicht hast du dich doch in ihm getäuscht?, fragte ihr Blick. Ich nickte kaum wahrnehmbar: Vertrau mir nur!

»Ich weiß da ein gutes Restaurant«, sagte ich zu Tom. »Der Wirt ist zwar ein bisschen eigen, du weißt schon, immer gerade heraus, aber die Steaks sind überirdisch.«

»Dann schaff uns hin«, sagte er kernig. »Geld spielt keine Rolle. Just wie in den guten alten Zeiten, was, Derek?«

»Nicht so ganz«, erwiderte ich.

»Fahren vielleicht besser mit deinem Wagen«, schlug er vor. »Hat ein klein wenig mehr Klasse als meiner« – und dabei zeigte er auf sein mehr als gebrauchtes Auto, das er bei einem Cowboy-Ausrüster in Alicante geliehen hatte.

Wir gingen zu unserem Wagen, und ich sagte, er, Bridget und Diane sollten schon mal einsteigen, ich wolle nur noch schnell das Haus zuschließen. Wie erwartet, war der Anbau abgeschlossen. Ich öffnete die Tür mit einem Nachschlüssel und holte mir seine schwarze Lederbrieftasche heraus, die auf dem schmalen Bett zwischen meiner Schreibmaschine und einem Buch über die Transsibirische Eisenbahn (Bridget musste vielleicht auf dem Fußboden kampieren) lag.

In dem leeren Restaurant, wo im Kamin ein knisterndes Pinienholzfeuer brannte, war ein mit einem rot-weiß karierten Tischtuch herausgeputzter Tisch für uns gedeckt worden.

Der Baske, trübäugig und mürrisch wie immer, brachte uns eine Karaffe Rotwein, der aus dem nahen Jalon stammte, und Tom ließ sie umgehend zurückgehen. »Wir wollen den besten Rioja, den Sie haben«, sagte er. Als die dicken, zarten Steaks sowie Ofenkartoffeln und Dosenerbsen serviert worden waren, nahm Bridget einen Happen und sagte: »Köstlich!« – es war das einzige Wort, das ich sie seit dem Mittagessen hatte von sich geben hören.

Ich verzehrte meine Portion so rasch wie ein streunender Hund, folgte Aitor in die Bar und fragte ihn: »Sind Sie sicher, dass Sie's durchziehen können?«

»Ganz sicher«, antwortete er.

Bei meiner Rückkehr zum Tisch starrte Diane in ihr leeres Glas und war offensichtlich schwer mit dem beschäftigt, was folgen sollte.

»Wer mag einen Kaffee?«, fragte Tom munter und steckte sich seine Pfeife an, schwelende Tabakkrümel vom Blazer wischend.

Niemand meldete sich.

Als Aitor mit der Rechnung nahte, zog Tom seine berühmte Taschenbeklopf-Schau ab, die den Journalisten in aller Welt nur allzu gut bekannt war.

»O Gott!«, rief er aus und warf seiner Frau einen kläglichen Blick zu. »Meine Brieftasche ... hast du sie irgendwo gesehen?«

»Nein, Darling. Ich habe sie zum letzten Mal gesehen, als wir auf der Fahrt von Alicante hierher an einer Tankstelle hielten.« Sie war offenkundig mit dem Täuschungsmanöver bestens vertraut, aber – wie ich vermutete – nicht gerade besonders glücklich darüber.

Nachdem er seine Taschen ein letztes Mal gegeißelt hatte, senkte er den Kopf und gestand damit seine – getürkte – Niederlage ein. »Tut mir leid, Derek, aber ich muss das verdammte Ding verloren haben. Vielleicht ist sie mir auch gestohlen worden. Fürchte, du musst die Rechnung übernehmen. Ich zahl's dir zurück, sobald ich wieder zu Barem gekommen bin.«

»Es geht doch nichts über die Gegenwart«, sagte ich. »Ich habe nämlich deine Brieftasche gefunden. Ist das nicht wunderbar?« Ich angelte sie aus der Gesäßtasche meiner Hose und warf sie auf den Tisch. »Da ist sie. Ich kann Geld darin sehen. Und Kreditkarten.«

Tom starrte darauf hinab, als handelte es sich um einen schlafenden Skorpion. »Aber –«

»Du hast euer Zimmer nicht richtig abgeschlossen«, log ich. »Das Schloss muss dringend mal repariert werden. Ich habe die Tür aufgemacht und da lag die Brieftasche auf deinem Bett. Ich wusste ja, dass du sie unbedingt brauchen würdest, und habe sie deshalb mitgebracht.«

Ich winkte Aitor heran, der in der Nähe herumlungerte, und sagte zu ihm: »Mein Freund möchte gern die Rechnung haben.«

Aitor legte sie vor Tom auf den Tisch. Sie machte – das wusste ich schon – ungefähr den Gegenwert von 150 Dollar aus. In New York nicht viel für ein Essen, aber für ein Restaurant in einem spanischen Dorf eine Riesensumme. Sie war ungefähr doppelt so hoch, als sie es hätte sein dürfen.

»Das ist ja lachhaft«, entfuhr es Tom, der auf den Rechnungsbetrag starrte. »Da muss ein Fehler vorliegen.« Funken stoben aus seiner Pfeife, die er zwischen zusammengepressten Zähnen stecken hatte.

»Aber Tom«, sagte ich, »jetzt mach bloß nicht schlapp. Wir wollen doch nicht, dass uns die Spanier für eine Nation von Knausern halten, oder? Habe ich dich nicht so was sagen hören wie ›Geld spielt keine Rolle‹?«

Er blätterte die Scheine hin, als zöge er sich Schichten seiner Haut ab.

»Ich übernehme das Trinkgeld«, sagte ich, als er aufstand und melancholisch hinaus zum Auto ging.

Als Aitor kam, um den Tisch abzuräumen, sagte ich zu ihm: »Sie haben da einen guten Schnitt gemacht. Das Doppelte von dem, was Sie eigentlich hätten berechnen können. Sie müssen jetzt ein glücklicher Mann sein.«

Das Grollen, das um seine geröteten Augen versammelt war, verschwand für einen Augenblick. Er machte eine bedauernde Geste. »Ich bin kein Betrüger, Señor Derek. Ich hab das Geld nicht haben wollen.«

»Und was werden Sie deshalb damit machen?«

»Es für einen wohltätigen Zweck spenden. Was denn sonst?«

Und ich nahm ihm das ab. Die finstere Miene wieder aufsetzend, sammelte Aitor Toms Geld ein, stopfte es in die Tasche seiner gestreiften Schürze und stellte unsere Teller auf ein Tablett.

Nachdem ich das Auto in die Garage gefahren hatte, ging ich zum Haus zurück. Plötzlich trat im Mondlicht eine geisterhafte Gestalt hinter den Orangenbäumen hervor. Es war Bridget.

»Bevor wir zum Essen gefahren sind, habe ich unsere Tür zugeschlossen«, flüsterte sie. »Ich wollte ganz sicher sein, dass sie zu war, und hab's überprüft. Die Tür war verschlossen!« Sie küsste mich auf beide Backen. »Ich möchte Ihnen dafür danken, dass Sie diesen Urlaub zu einem gemacht haben, der sich gelohnt hat. Sein Gesicht, als er die Rechnung sah … wenn er doch bloß …«

Wenn er doch bloß was? Ich konnte nur raten. Sie lief die Zufahrt hinunter und verschwand im Anbau. Die Tür schloss sich hinter ihr, und dann hörte ich, wie der Schlüssel mit fester Hand im Schloss umgedreht wurde.

Tom und Bridget reisten am nächsten Morgen ab.

Noch ein anderer Gast besuchte Aitor, aber da waren die Rollen vertauscht – diesmal wurde Aitor, der Quälgeist, gequält.

Bei dem Gast handelte es sich um einen achtzigjährigen Herrn, und zwar um Sir Rupert Grayson. Von Haus aus vermögend und privilegiert, hatte Rupert im Ersten Weltkrieg als Oberleutnant bei den Irish Guards gedient. In seiner Einheit war auch der Sohn von Rudyard Kipling gewesen. Beide gerieten auf eine Mine, aber Rupert überlebte, während John Kipling zunächst als vermisst galt und später für gefallen erklärt wurde. Von da an behandelte Rudyard Kipling Rupert als Ersatzsohn. Als dieser mehr als ein halbes Jahrhundert später nach Spanien kam, steckte noch immer ein Splitter in seiner Hand.

Der kurze Zusammenstoß mit dem Tod hatte Ruperts

Lebenshunger gesteigert. Er ging nach Hollywood, wo er sich – unter anderen – mit David Niven, Clark Gable und Shirley Temple anfreundete.

Nach London zurückgekehrt, wurde er Schriftsteller und schrieb eine Reihe von Thrillern, deren Held ein Vorläufer von James Bond war und Gun Cotton hieß. Im Zweiten Weltkrieg zog sich Rupert selbst Gun Cottons Mantel der Verwegenheit an, wurde Kurier Seiner Majestät und reiste in der gesamten freien Welt herum, um geheime Botschaften zu überbringen.

Rupert, den ich in einer Bar in Gibraltar kennengelernt hatte, erschien im September bei uns, als sich die Schwalben gerade anschickten fortzuziehen. Sie füllten alle Telefondrähte und sammelten sich dann in der Luft, um über den Winter nach Afrika zu fliegen. Unser Freund bezog ein kleines Hotel in Denia.

Von dort aus fuhr ich ihn regelmäßig zu Aitors Restaurant und Bar, wo er perverserweise eine Art Büro aufgemacht hatte, indem er zwei oder drei Tische mit seinen Büchern und Papieren belegte. Das Bulldoggenkinn gesenkt, eine exotische Krawatte um den Hals und mit einer Safarijacke angetan, saß er täglich bei Aitor, überarbeitete seine Memoiren und wurde allmählich zu einer lokalen Attraktion.

Ich war gern mit ihm zusammen und hatte meine Freude an seinem galligen Humor und dem eigentlich einem vergangenen Jahrhundert zugehörenden Anflug aristokratischer Anmaßung. Aitor teilte diese Freude nicht.

Rupert nahm nicht nur weit mehr Platz ein, als ihm zustand, sondern ärgerte Aitor auch damit, dass er zu seiner Stärkung einen steten Nachschub an Fernet Branca forderte und mit seinem Spazierstock laut auf den Tisch hieb, wenn er ausblieb.

Aitor setzte sich zur Wehr. Er entdeckte, dass Rupert Lärm hasste (in Spanien eine eher närrische Aversion), und erzeugte deshalb soviel davon wie möglich.

So setzte er Jugendliche darauf an, draußen vor der Wirtschaft Feuerwerkskörper zu zünden. Knallfrösche, welche angesteckt und dann weggeworfen wurden, oder *tro de bacs*, die explodierten, wenn man sie gegen eine Wand schmiss, auch Ketten von Krachern, *tracas* genannt, oder sich windende, feurige Schlangenschwänze, die *borrachos* (»Betrunkene«) heißen.

Aber es brauchte schon mehr als ein paar Knaller, um einen alten Soldaten zu vertreiben, der im Ersten Weltkrieg eins abbekommen und zum Beweis noch einen Splitter in seiner Hand stecken hatte. Als ein Junge einmal einen Kracher in die Bar warf, holte Rupert einfach zwei Wachspfropfen aus seiner Reisetasche, knetete sie zurecht und stopfte sie sich in die Ohren.

Ich las gerade die Zeitung, und Rupert korrigierte Passagen seines Manuskripts, in denen von ruhigeren Orten die Rede war, die er als königlicher Bote besucht hatte, als Aitor, der die ganze Zeit Absinth gesüffelt hatte, bei uns erschien und Rupert fragte, ob er etwas essen wolle.

Rupert hielt die Hand als Schalltrichter an eines seiner verstopften Ohren und brüllte: »Könnten Sie bitte mal etwas lauter sprechen?«

Aitor brüllte daraufhin zurück: »Essen, möchten Sie irgendetwas zu essen haben?«

Rupert hob sein beachtliches Kinn. »Ja«, antwortete er laut, »ich denke schon«, und angelte zwei Käsecracker aus seiner Reisetasche.

Aitor fuhr sich mit den Fingern durch sein wirres, teils schwarzes, teils graues Haar und kehrte hinter den Tresen zurück wie ein angeschossenes, gefährliches Tier.

Ich sah, wie er unter der Theke herumtastete. Suchte er etwa nach der Pistole, die er angeblich dort aufbewahrte? Ich schrieb auf ein Stückchen Schreibmaschinenpapier: *Ich glaube, er hat eine Kanone*, und schob es Rupert zu. Der lächelte und bot mir einen Cracker an. Aitor zog keine Schusswaffe hervor.

Später an jenem Tag, als ich gerade zur Bar zurückkam, die voll von Orangenpflückern war, welche zum Mittag *fabada*, einen Bohneneintopf mit Schweinefleisch und eine asturische Spezialität, aßen, flog ein ganzes Lager von Feuerwerkskörpern in die Luft.

Es konnte nie geklärt werden, wer die Explosivkörper, die für eine Fiesta in einer Feldscheune gelagert waren, gezündet hatte. Aber die Donnerschläge explodierten wie Granaten, »Römische Kerzen« pumpten bunte Feuerkugeln in die Luft und Raketen stiegen gehässig zischend auf wie ferngelenkte Geschosse.

Dieses ungeplante Feuerwerk brachte Aitor am Ende um seine so schwächlich behauptete geistige Gesundheit. Als ich eintraf, holte er gerade die ominöse Pistole unter dem Tresen hervor und richtete sie auf den für ihn erkennbaren Feind, nämlich auf Rupert. Da ich nicht mit ansehen mochte, wie dieser Veteran aus einer Zeit der Ritterlichkeit und des Wagemuts niedergestreckt wurde, schwang ich mich über die Theke und versuchte, die auf Rupert gerichtete Waffe (ein rostiges Ding, das wahrscheinlich schon im Bürgerkrieg Verwendung gefunden hatte) an mich zu bringen.

Aitor verfügte über die Kräfte eines Wahnsinnigen und wir rangen erbittert miteinander. Ehe es mir gelang, ihn schließlich doch zu überwinden, drückte er ab. Die Kugel durchschlug eine Fensterscheibe und verfehlte nur knapp ein paar der Orangenpflücker.

Ich war nie ganz sicher, ob Rupert eigentlich klar geworden war, dass Aitor einen Schuss auf ihn abgegeben hatte. Vielleicht hatte er den Knall ja auch mit dem Feuerwerk draußen in Verbindung gebracht oder sich seine Wachspfropfen so fest in die Ohren gerammt, dass ihm überhaupt alles entgangen war.

Aitor wurde in eine Polizeizelle gesperrt, und man konnte ihn durch das Eisengitter im Bürgersteig sehen, durch das wohlmeinende Menschen den Häftlingen Zigaretten hineinreichten. Später wurde er in eine geschlossene Anstalt eingewiesen.

Rupert flog, seinen Launen folgend, irgendwann nach London zurück und beendete die Überarbeitung seiner Memoiren in verschiedenen Oasen, wo Friede und Ruhe herrschten und der Vorrat an Fernet Branca und Käsecrackern nie zur Neige ging.

... 20 ...

Ángels letztes Gefecht

Wir hatten auf eine Verschnaufpause im November gehofft, um danach dann eine endgültige Entscheidung hinsichtlich unseres Verbleibs in den Orangenhainen zu treffen.

Aber Ángel machte alle Hoffnungen auf solch ein gemächliches Vorgehen zunichte – zunächst dadurch, dass er mit der Kündigung drohte, und dann indirekt, indem er mich mit einem Flüchtling aus Russland und einem Mafioso zusammenbrachte, die mich beide beschäftigt hielten.

Zu der Androhung einer Kündigung kam es, nachdem ich ihn in Dianes Citroën zu einem Gartenmarkt auf der anderen Seite des Montgo gefahren hatte, wo er Rabatt bekam.

Es war eine ungemütliche Zeit des Jahres – Sonne und Wolken wechselten einander ab, Regenstürme füllten die Felder bis zur Überschwemmung. Die Räder des zerbeulten kleinen Autos spritzten hohe Fontainen in die Luft, als wir über eine unter Wasser stehende Kreuzung fuhren.

Wenn Ángel nicht mit den Wolken in Verbindung trat, dann konsultierte er den Berg, als handelte es sich bei ihm um irgendeine prähistorische Gottheit.

Mit dieser Verehrung stand er keineswegs allein. Obwohl der Montgo nicht gerade hoch genannt werden kann (er bringt es auf gerade mal 753 Meter), ist das Land um ihn herum so flach, dass der Berg die Stimmungslage der dort lebenden Menschen stark beeinflusst.

Wenn der Montgo eine Perücke aus Regenwolken aufhatte, bewegten sich die Finger der Traubenpflücker flinker, und die alten Frauen des Dorfes, die in den Innenhöfen ihrer Häuser flochten und häkelten, trugen ihre noch nicht fertiggestellten Körbe und Schals hinein. Wenn jedoch die Adler hoch über dem Berg am blauen Himmel dahinsegelten, dann tranken die Pflücker Wein aus ihren *porrones*, diesen langhalsigen Weinflaschen mit einem keilförmigen Trinkrohr am unteren Ende der Flasche, und machten ausgiebig Siesta, während die alten Frauen ohne jede Hast vor sich hin werkelten.

Auf der Mittelmeerseite war der Montgo grün und granitgrau, auf der anderen Seite dagegen von mattem Ziegelrot. Von weitem sah der Berg aus wie ein Elefant ohne Beine – eine Höhle im Hang bildete ein Auge und der Rüssel reichte bis zur Küste hinab. Er fungierte außerdem als Uhr. Die Spanier wussten an Hand der Höhe der Schatten, wie spät es war.

An den Hängen lebten Dachse und Wildkatzen und in einer Höhle im Berg gab es einen See. An seiner einen Seite waren Reste einer iberischen Ansiedlung gefunden worden, die Tausende von Jahren alt waren. Wenn man zum Gipfel hinaufwanderte, zertrat man die knisternden Blätter vieler Kräuter, und ihr Duft stieg einem in die Nase – Majoran, Kamille, Rosmarin, Thymian, Salbei und Anis, um nur einige zu nennen. Das Gemisch ist so reichhaltig, dass schon zu Zeiten der Mauren der Großkalif Abd Ar Rahman anordnete, ein offizielles Verzeichnis all dieser Pflanzen anzulegen.

Als wir ein paar Wochen zuvor zu dem Gartenmarkt gefahren waren, hatte Ángel auf den Schatten des Montgo gezeigt und gesagt: »Es ist jetzt halb elf.«

»Nein, stimmt nicht«, entgegnete ich.

»*Más o menos.*«

»Falsch. Ist heute Montag?«

»Und morgen wird Dienstag sein.«

»Denken Sie noch mal über die Zeit nach«, forderte ich ihn auf.

Er dachte nach. »Es ist elf.«

»Zehn. Die Sommerzeit hat am Wochenende aufgehört und die Uhren mussten eine Stunde zurückgestellt werden.«

Es war dies einer der wenigen Siege, die ich über Ángel errang (seine Einstellung provozierte Kleinlichkeit), aber er sollte noch an diesem trüben Novembertag zu seiner Revanche kommen.

Die Pflanzen des Gartenmarktes waren um ein Bauernhaus mit langer Terrasse aufgebaut, wo man einst Weintrauben getrocknet hatte, ehe die Rebstöcke durch eine aus Frankreich eingeschleppte Krankheit vernichtet worden waren.

Zwischen den Kletterpflanzen, Büschen und Sprösslingen gab es jetzt jedoch keine leuchtenden Farbkleckse mehr. Bougainvillea, Oleander, Hibiskus, Bleiwurz, Jasmin, der im Sommer die Innenhöfe mit seinem Duft füllte, und *dama del noche*, die bei Nacht wie ein ganzer Harem duftet – sie alle waren mit dem dahinschwindenden Sommer verwelkt.

Nur im Inneren des Gebäudes blühten neben Samentütchen, Blumenzwiebeln, Knollen und Kormussen viele Pflanzen unbeeindruckt und üppig weiter. Der Raum unter dem Glasdach des Marktes roch nach Dschungel. Katzen, die hier angestellt waren, um Ratten und Mäuse zu jagen, dösten in der feuchten Wärme.

Ich wollte für Diane eine Orchidee auswählen und trug Ángel auf, derweil Tulpen- und Narzissenzwiebeln,

Dahlienknollen und Samen anderer Freilandpflanzen zu besorgen – alles außer Salvien, waren diese Blumen doch so verbreitet wie Spatzen in englischen Parks.

Ich erstand auch eine jener Mini-Gießkännchen mit langer Tülle, die alte Damen benutzen, um Hängepetunien und sich selbst zu wässern. Aber ich werde in einem Gartenmarkt noch schwächer als ein Hypochonder in der Apotheke.

Auf der Heimfahrt kamen wir an stämmigen Frauen vorbei, welche von den triefnassen Ranken blattloser Rebstöcke, die so verloren dastanden wie Grabsteine, Schnecken absammelten. Über dem Montgo hingen Wolken, die wie Waschlappen aussahen.

Zu Hause angekommen, entfloh ich in die Küche, um einen Kaffee zu trinken, während sich Ángel mit unseren Einkäufen in die Garage zurückzog.

Diane betrachtete die weiß-grünliche Orchidee in ihrer durchsichtigen Verpackung mit seltsamem Blick. »Das ist ganz lieb von dir«, sagte sie, »aber –«

»Du magst sie nicht?«

»Hast du vergessen, was ich dir mal gestanden habe? Dass ich mir nämlich rein gar nichts aus diesen Blumen mache? Bei ihrem Anblick muss ich immer an Beerdigungen denken, ich weiß auch nicht warum –«

»Das nächste Mal bringe ich dir Unkräuter mit«, sagte ich und verließ die Küche. Und da geschah es, dass ein plötzlicher Windstoß Ángel verriet. Denn dieser Windstoß erfasste bei der Garage, wo Ángel Samen in flache Kästen mit Blumenerde steckte, eine leere Tüte und trug sie mir vor die Füße.

Auf der leeren Packung las ich über der Abbildung eines mir nur zu bekannten Gewächses das verhasste Wort »Salvien«. Ich hob das Samentütchen auf und zeigte es

Ángel. »Ich dachte, ich hätte Ihnen ausdrücklich gesagt, die nicht zu kaufen.«

»Ich meinte, Sie hätten gesagt, ich solle welche besorgen.«

»Nein, Ángel, das habe ich nicht.« Ich wusste, dass wir, was unsere Beziehung anging, am Scheideweg standen – und er wusste es auch. »Sie wollten einfach die Salvien haben. Sie werden diesen Kasten jetzt ausleeren und von Ihrem Geld ein Tütchen Petuniensamen kaufen.«

Die Auseinandersetzung war unersprießlich und irgendwie albern, aber es sind ja auch nur selten die Ultimaten, die zum Krieg führen – was zählt, sind weit eher die Ereignisse, die ihnen vorausgehen.

Auf seinen Backen erschienen rote Flecken – es war das erste und einzige Mal, dass ich bei ihm körperliche Anzeichen der Verärgerung wahrnehmen konnte.

Er hob den Kasten mit den ausgesäten Salvien vom Tisch und trug ihn zu seinem Lieferwagen. Dann setzte er sich hinters Steuer und kurbelte das Fenster herunter. »Habe ich Ihnen schon gesagt, dass mir in Granada ein Job angeboten worden ist?«

»Nein, Ángel, das haben Sie nicht.«

»Ich werde darüber nachdenken müssen«, sagte er.

»Tun Sie das, Ángel.«

Er nickte, schob seinen schauerlichen Strohhut zurecht und fuhr davon.

An der nächsten Ablenkung war Ángel ebenfalls schuld. Ich trank in der Bar Paraíso einen Kaffee, als ich bemerkte, dass er dort mit einem Fremden, einem alten Mann, Schach spielte.

Die vormittäglichen Stammgäste betrachteten die beiden nachdenklich, denn Ángel trank seine Flasche Mineralwasser nur ganz selten in der Bar, und Fremde waren allemal das Objekt der Mutmaßung. Vor allem dieser, denn er hatte eine Schapka, eine Pelzmütze russischen Stils, auf dem Kopf. Er war groß und dürr, und sein Überzieher sah aus, als wäre ein Kleiderbügel darin eingenäht. Der Mann erinnerte mich an einen Spion im Ruhestand.

Als Ángel mich bemerkte, flüsterte er mit dem Fremden, stellte seinen in die Enge getriebenen König ab (ich hatte gar nicht gewusst, dass zu seinen vielen Fähigkeiten auch das Schachspiel gehörte) und verließ schnell die Bar.

Der Fremde lächelte mir zu und hielt als Einladung zum Spiel einen Bauern in die Höhe, wie man das im Moskauer Gorki-Park zu tun pflegt. Ich ging zu ihm – nicht so sehr, weil ich spielen wollte (Schach macht mir immer Kopfschmerzen), sondern weil ich neugierig war.

Während er die Figuren aufstellte, fragte ich ihn ohne lange Vorrede: »Sind Sie Russe?«

»Nein«, antwortete er, »ich bin Spanier.« Wir schüttelten uns über dem Schachbrett mit seinen abgegriffenen und leicht beschädigten Kriegern die Hand. »Ich heiße Enrique, aber ich habe fünfzig Jahre in Russland gelebt.« Er sprach Englisch mit einer Vorsicht, als bestünden alle Vokale aus Glas.

»Ich war mal ein Jahr lang in Moskau«, sagte ich.

»Als Journalist?«

»Wie haben Sie das erraten?«

»Sie kommen mir nicht gerade wie ein Angehöriger des diplomatischen Korps vor«, meinte er und nahm mir einen meiner Bauern mit einer Geschicklichkeit, die schon an Verachtung grenzte. »Ihr Freund – er heißt Ángel, nicht wahr? – hat mir gesagt, dass er eine kleine Meinungsverschiedenheit mit Ihnen hatte.«

»So könnte man es auch nennen.«

»Schade. Wenn Sie in mein Alter kommen« – er musste über achtzig sein – »wird auch Ihnen klar werden, was für eine Verschwendung jede Uneinigkeit ist. Mir wäre das fast zu spät bewußt geworden.«

»Fast?«

»Ich bin nach Hause gekommen, um meinen Frieden zu machen«, sagte er und nahm einen meiner Springer vom Brett. »Sehen Sie, ich habe seinerzeit im Bürgerkrieg mitgekämpft. Auf der richtigen Seite, aber auf der, die verlor, auf der Seite der Republikaner. Deshalb ging ich in die Sowjetunion, wo ich nach meinen Überzeugungen leben konnte.«

»Und nach all diesen Jahren glauben Sie nach wie vor an den Kommunismus?«

»Ich glaube an die Gleichheit«, antwortete er mit Würde und setzte hinzu: »Ist Ihnen klar, dass ich Ihre Königin bedrohe?«

»Natürlich«, sagte ich und zog sie auf meisterliche Weise zurück, so als folgte ich einem vorbereiteten, teuflischen Plan. »Aber nicht an den Kommunismus?«

»Kein politisches System ist perfekt erdacht, sie passen sich alle immer den Verhältnissen an.«

»Zumindest haben Sie sich das Geschick der Politiker zu eigen gemacht, allen direkten Fragen auszuweichen«, sagte ich.

Ich unternahm mit einem Läufer ein so törichtes Täuschungsmanöver, dass er vor Verwirrung seine Pelzmütze, die weich war wie schwarzer Satin, vom Kopf nahm und einen kahlen, glänzenden Schädel entblößte.

Er strich liebevoll über die Mütze. »Als ich sie kaufte«, sagte er, »saß sie voller Flöhe.«

Drei Züge später rief er »Schachmatt!« und ich brachte ehrfurchtsvoll Distanz zwischen mich und seine Mütze.

Die Rückkehr dieses verlorenen Sohnes wäre wohl problemloser verlaufen, wenn da nicht zufällig zwei Tage später noch ein anderer Veteran – sein Name war Ramón – ins Dorf zurückgekehrt wäre und ein Loblied auf die rechten Nationalisten angestimmt hätte, die als Sieger aus dem Bürgerkrieg hervorgegangen waren. Ramón war 1938 mit seiner Familie nach New York geflohen, als hier in unserer Region noch die Republikaner am Ruder gewesen waren. Beide Emigranten hatten, wie ich annahm, den Entschluss gefasst, die Reise in diesem November zu machen und nicht noch einen Winter abzuwarten, weil sie sicherstellen wollten, dass der Tod ihre Pilgerfahrt nicht vereitelte.

Ramón trug einen Filzhut und eine Sonnenbrille. Er polierte die Fingernägel am Aufschlag seines Jacketts wie ein Falschspieler, aber wenn er die Sonnenbrille abnahm, sah man, dass seine Augen tränten. Er war kleiner als Enrique, seine Haut trocken und fleckig, aber auf seinem Kopf wuchs noch reichlich steingraues Haar, das er kurzgeschoren trug.

In gegenseitigem Einvernehmen trafen Enrique, der alte Kommunist, und Ramón, der ehrenwerte Faschist, nicht zusammen, sondern wechselten sich bei ihren Gesprächen mit den Alten des Dorfes tageweise ab.

»Es ist besser so«, sagte Ramón zu mir. »Wir wollen doch den ganzen Krieg nicht noch einmal von vorne beginnen.«

Die Befürchtung, diese beiden Alten könnten mit ihren Spazierstöcken aufeinander losgehen wegen eines Konflikts, den die meisten Spanier zu vergessen bestrebt waren, erschien mir lächerlich, aber ich behielt meine Meinung für mich.

Immer dienstags, donnerstags und sonnabends war also Enrique an der Reihe, und ich lauschte fasziniert seinen Berichten vom Leben in Moskau, das ich ja nur aus der Sicht des relativ privilegierten ausländischen Journalisten kannte.

Enrique erwies sich als Stoiker, der das Unrecht der Sowjetherrschaft philosophisch sah. »Bei dreißig Grad minus ist die Gleichheit nicht zu erreichen«, sagte er. »Irgendwer ist immer da, der alle Wärme des Feuers für sich beansprucht.«

Er gehörte zu den Menschen, die fest davon überzeugt sind, dass das Klima Auswirkungen auf den Nationalcharakter hat. »Die Russen sind so teilnahmslos, weil der Frost ihre Zungen erstarren läßt. Die Spanier dagegen sind extrovertiert, weil der Sonnenschein bis in ihr Herz dringt.«

Ich hielt ihm vor, dass es zwischen Kommunismus und Kapitalismus letzten Endes nicht viel zu wählen gebe.

Zu meiner Überraschung nickte er. »Der Kommunismus ist die gleichmäßige Verteilung der Armut, der Kapitalismus die ungleichmäßige Verteilung des Reichtums. Das ist die Wahl, die Sie haben.«

»Sie haben aber Ihr Leben dem Kommunismus geweiht«, warf ich ein.

»Seinen Idealen«, erwiderte er. »Nicht seinen Missständen.«

Enrique betastete seine Pelzmütze, und ich trat ein

Stück zurück – für den Fall, dass sie doch noch Flöhe beherbergte.

Ramón konnte ich montags, mittwochs und freitags bei den alten Männern auf dem Dorfplatz unter den Akazien antreffen. An den Sonntagen hielten sich alle vom Dorfplatz fern, denn da hatten die Frauen das Sagen. Man musste zur Messe gehen, die geschrubbten und herausgeputzten Enkelchen im Dorf spazierenführen und die Essenszeiten einhalten.

Ramón erzählte mir, dass er nach seiner Ankunft in New York und einer Eingewöhnungszeit im spanischen Harlem im Schutzgeldgeschäft tätig gewesen sei und es bis zum Stellvertreter des Chefs gebracht habe. In den Aktivitäten der Mafia konnte er nichts Unrechtes sehen. »Das organisierte Verbrechen ist bei weitem nicht so gefährlich wie die willkürliche Gewalt. Das wird Ihnen jeder Bulle bestätigen.«

Er hatte gutes Geld verdient (»Ich hab's ja Ganoven abgeknöpft«), sich ein Haus mit Vorgarten und überdachtem Schwimmbecken in New Jersey gekauft und zwei seiner drei Töchter solide verheiratet – sie hatten inzwischen Söhne »mit guten Aussichten«. Bei der Mafia, wie ich annahm.

Es war seine unverheiratete Tochter Raquel gewesen, die ihn zu der Rückkehr nach Spanien überredet hatte. »Gutes Mädchen, aber Lesbe.« Aufgezogen, vermutete ich, als der Sohn, der Ramón versagt geblieben war.

Ich fragte ihn nach dem Bürgerkrieg.

»Desorganisiert«, antwortete er. Da war ein Anflug von Zurückhaltung, der seinem Wesen eigentlich nicht entsprach. Das weckte meine Neugier.

Ich sah ihm gedankenverloren nach, als er mit Raquel

– rundlich und bebrillt – im Leihwagen zurück zu dem Haus fuhr, das sie in Denia gemietet hatten.

Am nächsten Tag befragte ich Enrique, der in einem düsteren, nach Kohl riechenden Hotel an der Küste hauste (es musste ihn an Moskau erinnert haben), zu Ramón. Aber ich gewann den Eindruck, dass auch er nicht so recht mit der Sprache rausrücken wollte.

Es sah ganz so aus, als wäre mir da ein weiteres Rätsel aufgegeben worden. Bevor ich jedoch den Versuch unternehmen konnte, es zu lösen, musste ich mich erst einmal um Hoppity kümmern.

Der Zustand seines Beinstumpfes hatte sich arg verschlechtert – Blut und Eiter sickerten heraus. Wir beschlossen deshalb, ihm die Prothese abzunehmen (er kaute zu dieser Zeit pro Woche eine durch), ihn in einen Tragekorb zu stecken und zum Tierarzt zu bringen. In den neun Monaten, die Hoppity jetzt bei uns war, hatte er sich zum verhätschelten Familienmitglied entwickelt – selbst Jones schmuste mit ihm, bevor er den Versuch unternahm, ihm das Futter zu stehlen.

Der Tierarzt, ein um die Erkrankten besorgter Mann namens Juan, der einen Bart hatte, welcher es an Üppigkeit mit dem Fell seiner Patienten aufnehmen konnte, äußerte sich nicht gerade zuversichtlich.

Er verband die Wunde und stellte ein Rezept aus. »Wenn es ihm in ein paar Tagen nicht besser geht …« Sein Bart hing traurig herab.

Wir setzten Hoppity wieder in den Korb und trugen ihn durch das Wartezimmer, wo ein Dackel unvorsichtig einen Schäferhund anknurrte, zum Auto zurück.

Zu Hause angekommen, machte sich Hoppity sogleich mit den Zähnen über den Verband her. Wir boten ihm

Milch in der Untertasse und filetierte Sardinen an, aber er verschmähte beides.

Den folgenden Tag verbrachte er damit, die Überreste seiner Bandage zu entfernen und zu schlafen. Als wir ihn am nächsten Morgen streichelten, bewegte er sich kaum noch, und die Wunde eiterte böse.

Diane und ich nahmen Jonathan beiseite und erklärten ihm, dass es keinen Sinn habe, Hoppitys Leiden zu verlängern.

»Und warum unternimmt der liebe Gott nichts?«, wollte er wissen.

»Das tut er schon«, sagte Diane. »Durch uns. Wir dürfen ihn nicht im Stich lassen.«

Jonathan rannte mit feuchten Augen in sein Zimmer hinauf.

Ich brachte Hoppity wieder zu Juan, der ihm eine Spritze gab. Der Kater starb schnell und schmerzlos, kippte in Juans Händen nach vorn – so wie er einmal nach vorn gekippt war, als er versucht hatte, seine gesunde Pfote zu heben.

In jener Nacht hörte ich Hoppity mit seinem Holzbein durchs Haus tappen. Aber das träumte ich nur.

Ramóns ausweichende Haltung hinsichtlich des Bürgerkrieges ließ mich nicht los. Zwei Tage nach Hoppitys Tod sprach ich erneut Enrique an und fragte ihn, ob er sich nicht noch an seinen faschistischen Zeitgenossen aus jenen blutbefleckten Tagen erinnern könne.

»Wer weiß? Das ist alles lange her, war ein anderes Leben«, antwortete er mir.

Er aß *churros* und trank Schokoladenmilch vor einem der Café-Stände, die zu unserem dörflichen Wochenmarkt gehörten.

Ich ließ nicht locker. »Sie haben doch zur selben Zeit wie er hier im Dorf gewohnt.«

»Möglich«, sagte Enrique. »Aber Ramón ist ein weitverbreiteter Name und manchmal lassen die Jahre die Menschen nicht nur altern. Sie verändern sie.«

»Sie waren beide ungefähr im gleichen Alter.«

Enrique aß den letzten Happen von einem *churro* und leckte sich den Zucker von den Fingerspitzen. Neben uns wühlten Frauen in Bergen getragener Kleider.

»Wir haben vor einem halben Jahrhundert hier gelebt«, meinte er. »Jetzt ist er Amerikaner und ich bin Russe.«

»Nein, sind Sie nicht«, entgegnete ich. »Sie sind Spanier. Und ich glaube, Sie sagen nicht die ganze Wahrheit.«

Er trank seine Schokoladenmilch aus und warf den Plastikbecher in eine Abfalltonne.

»Die Wahrheit«, sagte er, »ist das leuchtende Licht der Zivilisation und Kultur, aber manchmal sollte es gedämpft werden. Die Politiker wissen, dass die Anarchie ausbricht, wenn sie allein der Wahrheit die Ehre geben. Auch die Wahrheit kann verletzen. Warum Menschen weh tun? Man soll nicht lügen, nein, nur manchmal die Wahrheit ein bisschen unter der Decke halten.«

»Sie haben 1936 für das gekämpft, was Sie damals für die Wahrheit hielten«, sagte ich.

»Das war eine absolute Wahrheit. Wir Republikaner haben gegen Korruption, Privilegien und Ausbeutung gekämpft.«

Er erhob sich, setzte die Pelzmütze auf seinen kahlen Kopf, und dann schlenderten wir zusammen durch die Straßen, die blasses Sonnenlicht füllte.

Ich gab nicht nach. »Aber nach dem Krieg hat Franco Spanien Stabilität gebracht.«

»Und Stalin hat Russland Stabilität gebracht. Fragen Sie das Heer jener, die er hingemetzelt hat, fragen Sie alle, die die Straflager überlebt haben.«

»Was also ist die Wahrheit?«, fragte ich.

»Die Wahrheit ist das, was Sie zu einem bestimmten Zeitpunkt glauben. Sie ändert sich, so wie die Mode.«

»Und Sie können sich wirklich nicht mehr an Ramón erinnern?«

»Ich sagte Ihnen ja schon, das ist alles so lange her.« Er blieb in dem leeren Raum unter den Akazien stehen und lächelte sein winterliches Lächeln, das er aus Russland mitgebracht hatte. »Wenn Sie mich jetzt entschuldigen, ich würde gern ein Weilchen in der Vergangenheit zubringen.«

Da ich inzwischen fest davon überzeugt war, dass weder Enrique noch Ramón ganz aufrichtig waren, machte ich mich daran, Erkundigungen über die beiden einzuziehen. Das wurde durch das – verständliche – Zögern der Dorfbewohner erschwert, die barbarische Vergangenheit wieder lebendig werden zu lassen, aber mich trieb der Wunsch, die beiden störrischen alten Männer miteinander versöhnt zu sehen. Den Beweis zu erbringen, »was für eine Verschwendung jede Uneinigkeit ist«, wie Enrique gesagt hatte.

Diane schloss sich mir bei der Wahrheitssuche an, und eines Abends trafen wir Ramón vor dem Freilichtkino, das sich im Sommer so großer Beliebtheit erfreute – so wie in der Vor-Fernseh-Ära die Kinos in den Städten. Ganze Familien sahen sich Popcorn knuspernd oder Eiscreme schleckend unter dem Sternenhimmel Western und Horrorfilme an. Kleinkinder krochen zwischen den Reihen der Klappstühle herum. Ehemänner zogen sich während ermüdend langer Liebesszenen an die Bar hinter der letzten Sitzreihe zurück. Uns machte das Zwanglose solcher Kinoabende derart viel Spaß, daß wir uns beispielsweise »King Kong« gleich zweimal ansahen.

Wir luden Ramón in eine Bar ein, in der meistens flackernd ein Fernsehfilm lief – diesmal war es »Der Marshal« mit John Wayne.

»Teufelskerl, der Duke«, sagte Ramón und zeigte mit der Bierflasche in der Hand auf den Fernseher.

Diane trank ein *penalti*, ein ganz kleines Bier. »Sie sind ein harter Bursche, was?«, sagte sie.

Das gefiel Ramón. Er tastete nach seiner Sonnenbrille, die in der Brusttasche seiner schwarzen Jacke steckte. »Da ist nichts Verkehrtes dran, Ma'am. Harte Burschen gewinnen Kriege. Patton, Churchill ... Rommel, wenn er auf der richtigen Seite gestanden hätte.«

»Sie waren im Bürgerkrieg doch auf der Seite der Sieger«, bemerkte ich. »Wieso sind Sie also weggegangen und nie hierher zurückgekehrt?«

»Hab's immer bedauert. Aber diese Ecke hier war rot und auch nach dem Krieg konnte man sich keineswegs in Sicherheit wiegen.«

»Wie alt waren Sie da?«, fragte ich.

»Schätze so ungefähr dreißig.«

»Sie hätten also durchaus zurückkehren können.«

»Und meine Mama und meinen Papa drüben ihrem Schicksal überlassen? Ist eine erbarmungslose Stadt, dieses New York –«

Diane unterbrach ihn. »Harte Burschen können vergeben, oder nicht?«

»Klar können sie«, sagte Ramón.

»Und warum reichen Sie dann Enrique nicht die Hand?«

»Schätze, es ist an ihm«, meinte er.

»Der Duke hätte es jedenfalls getan«, sagte ich.

»Na ja, schon –«

Im Fernseher kam es zu einer wüsten Schießerei, und als schließlich alle Patronen verschossen waren, stand Ramón im Begriff, die Bar zu verlassen.

»Ich glaube, es kommt hier bald zum entscheidenden Schusswechsel«, sagte ich zu Diane, als er gegangen war.

»Wie, spielst du mal wieder eins deiner Journalistenspielchen?«

Ich legte einen Finger auf meine Lippen. »Alles kommt ans Licht«, sagte ich.

Es gab nur eine Arena, in der ich mir die Lösung, will sagen die Begegnung der beiden Veteranen vorstellen konnte, und das war das Freilichtkino, in dem Revolverhelden und Vampire für eine Belebung der warmen Sommernächte gesorgt hatten.

Meine Vermutungen hinsichtlich der beiden Männer waren von anderen Alten aus dem Dorf bestätigt worden und ich richtete die Szene mit der Sorgfalt eines Broadway-Choreographen ein. Die Klappstühle waren bereits für den Winter »eingemottet« worden, und so standen auf dem Betonpodest vor der hohen, leeren Mauer, von der im Sommer die Leinwand herabhing, nur noch ein Tisch und zwei Stühle. Es gab zwei Ausgänge, einen rechts und einen links, die auf jeweils andere Straßen hinausführten, und ich sorgte dafür, dass beide frei zugänglich waren.

Auf den Tisch stellte ich eine Flasche Wein und zwei Gläser.

Zum Glück spielte das Wetter mit. Es war ein recht warmer, dunstiger Abend und am Himmel funkelten ein paar Sterne.

Ramóns Tochter Raquel hatte sich freudig zum Mitspielen bereit erklärt und wollte ihren Vater ins Freilichtkino lotsen. Enrique hatte ich unter einem Vorwand – eine Verabredung zu einem weiteren Schachspiel – ins Filmtheater bestellt.

Der Zeitpunkt des Treffens: fünf Uhr nachmittags.

Hinter der Bar kauerte eine bunte Schar von Statisten, unter ihnen auch Emilio und der Gasflaschen-Lieferant.

16.57 Uhr. Auf beiden am Filmtheater vorbeiführenden Straßen kein Laut zu hören, nicht einmal das Bellen eines Hundes oder das Knattern eines Mopeds. Waren die beiden Protagonisten vielleicht abgeschreckt worden?

16.58 Uhr. Auf der Hauptstraße kam ein Auto angefahren und hielt vor dem Kassenhäuschen. Eine Wagentür wurde zugeschlagen. Ich hörte Schritte.

16.59 Uhr. Es ging mir durch den Kopf, dass das geplante Treffen recht albern ausfallen würde, sollte nur einer der beiden Teilnehmer erscheinen.

Aber da fuhr auch auf der anderen Seite des Zuschauerraums ein Auto vor. Auch dort erklangen Schritte.

Ich hatte mir überlegt, dass sich derjenige, der zuerst ankam, mangels anderer Möglichkeiten einfach an den Tisch setzen, ihn dort jeder Neuankömmling, der sich ihm näherte, kaum erkennen können würde.

Ramón erschien zögernd auf der Bildfläche und setzte sich tatsächlich an den Tisch.

17 Uhr. Von der gegenüberliegenden Seite kam eine große, kantige Gestalt herbei.

Als Enrique den Tisch erreicht hatte, schaltete ich das Licht ein. In seinem Strahl blieben die beiden Männer wie versteinert stehen und starrten sich an.

Ich war bei ihnen, bevor sie die Flucht ergreifen konnten (die Statisten sollten erst auf ein vereinbartes Zeichen hin hervorkommen), und redete leise, aber drängend auf sie ein.

Sie hörten mir verblüfft zu. Auch dankbar, wie mir schien – vor allem Ramón.

»Ich weiß jetzt«, sagte ich, »daß Sie zur Zeit des Bürgerkriegs nicht nur beide in diesem Dorf gewohnt, sondern sich auch gekannt haben. Ich weiß ferner, dass Sie« – ich zeigte auf Ramón – »gar kein Faschist waren, sondern wie Enrique Republikaner. Stimmt's?«

Ramón schenkte sich Wein ein. »Meine Leute konnten doch nicht als Verlierer, als Flüchtlinge nach Amerika gehen. Wir brauchten unbedingt ... ein bisschen was Stilvolleres.«

»Als ob das nicht völlig gleichgültig gewesen wäre«, sagte ich. »Den Krieg haben doch nicht die Republikaner oder die Faschisten verloren, sondern Spanien und die Spanier.«

»Mir war das nicht gleichgültig«, erwiderte Ramón. »Solche Dinge zählen nun mal, wenn man ein Spanier ist. Warum, glauben Sie wohl, ist Enrique nach Russland gegangen?«

Ich wandte mich an Enrique. »Was ich nicht verstehe, ist, warum Sie niemandem gesagt haben, dass Ramón Republikaner war.«

Enrique nahm seine Pelzmütze ab und massierte sich mit den Fingerspitzen die Glatze. »Wozu? Er ist dreißig Jahre lang Faschist gewesen, hat sich selbst weisgemacht, einer zu sein. Lassen Sie ihn doch einer bleiben, denn schließlich sind wir alle das, was das Leben aus uns macht. Den Leuten hier im Dorf ist egal, was er einmal war.«

»Früher war's das wohl nicht.«

»Früher ist lange vorbei.«

Ich ergriff die Gelegenheit beim Schopf. »Wenn das alles so lange vorbei und belanglos geworden ist, warum reichen Sie beide sich dann nicht die Hände?«

Sie starrten sich im Dämmerlicht an und dachten dabei vielleicht an die Leidenschaften, die das Land in so sinnloser Weise gespalten hatten.

Langsam hoben sich ihre Arme – wie die Glieder altmodischer Spielzeugfiguren, die frisch aufgezogen worden waren. Ihre Hände berührten sich, legten sich zu einem schwachen Druck kurz ineinander.

Das war der Augenblick, in dem die Statistenschar, laut Beifall klatschend, hinter der Bar hervorkam. Alle umarmten die beiden Männer und zauberten dann mehr Wein- und Bierflaschen auf den Tisch.

Als die Party langsam in Schwung kam, bemerkte ich Ángel, der im Schatten stand und dem Spektakel zuschaute. Er sah mich an, nickte mir kaum merklich zu und verließ das Freilichtkino wieder.

An den folgenden Tagen nahmen Enrique und Ramón zusammen auf den Bänken unter den Akazien Platz und erzählten den anderen alten Männern vom Leben in Moskau und New York. Dann flog Enrique nach Moskau zurück, wo eine Frau und eine verheiratete Tochter auf ihn warteten.

»Werden Sie wiederkommen?«, fragte ich ihn, als er in Denia auf seinen Bus nach Valencia wartete. »Sich vielleicht mit Ihrer Frau hier niederlassen? Schließlich sind ja jetzt in Spanien die Sozialisten am Ruder.«

Er betrachtete angelegentlich seine Pelzmütze. »Nein«, sagte er schließlich, »das wäre Verrat. Ich habe in den dreißiger Jahren an den Kommunismus geglaubt und tue es noch immer. Er wird eines Tages siegen. Das Christentum hat ja auch nicht über Nacht Anklang gefunden, oder?«

Als der Bus davonfuhr, lächelte er mir von der hintersten Reihe durchs Rückfenster zu und hob seine Schapka. In der Ferne hörte ich etwas, das wie die Salve eines MGs klang – aber es waren nur Feuerwerkskörper.

Ramón kehrte nicht in die Vereinigten Staaten zurück. Raquel flog allein nach New York und verkaufte das Anwesen in New Jersey. Mit dem Erlös erwarben Vater und Tochter dann ein stattliches Haus in einem anderen Dorf in der Nähe Denias, von dem aus man einen guten Blick auf die Küstenebene und das Mittelmeer hatte.

Von Zeit zu Zeit kehrte Ramón zu den Bänken unter den Akazien zurück und erzählte Geschichten vom organisierten Verbrechen. Als er gestehen musste, dass er noch nie einen Menschen umgebracht hatte, blickten die alten Männer so enttäuscht drein, dass er sie mit Berichten von Prügeleien entschädigte, bei denen Baseballschläger und mit Blei gefüllte Gummischläuche zum Einsatz gekommen waren.

Einmal traf ich Raquel, das braune Haar ganz steif von lauter Festiger, auf ihrem Weg vom Frisör zu den Akazien, wo sie den Vater abholen wollte.

Das Leben an der Seite eines so harten Mannes, meinte ich, müsse einigermaßen beängstigend gewesen sein.

Sie legte eine Hand auf meinen Arm. »Hat er Ihnen auch all diese Streifen von der Mafia erzählt? Schande über ihn! Wenn er überhaupt jemals einen Gangster zu Gesicht bekommen hat, dann allenfalls im Kino – seine Lieblinge waren immer James Cagney und George Raft.«

»Er hat nie etwas mit Schutzgelderpressungen zu tun gehabt?«

»Machen Sie Witze? Was er getan hat, war, in Queens einen Eckladen aufzumachen und dort spanische Nahrungsmittel zu verkaufen. *Fuet, chorizo,* Manchego …« Sie leckte sich die Lippen. »Bei ihm gab's die besten Kartoffeltortillas von ganz New York.«

Als ich Enrique zum Bus nach Valencia gebracht hatte und wieder nach Hause kam, traf ich Ángel in der Garage an, wo er Samen in einen flachen Kasten streute. Ich erkundigte mich nach dem Job in Granada.

»Meine Frau hätte sich dort nicht allzu wohl gefühlt«, sagte er.

Ich zeigte auf das Samentütchen in seiner Hand. »Petunien?«

»Stiefmütterchen. Ich hab Petunien besorgen wollen, aber keine gekriegt.«

Das bezweifelte ich zwar, aber wenigstens waren es keine Salvien.

... 21 ...

Der Dicke

Im Dezember wohnten wir fast ein Jahr in unserem Haus, und der Termin, den ich mir fünf Monate zuvor gesetzt hatte, rückte unausweichlich näher. Es galt, nach Ablauf von zwölf Monaten zu entscheiden, ob wir wirklich bleiben wollten, oder ob unser Eigentumserwerb im Orangenhain eine Spinnerei gewesen war, die wir allenfalls unserer Lebenserfahrung gutschreiben konnten. Um jedoch diese Entscheidung treffen zu können, mussten wir uns auch sehr ernsthaft fragen, ob uns das Einleben und die Anpassung in ausreichendem Maße gelungen waren und ob uns die Einheimischen akzeptiert hatten.

Von nicht minder großer Wichtigkeit war die Beantwortung der Frage, ob unsere finanzielle Lage uns das Bleiben ermöglichte, was wiederum davon abhing, wie die Verleger in London und New York meinen Russland-Thriller aufnahmen, den ich beim Übergang des Herbstes in den Winter fertig bekommen hatte. Bisher war nur der Eingang bestätigt worden und dann eine Stille eingetreten, die so unergründlich war wie die sibirische Taiga.

Aber erst einmal war Weihnachten, *Navidad*. Die Zeit der Vorbereitungen auf das Fest wurde uns allerdings zum einen durch *El Gordo*, »den Dicken«, erschwert, wie die Ziehung der Staatlichen Lotterie am 22. Dezember genannt wird, und zum anderen durch die verspätete Taufe Jonathans.

Jonathan hätte schon vor Jahren getauft werden sollen, aber zwei Priester – der eine in Irland, der andere in England – waren nicht dazu bereit gewesen, weil er nicht zu ihrer Gemeinde gehörte. Und danach waren wir so damit beschäftigt gewesen, ihm das Einleben in Spanien zu erleichtern, dass wir unsere spirituellen Pflichten total vernachlässigt hatten. Wenn wir jedoch jetzt noch länger warteten, wäre er bald so alt, dass er sich beim feierlichen Einlass in das Haus Gottes würde bücken müssen.

Wir hätten mit der Taufe allerdings noch bis nach Weihnachten gewartet, wenn nicht seine Patentante Sally Goddard aus England angereist gekommen wäre. Sally, die hübsche und temperamentvolle Tochter unserer besten Freunde im Vereinigten Königreich und eine Frau, die trotz all ihrer Munterkeit ein ausgeprägtes Verantwortungsbewusstsein besaß, konnte nur zwei Tage bleiben. Und da sie wusste, dass sie für längere Zeit nicht wieder nach Spanien kommen würde, war es unbedingt erforderlich, die Sache auf der Stelle anzugehen.

Wir hatten schon beschlossen, dass Jonathan neben Sally auch noch einen spanischen Patenonkel haben sollte, und hatten Miguel Ferrer ausgewählt, den verwegenen Bauunternehmer, der uns unser Haus verkauft hatte. Seine Frau Janet, eine clevere und attraktive Geschäftsfrau, war die Tochter des früheren britischen Motorrad-Rennfahrers und Landesmeisters Roger Frogley.

Die Geschichte hatte nur einen Haken – Miguel wusste noch nichts von seinem Glück.

In Spanien geht man alle christlichen Riten mit meditativer Ruhe an – ausgenommen die Beerdigungen, wo keine Zeit vergeudet und der Leichnam schnellstmöglich auf dem Friedhof in seine Mauernische geschoben wird. Wir begaben uns also zu Miguels Büro in Denia und er überdachte unser Ansinnen mit einer langsam in ihm aufsteigenden Freude. Vor uns läge noch eine Fülle von Dingen, die unbedingt geplant werden müssten …

»Wann soll die Taufe sein?«, erkundigte er sich.

Es folgte ein Augenblick zögerlicher Stille. Dann sagte Diane: »Morgen.«

Weg war sein Lächeln. Aber als Unternehmer war er schließlich und endlich daran gewöhnt, auch schwierigste Situationen erfolgreich zu meistern, weshalb er sich von dem Schrecken recht schnell wieder erholte.

»Wo?«, fragte er vorsichtig.

»In der Kirche von La Jara«, antwortete Diane.

»Und der Empfang?« Ein solcher war in Spanien integraler Bestandteil der meisten kirchlichen Zeremonien.

Diane improvisierte drauflos und nannte ein Restaurant namens Cova del Mero am Strand von Las Marinas, einem Ortsteil Denias. Es gehörte dem Vater eines Freundes von Jonathan und der Fisch sprang dort aus dem Meer direkt in den Kochtopf.

Miguel nickte zustimmend. Trotz aller unziemlichen Hast wurde das Fest anscheinend doch mit Anstand und einer dem feierlichen Anlass angemessenen Großzügigkeit gestaltet.

Als der Tag noch immer dabei war, sich aus dem Schlaf zu gähnen, fuhren wir zu dem Restaurant hinaus. Die See war von milchiger Ruhe, Möwen schrien und am Himmel hing als letztes Überbleibsel der Nacht ein Sichelmond.

»Ein Taufessen? Wäre uns eine Ehre.« Der Wirt, ein untersetzter, seemännischer Typ, saß auf der Terrasse und blickte zu einem Frachter hinaus, der am Horizont dahinfuhr. »Wieviele Personen?«

»Etwa dreißig.« Es war schon erstaunlich, wieviele Freunde wir und Jonathan bereits gefunden hatten.

»Perfekt. Wann?«

Diane starrte in ihren Kaffee, schloss die Hände zur Faust und sagte: »Morgen.«

»Morgen?« Miguel zuckte auf seinem Stuhl zusammen.

Diane, die in ihrer Kaffeetasse rührte als wäre es ein Topf Leim, nickte.

»Unmöglich!«, stieß der Wirt hervor.

Wir wussten jedoch, dass es das keineswegs war, denn letztlich nimmt ein Spanier grundsätzlich jede Herausforderung an – jedenfalls, wenn es um die Liebe, den Krieg oder die Gastronomie geht.

»Was soll ich denn auf den Tisch bringen?«, wollte der Wirt wissen.

»Meeresfrüchte«, antwortete Diane schlicht.

Er machte eine Geste, die wohl besagen sollte, dass sie auch gleich den Göttertrank hätte verlangen können, aber schön, man werde halt sehen, was sich machen lasse.

Vom Restaurant ging es weiter zum Geistlichen. Wir trafen ihn in der kleinen Dorfkirche, wo er in einer Pfütze gelben und roten Lichts stand, das durch die Buntglasscheiben hereinfiel, und sich unglücklich einen Riss in einem der steinernen Bögen betrachtete.

»Wann?«, fragte er, nachdem er die Bereitschaft bekundet hatte, unser Kind zu taufen.

»Morgen«, antwortete Diane.

»Unmöglich!«

»Aber Gott«, sagte Diane, »würde doch sicher nicht

wollen, dass einem Kind der Eintritt in Sein Königreich verwehrt wird.«

»Aber alles so plötzlich! Es ist kurz vor Weihnachten.« Er zeigte auf das die Geburt Christi darstellende Bild.

»Die Laibe Brot und die Fische …«, setzte Diane an.

»Was ist mit denen?«

»Das zu arrangieren, brauchte auch nicht lange.«

»Na schön«, sagte der Priester, »dann also morgen.« Er schlurfte in seinen abgetragenen Stiefeln gesenkten Hauptes vor zum Altar.

Wir gingen an diesem Tag früh zu Bett, konnten jedoch nicht einschlafen. Wir hörten ständig alle – Jonathans Patenonkel, den Restaurantbesitzer und den Geistlichen – aufschreien: »Morgen? Unmöglich!«

Der Morgen dämmerte und in den Orangenplantagen hingen Nebelschwaden. Die einzigen Blumen, die es jetzt noch im Garten gab, waren ein paar vom Frost angenagte Rosen – Ángels noch immer nicht identifizierte Amphoren-Pflanze hatte schon vor Wochen zu blühen aufgehört und die weißen Blüten durch stachelige Samenkapseln ersetzt. Immerhin bildeten Aloe und Weihnachtsstern schon Knospen.

Der »Bankettsaal« war innen und außen fertig verputzt, die Fenster hatten Glasscheiben bekommen, und alles, was uns jetzt noch fehlte, waren die Musikantenempore (Emilio besuchte Verwandte im südlich von Alicante gelegenen Murcia), der Fußboden und die Tür.

Die Geckos hatten sich in den Winterschlaf zurückgezogen und Jones machte jetzt stattdessen auf tieffliegende Amseln Jagd. Ethel schlief.

Während wir ohne großen Appetit frühstückten und

dabei darüber nachdachten, was an diesem glücklichen Tag alles schief gehen könnte, sortierte Jonathan, von allem unberührt, seine Sammlung von Bildchen mit spanischen Fußballspielern.

Um Viertel vor elf überquerten wir die gefährliche Kreuzung, auf der (als Ergebnis des letzten Unfalls) Splitter von Sicherheitsglas glitzerten, und stellten das Auto gegenüber der Kirche ab. Dort erwarteten uns bereits Jonathans Patenonkel Miguel mit glänzendem Haar und tadellosem Anzug, seine Frau Janet, ferner Sally, die Patentante, die ihren schelmischen Gesichtsausdruck durch einen erwartungsvollen ersetzt hatte. Sie glaubte wie wir an die Rituale unserer Religion, die ja für jedes Leben, in welchem Gott geachtet wird, wichtige Zwischenstationen sind.

Jonathan wurde, wie es sich gehört, mit geweihtem Wasser von allen Sünden gereinigt, wobei der Priester gönnerhaft lächelte, als ob er selbst der Initiator dieser übereilten Zeremonie gewesen wäre. Dann begaben sich Miguel, Sally, Diane und ich in die Sakristei, wo wir Jonathans Eintritt in die Kirche mit unserer Unterschrift beglaubigten. Mir wollte es so scheinen, als hätte die Taufzeremonie zugleich seine Zugehörigkeit zur weltlichen Gemeinschaft des Dorfes bestätigt.

Als alles vorbei war, fuhr ich zur *pastelería*, um die Torte für den Empfang abzuholen. Der war bereits eröffnet, als ich schließlich das Restaurant erreichte, und unterschied sich sehr von unserem Richtfest – ihn zeichneten eine vorzügliche Bewirtung, mehr geladene Ausländer und keine gar so große Beteiligung des Dorfes aus. Das Festmahl begann mit Scheiben von Thunfischrogen und weichen, schwarzen Oliven. Es gab Salat, der so knackig war, als wäre er gefroren. Saftige Garnelen,

Krebsscheren, Langusten und Schwertfisch. Eiscreme in ausgehöhlten Orangen. Roten und weißen Rioja, später Kaffee, Brandy und Sekt.

»Und jetzt, Señor«, sagte der Wirt schließlich zu mir, als der Höhepunkt erreicht war, »holen Sie bitte die Torte herein.«

Die Torte! Ich wandte mich an Diane. »Wo habe ich die bloß gelassen?«

»Woher soll ich das denn wissen? Du hast sie doch abgeholt, während ich mit Miguel und Jonathan hierher gefahren bin.«

»Ich muss sie in der *pastelería* stehen gelassen haben.«

Diane zeigte auf Jonathan, der sich bereits auf das Anschneiden der Torte vorbereitete, und fragte: »Was willst du tun?«

»Eine neue kaufen?«

»Alle Geschäfte sind zu«, sagte sie und setzte hinzu: »Um alles andere habe ich mich gekümmert.« Wie wahr – das hatte sie, während der ganzen Zeit, in der ich in unserem bedrückend engen Anbau mit meinem Roman beschäftigt gewesen war.

Schuld und Versagen lasteten schwer auf mir. Ich ging vor die Tür des Restaurants und starrte aufs Meer hinaus. Der Vater, der sogar noch die Tauftorte seines Jungen verbaselte!

Aber ich hatte sie bezahlt. Sie war in eine weiße Schachtel eingepackt worden. Ich hatte die *pastelería* verlassen und die Schachtel vorsichtig in beiden Händen getragen. Dann hatte ich in meine Hosentasche gelangt, um den Autoschlüssel herauszuholen, zuvor jedoch die Torte auf dem Wagendach abgestellt.

Auf dem Wagendach!

Sicher war sie da irgendwann heruntergefallen. Ich

rannte zum Parkplatz. Aber die Tortenschachtel war noch da! Sie war lediglich zur Mitte des Wagendaches gerutscht, und ein kleiner Junge in zerlumpten kurzen Hosen und einem zerrissenen blauen Hemd starrte, den Daumen im Mund, gebannt zu ihr hinauf.

»Würdest du gern ein Stück haben?«, fragte ich ihn.

Er zog den Daumen aus dem Mund und nickte.

Mit theatralischer Gelassenheit betraten wir zusammen das Restaurant, Partner in einem vortrefflich inszenierten Finale. Jonathan schnitt die Torte an und ich gab dem kleinen Jungen zwei Stücke.

Als wir nach Hause kamen, begann es zu dämmern. Nachdem Jonathan zu Bett gegangen war, sagte Diane: »Ich glaube, es war ein Erfolg.«

»Das alles konnte nur in Spanien so laufen«, meinte ich.

»Und mit ein bisschen göttlichem Beistand«, fügte sie hinzu.

Das andere Erschwernis stiller Weihnachtsvorbereitungen war *El Gordo*, »der Dicke«. Das ist, was das eingesetzte Geld und die ausgezahlten Gewinne angeht, die größte Lotterie der Welt. Der höchste Preis betrug nach dem gerade geltenden Wechselkurs circa 300 Millionen Dollar, und die Gewinnzahl konnte mehrfach gekauft werden, da sie in verschiedenen Losserien erschien. Natürlich gab es auch unzählige kleinere Preise.

Die Hauptgewinne fielen in der Regel nicht an Einzelpersonen, sondern an Gemeinschaften, also an ein Stadtviertel, ein Dorf, die Arbeiter einer Fabrik oder eine Bar und ihre Gäste.

Das liegt vor allem daran, dass die Lose, die ungefähr 200 Dollar kosten, für die meisten Menschen viel zu teuer sind, weshalb sie *décimos*, Zehntellose, und sogar noch kleinere Teillose kaufen. Wenn also der autorisierte Losverkäufer das Los, auf das der Hauptgewinn fällt, in Form von Teillosen abgegeben hat, dann teilen sich viele Menschen den Gewinn. Auf diese Weise ist schon aus so manchem armen Dörfchen ein El Dorado geworden.

Die autorisierten Losverkäufer, alles körperlich oder geistig Behinderte, verkaufen die Lose für die große Ziehung am 22. Dezember, aber auch für die kleineren, wöchentlich stattfindenden Ziehungen vor allem auf den Straßen, in den Bars und Restaurants. Sie dürfen einen kleinen Betrag auf den Verkaufspreis aufschlagen und die Gewinner größerer Preise bedenken sie dann meistens auch mit einem ansehnlichen Trinkgeld. In unserem Dorf gab es allerdings keinen offiziellen Losverkäufer – diese Aufgabe wurde vor allem von den Wirten der Bars und den Ladenbesitzern übernommen.

Wir hätten unsere Lose im Übrigen auch bei offiziellen Verkaufsstellen (eine in Valencia mit Namen Bellos galt als besonders glückbringend) oder Organisationen wie den *fallas* kaufen können, die ebenfalls mit entsprechenden Aufschlägen Gewinn machen.

Wenn einem nicht *El Gordo* zu traumhaftem Reichtum verhilft, besteht immerhin im Januar noch eine Möglichkeit, sich das eingesetzte Geld wiederzuholen, nämlich bei der *El Niño*, »der Kleine«, genannten Ziehung, die zwar nicht ganz so beleibt, aber auch noch recht rundlich ist.

Der Losverkauf für *El Gordo* beginnt im Spätsommer und erreicht seinen hektischen Höhepunkt am Vorabend der Ziehung, wenn die Hoffnungsvollen scharenweise das ganze Land nach Losen abklappern, deren Nummern von Wahrsagern und Sterngucker ermittelt worden sind oder in Bezug zu Geburts-, Todes- und Hochzeitstagen stehen.

Die Gewinnzahlen werden von sich drehenden, käfigartigen Apparaten wie goldene Eier gelegt, die dann von Kindern aus einem Waisenhaus in Madrid herausgeholt und einer Jury zur Prüfung vorgelegt werden. Ist das geschehen, rufen die Kinder die Nummern und Preise laut aus. Den ganzen Vormittag des 22. Dezember kann man ihre Stimmen landauf, landab aus Radio- und Fernsehgeräten schallen hören.

Wenn einer der großen Preise ausgerufen wird, verstummen die Gespräche, was in Spanien nur selten vorkommt – aber jetzt müssen schließlich alle, die ein Los gekauft haben, die Zahlen vergleichen. Ist das ganz große Los, der Jackpot, dran, ist das ganze Land wie vom Schock getroffen.

Sobald bekannt ist, wohin der große Gewinn geht, springen Betrüger und ehrgeizige Schnorrer ins Auto – oder gehen an Bord von Schiffen, wenn der Gewinner auf den Kanarischen Inseln beziehungsweise den Balearen wohnt. In einem Dorf bei uns ganz in der Nähe, das einmal einen der höheren Beträge gewonnen hatte, gaben die Bewohner das Geld hemmungslos für Elektrogeräte aus, was zur Folge hatte, dass sie dann plötzlich alle wegen hoffnungsloser Überlastung des Stromnetzes im Dunkeln saßen.

Die Zwanghaftigkeit, mit der ich die Zahl acht zu kritzeln pflege, war der Katalysator für die Probleme, die ich mit *El Gordo* bekam. Und zwar male ich immer, wenn ich Stress habe oder geistesabwesend bin, gern Achten auf Notizblöcke oder, wie in der letzten Zeit, auf Manuskriptpapier, weil es mit meinem russischen Roman nicht recht hatte vorangehen wollen.

Drei Tage vor der Ziehung kam Emilio zu mir in den Anbau, wo ich gerade eine Seite meines Werkes noch einmal durchlas. Ich hatte mir einen ganz besonderen Dreh, nämlich die Sprengung einer der Brücken, über die die Transsib fährt, einfallen lassen, inzwischen aber, was die Glaubwürdigkeit dieser Geschichte anging, Zweifel bekommen. Während ich nun angestrengt grübelte, vermehrten sich meine Achten gewaltig – und das sah Emilio.

»Ihre Glückszahl?«, fragte er.

»Das hoffe ich«, gab ich zur Antwort.

Ich erkundigte mich, welche Fortschritte die Musikantenempore mache, und Emilio meinte, er komme gut voran, wobei er irgendwie abgelenkt klang, was für ihn eigentlich nicht gerade typisch war. Er hoffe, sagte er, sie bis zum Sylvesterabend fertig zu haben. (Ein Musikant, der dort auf der Mandoline »Auld Lang Syne« spielte – das war eine verlockende Vorstellung.) Er wolle schnell mal, sagte Emilio, aus seiner Werkstatt im Dorf Nägel und Schrauben holen.

In Wirklichkeit machte er sich auf, um jedes auch noch so kleine Teillos zu kaufen, dessen er habhaft werde konnte und dessen Endziffer eine Acht war.

Bis zum Abend hatte sich im Dorf verbreitet, dass ich mich mit Zahlen beschäftigte, und die Bewohner, die offenkundig glaubten, ausländische Schriftsteller seien mit einem ganz besonderen Spürsinn gesegnet, fuhren im Gelände herum, um Lose mit der Endziffer acht zu erstehen. (Wenn man schon nicht das ganz große Los gewann, konnte man wenigstens das eingesetzte Geld wieder rausholen, wenn die Endziffer des gekauften Loses mit jener des ganz großen übereinstimmte.)

Ángel fuhr sogar bis nach Valencia und kaufte bei Bellos ein Zehntellos, in dessen Nummer drei Achten vorkamen.

Wenn die Nachbarn an unserem Tor vorbeigingen, bekreuzigten sie sich. Die Gäste der Bar Paraíso wetteiferten darin, mich zu Drinks einzuladen. Ich konnte nicht mehr richtig schlafen und nahm Jones auf nächtliche Spaziergänge mit, obwohl er nach 22 Uhr ein äußerst zögerlicher Begleiter war.

Die Chancen, *El Gordo* zu gewinnen, waren so gering, dass ich nicht einmal daran dachte, ein Los zu kaufen. Aber wenn das Dorf doch wenigstens einen der kleineren Preise gewinnen würde! Wenn nicht … nun ja, ich wusste wohl, wie wankelmütig der Mensch sein kann. Vor meinem inneren Auge sah ich den Mob schon unsere Zufahrt herabgestürzt kommen, um mich zu lynchen.

Der 20. Dezember war ein Mittwoch. Noch zwei Tage bis zur Ziehung. Am Abend spannten wir im »Bankettsaal« festliche Papierketten, schmückten einen Weihnachtsbaum mit allerlei bunten Sachen, die Diane aus Montreal mitgebracht hatte, und hängten an Schnüren alle Weihnachtskarten auf, die wir bekommen hatten. Diese Festesvorbereitungen faszinierten María, unsere schläfrige Haushaltshilfe, denn die Spanier feiern schließlich das Weihnachtsfest nicht so begeistert wie Neujahr oder Epiphanias (Heilige Drei Könige), wo es bei ihnen Geschenke gibt, sie Sekt trinken und *turrón*, Nugat, verschlingen. Und Sylvester essen sie, während die Uhren zwölf schlagen, zwölf Beeren einer Weintraube.

Ich bemerkte, wie María die Weihnachtskarten zählte.

Sie lächelte. »Das bringt Glück. Es sind *acht*unddreißig.«

»Ich denke mal, wir bekommen morgen noch mehr«, meinte ich.

»Dann lassen Sie die Umschläge bis nach der Ziehung von *El Gordo* zu«, sagte sie.

An diesem Abend machten wir zum ersten Mal mit Zweigen wilden Rosmarins, Anmachholz von einem Holzhändler und Scheiten, die Jones' Erzfeind, der Holzfäller, geliefert hatte, im Kamin des »Bankettsaals« ein Feuer.

Die Zweige brannten an und Flammen züngelten um die harzenden Scheite. Wir tranken ein Glas *cava* auf unseren Kamin.

Dann brannten auch die Scheite an.

Drachenzüngige Flammen loderten in den Schornstein hinein. Und plötzlich bekam der Verputz dort drin Risse und Brocken davon fielen ins Feuer. Panik!

Ich rannte in den dunklen Garten hinaus und drehte den Wasserhahn auf, an dem unser Gartenschlauch hing. Der Schlauch war zwar geflickt worden, aber der Wasserstrahl reichte trotzdem nicht bis zur Außenseite des Schornsteins, der inzwischen glühte, obwohl er innen mit Schamotte ausgekleidet war. Funken flogen wie brennende Nachtfalter umher und Jones bellte sie an. Ethel kam aus dem »Bankettsaal« und schritt hoheitsvoll in die Nacht davon.

Das Geräusch zerspringenden Verputzes erstarb schließlich wieder, und die letzten der feurigen Nachtfalter flogen davon, als die Flammen im Kamin langsam verloschen. Ich ging ins Haus zurück und versicherte Diane, dass kein Anlass zur Sorge bestehe, neue Schornsteine brauchten halt immer eine gewisse Zeit, bis sie richtig funktionierten.

Nur Jones und Jonathan (der *turrón* mit Schokoladenüberzug aß) schienen enttäuscht zu sein, dass die Gefahr schon wieder vorüber war. Unter einer Rauchschicht, die noch im »Bankettsaal« hing, tranken Diane und ich ein weiteres Glas *cava* und rösteten Esskastanien in der übriggebliebenen Glut.

In diesem Tun wurden wir von Beryl Kranz, der amerikanischen Malerin, unterbrochen, die gerade aus London zurückgekehrt war und in der leeren Öffnung des »Bankettsaals« (nach wie vor fehlte die Tür) erschien.

»Mannomann«, sagte sie, »hab ich ein Glück gehabt!«

Diane reichte ihr ein Glas *cava*. »Wieso das?«

»Ich habe in Valencia auf dem Flugplatz ein Los mit der Endziffer acht gekauft und eben erfahren, dass das eure Glückszahl ist.«

Der 21. Dezember zog herauf, der Vorabend des Tages, an dem das Urteil gefällt wurde.

Als die Sonne aufging, wanderte ich mit Jones durch den Garten. Die Knospen der Weihnachtssterne und die langen, schlangenglatten der Aloe standen im Begriff, sich zu öffnen. Die roten bis rostbraunen, mit süßsauren Samen vollgestopften Früchte eines Granatapfel-Busches waren zu einem breiten Grinsen aufgeplatzt. Auf dem Wasser des Schwimmbeckens trieben Blätter umher – ich hatte noch bis Mitte November darin gebadet, bis mir dann allerdings ein plötzlicher Kälteeinbruch das Blut in den Adern hatte gefrieren lassen.

An diesem 21. Dezember war es jedoch noch warm genug, um draußen auf der Terrasse zu frühstücken – Pampelmusensaft, aus eigenen Früchten gepresst, *ensaimadas* (behaglich gebogene, mit Puderzucker bestreute Blätterteig-Hörnchen) und Becher mit heißer Schokolade. Wir müssen gewirkt haben wie archetypische ausländische Verrückte, die mitten im Winter draußen im Freien zu speisen pflegen.

»Hast du gepackt?«, fragte ich Diane.

»Gepackt? Wozu das denn?«

»Du weißt doch, dass das ganze Dorf seine Zukunft auf die Zahl gesetzt hat, die ich immer, wenn ich Stress habe, gedankenverloren aufs Papier kritzele. Wenn die Leute nicht wenigstens ihr Geld wieder rauskriegen, sind wir hier so beliebt wie zwei Barracudas in einer Fischfarm.«

»Wir? Du meinst wohl: du. Ich war schon immer der Meinung, dass diese Achten was Freudianisches haben. Sie sehen aus wie Handschellen. Hat deine Mutter dich mit sowas an einem Baum festgemacht?«

»An einem Laternenmast«, sagte ich. »Aber mal im Ernst. Ich meine, wir sollten über Weihnachten wegfahren. Im ›Bankettsaal‹ fehlt die Tür, und als wir Feuer im Kamin gemacht haben, sah der Schornstein so aus wie eine Rakete kurz vor dem Start. Außerdem schert sich hier, von den Bullen abgesehen, eh niemand um Weihnachten.«

Polizisten, die an den Feiertagen den Verkehr regeln mussten, wurden mit Geschenken (Wein, Whisky, Zigarren, Zigaretten und *turrón*) derart überhäuft, dass sich um ihre Podeste wahre Berge auftürmten, was nicht selten dazu führte, dass Verkehrsteilnehmer auf gefährliche Weise die Orientierung verloren.

»Hat *El Pistolero* ein Los gekauft?«, wollte Diane wissen.

»Natürlich.«

»Dessen Nummer mit einer Acht endet?«

»Klar doch.«

»Und unser Priester?«

»Der hat ein ganzes Bündel gekauft«, vertraute ich ihr an.

»Pilar hat auch ein paar erstanden, das weiß ich«, sagte sie.

»Kauf ab übermorgen keinen Zucker mehr bei ihr, denn da könnte dann feingemahlenes Glas drin sein.«

»Andererseits könnte das Dorf ja auch das große Los gewinnen«, meinte Diane hoffnungsvoll. »Irgendwer muss ja.«

»Zu schön, um wahr zu sein. Ich habe kein Los gekauft.«

»Ich schon«, sagte sie. »Eines, das mit einer Du-weißt-schon-was endet.«

Als Jonathan aus seinem Zimmer auf die Terrasse herauskam und ins helle Tageslicht blinzelte, fragte ich ihn, ob er Weihnachten gern in einem Hotel verbringen würde.

»Kriegen wir da auch unsere Geschenke?«, wollte er wissen.

»Selbstverständlich«, antwortete ich. »Wir teilen uns ein Zimmer, kaufen ein kleines Weihnachtsbäumchen, hängen Socken auf ... Hier hinterlassen wir dem Weihnachtsmann einen Zettel, auf dem er lesen kann, wo wir zu finden sind.«

»Kann er deine Schrift lesen?«

»Hat er bisher immer gekonnt.«

»Okay, dann lass uns in ein Hotel ziehen.«

Später spazierte ich ins Dorf. Die jüngsten Vorkommnisse dort hatten etwas Einschüchterndes an sich.

Jesús, der Gasflaschenlieferant, hatte drei dieser Glücksspieldreiecke gekauft, auf denen Zahlen stehen. In einer war auch eine Acht enthalten gewesen und er hatte 500 Peseten gewonnen.

Der Geistliche hatte acht Beichten abgenommen.

Dem Schuldeneintreiber waren von einem Schuldner 800 000 Peseten zurückgezahlt worden.

In den Straßen gingen Hoffnung und Habgier um.

Als ich wieder nach Hause schlenderte, sah ich neben der gefährlichen Kreuzung einen weißen Seat auf der Seite liegen und erneut Glassplitter im Sonnenlicht funkeln. Die Zulassungsnummer des Autos endete mit einer Acht.

Am Morgen der Ziehung lag Raureif auf unserem Rasen. Ambrosio kam, um das Schwimmbecken sauber zu machen und ich stellte den Fernseher an – die Reporter führten gerade in die Übertragung des Dramas ein, das den ganzen Vormittag lang dauern würde.

Um neun waren die in schicke Uniformen gekleideten Waisenkinder, welche auf der Bühne die Zahlen und Preise ausrufen sollten, schon anwesend. Jeweils ein Kind würde dann die Losnummer ausrufen, ein anderes den dazugehörigen Preis. Die entsprechenden Informationen steckten in kleinen Bällen, die aus einer sich drehenden Trommel fielen.

Als die ersten beiden Waisenkinder an der Reihe waren und die aus der Trommel gefallenen Bälle »Schiedsrichtern« brachten, die den Inhalt bestätigten, kam Bewegung in die Halle – ein Weiler in der Extremadura (eine der ärmsten Gegenden Spaniens) hatte zwar nicht das ganz große Los gezogen, aber immerhin einen der größeren Preise gewonnen.

Die Preise kamen jetzt und gingen. Die engelhaften Waisenkinder wurden immer wieder durch neue abgelöst. Um elf machte ich einen kleinen Gang durch den Garten. Der Raureif war wieder weg und Ambrosio säuberte das Schwimmbecken. Ich füllte gerade eine Plastiktüte mit Apfelsinen, als der Singsang des Fernsehers verstummte.

Jonathan erschien auf der Terrasse und rief: »*El Gordo*!«

Ich rannte ins Haus. »Wie lautet die letzte Zahl?«, rief ich zurück.

»Ich weiß nicht, ich glaube acht.«

Dann würden die meisten Leute im Dorf wenigstens ihren Einsatz zurückbekommen. Vielleicht war es ja auch *El Gordo*? Dann wäre ich ein Wohltäter, ein Held, ein Heiliger!

Aber es war nicht *El Gordo*. Und die letzte Zahl war auch nicht die Acht, sondern die Drei.

Ambrosio fuhr in seinem Lieferwagen davon. Ein Ehepaar mittleren Alters ging gesenkten Hauptes am Tor vorbei. Ich schaltete den Fernseher ab und rief im Tierheim an, wo ich vorsorglich für Jones und Ethel Plätze reserviert hatte.

Als Diane vom Unterricht heimkam, sagte ich: »Okay, hauen wir schnell ab, ehe uns der Henker holt.«

Wir fuhren ins Land hinein, Richtung Albacete. Das ist eine kalte und in sich gekehrte Stadt (die Entfernung betrug etwa 150 Kilometer), wo zu Beginn des Bürgerkriegs die Internationale Brigade stationiert gewesen war. Wir sprachen kaum – selbst Jonathan war von dem enttäuschenden Ausgang der Ziehung nicht unbeeindruckt geblieben. Wir steuerten den Parador von Albacete an, um in der Lounge unter schwerer Balkendecke einen Tee zu trinken. Bei den Paradores handelt es sich um in staatlichem Besitz befindliche historische Bauten wie Burgen und Schlösser, die zu Hotels umgewandelt worden sind und auf diese Weise erhalten werden können. In düsterem Schweigen verzehrten wir gebutterten Toast und Kuchen mit gemahlenen Mandeln und Orangen darin.

Als wir fertig waren, bezahlte ich, und wir gingen zum Auto zurück – eine Familie auf dem Weg zu einer Beerdigung. Erst als ich den Schlüssel ins Zündschloss gesteckt hatte, waren Diane und ich soweit auszusprechen, was wir dachten.

»Wir hätten nicht wegfahren sollen«, gab ich vorsichtig zu bedenken.

»Ich weiß.« Diane besaß nach wie vor die Fähigkeit, mich zu überraschen.

Jonathan blickte erstaunt drein. »Ich dachte –«

»Es könnte ja sein«, unterbrach ich ihn, »dass unser Hotelzimmer keinen Schornstein hat, durch den der Weihnachtsmann herabklettern kann.«

»Dann lass uns lieber wieder nach Hause fahren«, sagte er.

»Wir müssen sowieso zurück«, sagte Diane, »denn ich habe meine Reisetasche stehen lassen. Und da sind unser Geld und unsere Reiseschecks drin.«

»Ich habe mich plötzlich geschämt«, gestand ich. »Das Geld der Leute zu verspielen, das war schon schlimm genug, aber dann auch noch abzuhauen …«

»Ich fand die Fahrt und den Tee sehr hübsch«, sagte Diane.

»Eine ziemlich weite Fahrt, nur um gebutterten Toast und Kuchen zu essen.«

»Die Rückfahrt ist kürzer. Das ist immer so.«

Der Empfangschef des Parador von Albacete stornierte unsere Reservierung in Ciudad Real, bis wohin es noch einmal 150 Kilometer gewesen wären, und wir fuhren wieder nach Hause – und die Rückfahrt ging wirklich sehr viel schneller als die Hinfahrt.

Als wir zu Hause ankamen, war es dunkel und kalt, der Himmel voller Sterne. Diane eilte mit Jonathan die

Zufahrt hinunter und ins Haus, während ich fast in die massive Tür hineingerannt wäre, die mir den Zugang zum »Bankettsaal« versperrte.

Ich trat einen Schritt zurück. »Als wir losgefahren sind, war die noch nicht da.«

Die Tür öffnete sich. Auf dem antiken Tisch, den ich von Peter Patemann gekauft hatte, war ein Festmahl angerichtet worden. Tapas, Lammfleisch, Obst, Käse ... Am Weihnachtsbaum brannten die Kerzen. Der Fußboden war gefliest. Emilio und Ángel erwarteten uns zusammen mit ihren Frauen.

Ich wandte mich an Diane, die zu mir getreten war. »Du hast das alles gewusst, nicht wahr?«

»Deshalb habe ich ja meine Reisetasche und das Geld vergessen. Ich wusste, dass wir umkehren mussten, aber erst wollte ich sehen, ob du auch zu dieser Schlussfolgerung gelangen würdest.«

Ich küsste die beiden uns begrüßenden Frauen auf die Wange und fing an, meine Entschuldigung vorzutragen. »Es tut mir wirklich sehr leid, dass –«

Emilio unterbrach mich. »*El Gordo*? Da machen Sie sich mal keine Gedanken, Señor Derek. Wussten Sie, dass die Zahlen des ganz großen Loses zusammen acht ergeben? Das bedeutet Glück bei *El Niño*. Wir müssen jetzt alle noch einmal Lose kaufen, deren Endziffer die Acht ist. Alle im Dorf sind sehr glücklich.«

Nicht so glücklich, wie sie es gewesen wären, wenn sie gewonnen hätten, aber später wurde mir klar, dass all das Elend, das diese Menschen in der Vergangenheit hatten durchmachen müssen, sie geprägt und ihnen zu einer entschieden philosophischen Haltung verholfen hatte.

»Sind Sie auch glücklich?«, fragte ich Ángel.

»Der Januar wird eine glückliche Zeit werden«, antwortete er. »Das sagen die Wolken. Und wenn uns *El Niño* nichts bringt, dann gibt es immer noch *El Gordo* im nächsten Dezember.«

Diese Andeutung, dass ihnen die Januar-Lotterie den großen Reichtum vielleicht auch nicht bringen würde, stellte das einzige Mal dar, dass ich ihn eine mögliche Fehlbarkeit der Wolken zugeben hörte. Ángel vertraute mir jetzt auch an, dass er den verwahrlosten Zitronenhain hinter unserem Garten gekauft hatte – und das, während ich noch mit dem Besitzer verhandelte! In mir wollte ein mir nur zu bekannter Zorn aufwallen, aber Ángel hatte für seine Mitteilung einen günstigen Zeitpunkt gewählt – es war dies wahrlich nicht der Augenblick, jemandem Vorhaltungen zu machen.

Am nächsten Tag holten wir Jones und Ethel wieder zu uns, ich blies die noch glühende Asche im Kamin zu einem neuen Feuer an, und dieses brannte, ohne den Schornstein zu bedrohen.

Am Nachmittag des nämlichen Tages erhielt ich ein Telegramm aus London – mit Glückwünschen zu meinem Russland-Thriller. EIN ECHT SPANNENDES BUCH. LAUT BUSCHTELEGRAMM SIEHT NEW YORK ES AUCH SO. GLÜCKWUNSCH.

Ich sah mich im »Bankettsaal« um, der bis auf ein paar Nägel und noch einen Anstrich fertig war, und dachte an das Festessen des Vorabends. Dann las ich das Telegramm noch einmal. Ich griente Diane und Jonathan irre an. »*Feliz Navidad*«, sagte ich. »Fröhliche Weihnachten!«

Es gab das traditionelle englische Weihnachtsessen, Truthahn und Plumpudding, und wir nahmen es im »Bankettsaal« ein. Wir hätten auch in London oder New York sein können – nur dass es bei uns ein paar Stunden später noch warm genug war, um auf der Terrasse unter dem Sternenhimmel einen Wein zu trinken.

Am nächsten Tag kamen wir aus unserem festlichen Kokon heraus. Wir hatten jetzt ein Jahr lang in unserem Haus gewohnt – vielleicht auch ein paar Tage weniger oder mehr. Orangenpflücker nahmen in der Plantage nebenan ein üppiges Frühstück zu sich und ein Teppichhändler mit ölig glänzendem Haar legte seine Ware auf der Zufahrt aus.

Als am Silvesterabend die Uhr zwölf schlug, aßen Diane und ich jeweils ein Dutzend Beeren einer Weintraube und wünschten uns ein gutes neues Jahr.

Am Neujahrstag schlug Emilio den letzten Nagel der Musikantenempore ein. »Jetzt muss sie nur noch ein paarmal mit Holzlack gestrichen werden«, meinte er.

»Ist der Anstreicher ein Verwandter von Ihnen?«, erkundigte ich mich.

»Gehört zur Familie meiner Frau«, antwortete er.

Danksagung

Herzlich danken möchte ich: meinem Agenten Al Zuckermann, Chef von Writers House, New York, dessen Arbeitseifer, Fähigkeit weiterzuhelfen und Vermarktungsgeschick diesem Buch zu Auftrieb verholfen haben;

meiner Schreibkraft Carol Outram in Denia, Meisterin des Wordprozessors, die so geduldig an diesem Projekt gearbeitet hat, dass sie jetzt alles, die Korrekturen des Autors eingeschlossen, auswendig hersagen kann;

und meinem alten Freund Doddy Hay, der mir in absentia mit seinem kenntnisreichen und großartig geschriebenen Buch »The Bullfight« sehr geholfen hat.